# FIDATI DI ME

SOPHIE STAVA

# FIDATI DI ME

*Traduzione di*
MARINA AGNELLI

PIEMME

Questo romanzo è un'opera di fantasia. Personaggi e situazioni sono invenzioni dell'autrice e hanno lo scopo di conferire veridicità alla narrazione e sono quindi utilizzati in modo fittizio. Qualsiasi analogia con fatti, eventi, luoghi e persone, vive o scomparse, è puramente casuale.

Pubblicato per

PIEMME

da Mondadori Libri S.p.A.


ISBN 978-88-566-9688-2

I Edizione aprile 2025

Anno 2025-2026-2027 - Edizione 1 2 3 4 5 6 7 8 9 10

*A mamma e papà*

*Se dici sempre la verità, non devi ricordare niente*

MARK TWAIN

*Ho sempre pensato che sarebbe stato meglio*
*essere un falso qualcuno che un vero nessuno*

TOM RIPLEY, *Il talento di Mr Ripley*

# 1

«Sono un'infermiera.» Le parole mi escono di bocca prima che riesca a fermarle, forti e fragorose come dei barattoli di latta legati al paraurti posteriore. Se potessi allungare una mano, afferrarle al volo e riavvolgere il nastro, lo farei, ma è troppo tardi. Le hanno sentite. Si voltano entrambi. Dovrei andarmene. Oppure mettermi a ridere, dire che stavo solo scherzando. Ma quando il padre e la bambina mi guardano dalla panchina del parco, gli occhi di lui che brillano di speranza, quelli di lei di lacrime, mi sento travolgere da un'ondata di emozione così forte che non faccio né una cosa né l'altra. Mi inginocchio accanto alla bambina e sorrido, prima a lei, poi a lui.

«Deve metterci del ghiaccio» dico all'uomo con voce chiara e ferma, sfoderando quella minima aria di autorevolezza che presumo sia naturale in chi lavora in ambito medico. Il fatto è che non sono un'infermiera. Non lo sono mai stata. Sono una bugiarda.

Ho sentito i lamenti della bambina dall'altra parte del parco giochi, lunghi singhiozzi prolungati che mi hanno attirato verso di lei. Sono sempre stata un'impicciona, di quelle che si sporgono per origliare le conversazioni degli estranei, che si avvicinano per leggere oltre la spalla di qualcuno o dare una sbirciata alla persona accanto in metropolitana, sforzandosi di spiare i messaggi sul suo telefono. Un'altra mia brutta abitudine. Aggiungiamola alla lista, okay? «Fammi vedere» stava dicendo il padre alla bambina mentre mi avvicinavo, tenendole il piede nudo fra le mani. «Dove ti ha punto? Qui o qui?»

Volevo aiutare. Sembrava così agitato, così turbato che, quasi senza pensarci, ho aperto bocca e la bugia è uscita. E così sono arrivata, sbam, li ho colti di sorpresa. Avevo buone intenzioni, davvero. Lo so, la strada per l'inferno, giusto?

Do un'occhiata alle loro cose. Solo un sacchetto per il pranzo, il contenuto è sparpagliato sulla panchina. Un panino mezzo mangiato. Fette di mela già scurite, bastoncini di carota. Due bevande: una lattina d'acqua frizzante al gusto di pompelmo e una confezione di succo.

Afferro la lattina. È fresca, non fredda, ma potrebbe essere utile. «Ecco» dico, porgendola all'uomo. La prende. Le nostre dita si sfiorano appena; le sue sono sorprendentemente morbide. «Il pungiglione è uscito?» Il padre osserva attentamente il piede della figlia. Lei sta ancora piagnucolando, ma con minore intensità. Mi guarda con gli occhi spalancati, le guance rigate di lacrime e il naso che cola. Ha un viso da bambola, con la frangetta e le ciglia lunghe. È davvero carina. Anche lui è carino. Molto più che carino. Riesco ancora a sentire le sue dita sfiorare le mie.

«Penso di sì» dice. «Le dispiacerebbe dare un'occhiata?»

Sento un moto di orgoglio. Si fida di me. Ovviamente. Sono brava a mentire e, per una coincidenza fortuita, indosso un camice. «Certo» rispondo con un sorriso. Ancora inginocchiata, allungo la mano e sollevo il piccolo piede rosa, sporco di terra. Avrà quattro o cinque anni, il piede sembra minuscolo nelle mie mani troppo grandi. Sono sempre state sovradimensionate, anche quando ero bambina. «Manone!» mi prendeva in giro mia zia quando metteva il suo palmo contro il mio. Mi sento ancora a disagio per le mie mani. Le stringo malvolentieri e me le infilo in tasca o le nascondo sotto le cosce quando sono seduta.

Strizzo gli occhi per guardare meglio la pianta del piede. C'è un piccolo rigonfiamento rosso e al centro un puntino nero. Il pungiglione. Inspiro e scuoto la testa. «È ancora dentro.» Lui aggrotta la fronte e si china per guardare. «Dovrei?...»

«Deve grattarlo via. Con una carta di credito o qualcosa con un bordo piatto. Non lo schiacci, potrebbe peggiorare la situazione.»

Sono compiaciuta di quanto sembro competente, informata, come se sapessi davvero di cosa sto parlando. In un certo senso, lo so; è successo anche a me di calpestare un'ape proprio in questo parco, alla fine dell'estate scorsa. Avevo steso una coperta e mi ero tolta le scarpe prima di sdraiarmi a leggere. Quando mi sono alzata per piegare la coperta, ho sentito una fitta acuta alla pianta del piede. Mi sono seduta per esaminare la ferita, imprecando sottovoce, e ho visto l'ape schiacciata, il pungiglione sotto la mia pelle. Ho stretto il punto con cautela portando il pungiglione in superficie. È stato solo più tardi, dopo aver cercato su Google in preda al panico, che ho capito il mio errore. Alla fine della giornata, il mio piede era grande quasi il doppio, rosa acceso e gonfio come un salsicciotto. Ci sono voluti tre giorni perché passasse il fastidio e altri quattro prima che il gonfiore sparisse del tutto. Ho zoppicato vistosamente per tutta la settimana, raccontando la saga a chiunque alzasse anche solo le sopracciglia nella mia direzione. Anche se credo di aver detto di essere stata aggredita da uno sciame, non da una sola ape. Il punto è: ho una *discreta* esperienza in questo campo.

Il padre infila la mano nella tasca posteriore ed estrae il portafoglio.

«Grazie» dice sentitamente. «Se non ci fosse stata lei, probabilmente avrei chiamato il 911.» Sorride per farmi capire che sta scherzando. I suoi denti sono di un bianco luminoso, dritti e regolari. Ha quell'aria da ragazzo della porta accanto che farebbe impazzire le adolescenti. Forse è sulla trentina, più o meno come me.

Tira fuori una carta di credito dal portafoglio. «Fammi vedere il piede, tesoro.» Mentre la passa sulla puntura, vedo il nome sulla carta. Jay Lockhart. *Jay Lockhart.* Mi piace il suono, sembra fatto apposta per scivolare sulla mia lingua. Jay come Gatsby, un milionario pazzo d'amore, affascinante, passionale. Lo guardo ancora una volta e penso che il nome gli calza a pennello, con quel sorriso giovanile e l'aria da playboy.

«Preso!» annuncia trionfante, mentre tiene fra il pollice e l'indice un piccolissimo puntino nero, il pungiglione. «Visto?» Lo mostra prima alla bambina, poi a me. «Bravo!» esclamo sorridendo. Sembra così orgoglioso, come se avesse appena vinto una medaglia olimpica. Magari non d'oro, forse di bronzo, comunque di tutto rispetto.

Quando lui ricambia il sorriso, sento un lieve rossore colorarmi le guance. È come se stessimo condividendo la vittoria, come se volesse esultare e abbracciarmi, in quanto sua compagna di squadra.

«Va meglio?» chiede alla bambina. Lei annuisce e smette di piagnucolare. Lui allunga la mano e le asciuga le guance umide con il pollice e le sistema la frangia setosa. Noto che non porta la fede.

«Dovrebbe metterci del ghiaccio quando tornate a casa» dico rialzandomi «per tenere a bada il gonfiore. E potrebbe prendere una pomata antistaminica, per alleviare il prurito.»

«Grazie davvero. Perché non le dici "grazie", Harper?» Jay si volta verso la bambina. «Di': "Grazie, signorina"...» Si interrompe e mi guarda, per sapere il mio nome.

«Caitlin» rispondo. Un'altra bugia. Non so nemmeno da dove mi sia uscita. Ho mai conosciuto una Caitlin? Una volta, forse. Da piccola credo di aver fatto danza classica con una bambina di nome Caitlin. O era Carly? Frequentavamo lo stesso corso, ma qui finivano le nostre somiglianze. Lei aveva capelli lunghi fino alla vita, raccolti in una meravigliosa treccia che le cadeva lungo la schiena, con fermagli luccicanti sui lati; e scarpette da ballo rosa, nuove di zecca, di raso splendente. Io usavo calzini vecchi. Lei era la migliore, qualunque fosse il suo nome, la protagonista nel saggio. Io ero la Fata Confetto numero sei. Anche la bambina punta dall'ape, Harper – un nome snob ma carino, proprio quello che ti aspetteresti in un quartiere come questo – ha una treccia lucida e ordinata, con la frangetta ben pettinata. Forse è il motivo per cui ho pensato a quel nome: lei me la ricorda. «Grazie, signorina Caitlin» recita Harper diligente. «È stato un piacere, Harper» le dico. «Spero che il tuo piede guarisca presto.» Lei mi rivolge un sorriso incerto e mi fissa con i grandi occhi marroni. Poi guarda di nuovo il padre. «Posso finire di costruire il castello?» Jay annuisce sorridendo e lei scende dalla panchina per raccogliere le formine per la sabbia sparse a terra.

Il padre si volta di nuovo verso di me. «A proposito, io sono Jay» dice, mentre si alza e mi tende la mano. È più alto di quanto mi aspettassi, ben oltre il metro e ottanta.

«Piacere di conoscerti» rispondo. Quando ci stringiamo la mano, sento come una scossa. Almeno, io la percepisco. Non serviva che si presentasse, ma l'ha fatto. È già qualcosa.

Dopo una pausa, aggiunge: «In fondo, siamo tutti bugiardi, no?»

Il cuore si ferma per un attimo e mi si blocca in gola. «Cosa?» riesco a dire. *Com'è possibile che?...*

Jay sorride, poi indica la mia mano, che pende lungo il fianco. Regge il libro che stavo leggendo quando ho sentito Harper piangere per la prima volta. È una vecchia copia di *Assassinio sull'Orient Express*, con i bordi della copertina piegati e logori per l'usura.

«Mi dispiace.» Fa una smorfia, in segno di scusa. «Ti ho rovinato il finale? Sembrava... vissuto. Ho pensato che lo avessi già letto...»

«Oh» mi lascio sfuggire una lieve risata unita a un sospiro di sollievo. «Credo sia la decima volta che lo leggo.»

Jay annuisce. «Ti capisco. Sono sempre stato un fan di Hercule Poirot. I miei genitori mi hanno regalato un cofanetto della serie tv per il mio dodicesimo compleanno. Cercavo sempre di risolvere il caso prima di lui, ma non ci riuscivo mai.» Scuote la testa rassegnato.

Rido. «Il mio libro preferito di Agatha Christie è *Dieci piccoli indiani*. Il finale è stato...» imito il rumore di un'esplosione. «Be', wow. Non me l'aspettavo proprio.»

«Non l'ho letto. È davvero così bello?»

«Potrei prestarti la mia copia. Vieni spesso qui? Io passo qualche volta a settimana.» Trattengo il respiro mentre sento il cuore battere più forte. Forse sto esagerando. Mi capita spesso.

Ma ecco la verità. So che non è la prima volta che vengono in questo parco. Li ho già visti prima. Due volte, in realtà, nei giorni scorsi. Speravo di incontrarli di nuovo oggi ed ero felice quando li ho visti arrivare. Il pianto di Harper ha davvero catturato la mia attenzione, ma li stavo già tenendo d'occhio mentre sfogliavo il libro. Alzavo lo sguardo tra una pagina e l'altra e osservavo la bambina mentre si dondolava sull'altalena.

La prima volta, martedì scorso, ho notato Jay prima di accorgermi di Harper. Sono piuttosto certa che tutte le donne nel parco lo abbiano notato. Perché è uno dei pochi uomini presenti, certo, ma soprattutto perché sembrerebbe più un tipo da set cinematografico di Los Angeles che da parco giochi nel cuore di Brooklyn.

Come ho detto a Jay, vengo qui di frequente, quando scappo dal lavoro per prendermi una pausa nel pomeriggio, quindi conosco bene i frequentatori abituali. Vedo spesso gli stessi bambini, con le stesse tate, gli stessi gruppi di mamme, sedute vicine a chiacchierare sulle panchine mentre i figli corrono per il parco urlando. Mi piace stare qui: l'atmosfera allegra, l'erba illuminata dal sole, il profumo dei caprifogli che circondano il perimetro. È affollato anche nei mesi più freddi, con i bambini ben coperti dalle guance arrossate.

«Sarebbe fantastico» dice Jay in risposta alla mia offerta «ma di solito è mia moglie a portare qui Harper. Questa settimana ero in ferie, quindi toccava a me il turno al parco. Lunedì si torna alla solita routine.»

Alle parole «mia moglie» sento il cuore sprofondare, e mi sento ancora più stupida. Cosa pensavo, che fosse l'inizio di una commedia romantica, di essere Liv Tyler in *Jersey Girl*? Lo so, è un riferimento un po' datato, ma quale donna non fantasticherebbe su un Ben Affleck vedovo che trova conforto tra le sue braccia, affranto e vulnerabile? Su una bambina senza madre che la guarda adorante? Una fantasia un po' morbosa, d'accordo, ma non posso essere l'unica ad averci pensato. O forse sì?

«Dirò a mia moglie di cercarti la prossima volta che

viene» dice Jay. «A quanto pare, questo è il nuovo parco preferito di Harper.»

Forzo un largo sorriso, come se l'idea di incontrare la sua indubbiamente bellissima moglie mi riempisse di una gioia incontenibile. «Fantastico» rispondo mentre cerco di sembrare allegra. «Di solito sono qui a quest'ora. Potrei portarle il libro.»

Ecco come so di non essere bella. Nessun uomo sposato parlerebbe alla moglie della splendida donna single che ha incontrato al parco. A meno che non abbia un QI al di sotto della norma o non voglia essere soffocato nel sonno quella stessa notte. E Jay non sembra stupido, né desideroso di morire.

Ma non sono sorpresa. So di non essere il tipo di donna che rappresenta una minaccia per le altre. Il mio naso è un po' troppo grande, la mascella spigolosa. Nei giorni migliori mi dico che sono affascinante, come quelle attrici dei film in bianco e nero dai lineamenti marcati. Alla Greta Garbo. Ecco, magari solo se le luci sono soffuse. E di certo non mi faccio alcun favore. So che potrei curare di più il mio aspetto; non devo per forza andare in giro sciatta come sono ora.

Potrei vestirmi meglio, ma alla fine scelgo sempre la comodità: indosso vestiti che ho da anni e che avrei dovuto dare via – o buttare – da un pezzo. Jeans a vita alta strappati sulle ginocchia, camicie di flanella con i bottoni, maglioni oversize e sformati. Potrebbe anche sembrare uno stile personale, in un certo senso ricercato, se fosse intenzionale o se non fosse abbinato a chignon spettinati, occhiali di plastica economici e sneakers consumate. Ho delle lenti a contatto (e anche una spazzola), ma la mattina esco sempre di corsa, mezza vestita, con un toast bruciacchiato tra i denti, e così finisco col dimenticare le lenti a contatto (e la spazzola).

Non che mi manchino vestiti migliori – li ho – ma ultimamente non ho avuto una buona ragione per metterli. Perché, invece di cardigan e pantaloni, al lavoro indosso sempre un camice. Color malva, per la precisione. Il mio capo, Lena, me l'ha dato il primo giorno con un sorriso soddisfatto. Ha scelto lei stessa quella sfumatura.

Ma non sono un'infermiera, sono un'estetista in una piccola spa di lusso che offre manicure e pedicure da settantacinque dollari, cerette allo zucchero e una lista infinita di trattamenti per il viso. Infermiera o estetista, che differenza fa, dopotutto? Ah, giusto, c'è una bella differenza: tra aggiustare un braccio rotto e un'unghia rotta c'è un abisso.

Oggi, oltre alla divisa, indosso gli occhiali di plastica che ho menzionato prima, un paio di orecchini d'oro e un girocollo a catena che ho messo al volo prima di uscire di casa.

Sfioro la collana con la mano. L'ho trovata in un piccolo negozio che ho notato tornando a casa qualche settimana fa. Ero entrata solo per curiosare, senza l'intenzione di comprare, ma mentre passavo vicino alla cassa, l'ho vista luccicare in vetrina. La commessa mi ha detto di provarla e me l'ha messa attorno al collo per vedere l'effetto. Mi stava proprio bene. La catena era fine, composta da piccoli anelli intrecciati, e alla base del collo c'era una minuscola perla iridescente. L'ho comprata e l'ho indossata subito. Quando Natasha, la mia collega, me l'ha vista addosso il giorno dopo e mi ha fatto un complimento, le ho detto che era un cimelio di famiglia, ereditato da mia nonna.

Ma – tenetevi forte – anche con gli orecchini e la collana, non arrivo certo a meritarmi un dieci. Sua moglie probabilmente è molto più simile a Liv Tyler di quanto io possa mai sperare di diventare. Daisy e il suo Gatsby. Snella, con zigomi pronunciati, labbra carnose e riccioli che le cadono lungo la schiena, senza un'ombra di crespo.

«Altri cinque minuti, Harp.» Jay si china e le accarezza la testa. Lei annuisce distratta, ormai sembra aver dimenticato la puntura d'ape e gioca serena ai nostri piedi, versando la sabbia con la paletta nel secchiello per poi rovesciarla.

Sposto il peso da un piede all'altro. Dovrei andarmene – devo tornare al lavoro tra meno di dieci minuti – ma Jay è molto più interessante di qualsiasi cosa mi aspetti lì. E ha detto che rimangono solo altri cinque minuti. Se cammino in fretta, posso ancora arrivare in tempo. Così, invece di congedarmi, chiedo: «Hai detto che sei in ferie questa settimana?»

Annuisce. «L'asilo di Harper è chiuso per le vacanze di primavera, così ho preso la settimana libera anch'io, per passare un po' di tempo con lei.»

«Che lavoro fai?» Ecco un altro dei miei difetti: parlo troppo, faccio troppe domande. Forse è per questo che dico bugie, per riempire i silenzi e tenermi strette le persone.

Sì, lo so, suona tremendamente patetico. È solo che il mio lavoro è così monotono. La mia vita è così monotona. Grigia e noiosa. Darei qualsiasi cosa per una sbirciatina nella vita di qualcun altro. E la sua sembra particolarmente interessante. Vivida, quasi abbagliante. Ho ragione, ci scommetterei qualsiasi cosa.

«Ho avviato una mia azienda l'anno scorso, progetto videogiochi online. In pratica sono un gran nerd», scherza Jay sorridendo, gli occhi che gli brillano. Noto una fossetta sulla sua guancia destra.

Non è un nerd. Tutt'altro. Non lo è mai stato, si vede subito. Come ho detto, è alto, molto alto, più o meno un metro e novanta, con i capelli scuri, che continua a spostarsi dagli occhi con la mano. Ha il mento forte, ben rasato, la pelle abbronzata e liscia.

«Sembra eccitante» dico. «Hai avviato una tua azienda.»

«Ma sì.» Fa spallucce. «Non è altruistico come fare l'infermiera, ma serve a pagare le bollette.»

Giusto, sono un'infermiera. Sorrido con modestia, come se meritassi il suo complimento. Vorrei meritarmelo davvero.

Jay dà un'occhiata al telefono. «Cazzo, dobbiamo andare. Ho promesso di riportare Harper a casa per le tre.»

«È già così tardi?» esclamo, fingendo sorpresa. «Cavolo, devo scappare anch'io.» Naturalmente, torno al mio vero lavoro, nessun paziente all'orizzonte. «È stato un piacere conoscerti.»

«Anche per me, Caitlin.» Il suo sorriso mi fa capire che lo pensa davvero, sento le farfalle nello stomaco. «Dirò a mia moglie di cercarti.»

Ricambio il sorriso. «Mi farebbe *molto* piacere.» Sono una bugiarda, ricordate?

Li guardo mentre escono dal parco, mano nella mano, con le braccia che oscillano. Quando arrivano al cancello, Jay si gira e mi fa un ultimo cenno di saluto. Ricambio, poi aspetto che spariscano alla vista prima di voltarmi e andarmene anch'io.

Mentre torno al lavoro, mi viene in mente che il motivo per cui pensavo che fosse single è che non indossava la fede. Non posso fare a meno di chiedermi il perché.

# 2

«Mamma?» chiamo una volta a casa, mentre chiudo delicatamente la porta alle mie spalle e appoggio le chiavi sul tavolino all'ingresso. «Sono tornata.»

«Sloanie? Sei tu?» Sloane è il mio vero nome. Sloanie, la piccola bugiarda. E sì, vivo con mia madre. Lo so, lo so, un altro traguardo mancato. Ci sto lavorando. Giuro, è la verità. Mano sul cuore.

«Sì, mamma, sono io» rispondo a voce alta. Mi tolgo le scarpe e lascio cadere la borsa, percorro il breve corridoio fino al soggiorno. La tv è accesa, mia madre è seduta sulla poltrona reclinabile, indossa una tuta azzurra e spesse calze di lana, come un personaggio da sitcom degli anni Settanta. Attraverso la stanza e mi chino per darle un bacio sulla guancia mentre do un'occhiata allo schermo. *La signora in giallo*, il suo programma preferito. Probabilmente ha già visto quest'episodio almeno tre volte.

«Com'è andata al lavoro?» chiede mentre abbassa il volume da assordante a forte. Mi guarda strizzando gli occhi, sembra molto più vecchia della sua età. Ha i capelli corti e ricci quasi completamente grigi e profonde rughe sulla fronte, intorno agli occhi e alla bocca.

«Bene» rispondo scrollando le spalle. «Preparo la cena. Hai fame?» Annuisce e punta di nuovo il telecomando verso la tv, riportando il volume a un livello impossibile. Mi sorprende che i vicini non si lamentino. La vista e l'udito di mia madre stanno peggiorando. Gli anni di lavoro come donna delle pulizie le hanno distrutto la schiena, ora curva e dolorante, e le hanno irrigidito le articolazioni. Ha l'artrite reumatoide dai trent'anni; la tiene sotto controllo con i farmaci, ma ha lasciato il segno, impedendole progressivamente di muoversi, a volte anche per giornate intere, e ovviamente di lavorare.

Passa il tempo su una logora poltrona di velluto a coste, in un angolo del soggiorno, con una boule dell'acqua calda sulla schiena e le gambe sollevate, mentre guarda la tv attraverso occhiali appannati, le repliche di *Unsolved Mysteries* e *Forensic Files* che consumano lo schermo. Beve litri di caffè, tiepido e troppo zuccherato, seguiti da un bicchiere di whisky alle cinque e da un'ultima tazza di caffè prima di dormire, stavolta decaffeinato.

Non era nei miei piani vivere ancora con mia madre a trent'anni, ma almeno posso tenerla d'occhio. Ormai prendermi cura di lei è diventata un'abitudine, l'ho sempre fatto, da che ne ho memoria.

Vado in cucina e apro il frigorifero. Ci sono degli avanzi di pollo arrosto dalla cena di ieri, li scaldo e li sminuzzo in una ciotola; aggiungo una manciata di cetrioli e carote tritati e un po' di lattuga. Un modesto tentativo di compensare il cibo cinese da asporto che mia madre ordina a pranzo. Divido l'insalata tra il mio piatto e quello di mia madre e torno in soggiorno.

«Grazie, Sloanie» dice mentre prende il piatto. Poi toglie l'audio alla tv. Le piace ascoltare il racconto della mia giornata mentre mangiamo.

«Oggi ho fatto le unghie a Dolly» racconto mentre addento una carota.

Lavoro alla spa – Rose&Honey – da quasi un anno ormai. Ci sono entrata per caso un pomeriggio, avevo visto il cartello CERCASI PERSONALE appeso alla vetrina. Ero passata davanti a quel negozio con l'insegna a strisce bianche e nere centinaia di volte, ma non ero mai entrata. In quel periodo ero senza lavoro, da mesi. Non riuscivo a farmi assumere da nessuno, almeno non per il lavoro per cui ero qualificata. Facevo parecchi colloqui, ma non si concretizzavano mai in un'offerta. Sapevo il motivo, naturalmente, quindi non ero sorpresa, ma non era comunque facile da accettare. Fare le unghie mi sembrava un'alternativa ragionevole, qualcosa in cui avrei potuto essere brava, se ci avessi provato.

La donna alla reception pareva contenta quando le ho chiesto il modulo di candidatura. Mi ha stretto la mano con forza e si è presentata come Lena, la proprietaria della spa. Era una donna robusta, originaria dell'Europa dell'Est, con un trucco impeccabile: occhi bordati di kohl incorniciati da lunghe ciglia finte, pelle di porcellana e labbra rosse e carnose. Mi ha raccontato, in un inglese dal forte accento, di aver aperto il negozio qualche anno prima e di voler aggiungere un'altra manicurista al personale, qualcuno di affidabile, su cui poter contare. Perché no? ho pensato. *Quanto può essere difficile?*

Quando Lena mi ha chiesto se avessi la licenza di estetista le ho risposto di sì, che l'avevo presa di recente. Ho pensato che sarei riuscita a procurarmi un certificato falso, se e quando mi avesse offerto il lavoro. Mi ha invitata a tornare per una prova pratica: dovevo farle una manicure e dimostrare cosa sapevo fare. Ho passato la settimana successiva su YouTube a guardare e fermare i video a ogni passaggio esercitandomi su mia madre: limare, limare ancora, dipingere e ridipingere. Ho memorizzato i passaggi, erano piuttosto semplici: pulire, tagliare, limare, lucidare, trattare le cuticole, esfoliare, idratare, base, smalto, top coat. Mi sono presentata con il mio set da manicure, comprato col venticinque percento di sconto in un negozio di accessori per estetisti. Finito il lavoro, Lena ha esaminato le sue unghie, ha sorriso e mi ha assunta.

«Hai delle buone mani» mi ha detto mentre annuiva con soddisfazione. Le mie mani accanto a quelle di Lena sembravano gigantesche. Chi l'avrebbe mai detto che si sarebbero rivelate un vantaggio? La paga era di ventuno dollari all'ora, mi ha detto, più mille dollari extra al mese in mance, a volte anche di più; le sue clienti erano generose, ha aggiunto, alludendo ai portafogli gonfi di Cobble Hill. Era un po' meno di quanto guadagnassi nel mio vecchio lavoro, mance incluse, ma come si dice: a caval donato non si guarda in bocca.

Ho accettato il lavoro immediatamente e ho consegnato una licenza di estetista falsificata comprata su internet da un tizio per cinquanta dollari. Lena l'ha guardata distrattamente, mentre il telefono squillava, e mi ha detto che potevo iniziare l'indomani.

È un buon lavoro, meccanico e semplice, e alla fine del servizio la maggior parte delle clienti lascia almeno il venti percento di mancia, a volte anche il trenta. Il mio stipendio e gli assegni della previdenza sociale di mia madre bastano per l'affitto e le bollette, ma non per farmi smettere di desiderare qualcosa di meglio – qualcosa *di più* – o di temere il suono della sveglia ogni mattina, coi suoi squilli stridenti e insopportabili.

«E come sta?» chiede mia madre, riferendosi a Dolly, che chiamo così a causa di Dolly Parton. Un omaggio alla Regina della musica country. Invento dei soprannmi per le mie clienti abituali, quelle che vedo ogni settimana, donne che ho imparato a conoscere tramite le loro telefonate a voce troppo alta e le chiacchiere superficiali. Dolly Parton è in realtà Laura Hoffman, ma hanno in comune la stessa chioma bionda cotonata e un seno prorompente. Laura ha perfino un marcato accento del Sud, anche se è cresciuta in Texas e non nel Tennessee come Dolly.

È una texana trapiantata, si è trasferita a New York quando ha conosciuto il marito, che si trovava a Dallas per una spedizione petrolifera, o qualunque cosa facciano i magnati quando viaggiano per lavoro.

«La figliastra vuole la Lamborghini» rispondo. Il marito di Laura, molto vecchio e molto ricco, è morto due anni fa. Da allora è in lite con i figliastri, combatte per ogni singolo centesimo che il vecchio tirchio possedeva. E non stiamo parlando di cifre da poco. Laura mi aggiorna sugli sviluppi ogni volta che viene alla spa. Vive in un attico a Manhattan – nell'Upper East Side, dove sennò? – ma ha un figlio da un precedente matrimonio che vive a Brooklyn Heights, a pochi isolati dalla Rose&Honey, così viene qui nei giorni in cui pranzano insieme. Le teste si voltano di scatto quando entra, un contrasto netto rispetto alla nostra tipica clientela iper snob di Brooklyn.

«Laura dice che preferirebbe vendere l'auto a pezzi piuttosto che vedere quella mocciosa viziata alla guida. Parole sue, non mie.»

«Dove si parcheggia una Lamborghini a Manhattan?» chiede mia madre, con sincera curiosità.

Scrollo le spalle. «Ha accennato a un garage privato, mi pare. Tra l'altro, *nessuna* delle due sa guidare. Non hanno la patente. Al posto di un'auto, alla figliastra hanno regalato un autista, per il sedicesimo compleanno.»

Mia madre sbuffa e alza gli occhi al cielo. La sua tolleranza per le donne ricche è persino inferiore alla mia. A me, però, Laura piace, mi apre una finestra sulla sua vita da soap opera e mi permette di dare una sbirciata. Inoltre, mi tratta come un essere umano e non come un oggetto inanimato che sa limare le unghie, cosa che non posso dire della maggior parte delle mie clienti.

«Ma ha saputo che suo figlio aspetta il secondo bambino, quindi era di buon umore. Ha lasciato una mancia doppia.» Di solito Laura mi dà cinquanta dollari quando esce – una delle poche che lascia mance in contanti – ma oggi mi ha dato una banconota da cento, fresca di stampa, verde e frusciante. Stavo per protestare, ma lei mi ha fermata con un ampio gesto e mi ha strizzato l'occhio.

In realtà c'è di più. Probabilmente mi ha dato quei soldi perché, all'inizio della manicure, le ho raccontato di aver rovesciato il caffè sul mio MacBook, bruciando l'hard disk e cancellando così le ultime cinquanta pagine del romanzo che sto finendo di scrivere. La sua mano, con le unghie ancora bagnate, è volata alla bocca. «Oh no, Sloane!» Ovviamente, non c'è nessun MacBook, e nessun romanzo. Una bugia che ho raccontato per tutte e due. Vorrei davvero che ci fosse un manoscritto a metà su un laptop, vorrei passare le serate piegata su una tastiera invece che le giornate china sulle unghie delle clienti. Caspita, chiunque lo vorrebbe. Non immaginavo che mi avrebbe dato una mancia doppia. Se l'avessi saputo, non l'avrei detto. Giuro.

È solo che la verità è così poco interessante. Modificarla, cambiarne i dettagli, aggiungere un po' di colore: sono cose che ho iniziato a fare da bambina, cattive abitudini – come mangiarsi le unghie o grattarsi le crosticine – di cui non mi sono mai sbarazzata. Sono cresciuta con le bugie che scivolavano sempre più fluide fuori dalla mia bocca, quasi per riflesso, fino a diventare istintive, parte di me. E adesso non mi viene più naturale dire la verità. Perché dovrei? Quando lo fai – almeno se la verità è noiosa, e quasi sempre lo è – la gente inizia a distrarsi, gli occhi si offuscano e l'attenzione si spegne. Alla fine i tuoi annoiati interlocutori si risvegliano e chiedono con imbarazzo: «Oh, scusa, cosa stavi dicendo?» mentre simulano un'espressione di interesse.

Odio quell'espressione. Quel sorriso falso e vuoto. L'ho sempre odiato. Mi fa sentire insignificante come una cartaccia appallottolata e gettata sul pavimento, anziché nel cestino. Quando ero piccola, succedeva in continuazione. Io e mia madre ci spostavamo spesso, da una città all'altra, da un appartamento all'altro, da una scuola all'altra, mentre lei cambiava lavoro. Ero sempre «quella nuova», sempre in piedi davanti alla classe, con le mani sudate, mentre l'insegnante mi chiedeva di presentarmi. Iniziavo esitante, mi guardavo le scarpe, raccontavo che ero nata in Florida e che venivo da un buco di città da cui ci eravamo appena trasferite, e quando alzavo lo sguardo vedevo che nessuno prestava la minima attenzione.

Le ragazze si passavano i bigliettini e bisbigliavano, i ragazzi si tiravano calci tra i banchi. L'insegnante cercava di zittirli, ma anche lei era distratta, scriveva alla lavagna o distribuiva i fogli degli esercizi. Guardavo le ragazze con invidia, sognando di essere io quella a cui raccontavano i segreti. Ma i miei pantaloni erano troppo corti, le scarpe troppo consumate, la maglietta troppo scolorita per attirare l'attenzione. Era una sensazione orribile, l'invisibilità. Ogni volta speravo di non trasferirmi più, ma sapevo perché succedeva.

Mia madre era una lavoratrice instancabile, fin troppo scrupolosa, ma quando l'artrite si riacutizzava, era costretta a restare a casa, senza quasi potersi muovere, con le mani e i piedi immersi in acqua calda. Quando tornavo da scuola, mi infilavo nel letto con lei e la massaggiavo con olio di ricino e balsamo di tigre, accendevo la tv su uno dei suoi programmi preferiti per distrarla dal dolore. Alla fine, il suo datore di lavoro cominciava a lamentarsi per le assenze, le dava una lettera di richiamo, poi un'altra, finché non tornava a casa con l'ultimo stipendio.

Ci trasferivamo quando il padrone di casa iniziava a bussare forte alla porta con gli avvisi di mora. Trovavamo un'altra città, a una ventina di miglia, in una direzione qualsiasi, un altro modesto appartamento con un proprietario che non faceva controlli sugli affitti precedenti, e io iniziavo una nuova scuola. A ciclo continuo. Alla fine, ci ho fatto l'abitudine; sapevo che me lo dovevo aspettare.

Eravamo noi due sole, a farci strada nel mondo. Non ho mai conosciuto mio padre, non ho mai saputo chi fosse, sapevo solo che era stata un'avventura giovanile di mia madre. I suoi genitori – i miei nonni – erano morti pochi anni dopo la mia nascita, e sua sorella più grande viveva lontano, a ore di distanza. Stavamo bene da sole. Dovevamo farcela per forza.

In quinta elementare, quando io e mia madre ci siamo trasferite a Whispering Pines, in Georgia, un sobborgo ai margini di Macon, ho promesso a me stessa che sarebbe stato diverso. Il primo giorno, al suono della campanella dell'intervallo, ho seguito la classe fino al cortile, e un gruppo di ragazze con le trecce si è radunato intorno a me. «Da dove vieni?» mi ha chiesto una di loro. Si capiva che era una popolare dal numero di braccialetti che portava al polso, rosa shocking e verde lime, che si muovevano mentre camminava. Aveva la frangia, e quella sera, tornata a casa, me la sono fatta anch'io, in piedi su una sedia davanti allo specchio del bagno, con in mano le forbici da cucina.

«Dalla California» ho risposto. Non sapevo da dove mi fosse uscita quella risposta. Non ci eravamo trasferite dalla California; avevamo guidato per un'ora verso nord, senza neanche superare i confini dello Stato, solo da una contea all'altra. Grazie al cielo, quella mattina l'insegnante non mi aveva chiamata davanti alla classe, non mi aveva menzionata affatto. Ero un foglio bianco, una tabula rasa.

Mentre guardavo i volti delle ragazze illuminarsi, ho sentito qualcosa crescere dentro di me. Sapevo di aver detto la cosa giusta. La ragazza con i braccialetti mi ha sorriso raggiante. «Sei famosa?» ha chiesto con entusiasmo.

Ho scosso la testa, ma quando ho visto la sua delusione, ho aggiunto in fretta: «Ma mio padre sì. Lavora nel cinema».

Le loro esclamazioni di sorpresa si fecero sentire. E così, all'improvviso, ero speciale. Un gioco da ragazzi.

Quel giorno, a differenza dei miei altri primi giorni di scuola, tutti facevano a gara per sedersi vicino a me a pranzo. Raccontavo della spiaggia e delle palme, descrivevo nei minimi dettagli la sensazione di immergersi nelle onde che si infrangono, i colori delle conchiglie che trovavo sulla riva. Ho raccontato di aver vinto una gara per il miglior castello di sabbia. Ovviamente, non avevo mai visto il Pacifico. Ero stata a Daytona un paio di volte, il che mi tornava utile nelle descrizioni, insieme alle scene del mio film Disney preferito, *Lilo & Stitch*, e del mio secondo film preferito, *Flipper*. Dopo pranzo abbiamo giocato a palla, e la ragazza con i braccialetti – si chiamava Bianca – mi ha proposto di far parte della sua squadra. Ero al settimo cielo.

Quando mi hanno chiesto di incontrare mio padre, ho raccontato che era impegnato sul set a girare un nuovo film. Era plausibile, mi dicevo. Per questo le bugie non mi sembravano mai così gravi. Non avevo idea di dove fosse o cosa facesse. Come potevo sapere che *non* era un attore?

Sapevo che avrei dovuto smetterla, ma non ci riuscivo. Volevo disperatamente piacere alle persone, e mentire era l'unico modo che conoscevo. Non era difficile: volevo essere più interessante, quindi fingevo di esserlo. Sloanie, la piccola bugiarda.

Ma l'ironia è che più le mie bugie si facevano elaborate, più dovevo tenere gli altri a distanza. Non potevo mai invitare nessuno a casa. Avrebbero voluto vedere il cagnolino di cui avevo parlato, quello che avevamo adottato durante l'estate. Avevo detto alle mie compagne di classe che si chiamava Pickles e che era il più piccolo della cucciolata, nero con macchie bianche. Avrebbero voluto vedere il letto da principessa che avevo descritto, col baldacchino scintillante e le lenzuola con gli unicorni. Avrebbero voluto incontrare mio padre, la star del cinema, e fare un tuffo nella piscina con lo scivolo nel nostro giardino. Ovvio che lo volevano. Era il motivo per cui eravamo amiche. Ed era anche il motivo per cui non potevamo essere amiche. Non *vere* amiche, almeno.

Così alla fine mi sono inventata un'altra bugia, una che avrebbe risolto tutti i miei problemi. Un lunedì sono arrivata in classe con un'aria triste e ho sussurrato all'orecchio di Bianca che durante il weekend c'era stato un incendio a casa nostra. Le fiamme avevano divorato tutto, la nostra villa con la piscina era andata in fumo. Il mio letto con il baldacchino era andato. Anche il nostro cane era morto.

Le ho detto che dovevamo trasferirci in un appartamento dall'altra parte della città, ma che era una soluzione temporanea, fino alla ricostruzione della casa. Magari voleva venire a trovarmi dopo la scuola, un giorno? L'appartamento non era bello come la villa, certo, ma potevamo andare al parco dall'altro lato della strada, e giocare con le Barbie che avevo salvato prima di scappare. Bianca ha accettato, con gli occhi sgranati.

Durante la ricreazione, tutti ne parlavano. La mia insegnante, la signorina Newberry, mi ha chiamata in disparte durante il pranzo e mi ha chiesto cosa fosse successo. Ho ripetuto la storia che avevo raccontato a Bianca, su come mia madre avesse lasciato il fornello acceso e l'allarme antincendio fosse scattato nel cuore della notte. Mi ha messo la mano sulla spalla, con uno sguardo dolce e comprensivo, e mi ha detto di farle sapere se avessi avuto bisogno di qualcosa. E che non dovevo consegnare i compiti per tutta la settimana. Ero felice come una Pasqua!

Il giorno dopo, la signorina Newberry ha detto alla classe che la scuola avrebbe organizzato una raccolta fondi per me e la mia famiglia, per aiutarci in quel momento difficile. Si trattava di una vendita di dolci, e avrebbe mandato a casa un foglio di adesione per i genitori. Ho sorriso timidamente, entusiasta per tutta quell'attenzione speciale. Ma, come prevedibile, scoprirono tutto. La madre di una mia compagna chiamò la mia, quella sera, chiedendo il nostro nuovo indirizzo perché i genitori potessero cucinare per noi e portarci i pasti a turno. Stavo disegnando sul pavimento del soggiorno quando ho sentito mia madre dire al telefono: «Quale incendio?» e ho capito di essere nei guai.

Il giovedì successivo, ero seduta con mia madre davanti al preside, con le gambe a ciondoloni, mentre lui parlava con tono monocorde e mi spiegava le conseguenze della mia bugia. Mia madre era mortificata, per usare un eufemismo.

Anche io ero imbarazzata. Soprattutto per essere stata scoperta. Se avessi potuto tornare indietro, lo avrei rifatto. Ne era valsa la pena per l'attenzione che avevo ricevuto in quei due giorni.

Ero troppo piccola per ricevere un provvedimento disciplinare, quindi il preside mi fece scrivere una lettera di scuse ai miei compagni e alla signorina Newberry. Mia madre mi lasciò senza tv per un mese. Ma nessuna delle due punizioni mi ha insegnato a non mentire. Mi hanno insegnato come diventare una bugiarda migliore. Non ho più commesso gli stessi errori nella scuola successiva.

Ci siamo trasferite di nuovo alla fine dell'anno. In prima media, ho raccontato a una mia compagna di classe che andavo a cavallo nei weekend, una passione nata dopo aver letto *Black Beauty*. Anche lei lo faceva, mi ha detto con entusiasmo, e mi ha invitata al suo club di equitazione per il weekend successivo. Ho inventato una scusa dietro l'altra per non andare mai. Viaggi alla casa immaginaria dei miei zii in montagna, lezioni di danza, pigiama party con amici della mia vecchia scuola. Questo voleva dire dover restare a casa da sola mentre mia madre lavorava, invece di passare il tempo con gli amici che mi ero fatta grazie alle frottole che raccontavo. Il venerdì pomeriggio andavo in biblioteca per fare scorta di libri da leggere durante il fine settimana. Libri che tenevano a bada la solitudine, i cui dettagli si intrecciavano nella trama delle bugie che tessevo.

Ho mentito alle medie e al liceo, poi al college, e anche dopo. Piccole bugie, di solito, ma bugie in ogni caso. Dovrei smettere, ormai – sono un'adulta, santo cielo – ma non lo faccio. Non ci riesco. Desidero così disperatamente dire la cosa giusta, essere la persona giusta, che quando apro bocca esce ciò che credo vogliano sentire gli altri, che sia vero o no.

Non che non ci siano state conseguenze, oltre a finire nell'ufficio del preside. Ho perso amici, a volte, e opportunità di lavoro dopo qualche controllo accurato delle referenze. Sono una brava bugiarda, ma capita che faccia dei passi falsi, o che qualcun altro smentisca la mia storia, e allora vengo scoperta.

Ci sono periodi in cui dico meno bugie. Di solito appena dopo essere stata scoperta. Provo a cambiare, a essere onesta, ma dopo qualche settimana mi viene fuori qualcosa di non vero, qualcosa che non avevo nemmeno pianificato di inventare, e scivolo di nuovo nelle vecchie abitudini, come quando indosso la mia maglietta preferita. Calza a pennello. Avvolgente, comoda, logora. Altre volte, quando le cose vanno bene, come nel lavoro precedente, non sento il bisogno di mentire così spesso. Lo faccio comunque, è troppo difficile trattenersi, ma l'impulso diventa meno forte.

Ma ecco cosa mi rende ancora più strana. A volte credo alle mie stesse bugie. Sembrano reali. Mi lascio trasportare dalla fantasia, dal racconto; lo ripeto a letto, la notte, aggiungo dettagli, mi addormento e sogno tutta la storia. Penso sia perché ho sempre avuto la sensazione che nella mia vita dovesse esserci qualcosa di più. Non potevo certo accontentarmi della mia immagine di ragazzina povera senza padre. Lui doveva essere da qualche parte. E sicuramente era un tipo speciale di cui io avrei dovuto provare a essere all'altezza. Oltretutto chi non vuole sentirsi speciale?

«Giornata buona, quindi» dice mia madre. Non mi sembra una domanda... Giusto, dimenticavo la mancia da cento dollari.

«Direi di sì» rispondo. È stata una buona giornata. Lo è stata davvero. Per un attimo considero l'idea di raccontarle di Jay e Harper, ma non lo faccio. Non so bene perché. Lei è l'unica persona a cui non mento, l'unica a trovarmi interessante, così come sono.

Eppure, voglio tenere tutto per me, per ora. E omettere qualcosa non è esattamente come mentire, non del tutto. È quello che mi dico, comunque.

Mia madre mi passa il telecomando. «Scegli tu il film» dice. «L'ultima volta ho scelto io.»

Le ridò il telecomando. «No, scegli tu. Io prendo il dolce. Abbiamo ancora quella vaschetta di gelato.»

«Due palline per me.» Mia madre si mette comoda nella sua poltrona e scorre la lista dei titoli di tendenza su Netflix. Ieri sera abbiamo visto un thriller su una donna con un marito che sembrava perfetto, ma non lo era. A quanto pare, pochi mariti lo sono, almeno a Hollywood.

In cucina, carico la lavastoviglie, divido il gelato avanzato nella vaschetta in due ciotole e butto il contenitore nel bidone della plastica quasi pieno. Faccio un promemoria mentale per ricordarmi di portarlo fuori prima che passino i netturbini lunedì. Abbasso le luci mentre torno sul divano, porgo la ciotola a mia madre e mi siedo. La sequenza iniziale di un film – un altro thriller – inizia a scorrere, la musica melensa si alza, prendo un cucchiaio di gelato e lo rigiro in bocca. Dopo poco smetto di seguire, lo schermo si sfoca, i suoni si attenuano. Riesco solo a pensare a Jay e Harper. Ma soprattutto a Jay. Al suo sorriso. Mi chiedo se lo rivedrò.

Prima di andare a letto, prendo la mia copia tascabile di *Dieci piccoli indiani* dallo scaffale e la metto in borsa. Non si sa mai.

# 3

Lunedì mattina arrivo in ritardo al lavoro. Ho posticipato troppe volte la sveglia, poi sono uscita di corsa mentre chiudevo a fatica la cerniera della felpa. Per fortuna, nessuno fa caso a quando arrivo alla spa, purché sia in tempo per il mio primo appuntamento, che oggi è alle dieci e mezzo.

Il lunedì di solito è il giorno più tranquillo e questo non fa eccezione. La spa è praticamente vuota. Chloe, una delle tre receptionist, è alla scrivania. Tra tutte, lei è quella che mi piace di più. È coreana, frequenta il secondo anno al Brooklyn College, ha diciannove anni ed è più *cool* di quanto potrei mai essere io. Si è tinta i capelli corvini di un biondo platino – mi ha raccontato con soddisfazione che i suoi genitori per poco non l'hanno buttata fuori di casa, quando li hanno visti – e li ha tagliati in un elegante caschetto con la frangia corta. Indossa degli occhiali tartaruga troppo grandi, jeans a zampa d'elefante e top corti. Quando non c'è molta gente, le faccio la manicure, di solito con uno smalto di un colore al neon, giallo o arancione acceso, come un evidenziatore.

Dietro a Chloe, c'è una donna che sta facendo la pedicure in una delle quattro poltrone allineate lungo la parete di sinistra.

Solo una delle sei salette per i trattamenti è occupata, con la porta chiusa e il cartello girato su SEDUTA IN CORSO. Nel pomeriggio ci sarà un po' più di movimento, ma non molto.

Lena si prende sempre il lunedì mattina libero, quindi parte del personale arriva più verso le dieci che alle nove, ora in cui ufficialmente dovremmo iniziare i turni, ad eccezione di chi deve aprire e arriva alle otto per accogliere eventuali clienti senza appuntamento.

Un profumo intenso di eucalipto e citronella mi avvolge mentre attraverso la spa. Dietro quella fragranza si percepisce l'odore pungente dello smalto e dell'acetone. All'inizio mi dava fastidio, gli effluvi intensi mi facevano lacrimare gli occhi, ma ora mi sono abituata. Quasi non ci faccio più caso, tranne quando ho il doppio turno: allora l'odore mi impregna i vestiti, si attacca ai capelli, alla pelle e mi segue fino a casa, nel letto, e nei sogni.

Ripongo la borsa e il cappotto nella sala relax sul retro e mi preparo una tazza di caffè prima dell'arrivo della prima cliente. Lo scorso anno Lena ha regalato alle dipendenti una macchina da caffè Keurig per Natale. Tiene sempre la credenza piena di cialde di espresso e latte condensato francese al gusto vaniglia. Si illumina ogni volta che qualcuno la usa, ancora compiaciuta della sua idea regalo.

Bevo un sorso di caffè e do un'occhiata alla postazione manicure. È vuota. La donna che era sulla poltrona per la pedicure ora è alla cassa intenta a passare la carta di credito a Chloe. Anche se nei tranquilli lunedì le mance sono più basse, preferisco questa calma alla frenesia del fine settimana, quando le clienti strafatte di caffè fissano l'orologio con impazienza mentre passiamo da un appuntamento all'altro. Giornate come questa mi permettono di prendermi qualche momento di pausa e chiacchierare con le altre estetiste.

Neanche a farlo apposta, Natasha entra nella sala relax e mi sorride.

Ha qualche anno meno di me; è una ragazza del New Jersey di origini siciliane e vietnamite: sua madre è di Saigon, suo padre è un siciliano di seconda generazione della contea di East Hanover. Ha i capelli neri con ciocche tinte di rosa e li raccoglie in una coda alta.

Indossa una divisa attillata sopra un reggiseno push up e porta sempre un paio di orecchini d'oro a cerchio, grandi quanto dei braccialetti. Il tragitto da Jersey City è una vera rottura di palle, ma qui guadagna il triplo che in New Jersey: le casalinghe di Hoboken sono un po' meno generose.

«Buongiorno, Slo» saluta mentre infila una cialda nella macchinetta del caffè. Le sue unghie acriliche risuonano secche sui pulsanti di plastica. «Passato un bel weekend?»

Annuisco. «È stato fantastico.» Le offro una dose di latte condensato. «Ho conosciuto qualcuno» dico sorridendo, pensando a Jay. «Al parco, venerdì. E ieri sera mi ha portata a cena.»

In realtà ho passato il pomeriggio a cucinare la panzanella di verdure di Alton Brown per mia madre e ci siamo addormentate davanti alla tv guardando *Seinfeld*. Sono sicura che Jay era con sua moglie e Harper, tutti e tre abbracciati nel letto della bambina, con lei al centro, a leggere storie della buonanotte. Più tardi, quella sera, quando mi sono spostata dal divano al letto, l'ho cercato su Google. Al buio, sotto le coperte, il suo profilo LinkedIn è stato il primo risultato. Ho passato in rassegna la lista dei suoi lavori, poi ho cercato i suoi social, ma ha tutti gli account privati, che delusione!

«Davvero?» dice Natasha. Alza con curiosità le sopracciglia trattate al microblading. «Raccontami *tutto*.»

Sorrido. «Per cominciare, è super affascinante. E bravissimo a letto. Ma davvero bravissimo» aggiungo per enfatizzare.

Natasha ascolta ogni mia parola, divertita dal mio racconto inventato. Vuole saperne di più, lo vedo. Come me è single e si destreggia con le app di incontri tra una cliente e l'altra; accetta appuntamenti con chi le dimostra anche solo un minimo di interesse. Passiamo la maggior parte dei turni del lunedì a lamentarci del nostro scarso successo, confrontiamo i messaggi peggiori ricevuti durante il weekend, le frasi d'approccio audaci, le foto sgranate che restano impresse nella memoria anche dopo averle cancellate.

«Dove ti ha portata a cena?» chiede.

«La Vara» rispondo senza esitazione. È lo stesso posto dove Laura mi ha raccontato di aver pranzato con suo figlio la settimana scorsa, mi ha detto che le hanno servito la migliore sangria che avesse bevuto da anni. «I cocktail erano fantastici.»

«E sei andata a casa sua dopo? Che ragazzaccia!»

Annuisco. «Anche tu lo avresti fatto se avessi visto quanto era bello. Ma è stato un vero gentiluomo. Mi ha preparato la colazione stamattina, prima che andassi via.» Sorrido con modestia e Natasha mi guarda con un pizzico di invidia.

«Pancakes» aggiungo, senza riuscire a trattenermi.

«Lo rivedrai?» chiede con curiosità.

Prima che possa rispondere, la porta d'ingresso si apre rumorosamente e sento Chloe che saluta con allegria. Faccio capolino e vedo due donne all'ingresso della spa. Natasha e io finiamo in fretta il nostro caffè, spingiamo i carrelli per le unghie verso le nostre postazioni, ci sediamo sugli sgabelli e apriamo i rubinetti.

Davanti a me si siede una studentessa del college, con

una felpa di Aviator Nation e grandi occhiali da sole firmati che usa come cerchietto. Ha i pantaloni arrotolati fino a metà polpaccio e i piedi immersi nella vaschetta che si riempie d'acqua. Lo smalto che ha scelto è appoggiato sul bracciolo accanto a lei: blu elettrico. Ha gli auricolari in entrambe le orecchie e ogni tanto sospira, come se la persona dall'altra parte della linea le desse il mal di testa. Non sembra nemmeno accorgersi della mia presenza, o se lo fa, non lo dà a vedere.

Il suo comportamento non è insolito. La maggior parte delle donne a cui facciamo le unghie raramente ci guarda mentre lavoriamo sulle loro mani e piedi. Ci sono alcune clienti abituali che ricordano i nostri nomi e fanno conversazioni vere, ma la maggior parte si limita a darci istruzioni secche – «Non troppo corte, eh» oppure «No, non così, più arrotondate!» – e ogni tanto un «ahi!» accompagnato da uno sguardo severo se tiriamo una pellicina con troppa forza. A parte questo, per loro siamo invisibili.

Accanto a me, sulla sedia di Natasha, c'è una donna di mezza età senza particolari tratti distintivi che sfoglia distrattamente una rivista; i bracciali di Hermès tintinnano ogni volta che gira la pagina.

«L'acqua è troppo calda?» chiedo alla mia cliente, indicando la vaschetta.

Lei mi guarda inespressiva, poi indica l'orecchio e muove le labbra: «Sono al telefono». Tradotto: «Non parlarmi, plebea». Mi limito ad annuire. Per me va bene così. Se non interessa e lei se l'acqua scotta, non importa neanche a me.

«La mia è troppo calda» annuncia ad alta voce la donna davanti a Natasha, che ha sentito la mia domanda. «Troppo calda» ripete lentamente e con enfasi, fissando Natasha. Poi si gira verso di me. «Puoi dirle che è troppo calda, per favore?»

Sorrido forzatamente mentre Natasha regola il rubinetto. Un numero imbarazzante di donne pensa che una ragazza asiatica in una spa abbia poca o nessuna conoscenza dell'inglese, ignorando il fatto che Natasha è nata a meno di venti miglia da qui e che entrambi i suoi genitori sono docenti universitari. Abbiamo smesso da tempo di sprecare il fiato a correggerle, ma la cosa continua a infastidirmi, avrei voglia di alzare la temperatura dell'acqua al massimo, di vedere la loro pelle bianca diventare rossa e piena di vesciche.

«Allora» dice Natasha voltandosi leggermente verso di me, una volta iniziate le pedicure. La sua voce è bassa e neutra. «Sto morendo dalla curiosità, lo rivedrai questo tipo oppure no?»

Annuisco e sorrido. «Assolutamente sì. Ha un viaggio di lavoro nel fine settimana, ma ha detto che vuole vedermi appena torna. Ha detto che mi porterà a vedere *Funny Girl*, con Lea Michele.» Ho sentito diverse clienti parlare dello spettacolo e di quanto fosse difficile trovare i biglietti.

Mi chiedo se Jay porti sua moglie a teatro e decido che probabilmente lo fa. Forse l'ha già portata anche a La Vara.

Li immagino seduti a un tavolo, con due coppe di champagne scintillanti, i volti illuminati dalle candele, le guance arrossate, gli ampi sorrisi, le dita intrecciate sul tavolo. Sento un improvviso, bruciante lampo di gelosia.

Il sorriso sul mio viso è rigido come plastica. «Questo va bene?» chiedo alla mia cliente, afferrando il flacone di smalto blu sul vassoio accanto a lei. Mi fissa per un momento, sbattendo lentamente le palpebre, poi stringe le labbra e annuisce. Mi stai infastidendo di nuovo, sembra dire. E non vale nemmeno la pena dirtelo.

Per un attimo, immagino di rovesciare la boccetta e

rovinarle la felpa da duecento dollari. Se non avessi le bollette da pagare, se non avessi un bisogno disperato di questo lavoro, forse lo farei. Sfoggio un largo sorriso a trentadue denti, poi mi chino di nuovo sui suoi piedi. Immagino che l'inferno non sia poi così diverso.

Natasha si gira verso di me. «Chiedi al tuo nuovo ragazzo se ha un amico. L'ultima volta che un tipo mi ha invitata fuori, mi ha portata da *Subway*. Non sarebbe stato così terribile, se poi non mi avesse chiesto se volevo vedere il suo "hot dog".» Fa una smorfia di disgusto.

Annuisco. «Glielo chiederò» dico a Natasha. «Magari facciamo un'uscita a quattro.»

Ci voltiamo di nuovo verso le nostre clienti, sorridiamo entrambe. Questa volta il mio sorriso è sincero. Ha detto «il tuo ragazzo». Mi piace come suona. Questo è Jay, immagino di dire, il mio ragazzo. Se Natasha chiederà ancora dell'uscita a quattro, le dirò che la maggior parte dei suoi amici sono già sposati. Questo, almeno, è sicuramente vero.

# 4

All'una e mezzo ho la pausa del pomeriggio e mi avvio verso Quailwood Park, a soli due isolati, poco più di cinque minuti a piedi. L'emozione cresce a mano a mano che mi avvicino, anche se Jay ha detto che sarebbe tornato al lavoro questa settimana. Non posso fare a meno di sperare che abbia preso un giorno di ferie in più o che sia uscito prima dal lavoro; magari è andato a prendere Harper all'asilo, perché anche a lui è piaciuta la nostra chiacchierata. Più probabilmente, però, ha passato il weekend con la sua splendida moglie e la loro adorabile bambina, senza pensarmi nemmeno una volta. Ma una ragazza può sognare, giusto?

È una giornata calda e luminosa, con un perfetto clima di fine primavera. Il parchetto è vivace, pieno di mamme e tate con i loro bambini che urlano e ridono, in pantaloncini e maniche corte. Faccio due giri lenti attorno all'area giochi. Non vedo Jay. Non vedo Harper. Sospiro. Mi fermo e osservo il parco per la terza volta. Ancora nessuna traccia di loro. Non mi sorprende, ma la delusione non è meno forte; è sciocco, lo so.

Quando sono certa, proprio certa, che non ci sono, stendo la mia camicia di flanella in un piccolo angolo del prato sotto un albero dai rami rigogliosi, mi siedo a gambe incrociate e tiro fuori un libro dalla borsa. È una copia logora di *Rebecca* che ho letto centinaia di volte. Lo apro dove ho messo il segnalibro, ma non riesco a concentrarmi. Fisso lo stesso paragrafo per vari minuti prima di arrendermi. Tutto ciò a cui riesco a pensare è Jay. La fossetta sulla sua guancia destra. La scossa che ho sentito quando le sue dita hanno sfiorato le mie. Mi chiedo cosa stia facendo in questo momento. È in riunione? Seduto davanti al computer, con il mento appoggiato sulla mano? Sospiro mentre chiudo il libro e lo ripongo nella borsa, poi tiro fuori gli auricolari e apro Spotify sul telefonino.

Scrollo la playlist fino a trovare la canzone che cerco, quella che ho ascoltato in loop negli ultimi giorni. Il suono delle risate dei bambini si attenua. Muovo le labbra mentre Taylor Swift canta di come tutti siano d'accordo: è lei il problema. Mi riconosco, stessa storia. Sospiro e chiudo gli occhi. Di tanto in tanto li riapro e lancio uno sguardo all'area giochi. Non si sa mai. Dopo dieci minuti, proprio quando sto per rimettere tutto in borsa e tornare alla spa, scorgo un viso familiare. Mi blocco. È Harper. E sta guardando verso di me. Il mio cuore sussulta, come un piccolo singhiozzo nel petto. Penserei di avere le allucinazioni, ma sono sicura che è lei, perché indossa la stessa maglietta viola che aveva la scorsa settimana, quella con l'unicorno di paillettes bianche sul davanti.

Ha il braccio teso e sta indicando me. Almeno credo. Entusiasta, cerco Jay con lo sguardo, ma accanto a lei vedo una donna.

Sembra avere tra i venti e i trent'anni, capelli scuri, occhiali da sole, un cappello a tesa larga inclinato all'indietro, anche lei guarda nella mia direzione. Si gira verso Harper, poi si toglie gli occhiali da sole e torna a guardarmi, strizzando gli occhi. Dice qualcosa che non riesco a sentire e Harper annuisce. Poi un sorriso le si allarga sul viso. Comincia a salutare con la mano. *Oh merda*. Mi volto per guardare dietro di me, solo per sicurezza, ma non c'è nessuno.

Ora ne sono certa: sta salutando me. Con esitazione, ricambio il saluto.

La donna prende Harper per mano e cammina verso di me, superando i tappeti elastici del parco giochi. Lentamente, sciolgo le gambe incrociate e mi alzo con aria goffa mentre si avvicinano, poi tolgo gli auricolari e me li infilo in tasca. Il telefono mi cade lungo il fianco.

«Ciao» dice la donna. La voce è forte e squillante come una campana. Sorride, ha i denti di un bianco luminoso. «Io sono Violet.» Si ferma davanti a me e mi tende la mano destra. «Jay e Harper mi hanno raccontato di come li hai aiutati con la puntura d'ape. Tu sei Caitlin, giusto? L'infermiera?» Dà un'occhiata alla mia divisa.

Annuisco lentamente. Giusto. Caitlin, l'infermiera. Allungo la mano e stringo la sua. Il palmo è fresco e morbido, le dita sono sottili, ma la stretta è decisa. Noto le sue unghie curate con lo smalto appena applicato; mi chiedo dove le faccia sistemare e se sia mai stata da Rose&Honey. Decido di no, non c'è mai stata, me la ricorderei.

«Tu sei la mamma di Harper» dico. «La moglie di Jay.» Ovviamente. È bellissima, proprio come immaginavo, ma di una bellezza più interessante di quanto pensassi. Ha un naso deciso, folte sopracciglia sotto la frangia lucida. Mi ricorda una scultura in marmo, con lineamenti scolpiti e una pelle levigata a mano. La *Venere di Milo* al Louvre, affascinante, circondata da una folla di persone che la fissano. Come immagino me stessa quando sogno a occhi aperti, in mezzo a luci soffuse.

Violet annuisce e continua a sorridere. «Speravo di trovarti qui» dice con calore. «Per ringraziarti per l'altro giorno.»

Scrollo le spalle con modestia, mentre guardo in basso timidamente. Non era niente, dice la mia postura. Anche se, in realtà, non è stato proprio «niente».

«Vuoi dire "grazie" a Caitlin, Harper?»

«Grazie» ripete Harper come un pappagallo. Si è avvinghiata alle gambe di Violet, sbirciando da dietro i suoi fianchi.

«Prego» dico. «Mi ha fatto piacere aiutarti.»

C'è una pausa, poi Violet chiede: «Cosa stavi ascoltando?»

«Oh.» Guardo il telefono, presa alla sprovvista. «Taylor Swift» dico, con una certa esitazione. Mi era passato per la testa di inventare qualcosa – un podcast mi avrebbe fatto sembrare più interessante – ma la copertina dell'album riempie lo schermo; probabilmente l'ha già vista. *Midnights.*

Spero che non sia tra le persone che trovano la musica pop banale – quelle che ascoltano band indie sconosciute o artisti folk dai nomi eccentrici che registrano le canzoni in studi sulle scogliere della piovosa costa irlandese – ma per fortuna i suoi occhi si illuminano.

«Un disco stupendo» dice entusiasta. «Uno dei miei preferiti.»

Sorrido e annuisco. «Anche dei miei.»

Restiamo lì a sorriderci, un po' timide, in un silenzio piacevole. La osservo e faccio delle rapide considerazioni. È alta quanto me, ma più snella, con gambe affusolate. I suoi occhi, come quelli di Harper, come i miei, sono di un marrone scuro, grandi e incorniciati da ciglia lunghe.

Indossa una camicetta bianca, a bottoni e senza maniche, e un paio di shorts di lino beige, stretti in vita da una cintura di lino, e delle zeppe color nude. Il primo bottone della camicia è slacciato e, quando si china per parlare con Harper, intravedo il pizzo del reggiseno e i seni prosperosi. Il cappello che porta è un fedora color caramello, con la tesa inclinata verso l'alto. Le dona un certo fascino, sembra una delle ragazze con cui avrei sempre desiderato pranzare al liceo.

Sotto il cappello, ha una chioma di un castano mogano, tendente al rossiccio, e mi chiedo se sia il suo colore naturale. I capelli le sfiorano la parte superiore delle spalle, ondulati, morbidi e lucenti. Proprio in quel momento, si toglie il cappello e passa una mano tra i capelli, poi si sistema la frangia e la sposta dagli occhi. È appena troppo lunga e le sfiora le ciglia. Le sta bene, però, le incornicia il viso in modo perfetto, e mi chiedo come starei con lo stesso taglio. Non porto la frangia da quando ero in quinta elementare, quando l'ho tagliata da sola con le forbici.

Come se mi leggesse nel pensiero, porta una mano alla fronte. La sinistra. All'anulare c'è un diamante perfettamente tondo, grande quanto un sassolino. Brilla al sole, così come gli orecchini abbinati. «Lo so, sono troppo lunghi» dice. «Ho bisogno di una spuntatina. È in cima alla lista delle cose da fare, ma, be', sai com'è.» Fa un gesto verso sua figlia e poi un ampio movimento con la mano, come a dire «La vita è un casino», ridendo. «A ripensarci suona un po' triste che tagliarmi la frangia sia in cima alla mia lista di cose da fare.»

«Se pensi che sia triste, dovresti vedere la *mia* lista» rispondo. «Triste non rende l'idea. Tragica, semmai. Come Bambi che perde la mamma, Jack che scivola giù dalla zattera di fortuna alla fine di *Titanic*.»

Violet ride, una risata aperta e roca. «Sei divertente» dice quando smette, con il sorriso ancora sulle labbra.

«Cosa c'è nella tua lista delle cose da fare che la rende così tragica? Ora sono curiosa.»

«Be', in realtà niente. Non ho nemmeno una lista delle cose da fare. È questo che la rende così tragica.» Non è del tutto vero – c'è una pila di bollette non pagate sul tavolo della cucina, il bidone della spazzatura sul retro che devo portare fuori e un appuntamento dal dentista che devo fissare – ma non voglio annoiarla. Nessuno vuole sentire parlare dell'igiene dentale altrui.

Ride di nuovo. «Non mi sembra poi così male non avere una lista di cose da fare. Mi pare grandioso. Un po' come tutto *Titanic* con l'eccezione dell'ultima mezz'oretta, tanto per rimanere in tema.»

Questo mi fa sorridere. Anche lei è divertente.

Appoggia la mano sulla spalla di Harper e le dà una leggera stretta. «Bene, non ti tratteniamo. Volevo solo dirti quanto ho apprezzato...»

«Mi spingi?» interviene Harper, guardandomi con gli occhi color cioccolato. I capelli castano scuro sono raccolti nella stessa treccia ordinata, legata con un nastro rosa.

«Spingerti?» Sgrano gli occhi.

«Sull'altalena.» Indica il parco giochi con il suo ditino.

Guardo verso Violet, che mi sorride con indulgenza «Solo se vuoi» dice, facendo spallucce. «Capisco perfettamente se hai di meglio da fare.»

«No, va bene» rispondo in fretta. «Mi farebbe piacere. Nessuna lista delle cose da fare, ricordi? Andiamo!» Arriverò in ritardo alla spa, ma decido che ne vale la pena. Il mio prossimo appuntamento è alle tre; se mi avvio alle tre meno un quarto, farò in tempo.

Harper mette la mano nella mia e mi trascina verso l'altalena. Quasi cado in avanti, sorpresa dalla sua forza, poi riprendo l'equilibrio e mi metto al passo con lei.

Ci facciamo strada tra i minuscoli corpi che sfrecciano nel parco giochi. Quando arriviamo ai giochi, Harper si arrampica felice sull'altalena e agita le gambe con impazienza. Metto le mani sulla sua schiena e la spingo.

È leggera come una piuma. Una volta che prende slancio, faccio un passo indietro, verso Violet.

«È molto dolce» le dico. «Ed è stata davvero coraggiosa quando si è punta.»

Violet mi sorride. «È una brava bambina. Sempre desiderosa di piacere. Ma ti avverto, potrebbe stare sull'altalena per ore. Non sono sicura che tu sappia in cosa ti sei cacciata.»

Le sorrido a mia volta. Violet già mi piace. E soprattutto, mi piace il fatto che io piaccia a lei, o almeno così sembra. Do un'altra spinta a Harper.

«Abiti da queste parti?» chiede Violet.

«Più o meno» rispondo. «Non lontano da Second and Bond.»

«È proprio vicino a noi!» esclama con entusiasmo, come se avessi condiviso una notizia straordinaria. Sorrido radiosa, felice di aver detto la cosa giusta.

«Be', a qualche isolato di distanza. Noi viviamo a Cobble Hill, tra Clinton e Kane. Vivi qui da molto?»

Annuisco. «Dai tempi del liceo.»

Viviamo a Carroll Gardens – il quartiere appena a sud di Cobble Hill – una piccola zona di Brooklyn piena di giovani famiglie e boutique eleganti, abbastanza vicina all'acqua da sentire una leggera traccia di salsedine nell'aria, quando soffia il vento. Io e mia madre ci siamo trasferite quando gli affitti erano ancora ragionevoli, prima che diventasse molto alla moda e che i ristoranti e i bar guadagnassero stelle Michelin, prima che un bilocale costasse più di un milione e mezzo di dollari.

Ci siamo trasferite per occuparci di mia zia, l'unica sorella di mia madre. La sua salute era, come diceva lei stessa, un vero schifo – i reni stavano cedendo e il fegato non era molto lontano dal seguirli – e aveva bisogno di qualcuno che la accompagnasse a fare la dialisi ogni settimana. Diceva sempre, sospirando, che era solo questione di tempo prima che tirasse le cuoia.

Ci siamo sistemate nella sua stanza degli ospiti, condividendo il letto matrimoniale e un armadio minuscolo. Mia zia aveva ragione: è morta in meno di diciotto mesi. Abbiamo svuotato la sua stanza una settimana dopo il funerale, impacchettato i suoi vestiti e smontato il letto per la degenza domiciliare. Mia madre ha aspettato un'altra settimana, poi ha ordinato una cameretta da Macy's e si è trasferita nella vecchia stanza di mia zia, lasciandomi quella degli ospiti.

Prima di morire, mia zia ci ha aggiunto al contratto d'affitto come coinquiline, quindi paghiamo la stessa quota mensile che pagava lei quando si è trasferita alla fine degli anni Novanta, poco meno di mille dollari al mese. I vicini del piano di sopra pagano quasi cinque volte tanto. Se oggi cercassimo un altro posto dove vivere, saremmo fortunate a poterci permettere un monolocale nel Queens.

Cobble Hill, dove vive Violet, è un quartiere ancora più bello del nostro, popolato da nuovi ricchi, coppie con fondi fiduciari e stipendi a sette cifre. Le palazzine a schiera sono tutte ristrutturate, con le facciate messe a nuovo e riportate al loro antico splendore. Se lei e Jay possono permettersi una casa lì, sono ancora più ricchi di quanto pensassi.

Proprio in quel momento, Harper salta giù dall'altalena e torna da me e Violet. Infila la sua mano in quella della madre. «Ho fame. Posso avere gli M&M's adesso?»

Violet annuisce e guarda l'Apple Watch che ha al polso. Il cinturino è in oro: oro vero, senza dubbio. «Certo, tesoro. Non mi ero accorta di che ora fosse. Andiamo.» Infila la mano in tasca e le porge tre M&M's. «Vuoi salutare Caitlin?»

«È stato un piacere conoscerti» dico. Cerco di non lasciare trapelare la delusione dalla mia voce. Vorrei che non se ne andassero. Dovrei odiare Violet – essere logorata dalla gelosia per il suo bel viso, il marito ricco e affascinante, la figlia adorabile – ma non ci riesco. Anzi, tutto il contrario. È interessante quanto Jay. Daisy e il suo Gatsby, proprio come li avevo immaginati. Non dovrei essere sorpresa. Lui non è il tipo d'uomo che sposerebbe una donna noiosa.

«Anche per me.» Violet sorride. «Sono così felice che ci siamo incontrate oggi.» Sembra sul punto di girarsi per andarsene. «A dirla tutta» aggiungo rapidamente, speranzosa «pensavo di prendere uno yogurt gelato; vi va di venire?»

Lena forse mi ucciderà, ma non posso lasciarle andare via così.

Violet arriccia il naso. «Ci piacerebbe, ma devo passare al mercato, il nostro frigo è praticamente vuoto.»

Annuisco come se non fosse un problema e sorrido, fingendo indifferenza per la sua risposta.

Poi Violet inclina la testa, come se stesse prendendo in considerazione una nuova idea. «Ma...» esita per qualche istante, poi continua «ti andrebbe di venire a cena da noi stasera? Per ringraziarti come si deve di aver aiutato Harper l'altro giorno.»

La mia delusione fiorisce in un entusiasmo dai germogli rigogliosi. Vuole che vada da lei. Non so cosa dire, resto all'improvviso senza parole.

Sorride. «Sarà una cosa informale» dice. «Preparerò qualcosa di semplice. Voglio dire, se sei libera.»

Annuisco, felice. «Mi farebbe piacere» dico, ritrovando la voce. «Posso portare qualcosa?»

Violet scuote la testa. «No, grazie, solo te stessa.» Lancia un'altra occhiata all'orologio. «Sono le due e mezzo, che ne dici di venire per le sei? Jay torna dal lavoro più o meno a quell'ora, e io avrò abbastanza tempo per la spesa.»

Quando parla di Jay, le piccole farfalle nel mio stomaco spiegano le ali e svolazzano all'impazzata. Penso alla copia di *Dieci piccoli indiani* che ho in borsa; potrei dargliela di persona. «Alle sei va benissimo» rispondo con un largo sorriso. Di solito non lascio la spa prima delle sei e mezzo, ma inventerò una scusa per uscire prima. Temo che possa ritirare l'invito, se chiedo di andare più tardi. I bambini cenano presto. «Un'altra volta» potrebbe dire, e non posso rischiare.

«Perfetto.» Violet sorride. «Qual è il tuo numero? Ti mando un messaggio con l'indirizzo.»

Lascio il parco felice come quando ho incontrato Jay.

# 5

Mi precipito emozionata alla spa e arrivo senza fiato. Sono in ritardo; i miei trenta minuti di pausa sono diventati un'ora. Lena non la prenderà bene. Odia i ritardatari.

Mi fermo davanti alla porta e mi asciugo il sudore dalla fronte. Attraverso la vetrina, vedo Chloe alla reception con un caffè da asporto in mano. Quando mi vede, mi fa cenno di entrare. Faccio un respiro profondo per calmarmi e varco la soglia.

Cerco Lena con lo sguardo quando Chloe mi blocca.

«Hai una pedicure deluxe da fare» dice. «Era prenotata con Natasha, ma lei ha dovuto accettare una cliente senza appuntamento e non ha ancora finito.» C'è una nota di fastidio nella sua voce. Avrei dovuto essere qui per occuparmi di quella cliente, è chiaro; sono io l'ingranaggio che ha mandato in tilt il programma.

«Nessun problema.» Un'occhiata veloce alla mia postazione mi fa capire che la cliente è già lì, con i piedi immersi nell'acqua. «Prendo subito il carrello.»

Con la testa bassa, mi avvio rapidamente sul retro, sperando di non attirare l'attenzione. Se non fossi stata così di fretta, avrei osservato meglio la donna seduta sulla mia sedia. Avrei dovuto.

Mi sento sollevata quando arrivo nella sala relax e vedo che la porta dell'ufficio di Lena è chiusa. Non c'è. Di solito la lascia aperta, anche quando riceve chiamate personali, e la sua voce profonda si sente in tutta la spa. Metto la borsa nel mio armadietto e riprendo fiato.

Aggiusto lo chignon e sistemo i capelli fuori posto, poi spingo il carrello verso la mia postazione. La donna in attesa è immersa nella lettura, con il viso nascosto dietro un libro dalla copertina rigida. Un braccialetto sottile le cinge il polso destro, con un piccolo ciondolo di pietra verde che pende leggermente. Lo osservo, ma non riesco a ricordare dove l'ho già visto.

«Ha già scelto un colore?» le chiedo, accennando un sorriso. Quello che accade dopo sembra una scena al rallentatore.

Quando la donna abbassa il libro, la prima cosa che noto sono i capelli: un'improvvisa cascata di rosso, la coda di cavallo che le cade sulla spalla, di un vivace color rame. Sento un brivido lungo la schiena. Riconosco quel colore, quella sfumatura. È in quel momento, con lo stomaco che si stringe, che finalmente la guardo in viso. Zigomi alti, bocca a forma di cuore, naso sottile e leggermente arcuato. È lei. È rimasta identica, nonostante sia passato più di un anno. Il sangue scompare dalle mie guance, e per un attimo temo di svenire. Se non fossi già seduta, le gambe mi avrebbero ceduto. *Cosa ci fa Allison qui?*

Anche lei mi ha riconosciuta. La sorpresa si riflette sul suo volto, la bocca si apre e gli occhi azzurri si spalancano, quasi fuori dalle orbite.

Ha il mio stesso pensiero. Non ha bisogno di dirlo, è evidente: cosa ci fa lei qui?

Apro la bocca per dire qualcosa, qualunque cosa, ma lei si muove prima che riesca a pronunciare una parola. Tira fuori i piedi nudi dalla vaschetta e l'acqua trabocca dai bordi. La sorpresa sul suo viso si è trasformata in qualcos'altro, una miscela di rabbia e paura, un vortice di emozioni contrastanti.

«Ti avevo detto di starmi lontana!» urla, con voce acuta e tremante. Sta cercando freneticamente la sua borsa e lotta per sistemare la tracolla attorno alla spalla.

Mi guardo intorno, disperata. Natasha mi fissa, le altre clienti si girano per curiosare. Nella spa c'è rumore: Chloe al telefono, un'altra linea che squilla, le donne che chiacchierano, ma la voce di Allison sovrasta tutto, carica di isteria.

Mi giro verso di lei. «Ti prego» sibilo, alzando le mani in segno di resa, sperando di placare la situazione, di stemperare la rabbia. «Ti prego, non sapevo che saresti venuta, te lo giuro, non è come pensi...»

Ma non mi ascolta. «Dovresti lasciarmi in pace!» grida. È riuscita a infilare i sandali con i tacchi larghi e ora si fa strada verso l'uscita, i capelli sciolti che le cadono attorno al viso, come una fenice che vola verso il sole.

Allison raggiunge la porta d'ingresso, poi alza un dito e lo punta contro di me. Trema leggermente. La pietra del braccialetto – quel Bulgari che avevo riconosciuto senza riuscire a identificarlo – oscilla. Una sfumatura rosata le colora le guance chiare. Le labbra sono serrate. Vuole gridare, ma la bocca non si apre. Resta lì, tremante e con il dito teso, a fissarmi, e sento il cuore in gola.

Poi se ne va. La porta sbatte dietro di lei, i campanelli sul manico danno un allegro tintinnio. La stanza resta in silenzio. Almeno per me: chiacchiere e rumori sono svaniti, come se qualcuno avesse premuto il tasto MUTE.

«Ma che diavolo?...» inizia a dire Natasha, ma sono già in piedi, diretta verso la sala relax sul retro. Sento gli sguardi puntati su di me, mi perforano la nuca. Il viso mi brucia.

Un costante ronzio mi riempie le orecchie, forte, assordante. Con le lacrime agli occhi, afferro alla cieca la mia borsa, mi giro e corro verso la porta.

«Ho bisogno d'aria» sussurro a Chloe. Credo di sentire Natasha che mi chiama, ma non mi volto. Devo andarmene, subito. Mi chiedo se tornerò mai. Forse, se ho fortuna, un buco nero mi inghiottirà e sparirò, puff, proprio così. Vaporizzata in un milione di minuscoli atomi.

Lotto con la maniglia, ho le mani scivolose per il sudore, poi mi lancio fuori sul marciapiede affollato, respiro a pieni polmoni come se stessi riemergendo dall'acqua salata.

Non smetto di camminare finché non sono a tre isolati di distanza, all'imbocco di un vicolo stretto, incastrato tra due palazzi. È lì che i miei piedi si fermano, incapaci di fare un altro passo. Mi appoggio al muro di mattoni, fresco e all'ombra, e poi mi lascio scivolare a terra, lo sguardo fisso sul marciapiede davanti a me: l'asfalto sporco, gomme da masticare qua e là.

Alla fine, il respiro torna regolare, il cuore rallenta il suo battito.

Tra tutte le spa, in tutte le città, in tutto il mondo, è entrata proprio nella mia. Somiglia un po' a Ingrid Bergman in *Casablanca*, con quegli occhi limpidi e gli zigomi affilati. Ma, naturalmente, non è proprio una coincidenza. Vive a pochi isolati da qui, in uno di quei palazzi moderni a cinquantasette piani, in un appartamento così in alto da avere una vista completa su Manhattan. Adoravo quella vista, adoravo appoggiarmi alla parete di vetro che andava dal pavimento al soffitto nel suo soggiorno e guardare il tramonto e le luci che si accendevano sulla città finché tutto brillava come un mare infinito di stelle. Se le finestre fossero state dall'altro lato dell'edificio, avrei potuto vedere il tetto del nostro appartamento. Solo sedici minuti a piedi dalla mia porta d'ingresso alla sua.

Venti minuti, forse, se si contano i passi attraverso l'atrio di marmo e il tempo necessario perché l'ascensore arrivi fino al trentaseiesimo piano.

Quindi non sarebbe stato strano se ci fossimo rincontrate anche prima, e non fosse stata oggi la prima volta che la rivedevo dall'autunno scorso. Sono passati quasi diciotto mesi. Davvero così tanto tempo? In alcuni momenti sembra di più, in altri sembra successo appena ieri.

Per un po' l'ho cercata. Scrutavo i volti lungo il marciapiede sperando di vedere il suo, mi chiedevo se sarebbe comparsa, se l'avrei intravista. Ma non succedeva mai. Era come se fosse sparita. Alla fine ho smesso di cercare e di farmi domande. L'ho spinta fuori dai miei pensieri. L'ho riposta con cura in una scatola di cartone e l'ho relegata in un angolo polveroso della soffitta.

Fino a oggi. Fino a quando non è comparsa davanti a me. Ero a un passo dal toccarla, dal prendere il suo piede tra le mani.

Un dolore sordo mi stringe il petto. Vorrei aver avuto la possibilità di spiegarle. Se solo avesse voluto ascoltarmi, forse le cose sarebbero andate diversamente. Penso che avrei dovuto seguirla, ma forse avrei solo peggiorato le cose. Ammesso che questo fosse possibile.

La vibrazione del telefono mi fa sussultare nel silenzio del vicolo. Chiudo gli occhi per un istante, preparandomi al peggio, sicura che sia Lena che mi chiama per licenziarmi. Chi glielo avrà detto? Chloe? Natasha? Una delle altre manicuriste con cui vado d'accordo, ma che non sono mie amiche? Infilo la mano nella borsa, sento un peso allo stomaco. Ma non è una chiamata, e non è Lena. È un messaggio di Violet. Immediatamente il peso si alleggerisce. Sorrido. Un raggio di sole fa capolino tra le nuvole.

Mi asciugo il viso con la manica, tiro su col naso. Il messaggio illumina lo schermo. *Ecco il nostro indirizzo! Ci vediamo alle sei!*

Clicco sul link. Google Maps segnala la posizione nel cuore di Cobble Hill, tocco l'immagine in miniatura della street view. È una bellissima casa in *brownstone*, su due piani, non tre, ma più spaziosa della media, con una ripida scaletta che conduce alla porta d'ingresso nera. Faccio qualche ricerca sui siti che si occupano di immobili, e la trovo. La stessa casa, con un piccolo cartello in alto a sinistra con scritto VENDUTA. Scorro la pagina e vedo anche la cifra a cui presumibilmente è stata venduta: tre milioni e duecentocinquantamila dollari. Il mio sorriso si allarga. Stasera andrò a cena in una casa da tre milioni e duecentocinquantamila dollari. Io.

Chiudo il browser e alzo lo sguardo dal telefono. Il vicolo è sporco, disseminato di scatoloni schiacciati, con un cassonetto appoggiato all'edificio di fronte. L'aria ha un odore umido, di foglie marce. Raddrizzo le spalle. Devo andarmene da qui.

Quando esco sul marciapiede, lascio l'ombra e torno in pieno sole, giro a sinistra, lontano dalla spa, verso casa. Non tornerò al lavoro. È un rischio – se Lena non è già furiosa per la scenata, lo sarà per la mia assenza – ma non posso affrontare le colleghe, la loro apprensione, i loro sguardi che scorrono su di me senza vedermi, non per davvero, gli occhi che si muovono nervosamente, imbarazzati ma curiosi. No, non posso tornare.

E mi concentro sulla serata che mi aspetta: devo prepararmi, uscire da questi abiti da lavoro e indossare qualcosa di più elegante. Non lascerò che Allison rovini la mia serata. Mi ha già tolto abbastanza.

Rimetto l'accaduto nella sua scatola. Apro la porta della soffitta, sollevo il contenitore e lo spingo nella penombra, lontano dagli occhi, lontano da me. Va tutto bene. Va tutto *bene*, mi ripeto più e più volte finché non diventa vero. Quando arrivo al mio palazzo, non penso più ad Allison. Sto pensando a Violet. E a Jay.

A casa, preparo velocemente una frittata di verdure per mia madre e gliela porto con un grande bicchiere di tè freddo, guarnito con una foglia di menta e cubetti di ghiaccio che tintinnano contro il vetro.

«Non mangi con me?» chiede, alzando lo sguardo.

«No, stasera esco a cena.»

Alza un sopracciglio. «Ah sì?»

Annuisco. «Ho conosciuto qualcuno. Potrebbe diventare una nuova amica. Al parco. Mi ha invitato a casa loro stasera.»

«Bene» dice mia madre. Sembra sul punto di aggiungere qualcosa, le labbra leggermente socchiuse come se stesse cercando le parole giuste. Ma si limita a sorridere e torna a guardare un vecchio episodio di *Dateline Nbc* su un'effrazione finita male. Fisso lo schermo per un momento – una delle vittime sta raccontando l'accaduto – poi mi allontano per prepararmi.

In bagno, mi tolgo gli occhiali e metto le lenti a contatto, sbattendo rapidamente le palpebre. Le uso raramente perché rendono gli occhi arrossati e pruriginosi a fine giornata. Mi abituerei se le indossassi più spesso, ma sono sempre di fretta. Comunque, senza occhiali sto meglio; alcune persone li portano con stile, ma i miei occhi dietro la montatura sembrano piccoli e infossati, quindi sopporterò gli occhi secchi, almeno per stasera. Applico con cura un po' di mascara, anche se il tubetto è quasi secco, poi passo una spazzola tra i capelli e li raccolgo in una coda alta, bagnandoli con le mani per domare il crespo.

Provo tre magliette diverse prima di scegliere una canotta nera a collo alto e prendo un golfino dall'armadio. Anche se le giornate stanno diventando più calde, le sere sono ancora fresche. Cambio i pantaloni della divisa con dei jeans senza strappi e infilo un paio di stivaletti neri.

«Non aspettarmi sveglia» dico a mia madre mentre esco, e le do un bacio sulla fronte. Lei sbuffa, poi abbozza un sorriso. Sappiamo entrambe che si addormenterà sulla poltrona entro le otto e mezzo. Tornerò a casa e il salotto sarà buio, la tv ancora accesa e col volume alto.

«Divertiti» mi dice.

Sorrido. So che lo farò. Non sono mai stata così sicura di qualcosa.

# 6

La casa dei Lockhart dista solo quindici minuti dalla nostra. Cammino in fretta, con passo deciso. Sento il cuore che batte all'impazzata, i nervi tesi, ma in modo piacevole, come alla fine di un appuntamento che non vuoi che finisca, quando sorridi nervosamente all'altra persona, l'aria è carica di elettricità e la notte piena di promesse. O come la mattina di Natale, poco prima di entrare in salotto. Continuo a infilare la mano nella borsa per controllare che il libro per Jay sia ancora lì. Ovviamente c'è, ma non riesco a smettere di farlo.

Arrivo all'indirizzo due minuti dopo le sei. Dal marciapiede, alzo lo sguardo verso la casa: è lo stesso edificio in *brownstone* che avevo visto su Google Maps. Dal vivo è ancora più imponente, con lucidi parapetti in ferro battuto e la facciata perfetta. Vale ogni centesimo dei milioni che hanno speso. Fischierei sottovoce, se sapessi come farlo.

Salgo la scala e mi fermo sull'ultimo gradino, sposto il peso nervosamente da un piede all'altro. Per un attimo, nella mia mente compare il volto di Allison, con quella coda di capelli rossi che sembra una frusta. All'improvviso, mi viene voglia di tornare indietro. Mi sento un'imbrogliona. E lo sono, in effetti. Andarmene ora, sarebbe saggio. Ma poi, attraverso la grande finestra a bovindo del salotto, intravedo Violet. È china sulla spalla di Harper, che sta colorando seduta a un tavolino. Violet sorride, annuisce e indica il disegno, con le guance appena arrossate. L'immagine di Allison si dissolve all'istante. So già che non andrò via.

Raddrizzo la schiena e stringo la maglia che ho legato attorno alla vita. Mi chiamo Caitlin. Sono un'infermiera. Uno, due. Ripeto le bugie che ho detto, una dopo l'altra, finché non iniziano a sembrare vere. Poi busso.

La porta si apre quasi subito. Violet appare sulla soglia, leggermente affannata, lo sguardo raggiante. Indossa gli stessi vestiti di prima: pantaloncini di lino e una camicia bianca, ma con sopra un grembiule a balze, con una fantasia paisley e un cardigan con le maniche arrotolate.

«Caitlin, ciao! Entra!» mi dice sorridendo.

Faccio un passo avanti ed entro nell'ingresso. Davanti a me una scala in legno di quercia porta al piano superiore. Alla mia destra c'è un ampio soggiorno con la grande finestra che avevo notato dalla strada. Sul lato opposto del soggiorno, intravedo la cucina. Nell'aria si sente una musica di sottofondo, una voce femminile accompagnata da una chitarra. La casa è calda e profuma di pane appena sfornato.

«Seguimi» dice Violet, e mi fa un cenno con la mano. «Sto finendo di preparare la cena. Jay dovrebbe arrivare a momenti. Harper, saluta!»

Attraverso il soggiorno e la seguo verso la cucina. Harper, seduta a un tavolino, alza lo sguardo e mi saluta con un sorriso e un cenno della mano, poi torna a disegnare, canticchiando a bassa voce. Mi sembra di riconoscere *All'alba sorgerò* di *Frozen*.

La cucina è incredibilmente spaziosa, molto più grande rispetto a quelle che si trovano a Brooklyn; e infinitamente più grande del nostro minuscolo angolo cottura. È luminosa, con mobili bianchi e lucenti, decorazioni dorate, un fornello a sei fuochi e un frigorifero a doppia porta in stile francese.

Alla mia destra c'è un tavolo da pranzo apparecchiato per quattro, ma abbastanza grande per almeno sei persone. Sopra al tavolo, una grande lampada con paralume in rattan pende dal soffitto e illumina la stanza.

«Accomodati, prego» dice Violet, indicando uno sgabello accanto all'isola della cucina, che ha il piano in marmo. Al centro del bancone c'è un vaso di gardenie, che sprigionano un aroma fresco, come un giardino dopo la pioggia.

«È quasi pronto. Ho buttato la pasta, il sugo è sul fuoco... devo solo togliere il pane dal forno.»

Appendo la borsa allo schienale della sedia e mi siedo. Mi guardo intorno, ho voglia di darmi un pizzicotto. Se stamattina qualcuno mi avesse detto che avrei cenato qui, avrei riso e detto che era bugiardo quanto me.

«Vuoi un po' di vino?» chiede Violet, mentre prende dal frigo una bottiglia di bianco già iniziata, appannata dalla condensa.

Scuoto la testa. «No, grazie. Non bevo.» Mi sorprendo da sola nel dirlo. È vero, ma è una cosa che ammetto raramente. Aspetto che sollevi un sopracciglio o inclini la testa con aria perplessa, come se le avessi detto di avere un terzo capezzolo. *Non bevi?!* La maggior parte delle persone reagisce come se avessi confessato di scuoiare cuccioli per divertimento. *Oh, dio, che orrore!*

Invece Violet mi regala un ampio e caloroso sorriso. «Nemmeno io!» Rimette la bottiglia al suo posto e si china a frugare in fondo al frigorifero. «Ti verso qualcos'altro. Ti piace lo zenzero?»

Annuisco, entusiasta. Un'altra tizia con tre capezzoli, proprio come me. Abbiamo già qualcosa in comune, mi piace. «Certo» rispondo.

«Perfetto.» Tira fuori una lattina, chiude il frigorifero e prende da una credenza dietro di lei due bicchieri da champagne. Quando apre la lattina, il suono dello scatto è netto, pulito. Riempie con attenzione i bicchieri, lasciando salire la schiuma.

«Il mio ginger ale preferito» dice, sorridendo. «Nessuno direbbe mai che non è champagne.»

Violet sorride e mi porge un bicchiere. «Cin cin.»

I nostri bicchieri si sfiorano e porto il mio alle labbra. Il sapore è dolce, un po' speziato. «Delizioso» dico.

«Vero?» mi risponde, compiaciuta. «È il mio trucco preferito: ordinare ginger ale al bar e farmelo servire in un bicchiere da champagne.» Fa una smorfia adorabile. «Detesto dover spiegare che non bevo. Dire "no, grazie" non è mai abbastanza, tutti vogliono sempre sapere perché, come se ci fosse per forza qualcosa di sbagliato nel rifiutare un drink.»

Annuisco con entusiasmo. «Assolutamente.» Non esco spesso con gli amici, ma quando capita, devo sempre inventarmi qualcosa: che sono sotto antibiotici o che la sera prima ho esagerato. La verità – se bevo mi viene l'orticaria e mi copro di grosse macchie rosse, gonfie come ciliegie troppo mature – è poco allettante.

«La cosa peggiore è quando ti fanno quel sorrisetto malizioso, come se fossero a conoscenza di un grande segreto, e ti guardano la pancia. Come se una donna debba per forza essere incinta per non bere.» Violet alza gli occhi al cielo.

«Mi odieresti se te lo chiedessi anch'io, il perché?» le

chiedo, sporgendomi in avanti sul bancone. Non riesco a trattenermi. Ve l'ho detto, sono un'impicciona. «Posso iniziare io: sono fortemente allergica. Non ne vale la pena, dopo due sorsi mi riempio di bolle neanche avessi il vaiolo. E la gente non ama condividere gli spazi con una sospetta untrice.» Purtroppo, è vero. L'ho scoperto il primo fine settimana al college, quando ho preso un sorso di birra a una festa e, quasi all'istante, mi sono trasformata in un pomodoro. La rapidità con cui tutti si sono allontanati da me è stata inquietante.

Violet scoppia a ridere. «Stronzi, tutti quanti.» Poi all'improvviso grida: «Oh, merda».

Corre verso i fornelli. L'acqua bolle all'impazzata, trabocca dalla pentola e scivola lungo i lati. «Sono una pessima cuoca» dice, mentre sorride impotente. «Ma sarà commestibile, giuro.»

La osservo mentre sorseggio la mia bevanda, e lei si muove per la cucina. I suoi capelli castano scuro, morbidi e lucenti, ondeggiano leggermente a ogni passo. Ha qualcosa di incredibilmente naturale e affascinante, anche quando si destreggia in modo goffo. Si gira verso di me, sembra sul punto di dire qualcosa, ma prima che possa parlare sentiamo una porta aprirsi e richiudersi. Guardiamo entrambe verso il soggiorno.

Da dove sono seduta, vedo Jay all'ingresso, con la mano ancora sulla maniglia della porta. Poi si volta verso il soggiorno. Io vedo lui, ma lui non mi ha ancora notata. Sento di nuovo il cuore che accelera nel petto. È ancora più bello di come lo ricordavo: camicia, cravatta leggermente allentata, pantaloni kaki ben stirati. Ma ha il volto segnato da un'espressione corrucciata, distante, molto diversa dal sorriso rilassato che aveva al parco.

«Sono a casa» annuncia.

Si sfila una borsa in pelle marrone dalla spalla e la appoggia distrattamente sulla ringhiera della scala, poi entra in soggiorno. Si ferma accanto al tavolino di Harper, si china per darle un bacio e le sistema la frangetta prima di proseguire verso la cucina.

Violet gli sorride radiosa. «Jay, ti ricordi di Caitlin, vero?»

A queste parole, il suo volto cambia. I tratti si distendono, la bocca e gli occhi si ammorbidiscono. Mi guarda e sorride, lo stesso sorriso del parco, ampio, con le fossette e i denti perfetti. Per un attimo, dimentico come si respira. «Certo» dice. «Come potrei dimenticare la nostra salvatrice? L'angelo custode. La santa patrona del parco. È bello rivederti, Caitlin.»

Arrossisco. «Era solo una puntura d'ape» dico timidamente.

«Be', la tua competenza è stata molto apprezzata» interviene Violet. «Sei stata l'unico argomento di conversazione a cena quella sera. Non facevano che parlare di te.»

Il sorriso di Jay sembra congelarsi per un istante. Esita, poi dice: «Ha ragione. Se non fossi arrivata in quel momento, Harper non sarebbe stata l'unica in lacrime».

Accenno una risata. «In tal caso, prego. Sono felice di essere stata d'aiuto.»

Jay dà un'occhiata alla cucina e si sofferma sui bicchieri da champagne che teniamo in mano. «Vedo che ci avete già dato dentro» commenta con tono serio ma ironico.

Violet alza gli occhi al cielo con velata ironia. È una battuta sciocca, che chiaramente fa sempre. Mi ricorda quando da bambina ordinavo uno Shirley Temple al ristorante e il cameriere mi faceva l'occhiolino bonariamente, come a dire: «Ti attacchi già alla bottiglia, eh?» Detto da Jay, però, è decisamente più affascinante.

«Vuoi una birra?» gli chiede Violet.

«Me la prendo io» risponde, attraversando la cucina. Mi piace che non incarni lo stereotipo anni Cinquanta: l'uomo che torna a casa dal lavoro e si piazza in poltrona, mentre aspetta una bevanda ghiacciata servita con devozione dalla moglie perfetta in grembiule e capelli in ordine. Anche se, a dire il vero, Violet potrebbe benissimo essere quel tipo di donna.

Mentre si dirige verso il frigorifero, i loro corpi si sfiorano, schiena contro schiena. Si girano entrambi, si guardano per un istante, un momento sospeso. Distolgo lo sguardo, mi sento imbarazzata e gelosa allo stesso tempo, avverto una piccola, pungente stretta allo stomaco.

Jay stappa la birra e ne beve un sorso, appoggiandosi al bancone accanto ai fornelli. Poi alza la bottiglia nella mia direzione.

Sorrido e alzo il bicchiere a mia volta. Beviamo insieme.

«Serve aiuto?» chiede a Violet, e lei annuisce, sollevata. «Il parmigiano, puoi grattugiarlo?» gli chiede. «Ah, e prendi la ciotola grande dalla mensola in alto, per favore. La pasta è da condire.»

Jay annuisce, posa la birra sul bancone e tira fuori una grossa ciotola dall'armadietto in alto, nell'angolo della cucina, appoggiandola poi accanto a Violet, prima di mettersi a grattugiare il formaggio. Nel frattempo, Violet scola la pasta e la condisce nella ciotola.

«Okay» dice Violet, osservando la cucina con le mani sui fianchi. «Credo che siamo pronti per mangiare! Harper, vai a lavarti le mani!»

Pochi minuti dopo siamo tutti seduti: Jay e Violet a capotavola, io di fronte ad Harper. Violet serve la pasta, mentre Jay passa un cestino di pane caldo e croccante. Ne prendo una fetta e passo il cestino ad Harper, che ne prende due.

Quando tutti hanno il piatto pieno, Violet alza il bicchiere. «Cin cin. Grazie per essere qui con noi stasera, Caitlin.»

«Cin cin!» grida Harper, sollevando un bicchiere di plastica pieno di latte. Le sorrido e tocco il suo bicchiere con il mio, poi quello di Violet e infine quello di Jay. I nostri occhi si incontrano e ci scambiamo un sorriso.

«Grazie a voi per l'invito» dico, dopo un rapido sorso. Guardo di nuovo Jay, poi Violet. «Allora, dove vi siete conosciuti?»

Mi aspetto sorrisi calorosi, occhi che si perdono nei ricordi, ma nessuno dei due mi guarda. Invece, si fissano tra loro, mantenendo il contatto visivo. Non riesco a decifrare l'espressione sui loro volti.

È Violet a rompere il silenzio, sposta lo sguardo verso di me e fa un gesto distratto con la mano. «All'università» dice. «Vorrei fosse una storia più interessante, ma probabilmente ti annoierebbe a morte.»

Proprio no, vorrei rassicurarla, ma c'è qualcosa nel tono della sua voce che mi frena. È un po' secco, eppure fin troppo allegro. Spero che Jay aggiunga qualcosa, ma rimane zitto. Fissa il piatto con un sorriso forzato, quasi innaturale, che sembra disegnato sul volto.

Mi muovo sulla sedia e cerco qualcosa da dire, ma prima che ne abbia l'occasione, Harper urla: «Guardate! Un verme!» Sta tenendo in alto una tagliatella e la fa ondeggiare vistosamente. Scoppiamo tutti a ridere.

In un attimo, Harper diventa il centro della conversazione. Parla ad alta voce della sua giornata, felice come una Pasqua quando le chiedo qual è il suo libro preferito. Annuncia con orgoglio che è *Winnie Puh* e sorride quando le dico che sono d'accordo con lei.

«Nina mi ha letto tutto *La strada di Puh*. È un libro a capitoli» dice con aria fiera.

«Chi è Nina?» chiedo.

«La nostra tata» interviene Violet. «O meglio, ex tata. Ha smesso di lavorare per noi qualche mese fa. Un vero peccato. Harper l'adorava. La adoravamo tutti, vero?» Si gira verso Jay. «Era la migliore, no?»

Jay smette di masticare, sbatte le palpebre, poi fa un cenno di assenso.

Violet sospira e torna a guardarmi. «Sto facendo una fatica tremenda a trovare una sostituta.» Inizia a raccontare di una serie di colloqui che ha fatto nelle ultime settimane, menziona una candidata che si è presentata due ore in ritardo, con il trucco di scena e si è scusata dicendo che un'audizione era durata troppo. Poi, con nonchalance, ha ammesso di non avere alcuna esperienza con i bambini, ma di aver interpretato una madre in uno spot pubblicitario. «A quanto pare» dice Violet «se vuoi una buona tata a New York, devi trovarne una quando tuo figlio è ancora in utero.»

Sorrido e le do ragione. «In realtà, anch'io ho fatto la tata» dico. «Prima di diventare infermiera.» Questo, che ci crediate o no, è vero. Ho iniziato al college, quando una delle mie professoresse cercava qualcuno che accompagnasse sua figlia a casa dopo la scuola. Mi ha consigliata a un'altra collega e, prima che me ne rendessi conto, ero impegnata quasi tutti i weekend. Mi è piaciuto così tanto che ho cambiato corso di laurea – da letteratura a pedagogia – e ho iniziato a lavorare come tata a tempo pieno alla fine dei miei studi.

In seguito, avevo iniziato a lavorare in un asilo qui vicino, a pochi isolati da casa. È il lavoro che ho perso prima di iniziare da Lena, ma questo ovviamente non lo dico.

Violet mi sorride. «Be', non c'è da stupirsi che tu sia così brava con Harper!»

Sento una fitta improvvisa. Ero davvero brava nel mio lavoro. È buffo, a pensarci bene: tutte le bugie che racconto – che nel migliore dei casi sono viste come un peccato veniale o, nel peggiore, come una colpa gravissima – erano in realtà ciò che mi rendeva così amata dai bambini. Ero bravissima a raccontare storie, un'artista dell'immaginazione, la regina del «facciamo finta che». I bambini adoravano i miei racconti assurdi, pendevano dalle mie labbra mentre descrivevo fantasiosamente i miei weekend. Non mi hanno mai chiesto se le mie storie fossero vere. Non gli importava.

Quando ho dovuto lasciare il lavoro, è stato un duro colpo. Se chiudo gli occhi, ricordo ancora l'ultimo giorno come se fosse ieri. È successo tutto all'improvviso, come se mi avessero tolto il terreno da sotto i piedi. Avrei voluto oppormi, gridare che non era giusto, che era un enorme malinteso, ma sapevo che non sarebbe cambiato nulla. Nessuno avrebbe creduto alla mia parola più che alla sua.

Avevo gli occhi lucidi mentre dicevo ai bambini che me ne sarei andata e non sarei più tornata. Mi chiedevano il perché, ma ovviamente non potevo dirglielo. La gola mi si è chiusa e non sono riuscita a trovare le parole. Mi sono inginocchiata e ho aperto le braccia. Sono venuti uno per uno ad abbracciarmi forte con i loro corpicini. La preside era lì, sulla porta, appoggiata allo stipite, con le braccia incrociate, pronta ad accompagnarmi fuori. Mi mancano le loro manine appiccicose, le risate squillanti, le grida gioiose.

Riesco a malapena a trattenere le lacrime mentre ricambio il sorriso di Violet. «Mi piaceva davvero» dico. «Anzi, lo adoravo.»

Prima che riesca a dire altro, Harper rovescia il suo bicchiere di latte mentre cerca di prendere un'altra fetta di pane. Lei e Violet lanciano un piccolo grido di sorpresa. D'istinto, mi alzo di scatto, afferro il rotolo di carta assorbente accanto al lavandino e corro a tamponare la pozzanghera, appena in tempo prima che il latte cada sul pavimento.

«Grazie» dice Violet e mi sorride con gratitudine.

«Una tata è per sempre» rispondo con ironia. La loro è esattamente il tipo di famiglia per cui avrei adorato lavorare, quando ho cominciato. In effetti, lo sarebbe ancora. Mi immagino nella loro cucina a preparare una merenda per Harper, mentre taglio i sandwich al burro d'arachidi e marmellata a forma di cuore; o nel loro soggiorno, a piegare le piccole magliette con gli unicorni mentre lei colora felice accanto a me. Devo fare un vero sforzo di volontà per non candidarmi spontaneamente, per non dire a Violet che non ha bisogno di fare altri colloqui, che prenderei quel posto volentieri. Dio solo sa che, dopo oggi, avrò bisogno di un nuovo lavoro, e con urgenza. Mi mordo la guancia e ingoio il ricordo amaro di questo pomeriggio.

La cena prosegue tra chiacchiere leggere, interrotte di tanto in tanto da Harper che racconta aneddoti della sua giornata. Violet ascolta con attenzione e la incoraggia a elaborare i suoi racconti. Sbircio Jay di nascosto un paio di volte, solo per sorprenderlo a fissare Violet, a osservarla. E lo capisco. È radiosa, con qualche ciocca di capelli fuori dalla coda, gli occhi le si illuminano mentre ride. Se si accorge dello sguardo di Jay, non lo lascia trasparire, concentra tutta la sua attenzione su Harper e su di me, mentre si assicura che il mio piatto sia pieno e che mi stia gustando la cena. Per un momento, incrocia il mio sguardo e mi sorride. Ricambio il sorriso, incantata. Mi chiedo come sarebbe essere bella come lei, avere quel magnetismo naturale. Favoloso, immagino.

Poco più di un'ora dopo, quando i piatti sono stati ripuliti e i bicchieri svuotati, Violet si schiarisce la gola e guarda Jay, inclinando la testa verso Harper. Lui annuisce.

«Pronta per il bagnetto?» chiede Jay. Subito Harper fa il broncio, e si prepara a protestare, ma Violet interviene: «Due M&M's se sei al piano di sopra in meno di trenta secondi!»

Harper si illumina. «Quelli rossi?»

Violet annuisce, e Harper balza giù dalla sedia gridando di gioia. Corre dalla cucina al soggiorno, i suoi piedini scalpitano sul pavimento di legno, poi si dirige verso le scale e si arrampica su per i gradini a quattro zampe. «Ce l'ho fatta!» La sua vocina risuona lontana, da qualche parte sopra di noi e scoppiamo a ridere.

Jay sorride e chiede: «Quanti ne ha mangiati oggi?»

«Una manciata?» risponde Violet con una scrollata di spalle. Poi, rivolta a me: «Non sono immune alla corruzione». Mi strizza l'occhio. «Anzi, secondo me è l'unico modo per essere genitori.»

Jay sembra sul punto di aggiungere qualcosa, invece sposta la sedia e si alza. «Ti avviso quando è pronta» dice a Violet. Poi si rivolge a me: «Se non torno prima che tu vada, è stato un piacere rivederti, Santa Cait.».

Entrambe gli sorridiamo. Si è tolto la cravatta, la camicia è aperta sul colletto e le maniche arrotolate. Mi piace come dice il mio nome. Il mio nome falso. Ha persino un soprannome per me. Mi fa sentire un calore che mi rende quasi felice. «Anche per me» rispondo.

Violet e io lo guardiamo mentre esce dalla cucina, sale le scale e scompare dalla nostra vista.

«È davvero dolce con Harper» dico. È adorabile che si preoccupi di quanto zucchero mangia, che sia lui a riempirle la vasca da bagno e ad avvolgerla in un morbido asciugamano quando ha finito.

«Lei lo adora. Tutti lo adorano» dice Violet, lasciandosi sfuggire una piccola risata. «È fatto così, riesce a far sentire tutti davvero...» Cerca la parola giusta. «Speciali.»

So cosa intende. L'ho sentito l'altro giorno al parco. Ha un modo di fare, un carisma che ti cattura, ti trascina nella sua orbita. Anche se non fosse sposato, non avrei nessuna speranza con uno come lui – è fuori dalla mia portata – ma ho intravisto qualcosa nel suo sorriso, nel modo in cui mi ha guardata, che mi ha fatto pensare che, forse, in un'altra vita, potevamo essere destinati l'uno all'altra.

Insisto per aiutare Violet a riordinare la cucina: è più una scusa per restare un po' più a lungo che una vera necessità. Sparecchio, risciacquo i piatti, metto quelli sporchi e le posate nella lavastoviglie. Lavoriamo in un silenzio complice, ridiamo ogni volta che ci urtiamo per sbaglio, col rumore delle pentole e delle padelle che rimbomba in sottofondo.

Quando la cucina è pulita e il piano di lavoro splendente, Violet si toglie il grembiule e lo appende a un gancio accanto al frigorifero.

Dovrebbe essere il segnale per andarmene, ma aspetto. Non sono pronta. Ho paura che, se esco adesso, non vedrò mai più l'interno di questa casa. Violet, Jay e Harper svaniranno lentamente, fino a quando mi chiederò se li ho solo immaginati.

Violet mi guarda e mi sorride. Mi preparo, prevedo che dirà che si sta facendo tardi e che deve salire per aiutare Harper a prepararsi per dormire. Forse, prima che lo faccia, potrei offrirmi di uscire al volo e prendere qualche dolce da una pasticceria vicina per concludere la serata. Mi pento di non averci pensato durante la cena. Ma prima che possa aprire bocca Violet chiede: «Ti va un tè? Un caffè?»

La sua voce ha un tono speranzoso, quasi timoroso che possa dire di no.

Annuisco e mi mordo il labbro per non sorridere come una scema, mentre nella mia testa esulto in silenzio. «Gradirei un tè.» Anche lei, evidentemente, non vuole che me ne vada.

«Perfetto, scaldo l'acqua» dice sorridendo. «Accomodati pure.» Indica il soggiorno. «Arrivo subito.»

Lascio la cucina e mi dirigo verso il grande divano appoggiato alla parete. Mi siedo con cautela, affondando la schiena nei cuscini cremisi, morbidi e avvolgenti.

Dal divano osservo la stanza. Di fronte a me c'è una grande finestra a bovindo, con leggere tende bianche tirate ai lati. Fuori è buio, la luce della lampada in fondo si riflette sui vetri e rende impossibile vedere oltre.

Sotto la finestra, due poltrone sono disposte ad angolo, con in mezzo un piccolo tavolino. Sopra c'è una pila di libri, spessi e consumati, probabilmente romanzi, anche se non riesco a distinguere i titoli. Vicino al muro, a sinistra delle poltrone, c'è un piccolo tavolino per bambini, quello dove Harper stava colorando prima, con scatole piene di pastelli e matite colorate. Accanto, una libreria e alcuni cestini di vimini pieni di giocattoli, peluche e bambole.

È una di quelle case dall'aspetto caloroso e accogliente, curate con attenzione. Ogni cosa è al suo posto: niente posta accumulata, scarpe lasciate in giro, giacche abbandonate o ninnoli sparsi a casaccio. Ma poi noto qualcosa di strano.

A parte una foto di Harper sulla libreria – un'istantanea di lei che sorride in cima a uno scivolo, i capelli raccolti in due codini – non ci sono altre fotografie. Sulle pareti ci sono solo quadri: acquerelli e oli su tela, che raffigurano paesaggi marini, ninfee, e un quadro con un ombrellone bianco e rosso un po' scolorito su una spiaggia deserta. Ma niente foto di Violet e Jay. Nessun ricordo del matrimonio in cui una elegante Violet, con i capelli raccolti, cammina verso l'altare in abito bianco, mentre un Jay in smoking la guarda con occhi adoranti. Nessuna foto delle vacanze, nessun ritratto di famiglia. Solo quella foto di Harper. È strano.

Se io avessi l'aspetto di Violet, se mio marito fosse bello come Jay, riempirei le pareti con le nostre foto.

Mi alzo e mi avvicino all'ingresso. Allison aveva foto dappertutto: ingrandite e incorniciate con cura, dei suoi figli, di sé stessa, di suo marito. È così che ho saputo del viaggio che facevano ogni anno ai Monti Catskills, e di quando aveva indossato una coroncina di fiori color calendula al suo baby shower. Per il suo quarantesimo compleanno, le avevo fatto una sorpresa con un bouquet di splendidi fiori gialli.

«I miei preferiti» aveva detto, mentre affondava il naso tra i petali. «Come facevi a saperlo?»

Nella casa di Allison c'erano altre foto, non appese alle pareti, quelle che non voleva che vedessi. Un'immagine riaffiora nella mia mente: dozzine di foto sparse sul tappeto del salotto. Mi sforzo di scacciarla. Forse Violet ha appeso le foto di famiglia al piano di sopra, oppure...

«Ecco qui.»

Mi giro, sobbalzando. Violet è accanto al tavolino con due tazze in mano. Non l'avevo sentita entrare.

Mi avvicino, ne prendo una e sorrido per ringraziarla. La tazza è fumante e la porcellana ha una temperatura piacevole al tatto. Mi rimetto a sedere e inspiro profondamente. Sa di scorza d'arancia, chiodi di garofano e noce moscata. Sono quelle bustine costose, fatte con una retina delicata, niente miscele dozzinali di foglie macinate e troppo secche.

«Allora» dice Violet, mentre si accomoda sul divano accanto a me con un sorriso caloroso. Raccoglie le gambe. «Raccontami di te. Facevi la tata e ora sei un'infermiera?»

Non lascio che il mio sorriso vacilli. Sapevo che sarebbe venuto fuori, avevo riflettuto su cosa dire lungo la strada. Ma adesso mi viene in mente un'idea migliore. Più utile per me. E, forse, anche per Violet.

«Lo ero» dico, modulando la voce con attenzione, mentre inizio lentamente a tessere la bugia, un giro di spago alla volta. Prendo un sorso di tè. «Be', stavo studiando infermieristica. Secondo anno. Ma proprio oggi ho chiesto un congedo temporaneo per prendermi cura di mia madre.»

È una strategia che ho imparato. Quando una bugia viene messa in dubbio, fai un passo indietro. Rispondi in modo vago, aggiungi qualche dettaglio nuovo, così che, ripensandoci, non sappiano esattamente cos'hai detto. Poi cambia argomento, ma con naturalezza, mantenendo un filo logico. In questo caso, introduco mia madre nella conversazione.

Violet abbocca. «Oh, mi dispiace tanto, è malata?»

Annuisco. «Ha il lupus.» È la bugia numero tre. Mi chiamo Caitlin, sono un'infermiera, e mia madre ha il lupus. Uno, due, tre. «È stata dura, ma il suo medico le ha prescritto un nuovo farmaco che sembra funzionare. Voglio solo starle vicina nella fase di assestamento.»

«Mi fa piacere sentirlo» dice Violet, sorridendo con una sincerità che sembra genuina.

In realtà, è la madre di Natasha ad avere il lupus. Mi ha raccontato tutto nei minimi dettagli: dai primi sintomi alla diagnosi. Per quasi un anno non avevano idea di cosa avesse. All'inizio pensavano alla sindrome di Lyme o alla fibromialgia. La storia mi aveva affascinata. Solo di recente ha trovato una cura che le dà un po' di sollievo. Se avessi parlato di artrite, più banale, non avrei ottenuto lo stesso effetto.

«Ho lasciato il mio appartamento e mi sono trasferita da lei, per starle vicino» continuo. «Era più economico che assumere un'infermiera a domicilio. È solo temporaneo, ovviamente, fino a quando non troviamo un'altra soluzione, o finché non starà meglio.»

Violet annuisce comprensiva. Una donna che vive con sua madre a trent'anni potrebbe sembrare patetica, ma se quella donna è un'infermiera e la madre è malata, allora è altruista, persino nobile.

Prima che Violet possa approfondire troppo, insinuo l'idea che mi è appena venuta in mente. «Sai, visto che mi sto prendendo una pausa, potrei occuparmi di Harper se ti servisse una mano in più. Voglio dire, se può esserti utile.» Trattengo il respiro.

Mi basta tenerle Harper solo una volta per dimostrarle quanto sono brava in questo lavoro. Perché una volta può diventare due, soprattutto se Harper chiede ancora di me. Poi tre volte, poi un appuntamento fisso, magari una routine settimanale. La maggior parte delle famiglie in questo quartiere ha una tata fissa e sono sicura che i Lockhart abbiano una stanza in più in questa grande casa. Forse, chissà, un giorno Violet potrebbe rendersi conto di quanto sia utile avermi intorno.

E a quel punto, non mi importerebbe se Lena dovesse licenziarmi. E, se non lo farà, potrei sempre licenziarmi io. Finalmente potrei dire a mia madre che mi trasferisco. Il solo pensiero mi riempie di adrenalina.

Violet mi sorride radiosa e sento un'ondata di piacere. «Grazie! Lo apprezzo davvero tanto. Come ti dicevo, è stato difficilissimo trovare qualcuno di affidabile per Harper. Tra il portarla a scuola e andarla a prendere, non ho mai un attimo. Non ricordo nemmeno l'ultima volta che ho passato l'aspirapolvere.» Si guarda intorno nel soggiorno, sembra imbarazzata.

«Sarei felice di aiutarti» rispondo, compiaciuta del mio piano. «Anche se, onestamente, non sembra che la tua casa abbia bisogno di grandi pulizie. È bellissima. Da quanto vivete qui?»

«Non da molto» risponde Violet. «Ci siamo trasferiti circa un anno fa per il lavoro di Jay.» Scuote la testa. «Non riesco a credere che sia già passato così tanto tempo. Non abbiamo molte conoscenze ed è per questo che sono così contenta che tu abbia accettato di venire a cena stasera.» Mi sorride e io ricambio.

«Da dove vi siete trasferiti?» chiedo, anche se lo so già grazie al profilo LinkedIn di Jay. Voglio sentirlo da lei.

«Da San Francisco. Siamo andati lì dopo la laurea, così ho potuto specializzarmi in Legge. La mia famiglia vive nella Bay Area, e mio padre mi ha offerto un lavoro nel suo studio quando ho finito di studiare e ho superato l'esame per l'avvocatura. Siamo rimasti lì per quasi dieci anni. È stato difficile andarsene. Avevamo molti amici. Se non fosse stata un'occasione unica per Jay, credo che non ci saremmo mai trasferiti. Non che qui non sia bello» aggiunge «ma è diverso. Sei mai stata a San Francisco?»

«Una volta» rispondo annuendo. Non è vero, ma ho fatto le mie ricerche per prepararmi alla cena di stasera. Ho studiato la città su Google Maps, ho guardato i posti migliori da visitare, le attrazioni principali e i migliori ristoranti. «Sono stata a Nob Hill, vicino a Polk Street.»

Violet si illumina. «Adoro quella zona! Abitavamo proprio da quelle parti quando ci siamo trasferiti in città la prima volta.» Sorride con un velo di nostalgia, persa nei ricordi. «E tu? È da molto che vivi in questo quartiere?»

«Da sempre, praticamente. Mia madre e io ci siamo

trasferite qui quando ero al liceo, per occuparci di sua sorella. È morta poco dopo il nostro arrivo, ma alla fine siamo rimaste e non siamo mai andate via.» Scrollo leggermente le spalle.

«E tuo padre?»

Esito, la domanda mi coglie alla sprovvista. Nessuno mi chiede mai di lui. Di solito, se non lo menziono, la gente prende il silenzio come un segnale per non indagare. Ma non mi dispiace che Violet lo faccia. Considero per un momento l'idea di inventare qualcosa, ma decido di non farlo. Nel suo modo di avvicinarsi a me, c'è un sincero interesse che mi spinge a dire la verità.

«Non l'ho mai conosciuto» rispondo con onestà. «Se n'è andato appena mia madre gli ha detto che era incinta. È stata un'avventura estiva. Mia madre lavorava come cameriera a Daytona Beach, e lui era lì per qualche settimana, era andato a trovare un amico del college.»

Violet sgrana gli occhi. «E non si sono mai più sentiti?»

«Non che io sappia. Lei ha sempre detto che era meglio così. Sapeva di volermi tenere e non aveva bisogno che lui provasse a convincerla del contrario. Mi ha raccontato che dopo che sono nata ha provato a chiamare il numero che le aveva lasciato, ma era fuori servizio.»

Racconto la storia a Violet come me l'ha raccontata mia madre, come se non mi importasse affatto che non avesse risposto. «Non mi interessava» mi diceva sempre mia madre, stringendomi la mano. «Sapevo che ce l'avrei fatta da sola.»

Ma io non ho mai smesso di chiedermi cosa sarebbe successo se lui avesse risposto.

«Wow» sussurra Violet, appoggiandosi ai cuscini.

«L'unica cosa che so di lui è che era di Philadelphia. Be', di un sobborgo, lì vicino. Mia madre ha detto che non ricorda nemmeno il suo cognome.»

«Philadelphia?» ripete Violet, con un'espressione incuriosita sul viso.

«Sì.» Sorrido. «Ha ancora una maglia dei Phillies che le ha regalato lui, un ricordo della sera in cui si sono conosciuti sulla spiaggia, al tramonto. Ci sei mai stata?» chiedo.

Lei fa cenno di sì, ma viene interrotta. «Vi?» La voce di Jay arriva dal piano di sopra. «Harper è pronta per il suo bacio della buonanotte» grida.

L'espressione curiosa di Violet svanisce così in fretta che mi chiedo se l'abbia solo immaginata. «Arrivo subito!» risponde. Poi si rivolge a me: «Scusa. È il nostro accordo: se Jay fa il bagnetto e legge le storie, io do il bacio della buonanotte e le rimbocco le coperte».

Controllo il telefono. Sono quasi le otto e mezzo. «Va bene, tanto devo andare» dico. Non vorrei andarmene, non ancora, ma non voglio nemmeno sembrare invadente. Devo giocare bene le mie carte stasera.

«No, non devi per forza» dice Violet. «Ci vorrà solo un minuto.»

«No» scuoto la testa, posando la tazza vuota sul tavolino. «Davvero, sarà meglio che controlli come sta mia madre.»

«Va bene, d'accordo.» Mi sorride e ci alziamo entrambe. «Grazie mille per essere venuta stasera» dice. «E per l'offerta di fare da babysitter. Davvero, lo apprezzo molto.»

«Quando vuoi» rispondo mentre la seguo verso l'ingresso. Una sola occasione, penso, è tutto ciò che mi serve.

Mi accompagna all'uscita. Poi mi saluta con un piccolo gesto della mano e chiude delicatamente la porta. Attraverso il vetro, la vedo salire le scale. La guardo finché non scompare dalla mia vista.

Mi giro, mi sento leggera, quasi euforica, come se stessi fluttuando. Quando raggiungo il marciapiede mi fermo e mi volto indietro. Le finestre sono illuminate, la casa emana una luce calda e soffusa dietro le tende tirate.

È incredibile pensare che solo poco fa mi trovavo in quella casa con loro e facevo parte della loro serata. E che presto, forse, potrei far parte della loro vita.

Quando torno a casa, mia madre sta dormendo sulla poltrona, come avevo previsto, e russa leggermente. Le prendo il telecomando dalle ginocchia e abbasso il volume della tv, poi tiro su la coperta di flanella dalle gambe fino al petto e spengo la luce sul tavolino accanto. In silenzio, mi dirigo verso il bagno che condividiamo e chiudo delicatamente la porta.

Dopo aver tolto le lenti a contatto, essermi lavata i denti e aver indossato un vecchio pigiama, mi infilo a letto e chiudo gli occhi. Ma non riesco a dormire. Resto lì a rigirarmi, ripenso alla serata, a Violet, a Jay e ad Harper. Alla loro bellissima casa, accogliente e profumata. A come mi sono sentita, seduta al tavolo della cucina, come se quello fosse il mio posto. Al modo in cui Violet rideva alle mie battute, a come si avvicinava quando mi faceva una domanda. C'era qualcosa in lei – qualcosa in tutti loro – di elettrizzante, di speciale. E quel qualcosa ha fatto sentire speciale anche me.

Mi giro sotto le lenzuola aggrovigliate, troppo accaldata, mentre il buio mi avvolge come una coperta spessa. La cassettiera proietta un'ombra imponente sulla parete. Mi chiedo cosa stiano facendo in questo momento, nella loro camera da letto, sotto le coperte. Cosa indossa Jay per dormire? E Violet? Dormono con i corpi intrecciati, premuti l'uno contro l'altro, o distesi, con le dita e i piedi che si sfiorano durante la notte?

L'immagine di lui che la tira a sé quando si infila nel letto, la bocca sulla sua, affamata, focosa, si fa strada nella mia mente. E poi mi immagino al posto di Violet, mentre mi infilo io in quel letto. Mi addormento accanto a Jay, il suo corpo caldo e pesante, il suo respiro profondo, il suo braccio che mi avvolge, morbido, ma fermo sul mio petto.

Il pensiero di lui, della sua pelle contro la mia, mi fa sentire accaldata, quasi febbricitante. Scosto le coperte, giro il cuscino sul lato più fresco. *No, Sloane.*

Ripenso a Violet. «Facciamolo di nuovo qualche volta» ha detto. Lo pensa davvero? O era solo una frase detta per cortesia, un'offerta superficiale, buttata lì senza pensarci troppo?

No, le piaccio. Non mi avrebbe chiesto di restare dopo cena se non fosse così. Non mi avrebbe fatto tutte quelle domande personali.

Nel buio, sorrido. Vuole essere mia amica tanto quanto lo voglio io. Non mi sbaglio. Non questa volta.

# 7

Il giorno dopo, prima di entrare al lavoro, mi preparo psicologicamente, ripetendo in silenzio la spiegazione di ciò che è successo ieri con Allison. Ho deciso di dire che non so chi fosse e di fingermi perplessa e in grande confusione. «È stato inquietante» dirò, ed è per questo che me ne sono andata. È una scusa un po' forzata, ma le clienti scontente non sono certo una rarità; di tanto in tanto capita un'esplosione di rabbia, una discussione sul conto, l'insoddisfazione per un servizio, una presunta offesa, e i toni si alzano, ostili e accusatori. Poi tutto svanisce, e l'atmosfera nella spa si calma, torna il suo naturale vocio. Non sarà diverso dalle altre volte. O, almeno, lo spero.

Quando entro, Chloe alza lo sguardo dal computer, col sorriso pronto e solare che rivolge sempre alle clienti. Quando vede che sono io, però, qualcosa cambia. Il sorriso si fa esitante. Sembra nervosa, mi osserva con cautela, come un cervo in mezzo alla strada, accecato dai fari abbaglianti.

«Lena?...» chiedo, ma Chloe scuote la testa. «Non c'è. Non penso che verrà oggi. Ha accennato qualcosa sulla sorella che è in città questa settimana.»

Annuisco, sollevata. Avevo dimenticato la visita di sua sorella. Lena ne parlava da settimane. Si sarebbero riviste per la prima volta dopo quasi due anni. Qualcosa a che fare con un problema col visto.

Rivolgo a Chloe un sorriso di scuse. «Mi dispiace» dico. «Per ieri. Penso che quella donna mi abbia scambiato per un'altra. Mi ha davvero sconvolta.»

«È stato assurdo», dice Chloe. Sembra rilassarsi, il nervosismo svanisce.

«Lo so.» Abbasso la voce e faccio un passo verso il banco della reception. «Tipico di New York. Piena di pazzi.»

Chloe annuisce, d'accordo con me. «Ha preso un appuntamento all'ultimo minuto. Ha detto che era stata consigliata da qualcuno. Se lo avessi saputo...»

«Non potevi certo immaginare che si sarebbe comportata così» la interrompo. «Lasciamo perdere.» Con il pollice indico la mia postazione. «Vado a sistemarmi.»

Sorrido a Chloe, soddisfatta che abbia creduto alla mia versione dei fatti, e vado a prendere il carrello.

La spa è già rumorosa e caotica. Abbiamo un appuntamento dietro l'altro per tutta la mattina: donne che vogliono avere le unghie delle mani e dei piedi di un colore perfetto: rosa pastello o rosso fuoco. Dovrei concentrarmi, ma non ci riesco. Sono distratta, frugo nella borsa per controllare il telefono, in attesa che arrivi un messaggio, lo rimetto in tasca, lo tiro fuori di nuovo. Fisso lo schermo come se potessi far apparire il suo nome con la sola forza del pensiero. Sono un disco rotto, la mia mente è ferma alla cena di ieri e ripete la serata all'infinito.

Alle undici ho un nodo allo stomaco. Mi è toccato rifare due unghie della cliente davanti a me, le ho rovinato lo smalto perché mi agitavo e scuotevo la gamba mentre lavoravo. *Perché non ha ancora scritto?*

E poi la vibrazione, il telefono ronza contro la mia coscia nella tasca anteriore. Lo afferro e sorrido quando vedo la notifica. È un suo messaggio. Di Violet. Un'ondata di euforia mi travolge. Sblocco rapidamente il telefono e apro il messaggio, scorrendo rapidamente.

*Ehi!* scrive. *Ieri sera è stato bellissimo, grazie per essere venuta! Penso che tu abbia lasciato qui la tua maglia rossa. Vuoi che te la porti a casa?*

Sorrido, con lo stomaco in subbuglio. Non sapevo quanto ci avrebbe messo Violet a trovare la maglia. Stavo iniziando a chiedermi se avrebbe capito che era mia. Prima di uscire, l'ho slegata dalla vita proprio mentre lei si voltava per accompagnarmi alla porta, dandomi le spalle. L'ho lasciata appallottolata in un angolo del divano, in parte nascosta sotto un cuscino fatto a maglia. Non era in bella vista, solo un piccolo lampo di rosso – la manica – appena visibile.

Lo so, suona male, davvero, ma avevo bisogno di un pretesto per farmi scrivere. Sì, ha detto che le piacerebbe se mi occupassi di Harper come babysitter, ma non sono l'unica a dire bugie. E la gente è occupata – il lavoro, i figli, gli imprevisti – e in un attimo passa una settimana, poi due, un mese, sei mesi. E così sarei finita nei meandri della sua memoria, sarei diventata un ricordo sfocato, lontano. «Chi?» avrebbe detto se Jay mi avesse menzionata, e poi: «Ah, sì, l'infermiera. Come si chiamava?»

Non potevo lasciare che accadesse. Era troppo interessante, troppo gentile. Non volevo lasciarmela scappare. Così ho trovato un modo per evitarlo.

«Mi scusi» dico alla donna sulla sedia, poi spengo la lampada per le unghie e vado di fretta nel retro. Ho bisogno di un po' di spazio per capire come rispondere.

Nella sala relax, guardo il telefono, mi mordo un'unghia mentre compongo il messaggio. Scrivo e cancello, scrivo e cancello. Voglio che sia perfetto.

Alla fine, premo invio. Il mio messaggio dice: *Oh, scusa! Posso passare domattina a riprenderla? Magari potremmo berci un caffè?*

Domani attacco alle undici, quindi avremmo diverse ore per riprendere da dove ci siamo lasciate. Trattengo il respiro, aspettando la sua risposta. I polmoni iniziano a bruciare.

Poi arriva un messaggio. Espiro, un sorriso si allarga sul mio volto. Ma quando lo leggo, il sorriso svanisce. *In realtà, domattina Harper ha un appuntamento dal medico.* Poi il telefono si illumina di nuovo. *Ci vediamo nel pomeriggio? Verso l'una? Stesso parco?*

Esulto in silenzio. *Sì!* rispondo. *Mi farebbe piacere. Ci vediamo domani!*

L'una è proprio nel bel mezzo del mio turno, ma non posso dire di no. Non adesso, non all'inizio di quest'amicizia, quando è ancora così fragile che potrebbe sparire alla minima brezza, come un soffione nel vento.

Un no è decisamente impensabile. Troverò una soluzione. Supplicherò Natasha di coprirmi o fingerò una telefonata a metà mattina. «È mia madre» potrei dire, pallida in volto. «Ha bisogno di me.»

Rimetto il telefono nella tasca anteriore della divisa e torno di corsa dalla donna che avevo lasciato in attesa. Mi accoglie sbuffando quando mi siedo, gli occhi che si spostano verso l'orologio sulla parete, ma non mi importa. Le rivolgo un largo sorriso e mi scuso per il ritardo. In realtà, non riesco a smettere di sorridere. Nemmeno quando ricevo una mancia del dieci per cento anziché del venti. Ne è valsa la pena.

«Sei di buon umore» dice Natasha durante la pausa,

un raro momento in cui entrambe le nostre postazioni sono vuote.

Annuisco, sorridendo. «Quel tipo mi ha appena scritto, quello con cui sono uscita la settimana scorsa. Ha detto che vuole rivedermi domani sera.»

Alza un sopracciglio. «Pensavo avessi detto che era via per lavoro.»

«Lo è» mi affretto a rispondere. Già, avevo detto così. «Ma rientra in anticipo. Una delle sue riunioni è stata cancellata, quindi torna prima.»

Mi fissa per un lungo istante prima di rivolgermi un sorriso malinconico.

«Dove ti porta stavolta?»

Alzo le spalle. «Non lo so ancora. Ha detto che passa a prendermi alle sette.»

Fa schioccare la lingua. «Sei così fortunata. L'ultima volta che qualcuno è venuto a prendermi per un appuntamento è stata...» picchietta un'unghia acrilica contro i denti davanti «giusto, mai.»

Ha ragione. Sono fortunata. Fortunata ad aver incontrato una donna gentile come Violet. «Lo so» dico, annuendo. «Continuo a chiedermi se sto sognando.»

Sulla strada di casa, passo davanti al piccolo negozio dove avevo comprato la collana, quella che Natasha crede un cimelio di famiglia. Rallento, qualcosa attira la mia attenzione. Nella vetrina c'è un manichino con un abito boho a stampa floreale, maniche a sbuffo e un colletto alto, e una borsa di pelle appesa al braccio rigido. Non mi interessa il vestito, né la borsa. Fisso il cappello a tesa larga di feltro che ha in testa. È quasi identico a quello che Violet indossava ieri al parco. Ha persino la stessa fascia di pelle sottile intorno alla corona, annodata in un piccolo fiocco dietro.

Un minuto dopo, entro nel negozio. Quando la porta

si apre, il campanello emette un suono meccanico. Din don! La donna dietro al bancone alza lo sguardo e mi sorride in segno di saluto.

Ricambio il sorriso. Inizio a girare per il negozio, poi mi volto verso la commessa. «Quel cappello in vetrina...» chiedo.

«Il fedora? È davvero carino, non trova?» dice. «Abbiamo anche altri colori. Venga, glieli mostro.» Scende dal suo sgabello con un piccolo salto e mi guida verso il retro del negozio, dove c'è un tavolo con cappelli di varie tonalità: beige, grigio, nero e marrone chiaro.

«La prossima settimana parto per le vacanze» dico, mentre la seguo. «Vado in Europa. Stavo cercando un cappello da portare con me.»

«Che bello!» esclama. «Non ci sono mai stata.» Fa schioccare la lingua, con rammarico, poi sospira e prende un cappello color caramello, uguale a quello in vetrina – uguale a quello di Violet – e me lo porge.

Lo prendo e le sorrido, come se capissi quel suo desiderio di fuga. Che in effetti capisco e condivido. Nemmeno io sono mai stata in Europa.

«Lo provi» dice incoraggiandomi. «Sarà perfetto per il viaggio.»

Sciolgo lo chignon disordinato e liscio i capelli con le dita. Sono lunghi, quasi fino a metà schiena; non vado dal parrucchiere da una vita. Con delicatezza, metto il cappello e inclino la tesa verso l'alto, proprio come lo porta Violet. La commessa mi indica uno specchio sulla parete. «Guardi pure. Sono al bancone se le serve qualcosa.» Sorridendo, aggiunge: «A proposito, le sta proprio bene».

Mi giro verso lo specchio. Con mia sorpresa, noto che è vero, mi dona. Il cappello nasconde il crespo e incornicia il viso in modo armonioso. Sembro più curata, più chic. Sorrido al mio riflesso. È bello vedermi così.

Non sono sempre stata così sciatta. Non che sia mai stata bella come Violet, ma c'è stato un tempo in cui mi curavo di più. Prima di perdere il lavoro, avevo i capelli ben tagliati (e pettinati), i vestiti stirati, indossavo delle camicie al posto delle magliette, pantaloni eleganti invece di jeans larghi. Non ero certo una dea, ma comunque meglio di come sono ora. Forse potrei tornare a essere così. Forse potrei addirittura avere un aspetto migliore di prima. Più simile a Violet. E questo cappello potrebbe aiutarmi.

Me lo tolgo e lo giro tra le mani per guardarlo meglio. Il cartellino indica ottantacinque dollari. *Ah però.*

Dovrei rimetterlo a posto. Non dovrei buttare via i soldi in cose del genere. Ieri sera ho detto a Violet una cosa vera: ho intenzione di prendere una casa tutta mia. Ci sto lavorando da un bel po'. Anzi, ero vicina a firmare un contratto d'affitto, circa un anno e mezzo fa. Era un monolocale appena ristrutturato, molto luminoso, a Brooklyn Heights, al terzo piano di un edificio di sette. Potevo pagare la caparra e la commissione per l'agente immobiliare, ma la mia domanda non è stata accettata. L'agenzia voleva contattare il mio datore di lavoro. Se fosse successo un mese prima, non sarebbe stato un problema, ma sfortunatamente ero stata licenziata il venerdì precedente e l'agente mi aveva detto che voleva controllare le mie referenze.

Ho chiesto se potessi mostrare le ultime due buste paga, sperando che bastasse, ma la risposta è stata no. E anche se avessero accettato, senza un lavoro non avrei comunque potuto permettermi l'affitto. Quindi, puff, in un attimo, tutto svanito.

Credevo che lavorare nella spa di Lena mi avrebbe

aiutata a rimettermi in piedi, ma visto che la maggior parte del mio stipendio arriva dalle mance – un flusso di entrate incostante, secondo l'agente immobiliare – non sono più la candidata ideale di un tempo. Quindi aspetto, aspetto e continuo a sperare, con il deposito dei risparmi ancora intatto. Ecco perché l'idea di fare la tata e andare a vivere con la famiglia per cui lavoro mi attrae così tanto: pochi controlli e scartoffie, e una porta aperta.

Sfioro la tesa morbida del cappello con il pollice. Non dovrei farlo, eppure un momento dopo mi dirigo verso la cassa con il cappello in mano. Esco indossandolo.

# 8

Alle dodici e quarantacinque del giorno dopo, dico a Natasha che devo fare una commissione veloce e le chiedo di tenere d'occhio la mia postazione. Per fortuna ho appena finito un appuntamento e non ne ho altri prima delle due. A malincuore, Natasha accetta di coprirmi se non dovessi rientrare in tempo e io le prometto che ricambierò il favore. Domattina le porterò un caffè e un dolcetto, di quelli danesi all'albicocca che le piacciono tanto, della panetteria dietro l'angolo. Mi perdonerà, lo so.

Prima di uscire, mi infilo un maglione largo sopra la casacca da lavoro e cambio i pantaloni con un paio di legging. Cammino verso il parco, con un passo più leggero. Indosso anche il cappello che ho comprato ieri. Oggi mi sento un po' a disagio, come se stessi giocando a travestirmi. Non sono più tanto sicura che il cappello mi doni, ma decido di tenerlo, con la tesa verso l'alto come fa Violet.

Quando arrivo al parco, Harper è già sull'altalena, Violet è dietro di lei e la spinge. Sorridono entrambe quando mi vedono. Violet dice qualcosa che non riesco a sentire, Harper salta giù dall'altalena e mi corre incontro. Violet la segue e mi saluta con un cenno della mano.

Indossa un abito a piccoli pois bianchi, con il collo alto, le maniche lunghe e una gonna che le arriva a metà polpaccio; ai piedi ha le stesse zeppe che portava al nostro primo incontro.

Harper rallenta quando mi raggiunge e mi sorride con timidezza. Violet arriva un attimo dopo e posa una mano sulla spalla di Harper.

«Ciao» saluta Violet. «Carino il cappello.»

«Grazie» rispondo con noncuranza, ma dentro sento il cuore gonfiarsi di orgoglio, mi sento felicissima per averlo indossato. Poi mi abbasso all'altezza di Harper.

«Ciao, Harper» dico. «Adoro la tua maglietta. Rossa, proprio come quella di *Winnie Puh*!»

Il viso di Harper si illumina.

«Adori il miele come lui?» chiedo.

Annuisce. «La mamma me lo mette sulle fragole. A volte» dice, avvicinandosi di più a me «e lo lecco dal cucchiaio. Se sono proprio brava, la mamma mi compra un bastoncino al miele al mercato. Ma è un nostro segreto.»

Rido. «Che buono! Dev'essere delizioso.»

«Sì» dice. «Sai quanti anni ho?»

Scuoto la testa. «Posso indovinare?»

«Okay» dice Harper, entusiasta della mia richiesta.

«Hai venticinque anni?» chiedo. Lei scuote la testa ridendo e io mi fingo sorpresa. «Cosa? Sei più grande? Ventotto? Trenta?!»

Ride. «No! Ho quasi cinque anni. Compio gli anni ad agosto, il ventidue. Avrò dei cupcake al cioccolato con granelli rosa. E ho chiesto un gattino, ma mamma ha detto di no.» Poi si rivolge a Violet: «Posso andare a giocare lì?»

Indica un recinto per la sabbia in un angolo del parco. Violet annuisce e Harper scatta coi movimenti scomposti di un cucciolo. Si dirige dritta verso un secchiello di plastica abbandonato e scolorito dal sole e inizia a riempirlo di sabbia.

«Vuoi sederti?» Violet indica una panchina a pochi passi.

Mi siedo accanto a lei. Profuma come le gardenie che ha sul tavolo in cucina. «Oh!» esclama, come se si ricordasse di qualcosa all'improvviso. «Ecco.» Infila una mano nella borsa e tira fuori la mia maglia rossa. «Prima che me ne dimentichi.»

«Grazie» dico con noncuranza. La prendo e la infilo in borsa. Sono compiaciuta per il successo del mio piano. «Scusa per il disturbo.»

«Figurati» risponde. Poi si china verso di me. «Che bella collana» dice, socchiudendo gli occhi per esaminarla meglio.

Porto una mano al collo. La pietra è fresca e liscia al tatto.

«Dove l'hai presa?»

«Era di mia nonna» rispondo, ripetendo la bugia che ho raccontato a Natasha.

Sembra delusa. «Accidenti. Speravo mi dicessi dove comprarne una. È da un po' che cerco una collana simile.»

Mi prenderei a schiaffi. Vorrei averle detto la verità. L'idea di avere la stessa collana mi piace. «In realtà, l'ha comprata poco prima di morire. Posso scoprire dove, se vuoi» dico. «Credo sia un negozio qui vicino. Mia madre lo saprà sicuramente.» Violet si illumina. «Mi piacerebbe molto, grazie.» Sorride e si gira a guardare Harper. Ora sta facendo delle tortine di sabbia con un'altra bambina, le modella con cura ed entrambe fingono di mangiarle in un sol boccone.

«Sei a casa con lei a tempo pieno?» chiedo.

Violet annuisce. «Ho lasciato il lavoro quando ci siamo trasferiti da San Francisco. Una volta qui, ho assunto una tata – Nina – per aiutarmi mentre preparavo l'esame di avvocatura per lo Stato di New York, ma non è andato bene, quindi...» Si interrompe e alza le spalle. «Vedremo. È strano: fare la mamma a tempo pieno è molto più difficile che fare l'avvocato. Ma è anche molto più piacevole.» Sorride. «Prima di diventare mamma, non mi capitava spesso di trascorrere i mercoledì pomeriggio al parco.»

«Vorresti altri figli?» Chiedo. Vorrei subito rimangiarmi la domanda. Troppo personale, troppo presto, ci siamo appena conosciute. Spero non si offenda.

Il sorriso non scompare dal viso di Violet, ma cambia. Abbassa gli occhi per un attimo, poi torna a guardarmi. «Sì, lo pensavo. Credevo che avremmo avuto una famiglia numerosa. Almeno tre figli. Ma...» Si interrompe bruscamente e si schiarisce la gola. «Harper ha problemi di salute. È stato difficile per noi. Tutte quelle visite mediche, gli appuntamenti con gli specialisti.»

Sento un nodo in gola. «Che... che cos'ha?» chiedo.

«Un problema al cuore.» Violet si guarda di nuovo le mani, giocherella con il suo anello di diamanti. «È debole. Da neonata ha avuto un'infezione che ha danneggiato i tessuti. Il sangue non sempre circola come dovrebbe. Ha degli svenimenti. Non succede spesso – l'ultima volta risale a più di un anno fa – e di solito dura solo pochi secondi, ma una volta hanno dovuto usare il defibrillatore.» Entrambe guardiamo Harper, che gioca felice nella sabbia. Mi si stringe il cuore per lei. Per Violet. E per Jay.

«Probabilmente è per questo che Jay era così agitato per la puntura d'ape l'altro giorno. Viviamo sempre con il fiato sospeso, sperando che stia bene. Jay non ne parla nemmeno. Fa finta che sia tutto a posto. Non credo voglia ammettere che rischiamo di perderla, capisci?» Poi Violet sorride. «Ma è una bambina forte. Non la trattiamo in modo diverso, non vogliamo che pensi di non poter fare quello che fanno gli altri bambini. Ma è uno dei motivi per cui ho così tanti problemi a trovare un'altra tata. Vorrei qualcuno con una preparazione medica, sai, giusto per sicurezza.»

Poi Violet si morde il labbro e mi guarda con aria un po' imbarazzata. «Ed è questo il vero motivo per cui volevo vederti oggi. Oltre a restituirti la maglia, ovviamente.»

Continuo a fissarla, mentre aspetto che si spieghi, e spero, spero...

«So che ti sei offerta di fare da babysitter ogni tanto, ma non ho potuto fare a meno di pensare, non so, ti interesserebbe qualcosa di più? Magari fare da tata con qualche turno settimanale? Solo fino a quando non riprendi la scuola da infermiera?»

«Vorresti che diventassi la vostra tata?» ripeto.

Violet annuisce speranzosa. «Sarebbero solo poche ore a settimana. Pensavo al martedì e al giovedì pomeriggio, quando Harper esce da scuola, magari anche il venerdì, qualche volta... Così potrei riprendere a studiare. Magari dare l'esame per l'abilitazione a febbraio. Se sto esagerando dimmelo, ma dovevo chiedertelo. Come ti dicevo, è difficile fidarsi di qualcuno quando si tratta di Harper e con la tua formazione, sembri così... adatta.»

Il cuore mi batte all'impazzata. È esattamente quello che volevo, quello che speravo quando mi sono offerta, ma – ed è un grande *ma* – questo era prima di sapere che Harper sta male. Ha bisogno di una vera infermiera, non di una studentessa di infermieristica improvvisata. Dovrei dire di no. Dovrei dire a Violet la verità. So che dovrei farlo. Voglio fare la cosa giusta, ma voglio anche farle piacere. Lo desidero così tanto. E quando vuoi piacere a qualcuno, dici quello che vuole sentirsi dire.

«Io...» inizio a parlare, senza sapere come finire. «Io sono...»

«Ti pagherei, ovviamente» continua Violet. «Trentacinque l'ora? Può andare bene?»

Trentacinque dollari all'ora sono più di quanto guadagno alla spa. Anche più di quanto guadagnavo come insegnante. Qualche turno a settimana come tata vorrebbe dire almeno mille dollari in più al mese. E se e quando dimostrerò di lavorare bene, magari quei pochi turni aumenteranno. Forse avrei una posizione di babysitter con vitto e alloggio, come ho sempre desiderato. Significherebbe trasferirmi. Mi piace prendermi cura di mia madre, l'ho sempre fatto volentieri, ma negli ultimi anni le pareti sembrano stringersi, l'appartamento rimpicciolirsi, e con esso la mia vita, la mia persona. Voglio iniziare a vivere per me stessa, finalmente. Quest'offerta potrebbe essere la svolta.

Violet mi fissa speranzosa, con gli occhi spalancati, in attesa. Vuole che dica di sì. Io voglio dire di sì.

Un sorriso mi si apre sul volto. «Lo farei volentieri» rispondo. Non riesco a trattenermi. Sembra destino. Ogni evento, dalla puntura d'ape di Harper fino a questo momento, sembra essersi allineato alla perfezione. Gli ultimi diciotto mesi sono stati così difficili, ma questa chance per ricominciare è esattamente ciò che aspettavo. E non ho detto solo bugie, no. Ho davvero esperienza con i bambini, sia in classe che fuori, e un minimo di competenza medica.

No, non sono un'infermiera, ma ho una buona conoscenza del primo soccorso; era un requisito necessario per lavorare all'asilo. Mi sono occupata di tanti bambini bisognosi di cure, con polsi o caviglie slogati, con le ginocchia sbucciate dopo una caduta, bambini con la febbre, col mal di pancia, mal d'orecchi, mal di testa, bambini allergici alle arachidi, con le loro EpiPen negli zaini. Alcuni dei miei alunni avevano anche patologie specifiche. Riley, un bimbo di quattro anni nella mia prima, era epilettico; Cleo, nella mia terza, aveva il diabete. Avevo colloqui con i loro genitori, tenevo i fascicoli medici nel cassetto in alto della mia scrivania, sapevo cosa fare se Riley aveva una crisi o se il dispositivo di monitoraggio di Cleo suonava. Non sarà molto diverso, in realtà. Mi documenterò sulla condizione di Harper. Sarò pronta. E come ha detto Violet stessa, Harper non ha svenimenti da molto tempo.

«Sul serio?» dice Violet, alzando leggermente la voce. Batte le mani con entusiasmo. «Davvero, ci salveresti la vita.»

«Certo.» Annuisco, con un grande sorriso. «Ne sarei felice.»

Il suo viso si illumina radioso. «Benissimo! Ti va di iniziare venerdì? Potresti venire per un paio d'ore al mattino, mentre Harper è a scuola, così parliamo dei dettagli.»

Il mio stomaco è in subbuglio per l'emozione. Non è più solo un'idea, sta succedendo davvero.

«Certo. Alle dieci va bene?»

«Perfetto» risponde Violet con entusiasmo.

Le sorrido, ma poi il mio sguardo cade sul suo Apple Watch. Accidenti. Sono quasi le due e mezzo. Devo tornare al lavoro. Se non lo faccio, Natasha mi ucciderà e darà il mio corpo ai suoi cugini del New Jersey.

«Devo andare» dico con riluttanza. «Devo passare in farmacia per ritirare delle medicine.»

Violet annuisce. «Anche noi dovremmo andare» dice.

«Sempre che riesca a portare via Harper da questo parco giochi. E grazie ancora, davvero.»

«Sono felice di darvi una mano» rispondo mentre cerco di celare il mio entusiasmo. Ma dentro sono euforica. Lavorerò per i Lockhart. Mi mordo la guancia per trattenermi dal sorridere. Mi alzo. «Ci vediamo venerdì?»

«Venerdì alle dieci!» risponde lei.

Me ne vado, sono al settimo cielo.

Mi sento leggera come l'aria quando arrivo a casa, dopo il lavoro. Natasha mi ha lanciato un'occhiataccia quando sono tornata alla spa, ma non mi importa. Le passerà, le passa sempre. Le porterò due dolci all'albicocca anziché uno, come avevo previsto. In una giornata diversa, il suo atteggiamento mi avrebbe irritata, ma non oggi. Oggi niente può guastare il mio umore.

Mia madre se ne accorge. Come potrebbe non farlo? La mia felicità trabocca come l'acqua da una vasca piena fino all'orlo, con il rubinetto ancora aperto. Le bolle schizzano e si spargono sul pavimento.

«Stai canticchiando» osserva dalla sua poltrona. Fingo di non sentirla. Ma ha ragione: lo sto facendo. Sono nel cucinino accanto al soggiorno e preparo la cena. Sto provando a fare le pappardelle al ragù che Violet ha cucinato l'altra sera.

Scolo la pasta nel lavandino, mentre il vapore si alza dalla bacinella. Mescolo il sugo e rifletto su cosa dire a mia madre.

Entro nel soggiorno con due piatti e una bustina di parmigiano sottobraccio. Le passo un piatto, poi il formaggio. Ne mette troppo, ma non dico nulla.

«Che hai detto?» chiedo.

«Stavi canticchiando» ripete. «Giornata buona al lavoro?»

Mi siedo sul divano, più vicina a lei, e appoggio il mio piatto sul tavolino. «Oggi ho visto di nuovo Violet e Harper. Al parco» confesso. Non la guardo. Tengo gli occhi sul televisore con l'audio muto. C'è una replica di *Seinfeld*, una puntata che ho già visto mille volte. «Mi ha chiesto di farle da tata. Qualche volta a settimana.»

Non avevo intenzione di dirglielo – si preoccuperà, come sempre – ma non riesco a trattenermi. Sono così entusiasta all'idea di passare tanto tempo con Violet e Harper – e Jay – che vorrei gridarlo ai quattro venti.

«Fare la tata per lei?» ripete mia madre.

Annuisco. «Sì, le ho detto che ho lavorato come tata. Sarebbe solo per un paio d'ore a settimana.» Provo a sembrare disinvolta, ma è inutile. Sono fin troppo entusiasta. Guardo mia madre. Le sue labbra sono serrate in una linea rigida.

«Lei lo sa?»

La fisso per un momento, poi scuoto la testa. «No» rispondo piano. «Non gliel'ho detto.» E non glielo dirò mai. Violet non dovrà mai sapere perché non lavoro più alla Mockingbird Montessori.

Mia madre si volta verso di me, mi guarda a lungo. Sbatte le palpebre un paio di volte, poi annuisce lentamente.

«Andrà bene» dico con convinzione. «E mi farà bene. Mi manca passare del tempo con i bambini. E poi, la paga è davvero buona. Presto potrò permettermi un posto tutto mio» aggiungo. Sa quanto ci tengo.

Le sue labbra si distendono. Allunga una mano e mi stringe la coscia. «Sono contenta per te» dice. Poi torna a guardare la televisione, prende il telecomando e lo punta allo schermo, ma si ferma un attimo prima di premere il pulsante. «Ma stai attenta. Mi hai capito?» Non mi guarda mentre lo dice.

Annuisco. Ha ragione. Sappiamo entrambe come sono fatta. Poi riattiva l'audio. Kramer entra di colpo nell'appartamento di Jerry e iniziamo a ridere insieme al pubblico.

Quella sera, prima di addormentarmi, mi accorgo che sto ancora canticchiando. La mia canzone preferita di Taylor Swift, quella sugli imbroglioni e gli hater, su chi ti spezza il cuore e ti prende in giro, quella in cui dice che, alla fine, andrà tutto bene.

# 9

La mattina seguente sto riempiendo la bacinella della mia postazione, quando Laura entra nella spa. Alzo lo sguardo al tintinnio del campanello e le faccio un cenno con la mano. Lei ricambia, i suoi capelli cotonati ondeggiano e si avvicina alla mia postazione con un passo elegante.

Non devo nemmeno chiederle cosa faremo oggi; viene ogni settimana e alterna manicure e pedicure. Acrilico sulle mani, gel sui piedi, sempre di un bel rosso scuro. E quando ha finito, passa da Kristen, l'estetista di maggiore esperienza, per le sopracciglia.

«Hai l'aria di chi ha appena vinto alla lotteria» dice Laura, mentre si siede sulla grande poltrona in pelle per la pedicure e immerge i piedi nell'acqua.

«Chi? Io?» chiedo. Abbasso la testa e mi mordo il labbro inferiore; non smetto di sorridere da quando Violet mi ha offerto il lavoro.

«Ha conosciuto qualcuno» dice Natasha avvicinandosi a Laura con aria complice. La sua cliente è al telefono, con gli auricolari. «Un uomo d'affari di successo.» Scoppia il pallone di gomma da masticare e mi fa l'occhiolino.

«Un uomo d'affari?» ripete Laura, con un accento ancora più marcato, sempre più simile a Dolly. «Che classe!»

«È un imprenditore» dico arrossendo. «È una cosa recente.» Per un attimo penso di mostrare loro una foto di Jay, magari il suo profilo LinkedIn, ma so che sarebbe troppo.

Racconto a Laura che è un padre single, descrivo il pomeriggio in cui ci siamo conosciuti, parlo della puntura d'ape, del pianto di Harper e di come ho rimosso il pungiglione. Ometto solo le mie bugie. Lei è felice per me, annuisce durante tutto il racconto e sorride radiosa.

Quando finisco la pedicure, Laura mi porge una banconota da cento dollari con un sorriso complice. «Nel caso ti servisse qualcosa per il tuo prossimo appuntamento.»

«Grazie, Laura.» Ricambio il sorriso e infilo i soldi nella tasca della mia divisa. Adoro il cardigan che Violet indossava l'altro giorno; potrei comprarne uno simile.

Quando la mia postazione si libera, decido di sgattaiolare fuori per un momento e andare alla panetteria dietro l'angolo per prendere il dolce per Natasha. Appena prendo la borsa, Lena entra nella sala relax. Le rivolgo un sorriso educato e provo a evitarla, ma lei si ferma sulla porta, bloccandomi.

«Possiamo parlare? Sarà breve» dice, con freddezza. «Nel mio ufficio.» Indica la porta alla mia sinistra. È una stanzetta quadrata con una scrivania appoggiata al muro, un computer e due sedie. La scrivania è sempre piena di scartoffie, documenti, fatture sparse e registri.

*Cazzo.* «Certo.» Sospiro ed entro nel suo ufficio. Ci siamo.

Lena mi passa accanto e si posiziona nella sedia più vicina alla scrivania. L'ufficio ha un odore inconfondibile, un misto pesante e nauseante di acetone e incenso.

Accavalla le gambe e mi guarda dritto negli occhi. Una delle cose che apprezzo di Lena è che non è una che gira intorno alle cose. Qualunque cosa debba dirmi, andrà subito al punto. Mi preparo al peggio.

«Ultimamente arrivi spesso in ritardo» dice. «Ti prendi pause troppo lunghe. Lunedì hai saltato metà turno.»

«Mi dispiace» rispondo. «Non accadrà più. Prometto che mi comporterò meglio.»

Lei scuote la testa con rammarico. «Non posso correre questo rischio. Mi dispiace. Quando ti ho assunta, ti ho detto che avevo bisogno di affidabilità.»

La fisso mentre le sue parole vanno a segno. L'odore pesante d'incenso mi fa sentire stordita. «Mi stai licenziando?»

Lena annuisce. «Ti auguro il meglio» dice, mentre si alza. Le gambe della sedia stridono sul pavimento quando si sposta. La conversazione è finita.

Mi alzo anch'io, un po' goffamente. Ci troviamo una di fronte all'altra. Lena fa un passo avanti e mi dà un breve abbraccio. «Abbi cura di te, Sloane.»

Esco dall'ufficio minuscolo ancora un po' stordita. Anche se me l'aspettavo, fa male vedere con quale facilità Lena abbia deciso di licenziarmi per qualche turno mancato e qualche pausa troppo lunga, dopo il mio duro lavoro dell'ultimo anno. Mi sento come se mi avesse schiaffeggiata, la guancia mi scotta al solo pensiero.

Attraverso la spa, prendo il mio kit e alcuni oggetti personali e mi avvio verso l'uscita. Le altre estetiste mi fissano mentre passo. Nessuna dice una parola. Natasha sembra volersi alzare quando le sono accanto, ma poi si volta verso la sua cliente. Probabilmente è stata lei a fare la spia, a raccontare l'episodio di Allison a Lena.

In questi anni le ho fatto mille favori; anche lei è una vera ingrata.

Esco sul marciapiede, passando dal fresco dell'aria condizionata al caldo soffocante del pomeriggio. La porta della spa sbatte alle mie spalle. Rimango ferma per qualche istante. Poi sorrido.

Basta giornate passate china sui piedi callosi delle clienti, basta sorrisi forzati, così larghi da rischiare la paresi alle labbra. Basta mani rovinate dall'acetone, nocche screpolate dall'acqua troppo calda. Basta occuparmi di donne che mi guardano dall'alto in basso, letteralmente e metaforicamente parlando, basta umiliarmi per qualche dollaro di mancia. Sono libera, finalmente libera, la mia schiavitù è finita.

Alla fine dell'isolato, butto il kit da manicure in un cestino, sento il rumore sordo quando colpisce il fondo metallico del bidone.

Fanculo Lena. Fanculo Natasha. E fanculo quel lavoro. Non ne ho bisogno. Non ho bisogno di loro. Ora sono la tata di Harper.

## 10

Il venerdì mattina mi sveglio con una sensazione di leggerezza che non provavo da anni. Non dovrò mai più tornare alla spa. Mai più. E inoltre, sto per incontrare Violet per una passeggiata. Mi ha scritto ieri sera per chiedermi di vederci al parco giochi invece che a casa sua, per fare un po' di movimento prima di andare a prendere Harper a scuola.

«Certo!» le ho risposto. Avrei detto sì in ogni caso. Mi alzo dal letto leggera, come in un cartone animato, con gli uccellini che cinguettano mentre mi vesto.

Frugo tra i miei vestiti da ginnastica, per lo più vecchi e un po' puzzolenti, ma trovo un paio di jogger neri praticamente nuovi in fondo all'armadio, e li abbino a una maglietta oversize, annodata su un lato. Indosso le New Balance, anche se sono un po' rovinate, e sistemo i capelli sotto un cappellino da baseball. Lego una felpa in vita e mi chiedo se mettere le lenti a contatto, ma guardo l'ora – *merda* – e realizzo che non ho tempo. Prendo la borsa ed esco.

Quindici minuti dopo, vedo Violet all'ingresso del parco. Mi saluta con la mano quando mi vede. Ricambio il saluto e accelero il passo.

I suoi capelli scuri sono raccolti in una coda alta e voluminosa, con qualche ciocca che le sfiora la nuca e la frangia sistemata di lato. Indossa scarpe da ginnastica come me – le sue sono nuove – ma il suo look è molto più curato: legging a vita alta in tessuto a coste e un top sportivo abbinato che le lascia scoperta la pancia, con un logo a ferro di cavallo ben in vista.

«Ciao!» dice mentre mi avvicino. «Grazie mille per essere venuta qui. Non faccio mai esercizio ultimamente, quindi cerco di incastrarlo dove posso. Jay mi ha regalato una cyclette Peloton per Natale, ma la uso più come appendiabiti.»

«Che cos'è l'e-ser-ci-zio?» scherzo articolando ogni sillaba come se fosse una parola nuova. Violet ride, e sento una piccola scarica di adrenalina.

A dire il vero, anche a me farebbe bene un po' di moto. Non sono sovrappeso, né particolarmente magra: direi che sono nella media, un po' di pancia in vita e le cosce un po' flaccide, a differenza di Violet che è sottile e slanciata. Potrei perdere qualche chilo, ma odio andare in palestra. Odio l'odore di sudore mascherato dai disinfettanti, l'aria soffocante, le donne con le Nike perfette e gli addominali scolpiti e abbronzati. Non ho bisogno di sentirmi ancora più sciatta di quanto non sia già, grazie.

Avevo pensato di comprare una Peloton, ma quando ho visto il prezzo assurdo ho lasciato perdere. L'idea di usare un regalo da tremila dollari come appendiabiti è così comica che per poco non scoppio a ridere.

«In realtà, stavo pensando di ricominciare anch'io» accenno. «Correvo quand'ero al college.» È un'aggiunta interessante alla mia lista di bugie: uno, mi chiamo Caitlin; due, sono un'infermiera; tre, mia madre ha il lupus; quattro, sono una runner. Suona bene.

«Anch'io correvo al liceo!» dice Violet. «Facevo corsa campestre.»

Sorrido, fingendo di essere felicemente sorpresa dalla coincidenza. *Merda*. «Mi piaceva tantissimo, ma mi sono strappata un legamento del ginocchio poco prima della laurea. Da allora non ho più potuto correre. Quindi la camminata è perfetta per me.» L'ultima cosa che voglio è che mi proponga di correre insieme. Il solo pensiero mi terrorizza.

«Fantastico!» esclama. «Pensavo di andare verso il fiume e poi salire fino a Brooklyn Bridge Park. Che ne dici?»

Faccio spallucce. «Va bene per me.»

Iniziamo a camminare, più velocemente di quanto mi aspettassi. Per starle dietro, ogni tanto devo quasi correre. Presto sento le prime gocce di sudore formarsi sulla fronte e il respiro che si fa più pesante.

«Sono più fuori forma di quanto pensassi» ammetto con un sorriso imbarazzato, cercando di non ansimare troppo. Violet mi sorride con fare incoraggiante, ma non rallenta.

Dopo qualche minuto, troviamo un ritmo più rilassato e iniziamo a fare conversazione, parlando soprattutto di Harper, della sua routine, dei suoi gusti e delle sue abitudini alimentari: mi dice che di frutta mangia solo le fragole e che adora lo yogurt alla vaniglia.

Faccio qua e là qualche domanda casuale su Jay e scopro che ha una sorella maggiore, tre nipoti e che ha sempre voluto vivere a New York.

«Non ero sicura di voler crescere Harper qui» dice Violet «ma lui mi ha convinta. Jay è capace di convincere chiunque.» Sorride, alzando gli occhi al cielo con affetto.

Quando arriviamo al parco, il sole è alto e splendente nel cielo. La temperatura è già sopra i ventisette gradi, una giornata calda e afosa, insolita per aprile. Sono sudata, con la maglietta bagnata sotto le ascelle e sulla schiena.

Violet, invece, sembra fresca come all'inizio della passeggiata. Il suo viso è appena arrossato, ma per il resto sembra completamente immune al caldo.

Rallentiamo e ci dirigiamo verso una panchina vicino all'acqua. Non ci sediamo, restiamo in piedi dietro la panchina e usiamo lo schienale per tenerci in equilibrio mentre facciamo qualche esercizio di stretching: tiriamo i talloni verso i glutei, poi ci pieghiamo in avanti. Non sono più completamente senza fiato, ma ancora non l'ho recuperato del tutto.

«Come riesci a far sembrare tutto così semplice?» chiedo. «Io sembro una che ha appena fatto una maratona. Sono un disastro!» Tiro la maglietta fradicia lontano dal corpo e la faccio ondeggiare nel tentativo di rinfrescarmi un po'.

«È solo un'illusione» risponde Violet ridendo. «A malapena riesco a mantenere l'apparenza. Dentro, sono un disastro.»

«Tu? Non ci credo» dico con una smorfia di incredulità.

Lei scuote la testa. «Questo» dice indicando sé stessa «richiede un sacco di lavoro.»

«Stai scherzando.» Sollevo un sopracciglio, una tecnica che ho perfezionato con orgoglio nelle lunghe ore passate da sola quando ero piccola, annoiata davanti allo specchio del bagno.

«Non sto scherzando. Questa coda mi ha richiesto un'ora di piastra stamattina.» Indica la sua lucente coda di cavallo. «Se la sciogliessi, sarebbe una tana per topi. Di quelli di fogna, grandi come gatti.»

«Ne dubito fortemente», dico mentre alzo gli occhi al cielo.

«Solo la frangia mi porta via quindici minuti. E, senza correttore, potresti metterci un intero guardaroba nelle borse sotto i miei occhi. Più valigie che borse. E non bagagli a mano, intendo quelle grandi.» Aggiunge: «Per non parlare delle sopracciglia».

«Sopracciglia?» chiedo con sincera curiosità. «Cosa fai alle sopracciglia?»

Le osservo. Sono folte, ben definite, sembrano naturali. Le mie non le curo mai, a parte strapparne una più lunga di tanto in tanto. Sono rade, poco visibili e non mi è mai passato per la testa di farci qualcosa.

«Le accorcio, le riempio con la matita, le pettino» risponde. Quando vede la mia faccia, scoppia a ridere. «Ti faccio vedere. Te le sistemo io. Fa davvero una grande differenza.»

Alzo di nuovo gli occhi al cielo, con un sorriso. È il classico commento che le donne belle fanno per entrare in sintonia con chi ha un aspetto più ordinario. Sta esagerando, ne sono certa. Probabilmente si sveglia già pronta per il red carpet, con la pelle fresca e luminosa, gli occhi brillanti, con o senza sopracciglia curate. La Venere di Milo non ha bisogno del trucco, e nemmeno Violet.

«Sul serio!» insiste Violet. «Sembro un *gremlin* se non ho le sopracciglia curate. Ecco perché metto la sveglia alle cinque e mezzo ogni mattina.»

Rabbrividisco. Svegliarmi prima delle sette per me sarebbe una tortura. «Ma chi te lo fa fare?» Poi aggiungo in fretta: «Io non faccio nulla di tutto ciò e sembro un catorcio, sia chiaro» dico con una smorfia autoironica, puntando il dito contro i miei occhiali e il mio chignon disordinato. «Vorrei impegnarmi di più, magari alzandomi un po' prima, ma ogni giorno invece posticipo la sveglia... Cos'è che ti dà lo stimolo giusto?»

Violet ride. «Non lo so» dice, dopo un momento. «Jay...» Comincia, poi si ferma, riprende e si ferma di nuovo. «Non solo Jay, ma tutti... tipo, le altre mamme alla scuola di Harper. Mi fanno sentire... oh, non lo so, è che sono tutte così... impegnative, forse?» conclude, incerta.

Vede la mia faccia e ride di nuovo. «Sto delirando, vero? Probabilmente non hai idea di cosa stia dicendo.»

Ma non la sto guardando stupita perché non capisco. È perché capisco fin troppo bene.

La Mockingbird, dove insegnavo, era una scuola Montessori privata con una retta intorno ai cinquantamila dollari l'anno. È per questo che riconosco tutte le marche, le borse e i gioielli firmati. Le madri sembravano sempre appena scese da una passerella, curate nei minimi dettagli: borse Chanel, scarpe Louboutin con tacchi vertiginosi, braccialetti Cartier, anelli con diamanti enormi, capelli perfetti, fronti lisce grazie al botox e labbra rimpolpate, entravano e uscivano dall'aula con disinvoltura, pronte per andare in ufficio.

Salutavano mandando baci i figli, anche loro firmati dalla testa ai piedi, e le altre mamme, sfiorandosi appena le guance per poi allontanarsi agitando la mano, con il telefono già incollato all'orecchio. Non tutte avevano un lavoro, naturalmente. Alcune, come Violet, avevano mariti con stipendi che bastavano e avanzavano, o provenivano da famiglie ricche, patrimoni accumulati da generazioni che riempivano le loro tasche. Non lavoravano, almeno non fuori casa. Si occupavano di organizzare eventi di beneficenza e lunghi pranzi al Clover Hill, gestivano impegni mondani e il personale domestico, vestivano le governanti e le tate con cappotti Burberry della stagione passata e con sneakers di marca dall'aspetto appositamente rovinato, che sembravano valere sessanta dollari anziché seicento, dismesse dopo essere state usate solo qualche volta.

«È stupido, lo so» ammette Violet «ma mi fanno sentire del tutto inadeguata. Questo» indica di nuovo il suo corpo «è il mio modo per cercare di integrarmi.»

La studio, guardandola di profilo. È curioso che qualcuno con l'aspetto di Violet, con gli zigomi pronunciati e le labbra carnose, possa provare quel che provo io, davanti allo specchio. Chissà come mi vedono gli altri: forse dovrei chiedermelo anch'io.

«Secondo me stai benissimo» le dico, perché è vero. Sta più che bene.

«Grazie. Io penso di sembrare vecchia. Sto per compiere trentadue anni. A giugno» dice Violet, mentre si guarda le unghie. Il suo viso è calmo e non riesco a capire se quello che ha appena detto la emoziona, la delude, o entrambe le cose.

«Giugno? Anche il mio compleanno è a giugno!» esclamo.

Si gira verso di me, di nuovo raggiante. «Davvero? Quando?»

«Il sedici giugno.»

«Un'altra Gemelli!» dice con entusiasmo. «Io il diciotto. Gemelle.»

Un sorriso si accende sul mio volto. Gemelle di segno e di fatto. Insomma, quasi, ed è un altro legame tra noi. Siamo nate a soli due giorni di distanza. E per una volta non è nemmeno una bugia.

Forse vorrà festeggiare insieme. «Pensavamo di starcene da soli noi tre» immagino di sentirle dire. «Una piccola festicciola, ma ora che so che è anche il tuo compleanno, dobbiamo fare qualcosa di speciale.»

Una festa a casa loro, un picnic al parco o una cena in un ristorante di lusso, dove, sul più bello, arriveranno due dessert, uno per ciascuna di noi, entrambi decorati con candeline scintillanti. Jay e Harper canteranno, anche se diremo loro di non farlo, mentre ci sorridiamo da un lato all'altro del tavolo.

Andrò nel negozietto dove ho trovato la mia collana e ne comprerò un'altra. Dirò che l'ho fatta fare apposta per lei, perché la mia le piaceva tanto.

«Non dovevi» mi dirà, mentre apre la scatolina con entusiasmo, rossa in viso, ma so che ne sarà felice. Poi il suo volto si illuminerà quando vedrà cosa c'è dentro. Sorriderà e la indosserà subito, la allaccerà con orgoglio intorno al collo.

«Come sto?» chiederà, rivolta a Jay e Harper. Entrambi le diranno che è bellissima, e sarà la verità, naturalmente.

Mi sveglio dal mio sogno a occhi aperti e la trovo che mi guarda con espressione curiosa. *Mi ha chiesto qualcosa?* «Scusa, come hai detto?» domando.

«Ti ho solo chiesto quanti anni compi.»

«Trentadue anch'io!» Non è vero. Bugia numero cinque.

«Davvero?» Inclina la testa e spalanca gli occhi. «Dovremmo fare qualcosa insieme!»

Annuisco con entusiasmo. «Mi piacerebbe moltissimo!»

Lei sorride raggiante. Poi mi chiede: «Pronta per tornare indietro?»

Annuisco e riprendiamo a camminare, ripercorrendo la stessa strada. Mi racconta di come, da piccola, odiasse compiere gli anni d'estate perché non poteva mai festeggiare a scuola. Era gelosa degli altri bambini: i loro genitori portavano cupcake o regalini e li facevano sedere al centro della classe mentre gli altri cantavano *Tanti auguri*.

«Comunque» dice Violet, con un gesto della mano

«basta parlare di me. Raccontami di te. Dove sei andata al college?»

Ecco cosa non capisce. Non mi annoia ascoltarla parlare di sé. Non credo che mi annoierà mai. Ma la assecondo: ometto i due anni che ho passato in un'università pubblica di scarso prestigio prima di trasferirmi al Brooklyn College, e mescolo qualche bugia con la verità. Le racconto di come mia madre mi abbia cresciuta da sola, di come ci siamo trasferite da una città all'altra nel Sud, fino a stabilirci a New York quando mia zia si è ammalata.

«Hai detto che tuo padre è di Philadelphia?» mi chiede, quando ho finito.

Annuisco. «Stando a quanto ha detto a mia madre.»

«Io sono nata lì» dice Violet. «Anche i miei genitori sono nati e cresciuti lì. Si sono trasferiti a Piedmont, vicino a San Francisco, quando avevo sei anni.»

Sento un brivido. Una scossa elettrica che percorre ogni parte del mio corpo. «Che coincidenza», riesco a dire.

«Il mondo è piccolo.» Sorride. «Come ho detto, gemelle dei Gemelli.»

Forse non gemelle, ma sorelle. Ho sempre desiderato una sorella, più di ogni altra cosa. E il pensiero più doloroso è sapere che forse, da qualche parte, ce l'ho davvero. Ci penso spesso. Mio padre potrebbe essersi sposato, aver avuto altri figli. E quei figli sarebbero miei fratelli. Se il padre di Violet è di Philadelphia, allora forse... No. Mi fermo.

Sorrido. «Ci sono stata una volta, in gita scolastica.»

«Allora conosci la città meglio di me. Io la ricordo appena.»

Mi parla della sua infanzia vicino a San Francisco, di quando lei e i suoi amici attraversavano col treno la baia, e mi dice che spera di tornare in California, un giorno.

Prima che me ne accorga, siamo di nuovo nel nostro quartiere, all'angolo tra la Quinta e la Smith. Sono quasi le undici e mezzo. Abbiamo camminato per poco più di un'ora, circa due miglia e mezzo, secondo l'Apple Watch di Violet. Sono accaldata e sudata. Non ho bisogno di guardarmi per sapere che le mie guance sono chiazzate di rosso e i miei capelli hanno un'aureola di crespo.

«Ti va di prendere un caffè?» chiede Violet.

Mi mordo il labbro. Mi va, eccome se mi va, ma non voglio sembrare troppo entusiasta. So quanto posso risultare invadente. Devo fare con calma, andarci piano. Niente passi falsi, niente che possa spaventarla.

«Vorrei tanto, ma devo accompagnare mia madre a un appuntamento» dico con dispiacere.

«Nessun problema! Ci vediamo martedì pomeriggio, allora? Harper torna a casa all'una, ti va di venire un po' prima?»

«Certo!» rispondo. «Va benissimo.»

«Okay, perfetto. Buon weekend!» Sta per voltarsi, poi si ferma.

«Ah!» esclama. «Voglio darti una dimostrazione. Prima di andare.» Comincia a rovistare nella borsa.

«Dimostrazione, di cosa?»

Con gesto trionfante, Violet solleva quella che sembra una matita. «Di come le sopracciglia facciano la differenza! Vieni qui.»

«Adesso?»

Annuisce decisa. «Adesso.»

Esito, faccio un passo verso di lei. Toglie il cappuccio della matita e si china su di me. Siamo più o meno alte uguali. Il suo respiro mi sfiora il viso, caldo e con un leggero profumo di menta, e chiudo gli occhi, sento il tocco delicato della matita contro la mia pelle.

«Inizia dalla parte più spessa» sussurra. «Poi vai fino alla punta. Scendi e poi sfuma.»

Violet passa all'altro sopracciglio e ripete il procedimento. «Ecco fatto» annuncia, facendo un passo indietro. Tira fuori uno specchietto dalla borsa, lo apre e lo inclina verso di me. «Ti piace?»

Guardo il mio riflesso. Le sopracciglia nuove si alzano per la sorpresa. Sono più piene, come quelle di Violet, più scure e arcuate. Anche con gli occhiali, i miei occhi sembrano più brillanti e i miei zigomi più scolpiti. Ha ragione. Fa la differenza.

«Come hai fatto?» le chiedo mentre fisso il mio riflesso e giro la testa a destra e a sinistra.

«Te l'ho detto.» Sorride, compiaciuta. «Con questa.» Mi porge la matita. «Tienila, ne ho altre tre a casa.»

«Davvero?»

«Davvero.»

La prendo e la tengo con cura, come se fosse una cosa preziosa. «Grazie.»

Lei sorride. «Ci vediamo martedì!» Si volta, mi saluta con la mano e si allontana lungo la strada.

Il mio sorriso si allarga. Non vedo l'ora. Mi giro e mi avvio verso casa. Passando davanti a una vetrina, vedo il mio riflesso. Per la prima volta dopo tanto tempo, quello che vedo mi piace.

# 11

Quando arrivo a casa, ho la schiena e i piedi doloranti. Ho passato il resto della giornata a fare acquisti per preparare una cena speciale per me e mia madre: sono andata dal macellaio a Prospect Heights, alla bottega di formaggi artigianali a Park Slope e alla panetteria francese di cui Allison mi aveva parlato. Ho le braccia piene di sacchetti quando entro nel palazzo e attraverso il piccolo atrio fino alla mia porta, passando accanto alle cassette della posta in alluminio.

La luce sopra la nostra porta fa le bizze; si accende e si spegne a intermittenza, come in uno scadente film horror. Poso le borse della spesa a terra per aprire la porta. Ho appena infilato la chiave nella serratura quando mi sento chiamare alle spalle. Il mio nome risuona lungo il corridoio di linoleum.

«Sloane Caraway?» La voce è fredda, sconosciuta. Mi irrigidisco. Lentamente, sfilo la chiave dalla porta e mi giro.

Davanti a me c'è una donna in uniforme da poliziotta, con tanto di cappello dalla visiera lucida, distintivo in ottone e anfibi neri. La targhetta di metallo sul taschino riporta il nome MARTINEZ, C. Mi si chiude lo stomaco. So perché è qui. Mi sento male.

Deve avermi seguita, fermando la porta prima che si chiudesse del tutto, silenziosa come un topolino.

«Signorina Caraway?» ripete.

Sto per negare scuotendo la testa, ma mi fermo. Non voglio peggiorare ulteriormente la situazione.

«Sì» rispondo con cautela. «Posso aiutarla?»

Lei annuisce. Si toglie il cappello, lo mette sotto il braccio e fa un passo verso di me. Ha i capelli scuri, pettinati con una riga in mezzo e tirati indietro in uno chignon basso sulla nuca. Non è truccata, ma non perché non ne abbia bisogno. La fronte e il naso sono lucidi, la pelle olivastra è segnata da vecchie cicatrici di acne, alcune marcate. Nonostante questo, non è priva di fascino. I suoi occhi, castani e profondi, sono a mandorla e incorniciati da lunghe ciglia. Le labbra sono carnose. È più giovane di me, non avrà ancora trent'anni, con le curve al posto giusto.

Si schiarisce la gola. «Vorrei farle qualche domanda sull'altro giorno.»

L'altro giorno. L'altro giorno. Sapevo già che era per questo, ma sentirglielo dire ad alta voce mi fa venire la nausea, un sapore metallico mi sale in gola. Inizio a sudare.

«Alla spa Rose&Honey» continua. «Ha avuto un incontro con la signora McIntyre?» Lo chiede come se fosse una domanda, ma sappiamo entrambe che non lo è.

Mi immagino Allison che esce dalla spa e va dritta alla stazione di polizia, ancora tremante. Avrà chiesto di parlare con qualche pezzo grosso, con le braccia incrociate sul petto, e il piede che sbatte sul pavimento.

L'atrio è silenzioso. Mi sembra di sentire il suono della tv nel nostro appartamento, dietro la porta chiusa, ma forse è solo la mia immaginazione. L'agente mi fissa, in attesa. Mi chiedo se sia stata lei a parlare con

Allison alla polizia. Alla fine, dico: «Non ho fatto nulla di male».

«Nessuno sta dicendo questo» risponde con calma. «Come ho detto, sono qui solo per farle qualche domanda. Sapeva che la signora McIntyre aveva prenotato un appuntamento?»

Scuoto la testa. «No. Non sapevo che sarebbe venuta. Non lo sapevo finché non l'ho vista.»

«E cosa ha fatto quando ha capito che era lei?»

«Niente! È uscita di corsa. Non ho avuto il tempo di fare o dire nulla.»

L'agente mi scruta con attenzione, poi annuisce. «Capisce che i termini dell'ordinanza prevedono che non ci debba essere alcun contatto con la signora McIntyre? Nessun tipo di comunicazione.»

Apro la bocca, poi la chiudo di nuovo. L'ordinanza. L'ordine restrittivo. Sento un dolore sordo e pulsante nel petto. «Lo so» rispondo piano. «Non l'ho cercata io.»

«Ed è per questo che non sarà considerata una violazione.» Non riesco a capire se per lei dovrebbe esserlo. Ha letto il rapporto? Mi è chiara, l'idea che si è fatta. Io, trasandata, con una felpa troppo larga, gli occhiali sporchi, e Allison, impeccabile, con lineamenti scolpiti e capelli del colore di un tramonto. Non sono certo io il personaggio con cui simpatizzare in questa storia.

Mi mordo con forza il labbro inferiore. «Allora perché è qui?» chiedo.

Ma so già la risposta. Perché Allison avrà fatto una scenata, perché qualcuno le avrà promesso: «Andremo a parlarle».

«Solo per ricordarle che l'ordinanza impone una distanza di cento metri. È importante che rispetti questi parametri.»

«L'ho fatto!» La mia voce si alza di un'ottava. So bene

cosa dice l'ordinanza. Ne ho una copia, infilata in fondo a un cassetto della mia stanza.

«È stata lei a entrare alla spa! È lei che ha violato l'ordinanza, non io.»

«Capisco» risponde. Mi guarda, gli occhi carichi di pietà. Vorrei urlare.

«Non è come pensa.» Sento le corde vocali tese. So di sembrare sulla difensiva, patetica, persino, ma non riesco a farne a meno. Voglio che capisca che si sta sbagliando, che non è come sembra.

«È stato tutto un grande malinteso.»

Annuisce lentamente. «È sempre così. Buona serata, signorina.» Si rimette il cappello e si avvia verso la porta. Ha un'andatura rigida, non fa oscillare i fianchi, come se camminasse su una corda tesa. Un solo passo falso e potrebbe precipitare. Mi chiedo se si eserciti a camminare così, a posizionare con cura un piede davanti all'altro, con la schiena dritta come un palo.

Resto lì a guardarla mentre se ne va. Quando sparisce dalla mia vista, mi giro e infilo di nuovo la chiave nella serratura. Mi trema la mano. Mi asciugo una lacrima con la manica della felpa. Non voglio che mia madre mi veda piangere.

Dopo un momento, riprendo fiato ed entro in soggiorno. Mia madre è sulla poltrona reclinabile, con le gambe distese e le caviglie incrociate. Sul tavolino accanto a lei c'è un bicchiere di tè freddo, appannato di condensa.

«Chi era? Ho sentito delle voci» chiede, distogliendo lo sguardo dalla tv. Si sposta sulla poltrona, poi si risistema.

«Gabby, quella del piano di sopra» rispondo. «Mi stava raccontando che ha lasciato di nuovo il suo ragazzo. L'ha beccato con un'altra.»

Mia madre alza gli occhi al cielo e torna a guardare la tv. Non sopporta Gabby.

So di aver detto che non mento mai a mia madre. Nemmeno quello era del tutto vero.

Lunedì mattina, il giorno prima di andare dai Lockhart, mando un messaggio a Violet per dirle che non vedo l'ora che arrivi domani. Quando vedo che non risponde subito, le scrivo un altro messaggio, solo una faccina sorridente, ma anche qui, nessuna risposta. Nemmeno dopo cinque minuti, dieci, un'ora.

Senza il lavoro alla spa, non ho niente per tenermi occupata. Nessuna distrazione, a parte il monotono sottofondo della tv in soggiorno. A metà pomeriggio, ho già preso in mano il telefono mille volte per controllare se per caso mi è sfuggito un messaggio, ma lo schermo rimane vuoto. Non riesco a stare ferma. Dovrei scriverle ancora, nel caso non abbia visto i primi messaggi? Scrivo e cancello subito. Divento più ansiosa ogni ora che passa. Spengo il telefono, lo infilo nel cassetto del comodino, esco, poi torno in camera pochi minuti dopo per riaccenderlo. Nessun messaggio.

È stato qualcosa che ho detto? Ripeto le nostre conversazioni nella testa, più e più volte. Sembrava tutto a posto quando ci siamo salutate dopo la passeggiata, mi ha sorriso mentre si allontanava sul marciapiede. Forse non si è divertita, penso. Forse c'è rimasta male perché non ho accettato il suo invito per il caffè. Forse non pensa che sia adatta per Harper. Ma la mia vera paura – anche se so che è impossibile – è che abbia scoperto cos'è successo quel pomeriggio da Rose&Honey. O peggio, cos'è successo prima che ottenessi il lavoro, l'ordine restrittivo.

Alle quattro e mezzo non ce la faccio più. Sento che

potrei impazzire. Dico a mia madre che vado a fare una passeggiata, mi infilo le scarpe e prendo la borsa. Quando esco sul marciapiede, devo coprirmi gli occhi. Il sole è ancora alto nel cielo, le giornate si fanno già più lunghe e calde con l'avvicinarsi dell'estate. Non so dove andare, ma mi sento meglio all'aperto. Probabilmente Violet è solo impegnata, mi dico. Quasi ci credo.

Decido di andare al parco, fare un giro e poi tornare a casa, ma non mi fermo quando vedo il parco giochi. Continuo a camminare. So già dove sto andando prima ancora di arrivarci. Non posso farne a meno.

Le case di mattoni diventano sempre più imponenti a mano a mano che mi addentro nella strada dei Lockhart, gli olmi si fanno più alti, le foglie più fitte, il marciapiede più ampio. Cammino sul lato opposto alla loro casa. Quando la intravedo, rallento, abbasso lo sguardo e mi fermo, mi nascondo tra un'auto parcheggiata e il tronco di un albero.

Non dovrei essere qui, lo so, ma devo capire se Violet è a casa. Solo per un momento, giusto il tempo di dare un'occhiata.

Le tende del soggiorno sono spalancate. Da qui riesco a vedere perfettamente l'interno. La luce del sole è ancora forte e la stanza è ben illuminata.

All'inizio non vedo nessuno. Solo le librerie, il divano e il quadro appeso sopra il tavolino da caffè. *C'è qualcuno o no?*

Come per rispondere alla mia domanda, Violet entra nella stanza. Trattengo il fiato e torno dietro l'albero. Mi sporgo appena, quel tanto che basta per sbirciare: è ancora lì, in piedi accanto alla grande finestra. Ha il telefono all'orecchio e parla con foga. Sembra agitata. Anche da qui noto le sopracciglia aggrottate, la fronte corrucciata. Inizia a camminare avanti e indietro, sfiorandosi la tempia con la mano libera.

Poi compare Harper, che corre verso di lei e le cinge un braccio attorno alla vita. Violet abbassa lo sguardo, le accarezza la testa distrattamente. Harper sorride, la guarda, e Violet alza un dito, come a dire: «Un minuto». Harper annuisce e si dirige verso le scale.

Ora Violet ascolta, col telefono premuto contro l'orecchio e le labbra serrate. Le tremano? È difficile dirlo da qui. Poi si passa la mano sul viso. Sta piangendo, credo, si asciuga le lacrime. Annuisce in modo deciso e chiude gli occhi. Resta così, immobile come una statua, finché non annuisce di nuovo e riapre gli occhi.

Si toglie il telefono dall'orecchio e lo chiude in modo secco, con un leggero scatto. Per un attimo resta a fissarlo, le spalle si abbassano, il viso è impassibile.

Di colpo, senza alcun preavviso, alza il braccio e lancia il telefono verso il divano come un giocatore di baseball che punta al guantone del ricevitore. Ha la bocca aperta in un urlo silenzioso. Il telefono colpisce il cuscino dello schienale, poi rimbalza fuori dalla mia vista. Sobbalzo.

Le spalle di Violet si alzano e si abbassano, come se respirasse a fatica. So che dovrei andarmene, ma rimango inchiodata lì, incapace di muovermi. Con chi stava parlando? Di cosa si trattava? Una lite con un amico? Un famigliare?

Poi guarda verso le scale, come se qualcuno le avesse detto qualcosa. Cambia espressione: la rabbia svanisce. Si china a raccogliere il telefono, lo infila in tasca. Si dirige verso le scale e sparisce dalla mia vista.

Aspetto, sperando di vedere qualcuno, ma non succede. Il salotto rimane vuoto. Niente Violet, niente Harper, niente Jay. Penso che dovrei andarmene, ma un minuto si trasforma in cinque, cinque in dieci, finché non passa quasi un'ora. Per tutto il tempo tengo il telefono in mano, sperando che Violet mi chiami, ma non succede.

Quando finalmente me ne vado, il cielo si è fatto buio, passa dal grigio a un blu intenso mentre percorro i dodici isolati verso casa, ancora turbata da ciò che ho visto.

A cena, io e mia madre parliamo poco. So che nota il mio umore, ma non dice nulla. Ogni tanto, mentre guardiamo la tv, mi stringe il braccio, senza mai distogliere gli occhi dallo schermo. Lei c'è, se ho bisogno, sembra volermi dire.

Dopo cena, mi tolgo la camicia di flanella e i jeans, mi metto il pigiama e mi infilo a letto senza lavarmi la faccia, né i denti. So che dovrei farlo, ma non riesco a trovare le energie.

Allungo una mano, spengo la lampada sul comodino e rimango lì, sdraiata a fissare il soffitto. Cosa ha turbato così tanto Violet? E perché non mi ha chiamata? Le due cose sono collegate? Mi giro su un fianco, sconfortata. Forse la mia paura più grande è reale: sa cos'ho fatto. È arrabbiata, non sa come affrontarmi.

L'oscurità della mia stanza è opprimente, pesante. Le ombre sembrano più grandi sulle pareti. Ascolto il rumore del traffico in strada, i clacson in lontananza, il ronzio ovattato delle sirene, le voci indistinte. Alla fine, le palpebre si fanno pesanti e inizio a scivolare nel sonno, grata di potermi lasciare andare.

Poi il telefono vibra. Apro gli occhi di colpo. Mi tiro su di scatto e lo afferro dal comodino, col cuore che batte forte. Strizzo gli occhi per leggere lo schermo illuminato nella stanza buia. È Violet. Trattengo il fiato mentre apro il messaggio.

*Ciao, scusa se ti scrivo così tardi! La giornata è volata. Siamo ancora d'accordo per domani?*

L'ansia che mi ha accompagnata tutto il giorno svanisce all'istante. Mi sento più leggera, sollevata. Tutta quella preoccupazione per niente.

Con le dita che corrono veloci sulla tastiera rispondo: *Tranquilla! Sì, ci vediamo! All'una?*

Vedo subito che sta scrivendo, poi:

*Facciamo mezzogiorno e mezzo?*

Sorrido al telefono e rispondo:

*Okay, a domani!*

Sto per posare il telefono, ma esito. Un'immagine mi attraversa la mente: lo stato in cui l'ho vista oggi attraverso la finestra, il viso tirato, mentre si asciugava con rabbia le lacrime. Vorrei chiederle se va tutto bene, ma come potrei farlo senza ammettere di essere stata davanti a casa sua a guardarla? So come verrebbe interpretato. Alla fine, appoggio il telefono sul comodino. Glielo chiederò domani, se mi sembrerà ancora turbata.

Mi tiro le coperte fin sotto il mento e chiudo gli occhi. Questa volta, non faccio fatica a addormentarmi.

# 12

L'indomani, a mezzogiorno e venticinque, salgo le scale fino alla porta dei Lockhart. Il cuore mi batte forte. Da oggi sono la loro nuova tata. Non più un'estetista, ma una tata. Mi sembra la cosa giusta, come se fossi esattamente dove dovrei essere.

La porta della loro villetta in *brownstone* è socchiusa, appoggiata contro il telaio. Dall'interno proviene musica ovattata. Busso piano, ma visto che nessuno risponde, spingo la porta ed entro nell'ingresso.

La musica arriva dalla cucina. Il volume è altissimo, riempie tutta la casa. Riconosco la canzone. Mi dirigo in quella direzione.

«Violet?» chiamo.

In cucina vedo Violet dall'altro lato dell'isola che balla come una pazza. Tiene in mano un lungo macinapepe, come se fosse un microfono e ci canta dentro con gli occhi chiusi. Se fosse qualcun altro – se fossi io – sembrerebbe ridicola. Mani e gambe che si agitano come uno di quei pupazzi gonfiabili con le braccia fluttuanti, si piega e oscilla, in stile Elaine di *Seinfeld*.

Ma Violet non è come le altre. Lei è magnetica. Potrei guardarla ballare tutto il giorno.

Un attimo dopo, apre gli occhi. Mi vede, ferma sulla soglia, sorride e interrompe la sua performance.

Apre le braccia e mi dà il benvenuto a New York, seguendo le parole della canzone, gridando a squarciagola. Continua a cantare, rivolta a me, dicendomi che la città mi stava aspettando. In questo momento, nella loro cucina, sembra davvero così. Questa New York, la New York di Violet, è diversa da quella in cui ho vissuto negli ultimi quindici anni. È nuova, speciale, e finalmente sento di appartenerle.

Mentre canta, prende una saliera abbinata al macinapepe, balla verso di me e me la porge come un microfono. Avevo programmato di chiederle se andasse tutto bene, preoccupata per quello che avevo visto ieri pomeriggio, ma lei è radiosa. Sembra che tutto vada per il meglio.

Lascio cadere la borsa a terra e prendo la saliera. Esito solo un istante, poi inizio a cantare anch'io. Conosciamo entrambe le parole. Balliamo, ondeggiando e muovendoci a ritmo, e cantando nei nostri microfoni; la musica è così alta che non sentiamo le nostre voci.

Quando la canzone finisce, Violet urla ad Alexa di abbassare il volume, poi si lascia cadere su una sedia della cucina, solleva i capelli dal collo e si fa aria con l'altra mano.

«Siediti» dice. Con il cuore che batte forte dopo il ballo, mi lascio cadere su una sedia di fronte alla sua. Siamo entrambe affannate e ci sorridiamo, compiaciute di noi stesse.

«In certe giornate serve assolutamente un ballo scatenato» afferma.

«Sono *assolutamente* d'accordo.» Era qualcosa che facevo anche quando lavoravo all'asilo. Ogni tanto, quando c'era una strana atmosfera, alzavo la musica e tutti i bambini ballavano come pazzi in giro per la stanza, finché non si accasciavano sul tappeto, ridendo. Era un modo per resettare la giornata. Vorrei raccontarlo a Violet, ma non lo faccio. Non posso.

«Harper dovrebbe tornare a casa a momenti. Una delle altre mamme si è offerta di accompagnarla oggi. Caffè?» chiede, e annuisco.

Si alza e torna con due tazze, una per ciascuna, e le mette sul tavolo.

«Ascoltavo quella canzone tutti i giorni quando ci siamo trasferiti qui» dice. «Imbarazzante, vero?»

«Non penso proprio» rispondo. «Sono una grande fan di Taylor Swift.»

«Giusto.» Sorride. «Me lo hai detto il primo giorno che ci siamo incontrate al parco. È così che ho capito che saremmo diventate amiche.»

Sorrido, emozionata che si ricordi della nostra prima conversazione.

Mi guarda dritto negli occhi. «So che l'ho già detto, ma davvero non ho stretto molte amicizie da quando ci siamo trasferiti. È bello avere finalmente qualcuno. Sono così felice che ci siamo incontrate.»

Sento un calore crescente nel petto. Ha detto che sono sua amica. Non la sua tata. La sua amica.

«Anch'io» rispondo. Non ha idea di quanto ne sia felice. La osservo, mentre mi sistemo i capelli dietro un orecchio come fa lei e mi siedo un po' più dritta.

«Tu vivi qui da tanto, conoscerai un sacco di gente.» Violet soffia sul suo caffè e ne prende un sorso.

Stringo le labbra, annuendo piano. «Sì, abbastanza.» Una volta conoscevo più persone. Ero amica di molte insegnanti della scuola materna. Andavamo a fare il brunch nei weekend e qualcuna di loro ci invitava a cena la domenica, ma, dopo essere stata licenziata, è tutto finito.

«Da quando mia madre si è ammalata, però, ho iniziato a isolarmi un po'» aggiungo.

Violet annuisce. «E gli appuntamenti? Sei single? Stai vedendo qualcuno?»

Penso di inventarmi un fidanzato, ma decido che è troppo rischioso. Se diventiamo amiche, come spero, vorrà conoscerlo, uscire a cena insieme in quattro. Dovrei inventare delle scuse sul perché lui non può mai venire o dire che è via – di nuovo – per lavoro.

«Single» rispondo.

«Single a New York, un sogno» dice con nostalgia. «Almeno, lo era per me. Be', per me ai tempi del liceo, grazie a *Sex and the City*.»

«Oddio» mi esce in un lamento. «È dura là fuori, adesso.» Le rivolgo un'espressione sofferente. «Tinder ha rovinato tutto. È una maledizione.»

Esagero, ovviamente. In realtà, rende tutto più interessante. Ho un profilo – a dire il vero ne ho un certo numero, ognuno con foto di donne diverse che ho trovato online, donne che sono sicura catturerebbero l'attenzione del tipo di uomo che mi interessa – su varie app di incontri, Tinder inclusa. È uno dei miei passatempi preferiti del venerdì sera: in tuta, sul divano, con una coppetta di gelato, scorro tra i profili disponibili e leggo i loro tentativi (a volte riusciti) di essere spiritosi. Metto un like o un cuoricino a quelli che trovo particolarmente interessanti e aspetto il ding di un nuovo messaggio. È divertente sentirmi dire quanto sono bella e scambiare messaggi carichi di seduzione fino alle prime ore del mattino.

Ogni tanto uso un profilo con la mia vera foto, incontro qualcuno per cena o per un caffè, ma gli appuntamenti sono quasi sempre imbarazzanti, fatti di conversazioni forzate. Ogni tanto finiscono con un bacio sul marciapiede o sesso mediocre sul suo futon, ma non c'è quasi mai un secondo appuntamento. Non lo chiedono, e se lo facessero probabilmente rifiuterei.

Mi dico che le cose cambieranno quando avrò un lavoro migliore o una casa tutta mia, finalmente. Allora, forse, avrò una possibilità con il tipo di uomini che mi chiedono di uscire quando fingo di essere qualcun'altra.

«È strano che io sia un po' invidiosa?» dice Violet, ridendo. «Jay e io abbiamo iniziato a frequentarci proprio prima che lanciassero Tinder. Ho sempre desiderato provarlo, almeno una volta.»

«Sì» rispondo, annuendo con enfasi. «Molto, molto strano. Sul serio. Hai visto tuo marito? Hai bisogno di un controllo dall'oculista?»

Violet si nasconde il viso tra le mani in una finta espressione di imbarazzo, i suoi capelli scuri ondeggiano. «Hai ragione» dice con la voce attutita. Poi rialza la testa e sospira. «È che ci siamo sposati così giovani, sai, a volte mi sembra di essermi persa tutto il divertimento.» Si sistema la frangia, con un gesto distratto, arrotolando una ciocca intorno al dito. «E ora sono una mamma con le smagliature.»

Sorrido. Dubito fortemente che abbia davvero le smagliature. «Non ti sei persa niente» le assicuro. «Te lo giuro. A meno che l'idea di viscide avance e foto indesiderate di genitali maschili sul tuo telefono ti sembri divertente.»

«Non è una leggenda metropolitana?»

«Che ti mandino certe foto?» Scuoto la testa. «No, affatto. Non è una leggenda. Posso mostrartene alcune, se vuoi...» Faccio per prendere la borsa.

«No!» strilla Violet, ridendo. «No, ti credo! Ti prego, non farlo!»

Rido anch'io. «Va bene, non lo farò. Ma prima di Jay? Avrai avuto milioni di fidanzati al liceo.»

Violet è una reginetta del ballo. Una capitana delle cheerleader. Me la immagino ragazzina coi jeans a vita bassa e un top corto, circondata da altri studenti popolari, con i ragazzi che sgomitano per avvicinarsi a lei, per aiutarla a portare lo zaino a casa. Io, al contrario, ero – come dice Taylor Swift – sugli spalti, a osservare ragazze come Violet, sperando che qualcuno mi guardasse come io guardavo loro.

Il sorriso di Violet si affievolisce, ma non scompare del tutto. «Non proprio» dice, stringendosi nelle spalle. «Prima di Jay ero innamorata di un ragazzo, e lo sono stata per davvero molto tempo. Sono uscita con altri, pensando di poterlo dimenticare, ma non ha mai funzionato.» Fa una risatina, come a dire quanto fosse sciocco pensare che potesse accadere.

«Come si chiamava?» chiedo, mentre sorseggio il caffè e mi rilasso sulla sedia. Non c'è nulla che non voglia sapere di Violet, ma mi piace soprattutto sentirla parlare della sua infanzia e della sua adolescenza.

Esita per un momento, poi risponde: «Danny. Eravamo migliori amici da piccoli. Sempre insieme, inseparabili. Tutti pensavano che ci saremmo sposati. Anch'io lo pensavo.» Sorride, quasi divertita al ricordo di sé stessa da piccola. «Aveva un grande cuore. Ed era bellissimo. Un ragazzo stupendo che è diventato un uomo altrettanto splendido. Riccioli biondi, spettinati, occhi castani profondi.» Fissa un punto lontano, persa nei ricordi. «E aveva una piccola cicatrice, proprio qui, sulla punta del sopracciglio.» Violet si sfiora lo stesso punto sul viso.

«Avevamo sedici anni quando mi ha baciata per la prima volta. E quando lo ha fatto...» Si interrompe. Mi sporgo, col fiato sospeso. Lei se ne accorge e ride piano. Poi sospira, gli occhi si addolciscono di nuovo. «È stato come se avessi aspettato quel momento per tutta la vita.»

Riesco quasi a vederlo, a sentirlo, come se fosse il mio

cuore a battere forte mentre le sue labbra si avvicinavano. Come se il mondo intero si spalancasse.

«E poi?» chiedo, quando si interrompe. Sono incollata alla sedia.

«Ci siamo persi di vista quando sono andata al college. E poi ho conosciuto Jay.» Si stringe nelle spalle, come se quella fosse la fine della sua storia d'amore. O forse l'inizio. Non riesco a capirlo. «Comunque» aggiunge con un sorriso «il punto è che no, non ho avuto milioni di fidanzati al liceo.»

Poi dà un'occhiata all'orologio sulla parete e si acciglia. «Harper dovrebbe essere a casa ormai. Mi chiedo perché ci stiano mettendo tanto» dice. «La scuola è a una decina di isolati, ma di solito non ci si mette più di una ventina di minuti da lì. Mockingbird Montessori. Magari la conosci.»

Il mio sorriso svanisce. All'improvviso, le pareti della cucina sembrano restringersi, la stanza farsi più piccola. Sento il colore svanire dal mio viso mentre una sensazione di nausea mi travolge, le mani che iniziano a perdere sensibilità. *Ha detto proprio...*

«Mockingbird?» ripeto con tono fievole. La mia voce suona tremula, distorta, come se avessi qualcosa in bocca.

Violet si volta verso di me. «La conosci?»

Ingoio l'acidità che ho in gola. Mi chiedo se sto per vomitare. Come ho fatto a non immaginare che Harper potesse andare alla Mockingbird? Certo che va lì, è la migliore scuola dell'infanzia di Brooklyn, dove chiunque abbia un certo status manda i propri figli.

Annuisco, muovo la testa in modo goffo, quasi meccanico. «Facevo da tata a dei bambini che la frequentavano.» È la verità, ma non tutta la verità. Rimpiango subito quelle parole, non appena escono dalla mia bocca. È più di quanto voglia farle sapere.

«Oh, che coincidenza. Com'è che si chiamano i genitori?» inclina la testa, incuriosita.

Mi sforzo di sorridere, cercando di sembrare disinvolta. «Si sono trasferiti. In Connecticut, credo.» Evito di rispondere direttamente alla sua domanda. «È successo una vita fa.»

E questa, ovviamente, è una bugia. Ho lavorato per loro fino a un anno e mezzo fa. Prima che diventassi la sua tata, Ellie McIntyre era nella mia classe alla Mockingbird. Non era raro che le insegnanti facessero da babysitter nei weekend per arrotondare. Lo facevamo tutte. Le famiglie erano benestanti e pagavano bene, almeno venticinque dollari all'ora, trenta o più per due bambini, che era una cifra pari al nostro stipendio di insegnanti.

La madre di Ellie si chiama Allison. Allison McIntyre. È lei il motivo per cui non faccio più la tata, per cui non sono più un'insegnante di scuola materna, per cui ho dovuto cercare lavoro in un posto dove nessuno controlla le referenze. È lei quella che ha presentato l'ordinanza restrittiva. Quella che è entrata nella spa comportandosi come se temesse per la sua vita. Anche se era la mia vita che stava andando in pezzi.

Aveva due bambini, entrambi con i capelli rossi, proprio come i suoi. Ellie, che aveva quattro anni quando ci siamo conosciute, e Benji, che ne aveva sette. Suo marito viaggiava durante la settimana e lei aveva bisogno di un aiuto nel pomeriggio, quando la scuola finiva e lei era ancora al lavoro. All'inizio mi chiamava solo una volta ogni tanto, nei giorni in cui aveva delle riunioni fuori sede, qualche venerdì o sabato sera, ma poi il mio impegno è diventato più regolare: il lunedì pomeriggio, quando Allison doveva andare a Manhattan e non riusciva a tornare prima delle sette, poi anche il mercoledì e il giovedì. E infine nei weekend, finché non mi sono ritrovata a essere quasi sempre a casa loro, finché non sembrava che fossi parte della loro famiglia.

Finché non lo sono più stata.

Ellie probabilmente frequenta ancora la Mockingbird. È più grande di Harper, quindi non saranno nella stessa classe, ma potrebbero giocare insieme davanti a scuola o nel cortile. Violet e Allison si saranno viste all'entrata o all'uscita; magari si salutano, forse chiacchierano mentre aspettano che i bambini escano. Il pensiero mi fa rivoltare lo stomaco.

Non posso dire il suo nome a Violet, perché se lo dicesse ad Allison, tutto questo andrebbe in frantumi. Gli occhi di Allison si farebbero gelidi, il suo viso diventerebbe di pietra. Direbbe a Violet cose non vere su di me, o almeno, non del tutto vere. Non crediate che non veda l'ironia di questa situazione.

D'un tratto ricordo che Violet sa che il mio nome è Caitlin. Per una volta sono grata di essere una bugiarda, invece di vergognarmene come faccio di solito.

«Va tutto bene?» mi domanda.

Mi sforzo di annuire, non riesco a dire neanche una parola.

Proprio in quel momento, il campanello suona. «Oh! Dev'essere Harp» esclama.

Non appena esce dalla cucina, mi lascio cadere la testa tra le mani. Sono sicura che abbiano parlato di me dopo che me ne sono andata: le insegnanti, gli alunni, i genitori. Era una comunità molto unita, uno dei motivi per cui amavo tanto lavorare lì. Se un bambino o un'insegnante si ammalava, anche solo per un raffreddore, tutti firmavano un bigliettino fatto a mano per augurare una pronta guarigione; quando c'era un'emergenza famigliare, un gruppo di mamme mandava le loro tate con pasti già pronti. Durante la Giornata degli Insegnanti arrivavano fiori, e per i compleanni c'erano cupcake decorati con cura.

Ma c'erano anche i pettegolezzi. Quando i genitori di un alunno stavano divorziando o uno dei padre veniva accusato di *insider trading*, le voci giravano. So che ci sono state voci anche su di me. Quanto diffuse, non lo so. Non so se il pettegolezzo sia rimasto nell'aria, negli angoli delle aule o sulle bocche dei genitori mentre accompagnavano i loro figli dentro e fuori dalla scuola.

Se avessi mantenuto i contatti con qualcuno, avrei potuto chiedere, ma non l'ho fatto. Non ho più parlato con nessuna delle altre insegnanti da quando me ne sono andata. Eravamo un piccolo staff, dodici persone, ma solo una mi ha cercata dopo il mio licenziamento. Si chiamava Rachel, insegnava nella classe dei bambini di cinque e sei anni, e spesso pranzavamo insieme. Mi ha chiamata, ma non ho risposto. Ero troppo imbarazzata.

Qualche settimana dopo, quando la solitudine ha iniziato a farsi sentire, ho provato a richiamarla, ma a quel punto è stata lei a non rispondere. Le ho lasciato un messaggio chiedendole se volesse pranzare insieme, poi le ho mandato un messaggio, ma non ho mai ricevuto risposta. Ho provato a contattare altre insegnanti nei mesi successivi, ma nessuno ha risposto alle mie chiamate. Nemmeno un genitore si è fatto sentire, neppure quelli che mi mandavano cesti regalo a fine anno scolastico o che mi abbracciavano in lacrime quando il loro bambino passava dalla mia classe alla successiva. Ero diventata come un virus e nessuno voleva essere contagiato.

Nella stanza accanto, le voci si fanno più forti. Il panico mi sale alla gola e mi strangola come un boa constrictor. E se Violet invitasse a entrare chi ha accompagnato a casa Harper? E se mi riconoscessero? Mi guardo intorno con ansia in cerca di un posto dove nascondermi, magari un ripostiglio per le scope o dietro l'isola della cucina.

Proprio mentre sto per saltare giù dalla sedia, sento Violet dire arrivederci, la porta d'ingresso che si chiude e Harper che chiacchiera eccitata. Faccio un respiro profondo e scuoto la testa. *Riprenditi, Sloane*. È passato più di un anno ormai. Forse non parlano più di me, adesso, alla Mockingbird. E se lo facessero non avrebbe importanza, no? Per Violet, io sono Caitlin, non Sloane. Ma comunque, d'ora in poi, mi assicurerò di arrivare sempre dopo che Harper è tornata da scuola, mai prima.

Un momento dopo, Harper entra di corsa in cucina, seguita da Violet, e io sto già sorridendo.

«Caitlin!» grida Harper. «Guarda cos'ho fatto oggi a scuola!» Sventola sopra la testa un pezzo rotondo di carta colorata, dai bordi tagliuzzati irregolarmente. «È Giove!»

«Wow» esclamo, prendendolo in mano. «Devi aver lavorato davvero sodo per farlo!» Lodare lo sforzo, non il bambino! Era un mantra che la preside della Mockingbird ripeteva spesso. Vecchie abitudini, immagino.

Sia Harper che Violet mi sorridono raggianti.

«Andiamo in un nuovo parco oggi?» propongo. «Ne conosco uno carino vicino a Hoyt.»

«Sì!» esclama Harper. «Possiamo, mamma?»

Violet annuisce. «Vuoi fare uno spuntino prima?»

«Voglio un muffin!» dice Harper, mentre fa un piccolo balletto, eccitata.

«Va bene, vai a lavarti le mani e te ne prendo uno.»

Un broncio si dipinge sul viso di Harper. «Lo voglio adesso!»

«Okay» dice Violet con pazienza. «Appena ti sarai lavata le mani.»

Il broncio di Harper peggiora. «Odio lavarmi le mani!» grida. Si lascia cadere sul pavimento e inizia a tirare calci contro il divano.

«Harper» dice Violet. La sua voce è ferma, ma vedo la preoccupazione sul suo viso. Sento le mani sudare, il cuore accelerare. Ho visto milioni di capricci alla scuola materna, ma questo è diverso. E se il suo cuore non reggesse?

Con un misto di paura e agitazione, mi accuccio accanto a Violet. «Ehi, Harper» dico. «Puoi farmi vedere come si lavano le mani? Ho dimenticato come si fa! Devo mettere l'acqua sui piedi? O sulla testa?»

Harper smette di piangere, tira su col naso e mi guarda. «No» dice, scuotendo la testa.

«Devo mettere l'acqua sul naso?»

Si asciuga il muco con la manica, con una risatina. «No.»

«Me lo fai vedere?»

Annuisce e si alza. Violet mi lancia un sorriso colmo di gratitudine. Ricambio il sorriso, ma dentro mi sento scossa. E se non fossi riuscita a farla smettere di piangere? E se fosse svenuta? Violet si aspetta che sappia cosa fare. Si fida di me.

Il senso di colpa mi divora con i suoi piccoli denti affilati. Certo che si fida di me. Perché le ho detto di essere un'infermiera. Questo fa di me una cattiva persona? Non voglio sapere la risposta.

Harper mi guarda, aspetta con impazienza, così mi alzo e la seguo in cucina. Sarebbe potuto succedere qualcosa, ma non è stato così. Non è successo.

«Andiamo» dico ad Harper e le prendo la mano. «Devo mettere il sapone nelle orecchie?»

Lei ride e mi trascina verso il lavandino.

# 13

Nelle settimane successive, mentre le giornate si allungano e si fanno più calde, i pantaloni vengono sostituiti dai calzoncini, i maglioni dalle magliette, e io, Violet e Harper ci inseriamo in una routine familiare. Proprio come speravo, i miei tre turni settimanali presto diventano quattro, poi cinque, dal lunedì al venerdì.

Ogni giorno arrivo a casa dei Lockhart poco dopo che Harper è tornata da scuola, intorno all'una, e poi andiamo tutte e tre al parco. Durante il tragitto, Harper ci tiene per mano e ci chiede di farla dondolare fino a quasi slogarci le spalle. A turno la spingiamo sull'altalena e la rincorriamo per il parco giochi.

Quando abbiamo finito, porto Harper a lezione di danza classica o di ginnastica, mentre Violet torna a casa a studiare.

Quando io e Violet siamo insieme, le conversazioni scorrono con leggerezza. Parliamo delle nostre giornate, delle nostre vite, degli ultimi gossip sulle celebrità e di chi è stato eliminato durante l'ultima puntata di *The Bachelor*. Qualche settimana fa mi ha detto di guardarlo, così ho iniziato a vederlo anch'io sul mio laptop, dopo che mia madre si addormenta sulla poltrona. Ho anche cominciato a comprare *Vogue* dopo che mi ha citato un articolo che aveva letto, così posso essere aggiornata sulle stesse cose che piacciono a lei.

Parla molto di Harper, delle cose divertenti che dice o fa, dei suoi nuovi trucchetti per andare a dormire più tardi. Ultimamente chiede di grattarle la schiena per almeno dieci minuti. Rido quando Violet mi racconta di come Harper l'ha costretta a dire «Ti voglio bene» a ognuno dei suoi peluche, baciarli e rimboccare loro le coperte prima di uscire dalla stanza. A volte, pretende che gratti la schiena anche ai peluche. È evidente quanto Violet ami essere madre, quanto la maternità le si addica.

Parla anche di Jay. Dei suoi gusti, delle sue piccole manie, dei posti in cui sono stati insieme. Hanno viaggiato molto prima che nascesse Harper, in luoghi interessanti come Shanghai e Bali, la Patagonia, l'entroterra australiano. Le racconto che ho viaggiato anch'io, che ho percorso l'Italia con lo zaino in spalla dopo essermi laureata. Non è vero, ma mi sembra di averlo fatto quando descrivo il viaggio ispirata dai film che ho visto e dai libri che ho letto. *Mangia, prega, menti*, diciamo così.

In realtà, al massimo sono stata sulla costa orientale. Quand'ero piccola, mia madre mi portava in vacanza per una settimana a Daytona Beach, dove lavorava come cameriera e dove ha conosciuto mio padre. Caricavamo la macchina con asciugamani da spiaggia, giochi per la sabbia, borse frigo piene di affettati e barattoli di burro d'arachidi e prenotavamo una stanza in un motel sul mare. Passavamo le giornate ad abbrustolire al sole, io a giocare tra le onde, lei su una sedia a sdraio con un libro. Era sempre speciale, ma non era l'Europa.

Il viaggio preferito di Violet è stato quello che lei e Jay hanno fatto in Scozia poco prima che lei rimanesse incinta di Harper. Ne parla con un pizzico di nostalgia e mi chiedo se a volte le manchi la vita prima della maternità. Ride mentre racconta di quella volta in cui sono entrati in un pub nella periferia di Edimburgo e hanno pensato che tutti parlassero un'altra lingua per il forte accento locale. Jay aveva tirato fuori l'app di Google Traduttore, ma il barista lo aveva beccato apostrofandolo con un: «Parlo inglese, coglione!»

Colleziono questi dettagli su Jay come fossero pietre preziose, li prendo con cura e li ripongo nella mia memoria. Mi sembra di conoscerlo, di conoscerlo davvero. So dov'è nato, dov'è cresciuto, cos'ha studiato all'università. So come le ha chiesto di sposarlo e quali sono i suoi cibi preferiti. Mi chiedo se Violet parli a Jay di me, se anche lui abbia l'impressione di conoscermi.

Due volte è venuto fuori di nuovo il nome di Danny. Solo di sfuggita, brevemente, ma entrambe le volte Violet sembrava una ragazzina, con le guance colorite e le labbra che cercavano di trattenere un sorriso. È impossibile non chiedersi se pensi a lui, a tarda notte, se immagini come sarebbe stato se non si fossero mai lasciati.

Quando Violet esce per delle commissioni, resto a casa con Harper. Le leggo qualcosa sul divano o giochiamo a fare le cuoche, prepariamo pancake, sandwich e hot dog con il Play-Doh. Anche lei adora ascoltare Taylor Swift e cantare i ritornelli delle sue canzoni preferite, la chiama Twaylor. Mi racconta con aria sognante che tre suoi compagni di classe l'hanno vista in concerto. Così, il pomeriggio seguente, porto fili colorati e perline di plastica, e facciamo insieme i braccialetti dell'amicizia, da vere *Swifties*, li indossiamo e fingiamo di avere i posti in prima fila all'Eras Tour.

All'inizio ero terrorizzata all'idea di restare sola con Harper, temendo di non sapere come reagire in caso stesse male. Ma ora mi sento più sicura. Mi ripeto che comunque potrei chiamare il 911 e che so fare la respirazione bocca a bocca; se dovesse succedere qualcosa, saprei come proteggerla.

I miei momenti preferiti sono però quelli in cui Violet mi scrive per incontrarci a prendere un caffè e fare una passeggiata fino alla riva o al Ponte di Brooklyn mentre Harper è ancora a scuola. Contiamo i passi sull'orologio dal cinturino d'oro e brindiamo con i cappuccini se arriviamo a cinquemila. Alcune mattine andiamo a una lezione di yoga oppure, se fa particolarmente caldo, ci sdraiamo su delle coperte al parco e solleviamo le magliette per abbronzarci schiena e pancia, mentre teniamo lattine fredde di acqua frizzante La Croix sul collo per rinfrescarci. In quelle giornate, non sono solo la tata di Harper, ma l'amica di Violet. E forse non solo un'amica, ma la sua migliore amica. Almeno, io la vivo così.

Quando sono con Violet, vorrei darmi un pizzicotto: mi sembra incredibile che mi abbia accolta nella sua vita, che qualcuno come lei voglia essere amica di una come me. A volte mi chiedo cosa ci guadagni, forse la faccio sentire meglio con sé stessa, o forse è solo grata di aver trovato qualcuno che si occupi di Harper. Poi però ride a una mia battuta, mi stringe il braccio, e so che la nostra amicizia è reale.

Anche dopo tutte queste settimane, provo ancora un brivido ogni volta che vedo il suo nome comparire sul telefono, un'ondata di eccitazione prima di bussare alla loro porta. Alcune persone perdono di fascino, a mano a mano che le conosci. La novità svanisce, il mistero si dissolve. Cominci a vedere le crepe sulla superficie, le loro piccole imperfezioni. Ma non con Violet. Lei è sempre interessante, sempre splendida.

So che devo muovermi con cautela. Anche se sono me stessa con lei, la mia lista di bugie continua a crescere. Sono Caitlin, una studentessa di infermieristica con una madre malata, sono un'ex runner e una viaggiatrice esperta. Non ho precedenti penali.

Ora che siamo amiche, vorrei poterle dire la verità; davvero, lo vorrei. Ma non posso. Non lo farò mai. Se scoprisse che ho mentito sulla mia formazione medica, che ho messo a rischio la sicurezza di sua figlia – anche se non permetterei mai che accadesse qualcosa ad Harper – sarebbe finita, per sempre. E non posso permettere che accada.

Perché, ecco la verità: a volte fingo che non siamo solo amiche, ma sorelle; da quando mi ha detto che suo padre è nato e cresciuto a Philadelphia. Proprio come mio padre. Ho notato che abbiamo un viso simile, a forma di cuore, con le guance rotonde e il mento leggermente appuntito. Anche i nostri nasi non sono poi così diversi: entrambi pronunciati, un po' spigolosi. Lei è più bella di me, ovviamente, con occhi più luminosi e la pelle più liscia, i capelli sono più lucenti, ma ci sono delle somiglianze.

Potremmo esserlo. Sorelle, intendo. Era un gioco che facevo spesso quando ero piccola. Immaginavo mio padre e la sua famiglia, fratelli e sorelle inventati. Sarebbero stati più giovani di me di qualche anno, ma non necessariamente di molto. Inventavo i loro nomi, li disegnavo, dando sfogo all'immaginazione. Violet ha solo un paio d'anni meno di me. Mio padre in quel periodo di tempo avrebbe potuto incontrare qualcuno e avere un figlio, o una figlia.

Non ho mai insistito molto con mia madre riguardo

a lui. So solo quello che mi ha raccontato della notte in cui si sono conosciuti: che veniva da Philadelphia e che si chiamava Joe. Anche se internet fosse esistito quando ero bambina, non avrei avuto molto su cui basarmi.

Pensavo di averlo superato, di aver accettato che non avrei mai saputo se avevo fratelli o sorelle, ma evidentemente non è così. E perché dovrei accettarlo? Ognuno di noi vuole sapere da dove viene, no? Chi non vuole conoscere gli altri membri della propria famiglia?

Ogni tanto penso di fare uno di quei test del dna, sputare in una provetta e spedire la busta per posta, ma non sono pronta ad affrontare l'idea che la risposta possa essere «Nessuna corrispondenza», che non ci sia nessun altro là fuori, nessuno a cui io appartenga.

Una sera, dopo cena, dopo aver passato la giornata dai Lockhart a confrontare il viso di Violet con il mio, non riesco più a trattenermi. Mi schiarisco la gola, mi inumidisco le labbra.

«Qual è il cognome di mio padre?» chiedo, forse in modo troppo brusco. Non distolgo lo sguardo dalla tv. Con la coda dell'occhio vedo mia madre voltarsi verso di me, spostandosi sulla sedia.

Non dice nulla, rimane solo lì a fissarmi. Poi torna a guardare la tv.

«Non lo so. È passato così tanto tempo, non me lo ricordo quasi più.»

Non rispondo. Non è vero; lo capisco dal modo in cui il suo corpo si è irrigidito. Non vuole parlare di mio padre. E perché dovrebbe?

«Perché?» chiede.

«Niente» rispondo in fretta. «Ero solo curiosa.»

«È meglio non sapere» dice. «Ce la siamo cavata bene anche da sole, no?»

«Sì» rispondo. Avverto un lieve senso di colpa. «Certo.» Ammettere qualunque altra cosa sarebbe come darle uno schiaffo in piena faccia. Ha sacrificato tutto per me.

Eppure, io voglio più di un semplice «Ce la siamo cavata». Voglio una sorella.

# 14

È un nuvoloso venerdì mattina e Violet mi ha invitato a casa sua per un caffè dopo aver accompagnato Harper a scuola. Harper ha un impegno con un'amichetta nel pomeriggio, quindi la mia giornata è completamente libera. Quando esco di casa, il cielo è di un grigio intenso. L'aria è fresca, più fresca di quanto non sia stata nelle ultime settimane. Gli ultimi sprazzi di primavera prima che l'estate scoppi di colpo, col caldo e l'umidità che si infiltrano in ogni angolo della città. Alzo il cappuccio della felpa e stringo i laccetti sotto il mento. Accelero il passo, nella speranza di riscaldarmi.

Durante il tragitto, decido di fare una deviazione verso una caffetteria che piace molto a Violet. Ordino per entrambe un latte macchiato con zucchero di canna e latte d'avena, la sua bevanda preferita. Ormai è diventata anche la mia.

Mi sento un po' nervosa mentre salgo i gradini della loro casa, con il caffè in mano, mi chiedo se oggi vedrò Jay. Ci penso ogni volta che mi trovo a casa loro, mi domando se passerà per pranzo o se si prenderà il pomeriggio libero e tornerà a casa presto. Ma non lo fa mai. È sempre al lavoro, sempre in ufficio.

Ogni tanto Violet mi porta i suoi saluti, e sento un brivido. Come una scarica elettrica che mi attraversa.

*Parlano mai di me? Gli racconta delle nostre conversazioni?*

Non so perché mi importi. E invece no, lo so eccome. Mi importa perché mi piace. Anche se non lo vedo dalla nostra prima cena insieme, non ho mai smesso di pensare a lui. Ma è solo una cotta. Una sciocca, stupida cotta. È il marito della mia migliore amica. Non potrà mai succedere nulla.

Sbuffo contro me stessa e premo il campanello con il gomito. Saltello da un piede all'altro per cercare di scaldarmi. Premo di nuovo il campanello, due volte. *Dai, Violet.*

Ma quando la porta si apre, non c'è Violet. C'è Jay. Sembra sorpreso quanto me. È vestito a metà, con un paio di pantaloni color kaki stirati e il petto nudo. Ha in mano un piccolo asciugamano, i capelli sono umidi, appena lavati. Sento l'odore del suo shampoo.

«Caitlin?» dice, aggrottando le sopracciglia e inclinando leggermente la testa di lato.

Resto lì a fissarlo, per un momento senza parole. Anche se speravo di incontrarlo, non pensavo che sarebbe successo davvero. Sbatto le palpebre un paio di volte e mi chiedo se ho le allucinazioni. Quando vedo che è ancora lì, capisco di no.

«Ciao» rispondo, finalmente. «Buongiorno.»

«Buongiorno» mi risponde. Sorride, squadrandomi da capo a piedi, la sua espressione sorpresa si fa divertita.

Mi guardo i vestiti. Jeans strappati, felpa oversize col cappuccio stretto intorno alla faccia come il bambino di *ET*. Alta moda. Haute couture. Vorrei poter allentare i lacci, ma, be', ho in mano quei maledetti caffè. Mi sento arrossire. Almeno ho sistemato le sopracciglia, grazie al cielo.

«Che cosa posso fare per te?» chiede Jay.

«Niente» rispondo. «Cioè, sono qui per Violet. È a casa? Avevamo appuntamento per un caffè.» Sollevo le tazze che ho in mano come prova. «Non ti ha detto che sarei passata?»

Lui scuote di nuovo la testa. «Ha accompagnato Harper a scuola, non è ancora tornata. Ero sotto la doccia quando è uscita. Dovrebbe tornare a minuti, però.» Guarda il suo orologio. «Di solito non ci mette così tanto.»

Mi sposto di nuovo da un piede all'altro. «Va bene. Posso aspettare fuori...»

«No, no» insiste lui. «Entra. Stavo giusto finendo di fare colazione» aggiunge, accennando un sorriso. Apre la porta completamente e mi fa segno di entrare.

Attraverso la soglia e lo seguo in cucina. «Vuoi qualcosa?» mi chiede guardandomi da sopra la spalla. «Un toast? Delle uova?»

«No, sono a posto così.» Scuoto la testa. «Di solito non faccio colazione.» Anche se, forse, la farei, se mi svegliassi abbastanza presto per prepararmi qualcosa. «Il latte macchiato è più che sufficiente.»

Sul bancone c'è un piatto con una fetta di pane di segale mangiata a metà e una tazza di caffè ancora fumante. Mi siedo su uno sgabello e poso entrambe le tazze di cartone davanti a me.

Il riscaldamento è acceso, così mi tolgo la felpa, anche se la maglietta oversize che indosso non è molto meglio in termini di eleganza. Vorrei disperatamente aver impiegato cinque minuti in più a prepararmi questa mattina.

Appoggio la borsa sullo sgabello accanto a me e quando sento il tonfo, ricordo cosa c'è dentro. «Oh!» esclamo, mentre infilo la mano nella borsa e tiro fuori una copia di *Dieci piccoli indiani*. «Ecco.» Passo il libro a Jay, che lo prende e lo guarda con sorpresa. «Avevi detto che forse ti sarebbe piaciuto leggerlo» aggiungo. «Quando ci siamo incontrati al parco.»

Lo porto con me da quasi due mesi. Avevo pensato di darglielo la sera in cui Violet mi aveva invitata a cena, ma lui era salito a mettere Harper a letto prima che ne avessi la possibilità. Continuavo a ripetermi di darlo a Violet ma non l'ho mai fatto. Volevo darglielo io. La sento come una cosa speciale tra noi, solo tra noi due.

Jay studia la copertina, annuisce lentamente. Per un attimo penso che potrebbe non ricordarsi della nostra conversazione e mi sento male, le mani cominciano a sudare. Ma poi mi guarda, un sorriso gli si allarga sul viso, gli occhi dai riflessi dorati si illuminano. «Grazie» dice. «Grazie davvero. Non vedo l'ora di leggerlo.»

Ricambio il sorriso. Il nodo allo stomaco si scioglie e il mio corpo si rilassa, pervaso da una sensazione di piacere.

Stiamo ancora sorridendo quando il mio telefono vibra. Lo prendo dal bancone. È un messaggio di Violet. *Scusa, sono rimasta bloccata a scuola, sto tornando a casa ora!*

Per un attimo, mi sento delusa. Non voglio che torni così presto. Ho aspettato a lungo questo momento. Quando Violet entrerà, cambierà tutto. L'elettricità che sento svanirà. Lui uscirà per andare al lavoro e rimarremo solo io e Violet, di nuovo. Poi la vergogna mi travolge. Che cos'ho che non va? Violet è mia amica. E Jay è suo, non mio. Non lo è mai stato, e non lo sarà mai. Scaccio quei pensieri disonesti dalla mente. *Comportati bene, Sloane.*

Scrivo velocemente una risposta. *Nessun problema! Jay mi ha fatto entrare. A presto!*

«È Violet. Dice che sta tornando a casa» dico, guardando di nuovo Jay.

Lui annuisce e lancia l'asciugamano che ha usato per

asciugarsi i capelli sul bancone, poi prende la sua tazza di caffè. «Allora, come sta la mia santa protettrice?» mi chiede, sorridendo. «Non ti vedo da quella sera a cena. Non so come sono sopravvissuto senza il tuo aiuto.»

Arrossisco. «Tutto bene» dico. «Impegnata.»

«Quindi, salvi vite una puntura di ape alla volta? Non hai tempo per i papà bisognosi?»

Sorrido. «Esatto. Corro da un parco all'altro, con ghiaccio e pinzette in mano. La cugina di secondo grado di Batgirl: Beewoman.»

Ride. «La nostra supereroina locale.» Poi il sorriso si affievolisce e inizia a parlare: «Tu e Violet state passando molto tempo insieme». Non capisco se sia una domanda o una semplice constatazione, visto che lavoro per loro. Violet mi paga ogni settimana in contanti, banconote fresche dentro buste bianche sigillate. Mi chiedo se sia lui a fare i prelievi o lei. «E Harper dice che le tue merende sono le migliori.»

Sorrido. «È un tesoro.»

«Le piaci molto» dice Jay. «E anche a Violet.»

Sentirglielo dire mi riempie di gioia. «Piacciono molto anche a me. Violet è una buona amica.» La mia migliore amica. Non lo dico a Jay, ma è la verità.

C'è un silenzio mentre lui sembra riflettere. «Ti ha detto qualcosa su di noi?» chiede poi. Il cambio di tono è repentino. Non mi guarda. Invece, apre la lavastoviglie e inizia a scaricare le posate. Penso di aver capito male.

«Intendi su te e lei?» chiedo, aggrottando la fronte.

Jay si tira su, chiude la lavastoviglie e annuisce. «Sì, ti ha detto qualcosa?» ripete.

Non sono ancora certa di cosa voglia dire. «Tipo cosa?»

Mi scruta, con gli occhi cerca i miei. Poi dà una scrollata di spalle, scuote la testa e accenna un sorriso imbarazzato. «Niente. Lascia perdere.»

«Va tutto bene?» chiedo.

Annuisce, ma c'è qualcosa nel modo in cui incurva le labbra che non mi convince. Per un momento, la cucina è silenziosa. Mi sento a disagio, un po' disorientata. Di cosa sta parlando? C'è forse qualcosa che Violet mi nasconde?

Mi mordicchio il labbro mentre resto a fissarlo. Lui non ricambia lo sguardo. Invece, getta un'occhiata all'orologio sul microonde, coi numeri blu al neon che brillano. Sto per chiedergli di nuovo se va tutto bene, ma lui parla prima che possa farlo io.

«Dovrei finire di prepararmi per andare al lavoro» dice.

Ma io non voglio che vada, non ancora. Mi piace parlare con lui. Vorrei che non fosse così, ma mi piace. «Come va?» sbotto. È l'unica cosa che mi viene in mente. «Il lavoro, intendo.»

«Bene.» Jay scrolla le spalle. «Ma pare che debba andarci vestito.» Mi sorride. «Non penso sia appropriato che il fondatore si presenti mezzo nudo.»

«Che antiquato» rispondo scherzando. «Siamo negli anni Cinquanta, forse?»

«Quindi non pensi che qualcuno si lamenterebbe se andassi così?» chiede, guardandosi e poi risollevando lo sguardo su di me.

«A me non darebbe fastidio» rispondo, poi arrossisco e sento il viso che scotta. *Santo cielo, l'ho detto davvero ad alta voce?* «Scherzavo. Cioè, sì, probabilmente una camicia è una buona idea.» Le parole mi escono a raffica. Penserà che sono fuori di testa. Onestamente, lo penso anch'io.

Il sorriso di Jay si allarga, è chiaramente divertito.

Poi, grazie al cielo, il salvataggio arriva al momento giusto. La porta d'ingresso si apre e si chiude con forza. Violet è tornata.

«Mi spiace moltissimo, Cait!» chiama. «Una delle altre mamme mi ha fermata. Non smetteva di...»

Entra in cucina a metà frase, poi si blocca alla vista di Jay. «Oh» dice. «Non pensavo fossi ancora qui.»

All'improvviso mi sento imbarazzata, seduta qui con suo marito a torso nudo, la mia cotta scritta in faccia a caratteri cubitali con un pennarello nero indelebile. Sento di nuovo il calore salirmi alle guance.

«Stavo giusto andando via» dice Jay. Con la tazza di caffè ancora in mano, mentre prende il piatto dal bancone e lo mette nel lavandino.

«Così?» chiede Violet. Solleva un sopracciglio, poi mi fa l'occhiolino.

Jay le fa una smorfia, qualcosa a metà tra un sorriso e un'espressione di disagio, prima di dirigersi verso il soggiorno.

«Aspetta, prima che tu vada, Jay...» lo richiama Violet. Lui si ferma, sotto il grande arco della porta. «Stavo pensando di invitare Caitlin in barca domenica. Te lo sei segnato sul calendario, giusto?»

Senza aspettare la risposta, si volta verso di me. «Per il mio compleanno noleggiamo sempre una barca» dice. «Volevo sapere se ti andasse di unirti a noi.» Poi, rivolta a Jay: «Il compleanno di Caitlin è due giorni prima del mio. Pensavo sarebbe stato carino festeggiare insieme.» Torna a guardarmi, sorridendo. «Volevo dirtelo prima, ma mi è passato di mente. Ce ne dici?»

Sento un'ondata di emozione. Penso al calendario appeso alla parete della mia stanza, con i nostri compleanni cerchiati col pennarello. Ho aspettato quest'invito a mano a mano che le date si avvicinavano, desiderando, sperando. «Ci sto!» esclamo. «Mi piacerebbe molto. Sembra davvero bellissimo. Solo noi quattro?»

Violet annuisce. «Va bene?»

«Certo» rispondo. Sorrido a trentadue denti. Va più che bene. È fantastico, proprio come l'avevo immaginato.

«Hai prenotato?» chiede Jay. La sua voce suona stranamente tesa.

Lei annuisce. «La settimana scorsa. Perché, devi lavorare? Ho già detto a Harper che...»

«No, va bene» la interrompe. «Per me va bene.»

«Perfetto!» esclama Violet, sorridendomi. «Abbiamo una prenotazione per le dieci.»

Jay annuisce. «Va bene.» Poi aggiunge: «Devo proprio scappare, ora. Ho una riunione alle nove e mezzo.» Prende dal bancone la copia di *Dieci piccoli indiani* e la solleva leggermente. «Grazie ancora, Caitlin. Lo apprezzo molto.»

«Prego» rispondo, e sento di nuovo le guance diventare calde. Evito di guardare Violet. Spero che non le dia fastidio che gliel'abbia portato.

«Ciao!» lo saluta mentre esce dalla stanza. Poi si gira verso di me, sorridendo. «Sono così contenta che tu venga in barca con noi.»

Sento un gran calore dentro di me, sono felice che si sia ricordata del mio compleanno, ancora più felice che voglia festeggiare insieme. «Anch'io.» Le sorrido di rimando. «Davvero, grazie per l'invito.»

«Be', grazie per il latte macchiato!» dice Violet, indicando le due tazze sul bancone. «Il mio preferito.»

Prendiamo le tazze e ci sediamo sul divano. Mentre ci sistemiamo, Jay scende le scale – stavolta completamente vestito – con una cartella di pelle a tracolla e un ombrello in mano. Sorride, ci saluta con un cenno e io arrossisco per la centesima volta. Pochi minuti dopo comincia a piovere, e io e Violet osserviamo la pioggia scendere davanti alla finestra a bovindo.

Quando finiamo i caffè, Violet prende alcuni album dalla libreria e mi mostra le foto del loro matrimonio. Adoro guardare le immagini di lei e Jay vestiti come due reali, raggianti.

Studio il suo profilo mentre fissa le pagine lucide dell'album, indicando varie foto e raccontandomi degli invitati al matrimonio e del brindisi del testimone che fece arrossire la madre di Jay. Qualcosa sulle abitudini di Jay prima di un appuntamento. Provo a concentrarmi, ma la mia mente continua a vagare.

Cosa intendeva Jay quando mi ha chiesto se Violet mi avesse detto qualcosa su di loro? Il loro matrimonio è in crisi? Ha forse a che fare con quella telefonata che ho visto attraverso la finestra qualche settimana fa? Stava parlando con lui? Ero riuscita a non pensarci più – la rabbia sul volto di Violet, la sua espressione mentre lanciava il telefono contro il divano – e avevo deciso che non era nulla; sembrava andasse tutto bene. Se ci fosse stato qualche problema tra lei e Jay, me l'avrebbe detto, giusto?

Nelle ultime settimane Violet mi ha confidato molte cose: la sua paura di non trovare lavoro a New York, soprattutto perché deve rifare l'esame di abilitazione e non sa se lo passerà; il suo sentirsi fuori posto tra le altre mamme della scuola di Harper; il timore di viziare troppo sua figlia. Mi avrebbe almeno fatto un accenno a dei problemi coniugali, no? Si fida di me, lo so.

Alla fine, quando Violet chiude l'album, mi schiarisco la gola e prendo un respiro profondo. «Va tutto bene?» chiedo con cautela.

Violet aggrotta la fronte. «Cosa intendi?»

Scuoto la testa. «Solo sapere come va. Sai, voglio essere sicura che tu stia bene.» Preferisco non dirle cosa mi ha chiesto Jay. Non voglio che pensi che parlavamo di lei alle sue spalle. E non voglio che lui pensi di non potersi fidare di me.

Lei sorride. Il suo viso è radioso, gli occhi si illuminano. «Sì, sto benissimo, grazie. Vuoi un altro caffè? Posso preparare una moka.»

Annuisco. Forse hanno litigato di recente, ma poi si sono riappacificati. Forse lui voleva solo sapere quanto siamo vicine, se lei mi parla della loro vita sessuale. Guardandola ora, con quell'espressione distesa e serena sul volto, ne sono certa: se ci fosse qualcosa che non va, Violet me lo direbbe.

Quando arriva il momento di andare, Violet mi accompagna alla porta. «Ci vediamo domenica? Ti mando l'indirizzo via messaggio» dice. È appoggiata allo stipite, rilassata. Domenica, per la nostra gita di compleanno in barca.

Annuisco, avverto di nuovo quella scarica di emozione, e sorrido. «A domenica» rispondo. *Buon compleanno a me.*

## 15

Il sabato sera punto la sveglia alle sette e mezzo del giorno dopo. Ma non ne ho bisogno: mi sveglio al sorgere del sole, poco prima delle sei. Sono andata a letto presto per essere riposata, ma ero troppo eccitata per dormire. Non riuscivo a smettere di pensare a come sarebbe stata la giornata con Jay. So di aver promesso di essere più razionale in nome dell'amicizia, ma non posso ignorare quello che sento quando sono con lui: il cuore che batte forte, il rossore sulle guance. Mi ripeto che è solo una cotta, una come tante, e chi non avrebbe una cotta per Jay? Sono fatta di carne anch'io, dopotutto.

Mi vesto con calma. Trovo un paio di jeans scuri e una maglia boho leggera, riesumata dai tempi in cui insegnavo. Poi mi lavo il viso, metto le lenti a contatto e rovisto tra i cassetti del bagno finché non trovo il fondotinta, quasi finito, e un blush ormai secco. Tampono il fondotinta sui brufoli del mento – pensavo che a trent'anni non ne avrei più avuto bisogno, eppure eccoci qui – e metto un po' di blush sugli zigomi. È discreto, ma fa la sua parte.

Prima di uscire dalla stanza, indosso il cappello comprato al negozio e la collana che piace tanto a Violet.

Nella borsa ho una scatolina con una collana simile, trovata nello stesso negozietto. Non è proprio identica, dato che la mia dovrebbe essere un cimelio di famiglia, ma è molto simile. Me l'hanno confezionata in carta dorata glitterata, con un fiocco sopra. Non vedo l'ora di dargliela.

In cucina, faccio tostare del pane e verso una tazza di caffè, non assaporo né l'uno né l'altro. Il mio corpo è carico di energia. Un'intera giornata con la famiglia Lockhart. Mi sento così fortunata che potrei urlare. Quando finisco di mangiare, esco e trovo una mattina limpida, con il cielo di un blu intenso e senza nuvole.

Il porto è a poco più di un miglio da casa, quindi invece di prendere la metro, decido di camminare.

Arrivo in fretta, in quindici minuti invece dei venti indicati dal telefono, e salgo sul molo. L'aria qui è diversa da quella dei quartieri: più fresca, più pulita, con il profumo di salsedine. Gli yacht e le barche a vela che posteggiano lungo il molo sono enormi, imponenti, con la luce del sole che riflette sulle loro superfici lucide.

Il tempo è caldo ma non afoso, una leggera brezza scivola sull'acqua, una perfetta mattina d'inizio estate, quella che si aspetta per tutto l'anno. Il sorriso sul mio volto sembra stampato.

Mentre mi avvicino alla fine del molo, sento la voce di Violet che mi chiama. Mi metto una mano sulla fronte, socchiudendo gli occhi mentre guardo verso il sole.

«Caitlin, ciao!» Violet è in piedi sulla prua di una grande barca a vela e mi saluta. Accanto a lei c'è Harper, anche lei col braccio alzato, lo fa oscillare avanti e indietro. Entrambe indossano cappelli di paglia e occhiali da sole rossi di plastica, abbinati.

Rispondo al saluto, sorridendo. Mi viene voglia di correre lungo il molo, abbracciarle strette e stringerle forte.

Quando arrivo alla barca, Jay è in piedi al lato, con Violet e Harper dietro di lui. Mi porge la mano, la prendo e faccio un passo fuori dal molo. La barca oscilla con il cambiamento di peso e per poco non casco all'indietro. Jay mi afferra per la vita, tirandomi verso di sé per stabilizzarmi. All'improvviso, siamo faccia a faccia, così vicini che posso sentire il suo petto contro il mio, il solletico del suo respiro sulle mie labbra. Profuma di chewing gum alla menta.

«Uhh, calma» dice, sorridendo, e tutti scoppiamo a ridere. Non mi lascia subito, mi tiene ancora per qualche secondo. Quando mi lascia, espiro profondamente, con il cuore che batte forte.

«Benvenuta a bordo» dice Violet, allungando il braccio e indicando la barca. «E buon compleanno!»

«Grazie! Buon compleanno anche a te! È bellissimo qui» dico, mentre mi guardo intorno. «Non sono mai stata in barca. Voi ci andate spesso?»

«Abbiamo iniziato questa tradizione a San Francisco» dice Violet. «Jay mi ha sorpreso con una crociera al tramonto intorno al porto il primo anno che ci siamo trasferiti lì, e da allora lo facciamo ogni anno. Col tempo, siamo migliorati un po', vero, tesoro?» Ride, un po' imbarazzata.

Jay le sorride in modo strano. Non so se perché gli piace che lei ostenti la loro ricchezza, o se c'è qualcos'altro. Forse mi sbagliavo prima; forse tra di loro c'è qualcosa che non so. Guardo Violet, ma sembra indifferente, continua a sorridere.

«Be', adesso vi porto fuori» dice Jay, incamminandosi verso la parte posteriore della barca. Mi sfiora mentre passa e sento di nuovo l'odore di menta. Il mio cuore salta un battito.

«Posso offrirti da bere?» mi chiede Violet, sollevando

un bicchiere di plastica trasparente. Ai suoi piedi c'è una borsa frigo con una bottiglia di champagne ghiacciato, insieme a una bottiglia di succo di mele frizzante. Entrambe sono aperte, mezze piene.

«Certo» rispondo, e Violet prende il succo. Lo versa troppo rapidamente e il bicchiere trabocca, con la schiuma che fuoriesce sui lati. Violet strilla e ridiamo tutti.

«Ops!» esclama, tenendo il bicchiere in modo da non bagnarsi. «Sarei una pessima barista!» Quando la schiuma si smorza, me lo porge. «Per la festeggiata.» Prendo il bicchiere e sorrido.

«Cin cin!» Violet alza il suo bicchiere. Harper e io facciamo lo stesso. «Cin cin!» rispondiamo, battendo tra loro i bicchieri di plastica. Da dietro il timone, Jay solleva anche il suo bicchiere. Il succo è fresco e dolce, le bollicine frizzano piacevolmente sulla lingua. È tutto perfetto, come l'avevo immaginato.

«Pronte?» chiama Jay da dietro il timone, e noi tre annuiamo.

Ci spostiamo tutte a prua, Harper seduta in grembo a Violet, con l'aria che ci accarezza il viso. Dietro di noi, la vela si dispiega e si gonfia al vento. La barca inizia a muoversi, prima lentamente, poi sempre più velocemente, finché non lasciamo il porto e ci ritroviamo in acque aperte.

«Adoro stare qui» dice Violet, inspirando profondamente. «Un collega di Jay ha una barca e a volte ci andiamo. È una delle cose che preferisco fare d'estate.» Inclina la testa verso Jay. «Se non hai mai provato, dovresti chiedergli di mostrarti come si fa.»

«A portare la barca?» Guardo verso Jay. È in piedi, a poppa, con una corda nella mano guantata. Ha occhiali da sole con montatura a tartaruga, i capelli scompigliati dal vento. È più affascinante che mai.

Lei annuisce. «È divertente. È più facile di quanto sembri.»

Esito.

«Vai!» Mi incoraggia, sorridendomi.

Con cautela mi alzo, barcollando mentre la barca oscilla sulle piccole onde, e mi avvicino a Jay. Guardo indietro verso Violet, che si è già voltata. Sta indicando qualcosa ad Harper – un'altra barca, forse – mentre lei annuisce con entusiasmo.

Jay mi sorride mentre mi avvicino. «Tutto bene? Niente mal di mare, spero.»

Scuoto la testa. «Violet ha detto che mi avresti fatto vedere… le corde.» Guardo le corde che tiene in mano. «Letteralmente, immagino. Non sono mai stata su una barca a vela prima.»

«Certo, con piacere.» Il suo sorriso si allarga e mostra i denti bianchi. Sembra davvero entusiasta del mio interesse.

Sorrido. Alzo lo sguardo verso le vele, le corde, le carrucole. «Sembra complicato.»

Ride. «Non lo è. Partiamo dalle basi» dice. «Questa è la barra del timone.» Indica un'asta di legno dietro di noi. «Serve per sterzare.»

Annuisco. «Capito.»

«Prova» dice, con un'aria di sfida.

Esito, poi allungo una mano e afferro la barra. Lo guardo di nuovo.

«Buona presa» dice, in tono scherzoso. Il mio corpo intero arrossisce, sento il calore che si diffonde in me.

Lui sorride di nuovo, si morde il labbro. Dio, quanto è bello. Premo il dorso della mano sul mio collo infuocato. Sta flirtando con me?

«E queste» Jay indica le corde, ancora sorridendo «si chiamano scotte. Ogni scotta controlla la vela a cui è legata. Questa vela» indica la vela proprio sopra di noi «è la vela principale. Mentre la vela che va verso la prua, è il fiocco. Quindi, quando vuoi muovere la vela principale, usi la scotta della vela principale; se vuoi muovere il fiocco, devi tirare la scotta del fiocco. Capito?»

Deglutisco a vuoto, cercando di far passare il rossore. «Sì, sembra abbastanza facile» riesco a dire.

Mi mostra il boom, da cui, a quanto pare, dovrei stare lontana per non essere colpita, e le sartie e le manovelle, che sembrano fili, e la drizza, che sembra anche lei un filo.

«Mi segui?» chiede Jay.

«Mmm...» mormoro. Poi annuisco, cercando di sembrare convincente. In realtà, non lo seguo benissimo. Faccio fatica a concentrarmi su qualunque cosa, se non sul fatto che il suo braccio continua a sfiorare il mio.

«Perfetto. Navigare è abbastanza semplice. Ci sono alcune regole per iniziare. Prima di tutto, non puoi andare direttamente controvento. Quindi, se vogliamo andare là» indica dritto davanti a noi «dobbiamo andare a quarantacinque o cinquanta gradi a sinistra o a destra del vento, poi tornare indietro dall'altra parte. E questo si chiama virata. Per farla dobbiamo spostare le vele di cui abbiamo parlato prima.»

«Non sembra semplice. Sembra una lezione di matematica.»

Jay ride. «Ti assicuro che è facile quando capisci il meccanismo. Guarda come hai maneggiato bene il timone.» Mi fa l'occhiolino.

Arrossisco di nuovo, le ginocchia si fanno molli.

«Sul serio» dice. «Vedrai. Sei pronta a fare un tentativo?»

Fa un passo indietro e mi fa cenno di prendere il suo posto.

«Cosa? Ma nemmeno per sogno» dico, scuotendo la testa e alzando le mani, coi palmi rivolti verso di lui. «Ci ribalteremo! Come in *Titanic*, parte seconda!»

Jay sorride, divertito. «Ti mostro cosa fare» dice. «L'unico modo per imparare davvero è farlo. E per fortuna non ci sono iceberg nell'East River. Dai, prendi la corda» mi dice, porgendomela. «Mano destra sopra la sinistra.»

Faccio come dice, un po' riluttante. Anche se, a dire la verità, se mi avesse chiesto di saltare dalla barca con un mattone legato alla caviglia, forse l'avrei fatto lo stesso. Agli ordini, capitano!

La corda è spessa e intrecciata, tesa sotto le mie mani. «Così?»

Guardo sopra la spalla verso di lui.

«Un po' più in alto.» Jay fa un passo verso di me e si avvicina. Mette le sue mani sopra le mie sulla corda e le solleva. Il mio battito accelera al suo tocco, alla vicinanza dei nostri corpi. «Okay, ora tiriamo. Appoggiati indietro, solo un po'.»

Mi lascio andare all'indietro, verso il suo petto. È caldo e solido. Sarà la mia immaginazione, o si fa sempre più vicino? «Brava» dice. Sento il suo respiro tra i miei capelli, contro il mio orecchio, sul mio collo. Vorrei chiudere gli occhi, ma non lo faccio. Li tengo aperti e guardo fisso davanti a me, col corpo teso.

La prua della barca inizia a girare. «Oh!» esclamo, guardando indietro verso Jay, sorpresa dal movimento. Lui ride. «Una figata, eh?»

Annuisco. Iniziamo ad aumentare la velocità. Stringo più forte la corda.

Le sue braccia sono ancora intorno a me.

«Okay, ora lascia andare e tira qui.» Mi guida le mani su altre corde. «Attenta al boom! E, hop, allenta la presa, ora tira di nuovo. Sì, proprio così.»

La barca inizia a spostarsi nella direzione opposta. Fa un passo indietro. «Vedi? Ci stai riuscendo!» dice, orgoglioso.

Gli sorrido. «Ci sto riuscendo?»

«Ci stai riuscendo! Ecco, non proprio alla perfezione, ma è un buon inizio. Regoleremo la vela principale man mano che il vento cambia, ma finché non lo fa, puoi rilassarti e goderti il viaggio.»

«Dove hai imparato tutto questo?» gli chiedo.

«A un campo estivo. Avevo dieci anni.»

Naturalmente. Al campo estivo a cui sono andata, le uniche barche erano canoe vecchie e arrugginite, che galleggiavano sulle acque calde e paludose di un lago del Sud Carolina. Però a nessuno importava. Schizzavamo nell'acqua scura, i piedi affondavano nel fango e cercavamo di non rovesciare le barche mentre ci arrampicavamo per salire. Era solo un modesto campo estivo dell'associazione Ymca; mia madre non poteva permettersi di mandarmi a quelli con le cabine, i letti a castello e i falò. Quelli con la barca a vela? *Sì, certo...*

Jay vede l'espressione sul mio volto e ride. «Cosa c'è?»

«Stavo solo pensando alle barche che avevamo al campo estivo a cui sono andata. Ci dicevano che erano canoe, ma erano più simili a vecchie scatole di sardine. Usavamo dei rami trovati sulla riva come remi.»

«Ero lì con una borsa di studio, se ti consola» dice. «Non avevamo molti soldi quando ero piccolo.»

«Davvero?» chiedo. Mi volto a guardarlo, sorpresa. «Non sembri...» mi interrompo.

«Cosa, un ragazzino povero?» Sorride amaramente. «Grazie, credo. Ma lo ero. Nessuno dei miei genitori si è diplomato, quindi hanno sempre avuto dei lavori di merda. Arrivavano a fine mese, ma non avanzava molto.»

Restiamo entrambi in silenzio. Non mi guarda più, invece fissa l'orizzonte. Mi schiarisco la gola e dico: «Anche io sono cresciuta senza soldi. Mia madre lavorava come cameriera, ma aveva problemi di salute. Si ammalava spesso e finiva sempre per essere licenziata per aver saltato troppi giorni. Ci siamo trasferite molte volte perché non riuscivamo a pagare l'affitto.»

Sono più onesta di quanto sia stata con chiunque altro da molto tempo. Persino con Violet. Forse perché lui era come me, un ragazzino povero che cercava solo di adattarsi.

Questa volta, quando Jay mi guarda, è come se mi vedesse per la prima volta. Lentamente, annuisce.

«È un brutto modo di crescere. L'ho odiato» continuo.

Jay annuisce. «È difficile spiegarlo agli altri. Com'è davvero. Non penso che Violet l'abbia mai capito davvero. Ma non dovrei sorprendermi, considerando...»

«Considerando cosa?» chiedo.

Lui fa spallucce. «La sua famiglia ha sempre avuto tanti soldi. Suo padre è un avvocato di successo – Violet lavorava nel suo studio a San Francisco – ma sono ricchi di famiglia. Sua nonna le ha lasciato un fondo fiduciario quand'è morta.»

Faccio una smorfia, confusa. Non ha mai parlato di soldi. Né di fondi fiduciari. Ma ha senso: la casa grande, i vestiti costosi, l'eleganza con cui si muove. Comunque, sono sorpresa che non ne abbia mai parlato.

Lui nota l'espressione sul mio volto. «Di solito non ne parla. Pensa che la gente la guardi in modo diverso se sa che viene da una famiglia benestante. Anche a Brooklyn, dove tutti vengono da famiglie agiate. Penso che le piaccia far credere che ci siamo fatti da soli, ma non so perché. Qui nessuno è impressionato dai nuovi ricchi.» C'è un accenno di risentimento nella sua voce. «È buffo, io da bambino avrei voluto avere i soldi che aveva lei, e lei vorrebbe nasconderli.»

«Se non fai parte del Club dei Ragazzini Poveri è difficile capire, vero?» dico con una piccola risata. «Nessuna quota d'iscrizione, grazie a Dio.»

Anche Jay ride. «Sono contento che tu sia venuta oggi. Mi piaci.»

Gli sorrido. «Anche tu mi piaci.» E lo penso davvero. Più di quanto non potrò mai dirgli. «Oh!» dico sorpresa «Ha funzionato. La cosa della direzione.»

«Ottimo spirito d'osservazione! Okay, prendi la scotta della vela principale. Giusto, quella. E tira un po'. Esatto, brava! Impari in fretta» dice con soddisfazione.

Alzo le spalle con modestia, anche se dentro di me sono al settimo cielo. *Gli piaccio.*

Jay si siede sulla panca accanto a me, intreccia le mani dietro la testa e si appoggia all'indietro, gli occhi chiusi, il volto rivolto al vento. La brezza gli scompiglia i capelli e li solleva. È così bello che quasi mi fa male. Distolgo lo sguardo e torno a guardare l'acqua, prima che apra gli occhi e mi sorprenda a fissarlo. Afferro il timone e lo tengo fermo.

Passo l'ora successiva con lui mentre mi mostra come accelerare e rallentare, cambiare direzione, manovrare le vele. Ascolto attentamente, desiderosa di compiacerlo. Muove le mie mani e il mio corpo nelle posizioni giuste, mostrandomi le tecniche corrette. Quando mi tocca, mi sembra di andare a fuoco. L'aria è calda e umida, gli schizzi d'acqua ci bagnano il volto e mi inumidiscono la pelle. Una volta, solo una volta, mi concedo di immaginarlo mentre abbassa la bocca sulla mia, col sapore di salsedine sulle labbra, sulla lingua.

Alla fine, Jay guarda l'orologio. «Hai fame?» chiede. «Possiamo fare una pausa.»

Non voglio, in realtà – è così bello fingere che siamo solo io e lui su questa barca –, ma annuisco. «Certo, mi sembra una buona idea.»

Mette le mani intorno alla bocca e grida forte, in modo che la sua voce arrivi lontano: «Va bene qui per pranzo?»

Dalla prua della barca, Violet ci fa un cenno di approvazione.

Lui si gira verso di me. «Posso prendere il comando da qui. Vado a fare l'ancoraggio. Ti raggiungo fra poco.»

Annuisco e mi sposto mentre si avvicina al timone. Sto per andarmene, ma poi mi giro verso di lui. «Grazie» gli dico.

«Per cosa?» Jay inclina la testa.

«Per avermi insegnato. Per avermi fatto portare la barca con te.»

«Prego.» Un sorriso malizioso si dipinge sulle sue labbra. «Forse la prossima volta sarai tu a insegnarmi un paio di cosette.» Sta cercando di farmi arrossire di nuovo. E ci riesce.

«Smettila!» esclamo, dandogli una leggera pacca sulla spalla. Tra noi c'è una familiarità nuova, una vicinanza che prima non c'era.

«Cosa?» Ride e il suono della sua risata mi scalda le vene.

Scuoto la testa e rido a mia volta. «Sei terribile.»

«Sto scherzando» dice. «Davvero, sono contento che ti sia piaciuto.»

Restiamo lì a sorriderci, finché finalmente faccio un cenno col pollice verso Violet e Harper. «Be', credo che ora tornerò da loro. Ci vediamo tra poco.» *Complimenti, Sloane. Très cool.*

Mi giro e torno con attenzione verso la prua, mentre la barca oscilla sulle onde. Mi tengo al corrimano per non perdere l'equilibrio.

«Com'è andata?» chiede Violet quando mi siedo di fronte a lei.

«Davvero divertente» rispondo. «Proprio come avevi detto.»

Violet sorride raggiante. «Sapevo che ti sarebbe piaciuto.» Beve tutto il suo bicchiere, come a fare un brindisi con sé stessa per il suo ottimo lavoro. Sembra più sciolta del solito, più rilassata. Vede che la sto osservando, solleva gli occhiali da sole rossi di plastica e mi fa l'occhiolino.

Immediatamente mi sento in colpa. È un'ottima amica. E io come la ripago? Flirtando con suo marito, desiderando che sia mio, che mi baci. Mi sforzo di sorriderle. Non farei mai nulla, mi ripeto. È solo una stupida cotta, come la mia ossessione per Robert Pattinson al liceo: ardente, febbrile e confinata per sempre nel buio della mia stanza, dove passavo le serate a fantasticare su di lui che affondava i suoi canini da vampiro nella mia tenera carne di adolescente.

Jay ci raggiunge qualche minuto dopo con una borsa frigo e una busta di carta marrone. Li posa tra noi e si siede accanto a me, di fronte ad Harper e a Violet. La sua coscia sfiora la mia. I nostri sguardi si incontrano. *È solo una cotta*. Ma so che non è così.

«Un altro bicchiere?» chiede Violet, mentre prende la borsa frigo. Io e Jay annuiamo entrambi e le passiamo i nostri bicchieri. Anche se è solo succo frizzante, mi sento un po' ubriaca, leggera ed euforica, inebriata dalla giornata, dall'aria salmastra. Jay. La sua gamba.

«Per te» dice, porgendomi il mio bicchiere «e per te» e dà l'altro a Jay. Poi prende il suo bicchiere e lo alza verso il mio.

«Alla mia gemella dei Gemelli.»

Sorrido e tocco il suo bicchiere con il mio. «Cin cin.»

Jay infila le mani nella busta di carta. «Chi è pronto per mangiare?» chiede.

«Io!» grida Harper, alzando la mano sopra la testa e agitandola selvaggiamente. «Ho così fame che potrei mangiare dieci panini!»

«Che ne dici di iniziare con uno?» dice Jay bonariamente mentre prende i panini avvolti nella carta, un po' di patatine e un grappolo di uva, distribuendoli. Mangiamo con calma, la barca che oscilla sotto di noi, la vela si gonfia nel vento.

«La barca mi mette una fame incredibile» dice Violet, aprendo un secondo sacchetto di patatine. «Jay, pensi di finirlo?» guarda il suo panino desiderosa.

«Prendi il mio» dico subito. Ne ho mangiato solo metà. Glielo passo, felice di farla contenta.

«Meglio che ringrazi Caitlin, Jay» dice Violet, strizzandomi l'occhio. «Altrimenti ti avrei lasciato morire di fame.»

«Grazie, santa Cait. La mia eroina. Di nuovo.» Mi regala quel sorriso lento che mi fa vibrare, lo stomaco fa una capriola. Arrossisco, rispondo con un sorriso.

Quando abbiamo finito e tutto è sistemato, Violet batte leggermente le mani. «Apriamo i regali?» chiede.

«Sììì!» grida Harper, saltellando. «Apri prima il mio! Il mio, il mio!»

Violet ride, le accarezza la guancia con la mano e le dà un bacio. «Okay, okay, piccola, apro il tuo.»

Jay prende due regali da una busta grande e li porge ad Harper, avvolti in carta argentata. «Dalli alla mamma» le dice.

Harper, felice, obbedisce, e li porta con orgoglio a Violet. «Questo è da parte mia!» esclama, mentre solleva quello più grande.

Violet toglie il nastro e strappa la carta. Dentro c'è

una grande scatola bianca. Apre il coperchio e solleva il contenuto. È una vestaglia rosa chiaro che sembra morbida, di quelle in cui vorresti affondare il viso.

«La adoro!» dice, accarezzando il tessuto soffice. «Grazie, Harpie, è bellissima!»

«L'ho scelta io!»

«È vero» conferma Jay. «Abbiamo passato tutto il pomeriggio a cercare il regalo giusto, e lei ha deciso che era quello.»

Violet prende Harper tra le sue braccia e la ricopre di baci rumorosi. La bimba strilla e si divincola. «Ora apri quello di papà!»

Violet guarda Jay, poi prende il secondo pacchetto. Lo scarta con attenzione, più lentamente di quanto abbia fatto con quello di Harper. Lo gira tra le mani e lo osserva. È un libro, una copia rilegata di Bill Bryson.

Apre la copertina, poi la pagina del titolo. Entrambe sono vuote. Chiude rapidamente il libro e guarda Jay, sorridendo. «Grazie, Jay. Bryson è il suo preferito» dice, rivolta a me. «Hai mai letto un suo libro?»

Scuoto la testa. So chi è – un autore di racconti di viaggio, mi pare – ma non ho mai letto nulla di suo.

«È fantastico» dice Jay. «Il mio preferito è *In un Paese bruciato dal sole.*»

«È il motivo per cui siamo andati in Australia per il nostro viaggio di nozze» aggiunge Violet.

Jay si sposta, si schiarisce la gola. «Be', dovremmo...» inizia, ma lo interrompo.

«Aspetta, anch'io ho qualcosa per Violet» esclamo, mentre metto la mano in borsa. «Ecco.»

Prendo il pacchetto con il fiocco sopra e glielo porgo. Il mio cuore accelera, lo stomaco si chiude come quando andavo troppo veloce in altalena. E se non le piacesse? E se lo trovasse stupido? O brutto? Forse mi ha fatto i complimenti per la mia collana solo per essere educata.

Le sorrido, con le labbra tese.

Violet prende il pacchetto, sorridendo. Slaccia il fiocco e toglie la carta, poi solleva il coperchio della scatolina e prende la collana. La piccola pietra scintilla alla luce del sole.

«È come la mia» dico tentennando. «Come quella di mia nonna.»

«Grazie, Caitlin» dice sottovoce, mentre mi guarda. Il vento le ha scompigliato i capelli. Sono sciolti e selvaggi e le incorniciano il volto. «La adoro.»

Sorrido raggiante, sollevata. Le piace, ma mi accorgo che non accenna a indossarla. Provo un leggero disappunto, ma poi la vedo voltarsi e frugare in una grande borsa di tela. Quando si volta verso di me, tiene in mano una piccola borsa regalo piena di carta velina dorata. «Grandi menti» dice, strizzandomi l'occhio mentre mi porge il regalo.

«Per me?» chiedo, anche se lo so già. Sono al settimo cielo. Violet annuisce.

Entusiasta, metto la mano nella borsa, le dita che sfiorano un piccolo pacchetto, un quadrato piegato di carta velina. Lo tiro fuori e tolgo la carta. Dentro c'è un ciondolo d'oro che pende da una sottile catenina. Il pendente è un quadrato delle dimensioni di una moneta da cinque centesimi, con il motivo di una stella inciso nel metallo. Ha un'aria antica, un po' vintage, ma l'ho già visto.

Attorno al collo di Violet.

«Ce l'ho anch'io» dice, sorridendo, mentre sfila la catenina da sotto il suo maglione per farmela vedere. «Gemelle dei Gemelli.» Il mio cuore esplode di felicità.

«Vuoi che te la metta?» chiede, e annuisco, senza parole. Mi prende la collana e si avvicina. Posso sentire il suo respiro sulla mia nuca mentre allaccia il gancetto, leggero e delicato.

«Vediamo» dice, poi si siede dietro di me.

Alzo il mento con fierezza e raddrizzo le spalle.

«Bellissima» esclama Violet, e sia Harper che Jay annuiscono.

«Ora è il momento della torta!» annuncia Violet. Infila la mano in un'altra borsa e tira fuori una piccola torta protetta da un coperchio in plastica. Lo toglie e mette delicatamente due candeline sulla glassa. Accende lo stoppino e Jay e Harper iniziano a cantare per noi, stonati e a squarciagola.

Mentre guardo Violet, Jay e Harper, tutti con i capelli scompigliati dal vento e le guance arrossate, non credo di essere mai stata così felice. Chiudo gli occhi e spengo la candelina.

# 16

Sono passate alcune settimane dal nostro giorno in barca e ora sono sdraiata sul divano a casa di Violet. Fuori, l'umidità di inizio luglio è soffocante, una coperta pesante che fa sembrare tutto opprimente. Il condizionatore è al massimo, ma il calore persiste, si annida nelle ossa. Ormai lavoro ufficialmente a tempo pieno come tata di Harper: cinque giorni a settimana a casa loro, più qualche sabato o domenica, a volte tutto il weekend. Però non mi sento solo una tata. Mi sembra di far parte della loro famiglia, delle loro giornate, delle loro vite. È come se appartenessi a questa casa, sdraiata sul divano di fronte a Violet, con la testa appoggiata sul bracciolo, mentre lei è seduta dall'altro lato. Entrambe ci sventoliamo con delle riviste. Mentre le pagine si muovono mi vengono in mente le parole di una canzone di Taylor Swift: il karma, dolce come il miele.

Harper sta dormendo di sopra. Invece di andare al parco, oggi abbiamo costruito un letto di cuscini sul pavimento della sua stanza e ci siamo alternate a leggere ad alta voce, con il suo corpicino stretto a noi. Quando ho finito il mio libro, Harper mi ha chiesto di leggerne un altro, e così ho fatto. L'ora delle storie era sempre il mio momento preferito all'asilo, con tutti i bambini seduti in cerchio e i loro piccoli menti appoggiati sulle manine mentre mi ascoltavano. Cambiavo voce per ogni personaggio e facevo vedere le illustrazioni. Oggi, mentre leggevo, Harper si è rannicchiata sotto il mio braccio, sempre più vicina. Alla fine, ha chiuso gli occhi. Siamo uscite in punta di piedi, e Violet ha chiuso piano la porta dietro di noi. Non abbiamo detto una parola mentre scendevamo le scale. In soggiorno, Violet si è lasciata cadere su un lato del divano, e io sull'altro.

Ora, con la testa reclinata all'indietro e gli occhi socchiusi, Violet sospira: «Non so cosa abbia fatto di buono in una vita precedente per meritare una bambina che fa ancora il pisolino alla sua età, ma devo essere stata una specie di santa».

«Madre Teresa, di sicuro» rispondo ridendo.

«O magari Giovanna d'Arco?» dice, alzando la testa e guardandomi.

«Forse Eleanor Roosevelt. Ha dato un contributo enorme ai diritti delle donne, tra le altre cose. Non era esattamente una bellezza, poverina, ma non ne ha fatto un ostacolo. Ha lasciato un'eredità straordinaria.»

Violet ride. «Be', magari qualcuno di meno irreprensibile, tipo...» viene interrotta dal telefono che vibra rumorosamente sul tavolino. Entrambe ci giriamo a guardarlo.

«Scusa» dice, mentre lo prende e osserva lo schermo con aria seccata. Quando alza lo sguardo, sospira: «Jay ha dimenticato una chiavetta usb che gli serve per una presentazione. Mi ha chiesto di portargliela in ufficio.»

Dà un'altra occhiata al telefono e poi mi guarda. «Ti dispiace se esco un attimo? Non starò via molto. Trenta, quaranta minuti al massimo. A meno che non mi sciolga per il caldo tornando indietro.»

«Ma certo» rispondo scrollando le spalle. «Sono qui per questo!»

Violet mi sorride radiosa. «Sei un tesoro! Torno subito.»

Corre su per le scale. Dopo qualche minuto torna giù con in mano una piccola chiavetta usb. «Ci vediamo tra poco» dice. «Chiamami se hai bisogno di qualcosa!»

Poi chiude la porta dietro di sé. Sento il click della serratura che si gira. La casa è silenziosa, il ronzio del frigorifero arriva dalla stanza accanto. Mi guardo intorno nel soggiorno e osservo ogni dettaglio. Poi mi alzo.

È raro che sia qui da sola, senza Harper che colora in un angolo o seduta al bancone della cucina a fare merenda. È una sensazione diversa, essere qui in questo modo, come se la casa fosse tutta mia.

Vago senza meta nel soggiorno, mi dirigo prima verso il tavolino accanto alla finestra, prendo le riviste impilate una a una, poi vado verso la libreria e faccio scorrere le dita sul dorso dei volumi. Thriller popolari, romanzi gialli d'evasione. Ci sono anche alcuni classici: *Orgoglio e pregiudizio*, *Fiesta*, *La valle dell'Eden* e... *Il grande Gatsby*. Sorrido e lo tiro fuori dallo scaffale. La costa è rigida quando lo apro, come se non venga sfogliato da molto tempo. Ha quell'odore dei vecchi libri, di polvere e naftalina. Avvicino il viso e inspiro profondamente. Poi sfoglio fino alla pagina del titolo.

In inchiostro nero e lettere grandi e sinuose, c'è scritto: *Al mio Gatsby. Mi fai cantare il cuore. A tanti, tantissimi altri di questi giorni. XX.*

Era un regalo di Violet per Jay.

Me la immagino mentre gli porge il pacchetto, avvolto in una carta colorata e legato con un nastro, per il suo compleanno, forse per un anniversario, magari una mattina a letto, lo ha tirato fuori da sotto il cuscino. Li immagino entrambi in pigiama: lei con una delle sue magliette oversize, lui solo in boxer. Avrà sorriso nell'aprirlo, avrà alzato lo sguardo verso di lei mentre lo osservava con occhi ansiosi e le mani giunte come in preghiera.

Poi immagino che siano rimasti a letto, leggendo dei brani ad alta voce, la testa sul ventre di lei, mentre gli passava le dita tra i capelli. Forse non si sono alzati per tutto il giorno, tranne che per preparare il caffè, aprire la porta al ragazzo delle consegne, mangiare una pizza a letto o il gelato direttamente dalla confezione.

Chiudo il libro con cura. Lo spazio vuoto dove stava è come un dente mancante, un vuoto che mi mette un po' a disagio, mi fa sentire inquieta. Ma non è esattamente quello spazio sullo scaffale che mi disturba. Non proprio.

È la domanda che mi ha fatto Jay in cucina qualche settimana fa: «Ti ha detto qualcosa su di noi?»

Il loro matrimonio è in crisi? Mi sembra così improbabile, ma cos'altro potrebbe essere? Hanno litigato?

Odio pensare che ci sia un segreto tra noi, che Violet possa nascondermi qualcosa. Avrei voluto chiederglielo, ma mi sembrava una cosa privata, tra me e Jay, come se parlarne significasse violare un segreto. Mi sento bloccata tra di loro, entrambi che mi tirano per un braccio. Vorrei potermi dividere in due, dare metà di me stessa a ciascuno di loro.

Rimetto il libro al suo posto sullo scaffale e vado in cucina. Prendo una lattina di acqua frizzante dal frigorifero e apro la linguetta. Il suono della lattina che si apre rompe il silenzio. Ne bevo un sorso, mentre mi guardo intorno. L'orologio sul microonde segna le due e un quarto. Violet è uscita da soli cinque minuti. Torno in soggiorno. Dovrei sedermi di nuovo, lo so, ma non lo faccio.

Resisto alla tentazione il più a lungo possibile. Poi appoggio la lattina sul tavolino da caffè e mi avvicino lentamente alla scala. Prima di salire, mi tolgo le scarpe da ginnastica e le sistemo una accanto all'altra sul primo gradino. Appoggio una mano sulla ringhiera, con estrema delicatezza, come se fosse di vetro.

Faccio un respiro profondo, poi salgo le scale rivestite di moquette, i miei passi sono silenziosi.

In cima alla scala, mi fermo. Alla mia sinistra c'è una porta chiusa: la stanza di Harper. Mi avvicino. C'è un ronzio ovattato che si fa più forte a mano a mano che mi avvicino. La sua macchina per il sonno è al massimo. Violet l'ha accesa prima di uscire. Onde, penso, o il battito di un cuore, un suono calmo e regolare.

A metà del corridoio c'è un'altra porta chiusa e, in fondo, una terza porta socchiusa. Mi avvicino. Quando arrivo, vedo i piedi di un letto, la camera di Violet e Jay. Con cautela, spingo la porta per aprirla.

Il pavimento scricchiola quando entro, le assi color caramello si flettono sotto il mio peso. La camera da letto è luminosa e ariosa, con due grandi finestre che si affacciano sulla strada. In un angolo c'è una cyclette Peloton, con un paio di pantaloncini appesi sullo schermo. La struttura del letto è in legno, ma tutto il resto è bianco. Le tende vaporose, le lenzuola di lino, il copripiumino, i cuscini decorativi. Passo una mano sul copriletto morbido e respiro profondamente. Qui dentro c'è il profumo di Violet, un'esplosione di gardenie e lillà in primavera.

Il letto è affiancato da due comodini, ognuno con una lampada dorata. Sul lato di Jay, ci sono alcuni libri dalla copertina rigida e una scatola di fazzoletti. Sul lato di Violet, un piccolo portagioie e una crema per le mani. Mi avvicino al suo lato del letto, quello più vicino alla finestra, e mi siedo. Il materasso cede leggermente sotto di me. Con cautela, mi distendo, la testa che affonda nel suo cuscino mentre sollevo le gambe sul letto. Le lenzuola profumano di bucato fresco, di detersivo e ammorbidente. Chiudo gli occhi per un momento e inspiro a fondo.

Poi li riapro e mi giro su un fianco, voltandomi verso il lato di Jay. Fisso il suo cuscino, cercando di immaginarlo accanto a me, così vicino che potrei toccarlo. Ricordo come sentivo il suo petto contro la mia schiena sulla barca. Ampio e tonico. Da allora l'ho visto solo poche volte di sfuggita, ma non ho dimenticato come scherzava con me, le sue mani sulle mie, le nostre gambe che si sfioravano.

Mi rimetto a sedere e scendo dal letto, vado fino alle finestre. Scosto le tende e guardo fuori. È un quartiere ricco, con grandi case in mattoni ristrutturate. Ci sono alcuni bambini che giocano sul marciapiede dall'altra parte della strada, due di loro giocano a palla, mentre gli altri sono seduti su dei gradini a guardare. Attraverso il vetro, sento le loro grida attutite, i loro richiami gioiosi.

Potrei restare alla finestra per ore, osservando il quartiere che si dispiega sotto di me, una piccola e splendida vignetta di questa parte della città. Sembra quasi un palcoscenico, con il sole che filtra attraverso i rami e illumina il marciapiede come un riflettore. Probabilmente è la prima cosa che Violet fa quando si alza dal letto. Si stiracchia, alzando le braccia sopra la testa, poi si avvicina alla finestra e apre le tende per far entrare la luce del mattino. Forse Jay brontola, tirandosi il piumone sopra la testa.

*Cosa fa dopo? Si veste per iniziare la giornata?*

Guardo la stanza. Sulla parete opposta al letto ci sono due porte, entrambe chiuse. Attraverso la stanza e apro la porta più vicina, quella sulla destra. È un piccolo armadio a muro. A sinistra ci sono i vestiti di Jay, a destra quelli di Violet. Il lato di lui è organizzato per categoria: prima i pantaloni, jeans e pantaloni eleganti, poi le camicie, infine le giacche. Il lato di lei è ordinato per colore. Sotto i vestiti ci sono due cassettiere. Apro il primo cassetto e scopro la biancheria intima di Violet. Decine di perizomi di pizzo, reggiseni e bralette coordinati. Passo le dita sulle cuciture. È questo che piace a Jay? Me la immagino in un completo nero. Naturalmente gli piace. Sento una fitta di gelosia, subito seguita da un'ondata di senso di colpa. Chiudo il cassetto.

Sul retro della porta del guardaroba c'è un gancio con due vestaglie appese: una di Violet, in seta color lavanda con fiorellini ricamati a mano sul bordo, e una di Jay, in cotone bianco a nido d'ape. Prendo la vestaglia di Violet, la infilo sopra la mia maglietta e mi lego la cintura in vita. Il tessuto è fresco sulla pelle.

Sul lato di Violet, sopra l'appendiabiti, c'è una mensola piena di scatole da scarpe. Allungo la mano e ne tiro giù una. Dentro, trovo un paio di sandali color pelle con lacci sottili, con la scritta TOM FORD a grandi lettere sulla suola. Probabilmente costano quanto un mese di affitto. Rimetto il coperchio, infilo la scatola di nuovo al suo posto e ne prendo un'altra.

Quando la inclino verso di me sento un tonfo, qualcosa che scivola dal retro della scatola verso il davanti. Alzo il coperchio, accigliata. Dentro, accanto a un paio di décolleté Manolo Blahnik, c'è un telefono.

È un telefonino a conchiglia di plastica grigia. Resto a guardarlo, confusa.

Poi, all'improvviso, mi torna in mente un'immagine. Violet nel soggiorno, al telefono, il giorno in cui aspettavo dall'altra parte della strada, nascosta dietro un albero, e la osservavo attraverso la finestra. Violet che terminava la chiamata. Violet che chiudeva il telefono con un gesto rapido. Lo richiudeva. Non era il suo iPhone. Era questo telefono.

Con cautela, lo prendo in mano e lo apro. Lo schermo è nero. È spento. Esito, ma solo per un istante. Tengo premuto il pulsante di accensione. Lo schermo si illumina e inizia a caricarsi. Poi compare una schermata di blocco. Ci vuole una password.

La data di nascita di Harper? La sua? Inizio a digitare i numeri, poi scuoto la testa. No. Non posso. Non dovrei. Eppure lo faccio. Non riesco a trattenermi.

Digito la data di nascita di Harper, trattengo il respiro. Ma no, non è quella. Provo con quella di Violet. Ancora niente. Quella di Jay? Il quattro gennaio, subito dopo le feste. Violet una volta aveva detto quanto fosse difficile pensare a un regalo per lui in una data così vicina a Natale. Quando me lo ha detto, avevo passato il resto della giornata a immaginare cosa gli avrei comprato se fossi stata al suo posto: un orologio con le nostre iniziali incise sul retro, un maglione da pescatore, uno di lana che si abbinasse ai suoi occhi. Poi l'avevo immaginato mentre apriva il regalo e mi abbracciava dicendomi quanto gli piacesse.

Zero-quattro-zero-uno, digito.

Mi si stringe lo stomaco.

No, non è nemmeno la sua data di nascita. Respiro a fondo. Decido di rimetterlo a posto. Nella scatola, sullo scaffale.

Ma proprio mentre sto per premere il pulsante sul lato e spegnerlo, il telefono vibra. Tutto il mio corpo si irrigidisce. È un nuovo messaggio.

Apro il telefono.

Riesco a vedere solo un'anteprima, solo la prima riga

del messaggio. Proviene da un contatto salvato. Non un nome, ma delle iniziali: DS. Il testo dice: *Devo sapere in quale giorno tu...* Guardo il telefono accigliata, fissandolo finché le lettere non iniziano a sfocarsi. Chi è DS? Quale giorno cosa? Provo a cliccare sul messaggio, ma mi riporta alla schermata di blocco. *Merda.*

È l'uomo con cui parlava al telefono l'altro giorno? DS. DS. Bisbiglio le lettere, le sussurro nel guardaroba. DS. D di... Danny? Non si chiama così la cotta adolescenziale di Violet? Il ragazzo di cui ha detto di essere stata innamorata per tutta la vita? Aveva detto di aver perso i contatti con lui, ma forse, di recente, si sono ritrovati e stanno organizzando un incontro. Hanno una relazione?

*Smettila, Sloane!* Scuoto la testa. Fai sempre così: ti inventi delle storie e lasci che la tua immaginazione prenda il sopravvento. Ci sarà sicuramente una spiegazione del tutto ragionevole, anche se, in questo momento, non riesco a trovarne una. Ci sono un'infinità di persone con la lettera D come iniziale, un milione di motivi per cui qualcuno potrebbe scriverle, senza che abbia nulla a che fare con un amante segreto. Giusto?

Aspetto, sperando in un altro messaggio. Passa un minuto, poi un altro. Il telefono resta silenzioso. Alla fine lo spengo e lo rimetto al suo posto nella scatola.

Non ha senso. Se non ha una relazione, perché Violet ha un telefono usa e getta nascosto in una scatola da scarpe? Non posso certo chiederle spiegazioni. *Oh, Vi, che ci fai con quel telefono che ho trovato mentre frugavo fra le tue cose?*

So di avere dei segreti con lei, ma odio che lei ne abbia con me.

Esco dalla cabina armadio con un senso di inquietudine. Tornata in camera da letto, tendo l'orecchio per capire se Harper è sveglia. La casa è ancora silenziosa. Scenderò tra un minuto, mi dico. Solo un minuto.

Chiudo la porta della cabina armadio e apro l'altra, pensando che forse, ripeto forse, troverò le risposte che sto cercando.

La porta conduce a un ampio bagno privato che sembra ristrutturato di recente, col pavimento di piastrelle geometriche bianche e nere e ripiani in marmo bianco.

Ci sono due lavandini, uno per lei e uno per lui, ciascuno con il proprio specchio e sopra una lampada a globo. A sinistra dei lavandini c'è il water, e accanto una doccia a filo pavimento, senza vasca. Il piano del lavabo è più disordinato di quanto mi aspettassi, ingombro di oggetti. La prima cosa su cui mi cadono gli occhi è una confezione di tinta per capelli, di un castano scuro, lo stesso colore di Violet. La prendo in mano. È ancora chiusa, mai usata. Sono sorpresa di scoprire che si tinge i capelli da sola. La donna sulla scatola sorride radiosa, i suoi capelli splendidi e lucenti. Sollevo la scatola all'altezza della mia testa e mi guardo allo specchio. Accanto alla modella, i miei capelli sembrano particolarmente spenti e simili alla paglia, non del tutto biondi, non del tutto castani. Non sono sempre stati di questo colore, ma è passato molto tempo dall'ultima volta che li ho tinti. Prima di rimettere la scatola sul piano, memorizzo il colore – MARRONE SCURO, CASTAGNA – e la marca, una generica da farmacia. Poi continuo la mia ricerca.

So che non dovrei essere qui, lo sento fin nelle ossa, ma è come se fossi una bambina di cinque anni con un marshmallow davanti, e qualcuno, prima di uscire dalla stanza, avesse detto: «Non mangiarlo». Come potrei non farlo? So che sarà dolce quando lo metterò in bocca.

Esamino il piano del lavabo e vedo un tubetto di crema per l'acne accanto al lavandino e diverse boccette di lozioni. Non riesco a immaginare Violet con i brufoli. La sua pelle è liscia, perfetta, come una pietra levigata. Forse perché la cura più di quanto io faccia con la mia. Studio il mio riflesso; la luce soffusa delle lampade è più indulgente rispetto a quella del mio bagno, con le sue lampadine fluorescenti dal tono giallastro. Eppure, il mio incarnato è disomogeneo, secco in alcuni punti, grasso in altri. Mi avvicino allo specchio. Una fila di piccoli brufoli rossi costella il mio mento, piccoli ma visibili. Svito il tubetto di crema per l'acne e ne metto un po' sul dito, spalmandomi il prodotto sulla pelle. Poi richiudo il tubetto e lo rimetto al suo posto.

Accanto alla lozione, sulla destra del lavandino, c'è una pochette per il trucco aperta. Frugo dentro, tiro fuori un tubetto di mascara, un pennello per il blush, un fondotinta compatto. Penso di usarli, ma ci ripenso subito, e li rimetto via prima di cambiare idea.

Il pavimento scricchiola di nuovo quando torno in camera. Un piccolo raggio di sole illumina un punto accanto alla finestra, vado lì, nella luce calda. Mi appoggio al telaio della finestra, cercando i bambini che avevo visto giocare a palla.

Mi si ferma il respiro.

Invece dei bambini, vedo Violet che cammina lungo la strada e torna verso casa. *Cazzo*. Guardo intorno alla stanza per controllare se qualcosa è fuori posto. C'è un'impronta sul cuscino dove avevo poggiato la testa e delle pieghe sul copriletto. Sistemo il cuscino e passo una mano sulla coperta.

Quando sono proprio sicura che tutto sia in ordine, esco dalla loro camera, percorro il corridoio e scendo le scale cercando di fare il meno rumore possibile. Mentre afferro il corrimano, mi rendo conto che indosso ancora la vestaglia di Violet. Mi si stringe la gola. Mi giro, corro di nuovo lungo il corridoio nella loro camera mentre mi tolgo la vestaglia. Apro di scatto la porta della cabina armadio e cerco di appendere la vestaglia alla gruccia, ma cade.

Non ho tempo da perdere, così la lascio cadere e corro fuori, scendo di corsa i gradini a due a due.

Sono sull'ultimo gradino quando la porta d'ingresso si apre, e Violet appare. Faccio un respiro profondo, cercando di controllarmi. «Ciao» dico, forzando un sorriso.

«Oh, ciao» risponde, guardandomi. «Tutto bene?»

Scendo l'ultimo gradino, annuendo, poi mi chino per rimettermi le scarpe.

«Pensavo di aver sentito Harper, quindi sono salita di sopra a controllare. Ma è tutto tranquillo. Dev'essere stato un rumore dalla strada.»

«Grazie per aver controllato» dice Violet, sorridendo. «E grazie per essere rimasta. Lo apprezzo davvero.»

«Nessun problema» rispondo alzando le spalle, mentre mi sforzo di sembrare disinvolta.

«Vado a prendere un'acqua frizzante. Ho una sete tremenda. Ne vuoi una?» chiede. «Potremmo mettere su un film. Harper dovrebbe dormire almeno fino alle tre.»

Scuoto la testa. «In realtà, mi sono ricordata che mia mamma ha un appuntamento dal dottore questo pomeriggio. Ti dispiace se esco un po' prima oggi?» Il cuore mi batte ancora all'impazzata.

«Ma certo che no» risponde.

Violet mi accompagna alla porta e mi saluta sulle scale del portico. Mi costringo a ricambiare il saluto con un sorriso, frenando l'impulso di scappare sul marciapiede.

Mantengo un passo neutro, nel caso Violet stia ancora guardando, e alla fine dell'isolato il mio respiro è tornato regolare. Non è la fine del mondo, mi dico. Ho solo dato un'occhiata di sopra, sbirciato nel suo armadio, che importa? Siamo amiche. Butto fuori parte della tensione che ho accumulato, rilasso le spalle. Non è niente di che, mi ripeto.

Ma non riesco a smettere di pensare al telefono nel suo guardaroba, a cosa potrebbe nascondere. A *chi* potrebbe nascondere.

E alla scatola di tinta per capelli sul lavabo.

Sulla strada verso casa, faccio una breve sosta al supermercato quello all'angolo con l'insegna lampeggiante APERTO 24 ORE SU 24.

Alla cassa, l'adolescente annoiato e con lo sguardo perso alza appena gli occhi mentre appoggio davanti a lui la scatola di tinta per capelli – MARRONE SCURO, CASTAGNA – insieme a un tubetto di crema per l'acne, un correttore e una palette di blush.

I miei acquisti non significano nulla per lui, ma tutto per me. È un rischio, ma questa volta è diverso, lo so.

Mentre torno a casa, mi chiedo come starò come bruna. Mi dico che non ho ancora deciso se mi tingerò davvero, ma sto mentendo a me stessa. So che lo farò.

Dopotutto, l'imitazione è la forma più sincera di adulazione, giusto?

# 17

Quella sera, dopo cena, mia madre si addormenta con il piatto in grembo, russando piano. Il suo petto si alza e si abbassa con respiri lenti e regolari. Facendo attenzione a non svegliarla, le tolgo delicatamente il piatto dalle mani e lo poso nel lavandino. Non voglio che sappia cosa sto per fare. Mi guarderebbe delusa, scuotendo la testa. Non capirebbe che questa volta è diverso. Non sembra diverso, ma lo è. Non è come l'ultima volta, con la scatola di tintura rossa, una tinta così rossa che aveva macchiato gli asciugamani. La mia amicizia con Violet è diversa. Diversa, diversa, diversa. Anche dopo aver scoperto il cellulare usa e getta, sento di conoscerla meglio di chiunque altro, da molto tempo. Mi direbbe di farlo, lo so.

In bagno, tengo la scatola accanto al viso, come ho fatto da Violet. Mi sembra più scura rispetto a oggi pomeriggio, almeno tre o quattro tonalità più scura del mio colore. Esito, ma solo per un momento. La apro.

Trenta minuti dopo, vado sotto la doccia per risciacquare la tinta dai capelli. Scende lungo il mio viso e giù nello scarico, nera come inchiostro. Il cuore mi batte forte. L'ho fatto davvero. Il vapore si alza intorno a me mentre immagino come sarò una volta uscita. Quando l'acqua ai miei piedi diventa limpida, chiudo il rubinetto e avvolgo un asciugamano intorno alla testa, come un turbante.

In fretta vado in camera e mi metto il pigiama, poi torno in bagno per vedere il colore. La rivelazione è decisamente deludente. I miei capelli cadono a ciocche bagnate e appiccicose. Sono così scuri da sembrare quasi neri, un contrasto netto con la mia carnagione pallida, niente a che vedere con il caldo color cioccolato di Violet, intenso e ricco. L'effetto ricorda un po' Mercoledì Addams e ovviamente non era il risultato che speravo.

Sono troppo lunghi, decido. Starebbero meglio più corti, come quelli di Violet. E mi ci vorrebbe anche la frangia.

Rincuorata, apro il cassetto e prendo un paio di forbici, poi pettino i capelli fino a coprire gli occhi con le ciocche davanti. La mia mano è ferma mentre taglio. Le forbici si chiudono facilmente con un suono leggero. I capelli cadono nel lavandino.

Poi li raccolgo in due codini. Trattengo il respiro e taglio circa otto centimetri dal primo. E poi dal secondo. I miei capelli giacciono in due grosse ciocche nel lavandino. Tolgo gli elastici e faccio una smorfia. Il lato destro è più corto di circa un centimetro rispetto al sinistro. Taglio un po', e ancora un altro po'. Alla fine, poso le forbici.

Mi guardo allo specchio. Mi viene da piangere. La lunghezza, come avrete intuito, non era il problema. Ora il colore è sbagliato e la lunghezza è un disastro. La frangia è irregolare, troppo lunga, ma ho paura di tagliarla ancora e peggiorare le cose.

Dovrei asciugarli col phon, ma non lo faccio. Tingere i capelli ha richiesto più tempo del previsto e si è fatto tardi, quindi mi limito a passarci una spazzola e li raccolgo in una coda bassa e morbida. All'improvviso mi sento esausta. Forse domattina, una volta asciutti, avranno un aspetto migliore. O forse no.

Sconfitta, mi infilo a letto e spengo la luce. Appena mi sveglio, corro allo specchio. Quando mi guardo, ho un brivido.

I miei capelli sono crespi e arruffati dopo la notte. Ora che sono asciutti, è ancora più evidente che ho fatto un pessimo lavoro con la tinta: le radici sono molto più chiare delle punte, alcune ciocche sono più sature di altre. Il colore è di almeno un paio di tonalità troppo scuro per il mio incarnato. Sembro pallida come un fantasma, con gli occhi cerchiati di viola per la notte insonne. Come un procione stanco. Come la ragazza di *The Ring*.

Sospiro e raccolgo i capelli in un chignon alto sulla nuca. La frangia pende floscia davanti agli occhi. Davvero incantevole, non c'è che dire. Trovo una fascia larga in fondo a un cassetto e me la metto, togliendomi i capelli dal viso.

Con la frangia fuori dai piedi, mi trucco un po', usando la matita per sopracciglia che mi ha dato Violet, il correttore e il blush presi da Duane Reade.

Quando ho finito, l'effetto è leggermente migliore, ma niente di che.

Esco in soggiorno, poi mi blocco. Mia madre è in cucina, intenta a riempire il filtro della caffettiera. Il cuore mi sprofonda. Non sono pronta a farle vedere i miei capelli, a mostrarle cos'ho fatto. Penso di tornare di corsa in bagno, di aspettare finché non si sarà ritirata in camera sua, ma prima che possa muovermi, alza lo sguardo.

I suoi occhi si posano per un attimo sui miei capelli. Esce dalla cucina, attraversa il soggiorno e viene verso di me. Sospira, con le labbra strette in una linea sottile.

«Sloanie» dice, scuotendo la testa. Ha visto le foto di Violet; sa benissimo di cosa si tratta.

Mi mordo il labbro, stringo la carne morbida tra i denti. All'improvviso la stanza sembra soffocante, l'aria densa.

«Stavolta è diverso» dico, guardando il pavimento.

E lo è. L'ultima volta che ho tinto i capelli, ho rovinato tutto.

Non avrei mai commesso lo stesso errore. Non sopporterei che Violet mi guardasse come aveva fatto Allison, a bocca aperta, con gli occhi sgranati, inorridita dallo spettacolo che aveva davanti. Inorridita da me. Non dimenticherò mai l'espressione sul volto di Allison. La vedo ancora chiaramente, come se fosse successo ieri.

Ero nel suo appartamento, seduta a gambe incrociate sul pavimento della grande cabina armadio principale, con la schiena rivolta alla porta. L'aria profumava di detersivo, un odore fresco e familiare che mi faceva sentire a casa. Mi sentivo così a mio agio, così immersa in quel momento, che non ho sentito Allison entrare. Ma quando mi sono voltata, lei era sulla soglia, le mani appoggiate agli stipiti come per sorreggersi.

«Che diavolo stai facendo?» ha chiesto, quasi con stupore. La sua voce era strana, stridula per il turbamento.

Non avevo una buona risposta. Sono rimasta lì, seduta, con indosso il suo vestito, le sue scarpe, i suoi orecchini, i miei capelli fiammeggianti appena tinti.

«I tuoi capelli...» Per un attimo non ha detto altro. Poi: «Quelli sono i miei vestiti».

«Io... volevo solo...» ho iniziato a spiegare, ma cosa potevo dire? Solo cosa?

«Sei tornata presto» ho detto alla fine, con un tono debole, quasi supplichevole.

Vedevo bene che era arrabbiata, anche se non avevo

cattive intenzioni. La adoravo. La ammiravo. E volevo essere come lei. Perché non riusciva a capire che era solo un gesto di ammirazione, niente di più?

Il suo sguardo si è spostato da me al resto dell'armadio. Tutti i cassetti erano aperti. Ero entrata lì cercando una sciarpa, qualcosa per completare il mio look, ma una volta iniziato a rovistare, non riuscivo più a fermarmi. Mi ero inginocchiata, frugando tra le sue cose, senza sapere nemmeno cosa stessi cercando.

Uno dei cassetti, ho scoperto, conteneva una raccolta di vecchie foto. C'erano diversi scatti, alcuni dell'università, Allison col viso giovane e luminoso, abbracciata agli amici, sorridente; altri di lei e suo marito all'inizio della loro relazione, in luna di miele, di loro due nudi, foto di lei in lingerie. Ora quelle foto erano sparse intorno a me, come coriandoli.

I suoi occhi si sono posati su una foto di lei a letto, con indosso solo un paio di slip neri. Ho sentito un nodo allo stomaco.

Non doveva tornare a casa fino a lunedì. Dovevo essere sola. Stavano trascorrendo un weekend lungo dai suoi genitori a Boston. Tutta la famiglia avrebbe assistito a una partita dei Red Sox, quella sera. Ero presente quando ha comprato i biglietti. «Dove ci sediamo? Qui o qui?» mi aveva chiesto, indicando i posti sullo schermo del computer.

Mi ha guardata di nuovo. Il colore era scomparso dal suo viso. Mi sentivo svenire. Ero così assorta che non avevo nemmeno sentito aprire la porta d'ingresso. L'ho già detto?

Ero passata per controllare il gatto, Nibbles. Dovevo solo riempire la ciotola e assicurarmi che anche quella dell'acqua fosse piena. Allison mi aveva offerto un extra di cento dollari, oltre alla paga della settimana, se fossi passata, ma avevo rifiutato. Non avevo programmi; ero felice di aiutare un'amica. Pensavo fossimo amiche, non dimenticatelo.

Avevo intenzione di andarmene subito dopo aver dato da mangiare a Nibbles. Dovevo solo andare un attimo in bagno. Normalmente avrei usato quello del corridoio, ma quel giorno, per qualche motivo, mi sono ritrovata a entrare nella stanza di Allison.

Ero davanti al suo lavandino quando ho finito, mi sono lavata le mani e ho guardato il mio riflesso nel grande specchio ovale. Sembravo quasi un'altra persona, i capelli lucenti, rosso fuoco sotto le luci del bagno. Li avevo tinti solo il giorno prima.

Non lo avevo pianificato. Non avevo previsto niente di tutto questo. So che sembra una scusa, ma è la verità. Quel giorno ero uscita presto da scuola; era il venerdì prima di un weekend festivo – credo fosse la Festa del Lavoro, motivo per cui Allison e la sua famiglia erano in viaggio – così ho deciso di fermarmi in farmacia per prendere un paio di cose: shampoo, dischetti di cotone, un nuovo paio di pinzette perché avevo perso le mie.

Nel dirigermi alla cassa, una scatola di tinta per capelli, con una donna dalla chioma rossa sulla copertina, ha attirato la mia attenzione. Da un po' mi chiedevo come sarei stata coi capelli rossi; guardando Allison, era impossibile non immaginare come poteva essere avere capelli come i suoi, chi sarei stata se avessi avuto il suo aspetto. Quasi senza pensarci, ho messo la scatola nel cestino. Non era esattamente lo stesso colore di Allison, ma era simile.

Un'ora dopo, stavo tamponando i miei capelli appena tinti con un asciugamano. Guardandomi allo specchio, ero soddisfatta. Certo, il colore non mi donava quanto a lei, ma mi stava bene. Ed ecco quanto ero stupida: pensavo che Allison lo avrebbe trovato divertente. La gente penserà che siamo sorelle, pensavo che avrebbe detto così, sorridendomi. Ripeto: quanto ero stupida.

Poi, nel bagno di Allison, ho visto un tubetto di mascara sul bancone e ho pensato: chissà come starei con un po' di trucco. Così l'ho aperto. Una cosa tira l'altra. Mi sono spruzzata un po' del suo profumo sui polsi, ho spazzolato i capelli con la sua spazzola, ho messo un paio di suoi orecchini a cerchio. Prima che me ne rendessi conto, ero uscita dai miei jeans e avevo indossato uno dei suoi vestiti.

Era divertente, fingere per un momento di essere lei, provare cosa si sentiva a indossare i suoi vestiti, le sue scarpe, i suoi gioielli. Non avevo intenzione di fare del male, davvero. Volevo dirglielo, mentre stava sulla soglia a fissarmi, ma non riuscivo ad aprire bocca. Non con quello sguardo puntato su di me.

Poi mi ha detto. «Vattene. Fuori di qui, cazzo.» La sua voce era strozzata.

Mi sono alzata goffamente dal pavimento, tremando, con movimenti bruschi e incerti.

Mentre mi dirigevo verso la porta, con ancora indosso il suo vestito e i suoi tacchi a spillo, ho calpestato un lembo di stoffa che mi avvolgeva i piedi. Sono barcollata in avanti e ho allungato le braccia, cercando qualcosa, qualunque cosa, per tenermi in equilibrio. Per puro caso ho afferrato il pesante portagioie di marmo sopra al comò. Ho fatto un altro passo prima di ritrovare l'equilibrio, traballando sui tacchi sottili, con il braccio ancora teso verso di lei.

Entrambe abbiamo guardato il pesante portagioie che tenevo in mano. Quando ha alzato di nuovo lo sguardo su di me, c'era paura nei suoi occhi. Sono rimasta a bocca aperta. Ho scosso la testa. No, non lo farei mai. Ma poi, per un brevissimo istante ho pensato: se lo facessi, non sarebbe in grado di raccontare a nessuno cosa pensava che stessi facendo nel suo armadio.

*No, non lo farei mai.* Ho mollato la presa e il portagioie è caduto sul pavimento con un tonfo pesante contro la morbida moquette. Poi mi sono precipitata fuori, sfiorandola con la spalla mentre uscivo. Mi sono chiesta se potesse sentire il suo profumo su di me e il solo pensiero mi ha dato la nausea.

Una volta a casa, sono andata dritta nella mia stanza. Ho chiuso la porta a chiave – qualcosa che non facevo quasi mai – e non ho risposto quando mia madre ha bussato.

Quando ho aperto la porta, più tardi, quella sera, mia madre mi ha presa tra le sue braccia e mi ha stretta forte. Le ho raccontato tutto.

La mattina successiva sembrava più luminosa, più promettente. «È stato un malinteso» ci siamo ripetute io e mia madre durante la colazione. Mi ha sfiorato la mano attraverso il piccolo tavolo della cucina. *Un semplice malinteso.*

Anche se non lo era, non proprio.

Quando sono tornata al lavoro, dopo il weekend lungo, la direttrice della scuola mi aspettava fuori dalla mia classe. Il suo viso, di solito allegro, era cupo. Ha alzato lo sguardo verso i miei capelli tinti, poi lo ha distolto come se avesse visto qualcosa che avrebbe preferito non vedere. Nervosamente, ho fatto una battuta stupida, qualcosa di sciocco sulla combinazione di incontrarci lì, ma lei non ha sorriso. Aveva trovato una supplente per me, diceva, e mi ha chiesto di seguirla.

Abbiamo camminato lungo il corridoio, fianco a fianco. Nessuna delle due ha detto una parola. Quando ci siamo sedute, ho provato a spiegare, ma lei ha alzato una mano, scuotendo la testa. Parlava, ma la sentivo a malapena. Ha parlato a lungo, e io ascoltavo a tratti. Non aveva altra scelta, ha detto a un certo punto, e poi qualcosa riguardo a comportamenti inaccettabili. Poi «con effetto immediato».

Ho alzato lo sguardo dal punto sul suo tavolo che avevo fissato per tutto il tempo. Non mi guardava negli occhi. Avrei potuto salutare la mia classe, poi sarei stata accompagnata fuori.

Questa volta, mentre camminavamo lungo il corridoio, camminavo dietro di lei, non accanto, con lo sguardo basso, cercando di non piangere. Avevo lavorato lì per sei anni. Sei anni e, con un malinteso, era finita.

Quando sono uscita dalla scuola, spingendo il pesante portone a doppio battente, pensavo che fosse la fine, di aver toccato il fondo. Avrei trovato un nuovo lavoro, mi sono detta. In un'altra scuola, in un altro quartiere. Mi sbagliavo, ovviamente.

Il giorno dopo, due agenti di polizia hanno bussato alla porta del nostro appartamento e mi hanno accusata di stalking e minacce di terzo grado.

Alla stazione, mi hanno detto che potevo scegliere un avvocato o ne avrei ricevuto uno d'ufficio. Ho scelto quest'ultima opzione perché non potevo permettermi un avvocato, tantomeno ora che non avevo più un lavoro.

La prima volta che ho incontrato il mio avvocato è stato in un edificio squallido a Midtown. Era giovane e il suo completo era trasandato, troppo largo nelle spalle, i pantaloni che strisciavano sul pavimento, una borsa a tracolla troppo piena. Pensavo che potesse aiutarmi. Pensavo che volesse farlo.

«Non ho forzato la serratura» ho insistito, prima che potesse parlare «mi ha dato lei la chiave. Ero lì per dare da mangiare al suo gatto. Eravamo amiche. Non le avrei mai fatto del male.»

E non stavo mentendo. Eravamo amiche. A volte, quando i bambini erano già a letto, lei apriva una bottiglia di vino e si versava un bicchiere sul bancone della cucina, mi preparava un tè, e parlavamo. Della sua giornata, della mia, delle nostre famiglie, di storie della nostra infanzia, alcune vere, altre no.

Poi, quando si faceva tardi, mi accompagnava alla porta, mi dava un rapido abbraccio e mi diceva che ci saremmo viste il giorno dopo. Eravamo amiche.

Il mio avvocato mi ha ascoltata con aria stanca, annuendo mentre spiegavo, ma non credo che mi stesse davvero ascoltando. I suoi occhi erano spenti, come l'insegna al neon di un motel, che ogni tanto lampeggia. Era oberato di lavoro, ne sono sicura, sommerso da casi come il mio, esausto e sottopagato. Quando ho finito, ha tirato un sospiro e mi ha detto di aver raggiunto un accordo con l'avvocato di Allison: avrei dovuto accettare il patteggiamento. Avrebbero ritirato l'accusa di minacce se mi fossi dichiarata colpevole di stalking di quarto grado, un reato minore. Niente carcere, ma ovviamente sarebbe stato emesso un ordine restrittivo, mi ha detto. «Ovviamente» aggiunto alla frase come se fosse l'unica cosa sensata.

«Un ordine restrittivo?» ho ripetuto, con la voce rauca, tremante. Lui ha annuito. «Le proibirebbe qualsiasi contatto con la signora McIntyre.»

Ho chiesto di andare in bagno. Ho camminato lungo il corridoio di linoleum maculato, le scarpe che scricchiolavano, e ho vomitato nel water. I conati risuonavano tra le pareti.

Appena mi sono seduta di nuovo nell'ufficio, ha ripetuto il concetto: avrei dovuto accettare il patteggiamento. «I datori di lavoro non possono chiedere informazioni sul casellario giudiziario durante la fase di assunzione» mi ha detto. Era la cosa migliore. Se fossi andata a processo, avrei rischiato accuse più gravi. «Accetti il patteggiamento» ha detto per la terza volta.

L'ho guardato, a bocca aperta, come un'idiota. Aveva già dimenticato cosa facevo per vivere? Ero un'insegnante. Qualsiasi scuola rispettabile avrebbe fatto un controllo sui precedenti. Un reato minore sarebbe risultato. Risulta sempre tutto. E nessuno assumerebbe un'insegnante con un'accusa di stalking, per di più contro un genitore. Se avessi accettato il patteggiamento, sarebbe stato come stringermi un cappio al collo, o almeno permettere all'avvocato di farlo per me.

Ma, alla fine, ho accettato. Cos'altro avrei potuto fare?

Ed è per questo che sono rimasta così tanto tempo senza lavoro, e che sono finita a fare la manicure invece di stare in una classe. Tutto per colpa di una scatola di tinta per capelli. Più o meno.

Quindi so perché mia madre mi guarda così. Mi guarderei anch'io così, se non conoscessi la situazione. Ma la mia amicizia con Violet è diversa.

«Stavolta è diverso» ripeto. C'è una nota supplichevole nella mia voce. Mia madre non dice nulla. Mi mette una mano sulla guancia con dolcezza, poi annuisce e torna in cucina.

Abbasso le spalle. Vorrei riuscire a farle capire. Vorrei riuscire a trovare le parole per spiegarle quanto mi sentissi sola prima di incontrare Violet. Allison e i suoi figli erano come la mia famiglia. La Mockingbird era casa mia. Quando ho perso entrambi, mi sembrava di affogare.

Quando ho incontrato Violet, finalmente ho sentito di risalire in superficie. Eccola lì, come un salvagente, che galleggiava sull'acqua. Mi sono aggrappata e ho respirato a pieni polmoni, per la prima volta dopo mesi.

Ma la cosa bella di Violet è che lei ha bisogno di me come io ho bisogno di lei. Me l'ha detto. Più e più volte. Forse con Allison ho frainteso, forse ho scambiato la cortesia per amicizia, ma questa volta no. Questa volta non mi sbaglio.

Raddrizzo la schiena e sorrido tra me e me. Questa volta è diverso.

# 18

All'una meno un quarto sono ferma davanti alla porta dei Lockhart. La certezza che avevo stamattina, quella che Violet avrebbe apprezzato il mio nuovo colore di capelli, si sta dissolvendo rapidamente. E se lo odiasse? Appoggio la mano sulla maniglia della porta – Violet mi ha detto di smettere di bussare settimane fa – ma poi la ritraggo di scatto.

Mi dondolo nervosamente da un piede all'altro. Ho la maglietta fradicia sotto le ascelle, la mia schiena è umida e appiccicosa. La calura estiva mi soffoca.

Anche se Violet non è Allison – me lo sono ripetuta più volte mentre venivo fin qui –, ma ora che sono davanti alla sua porta, l'idea che mi veda così mi fa venire un nodo allo stomaco. Ma cosa posso fare? Andarmene? Chiamarla e dirle che sono malata? Anche se lo facessi, non riuscirei a riportare i capelli al loro colore naturale senza decolorarli, e questo sarebbe ancora più stupido di quello che ho fatto ieri sera.

Credo si dica: «Hai voluto la bicicletta? Ora pedala!» Vorrei solo che qualcuno mi avesse detto che la bicicletta era così maledettamente scomoda.

Fanculo, penso. Meglio togliersi il pensiero. Apro la

porta ed entro. L'aria condizionata è piacevolmente fresca.

Quando entro, Violet sta scendendo le scale. «Oh!» esclama quando mi vede. Si ferma sull'ultimo gradino, mi fissa. La mano sinistra stringe il corrimano. C'è un guizzo di – qualcosa – sul suo volto che non riesco a decifrare. Non è proprio sorpresa, ma le sopracciglia si alzano, la bocca si apre leggermente. Poi sorride, un sorriso ampio.

«Avevo bisogno di un cambiamento» dico, con un sorriso incerto e ripetendo quello che mi ero detta la sera prima, mentre infilavo i guanti e mescolavo la tinta.

«Stai bene!» dice, entrando nell'atrio e invitandomi a seguirla in soggiorno. «Chi l'avrebbe detto che saresti stata una bruna così affascinante!»

Un'ondata di sollievo mi travolge come un mare in tempesta. Non è arrabbiata. Potrei quasi mettermi a piangere.

Mi lascio cadere sul divano e mi raggomitolo, con le ginocchia vicino al petto. «È un po' a chiazze. Sono un disastro con le tinte fai da te» ammetto. «Non mi vengono mai bene. Ma il tuo colore è così bello che ho pensato...» Mi interrompo, imbarazzata. «Non mi sta bene come a te» concludo.

«No, secondo me ti sta bene» dice Violet. «Ti dona davvero. Sciogli lo chignon, fammi vedere.»

Esito. Tingermi i capelli del suo stesso colore è una cosa; tagliarli come lei, è un'altra. «Dai» insiste.

Ci siamo. Tolgo la molletta, lascio che i capelli cadano dallo chignon, poi mi levo la fascia e con la frangia che mi cade sugli occhi.

Mi osserva attentamente, portando la mano alla bocca e aggrottando le sopracciglia. Allunga una mano. Le sue dita mi sfiorano la fronte mentre sistema la frangia.

«È un po' irregolare» dico, sollevando una ciocca tagliata male.

«Stai... bene» dice, senza molta convinzione. Si morde le labbra. Alzo un sopracciglio, scettica.

Poi Violet inizia a ridere. Non in modo cattivo, ma con un'allegria genuina. Anch'io scoppio a ridere. E alla fine stiamo entrambe ridendo così forte da non riuscire a respirare, con le lacrime che ci scorrono sul viso.

«Oddio, non riesco a respirare» dice lei, tenendosi le costole.

«È un disastro» riesco a dire, quando finalmente smettiamo di ridere. Mi asciugo le guance con la maglietta. «Tipo allarme rosso. O nero. Quello delle bombe, insomma.»

«Lo è» concorda Violet, mentre ride ancora. «Lascia che chiami il mio parrucchiere» dice. «È il migliore. Vediamo se riesce a trovarti un buco e sistemarti i capelli.»

«Adesso? E dov'è Harper?» Mi guardo intorno, solo ora mi rendo conto che non c'è.

Lei annuisce. «Volevo scriverti, è con gli amichetti questo pomeriggio. Sarà via per un paio d'ore. Sarà divertente! Avrei proprio bisogno di una pausa.»

Indica la cucina. Ci sono libri di testo e fotocopie sparsi sul bancone dell'isola, col laptop aperto. «Che ne dici? Lo chiamo?»

Sorrido e annuisco con entusiasmo. Avevo ragione. Non è arrabbiata.

Un'ora dopo, sono seduta su una poltrona del salone, con una mantella di nylon drappeggiata intorno alle spalle, mentre Nolan, il parrucchiere di Violet, mi passa le dita tra i capelli. «Allora» dice, rivolto a me guardandomi nello specchio. È alto e snello, con un viso bellissimo, la pelle olivastra luminosa e uniforme, gli zigomi scolpiti. Le sue dita si incagliano in un nodo. «Che facciamo oggi?»

«Faglieli come i miei» interviene Violet. «Lunghezza alle spalle, frangia. Penso che le starebbe bene. Abbiamo una forma del viso simile, non credi? E correggi un po' il colore. Così.»

Avvicina la testa al mio viso e tiene una ciocca dei suoi capelli accanto ai miei. «Ti ricordi che colore hai usato per me la settimana scorsa?»

Nolan annuisce. «Con i sottotoni caldi. Sarà perfetto per lei.»

Violet sorride raggiante e applaude silenziosamente. Mi piace il modo in cui parlano di me come se non fossi lì, con le mani di Nolan che mi scompigliano distrattamente i capelli mentre ascolta Violet.

Lo seguo fino a un lavandino, dove inclina la mia poltrona all'indietro e mi dice di chiudere gli occhi. Una leggera nebbiolina d'acqua mi solletica il viso mentre mi bagna i capelli con il getto dello spruzzino. Le sue dita massaggiano il cuoio capelluto mentre mi insapona con lo shampoo, risciacqua e poi applica il balsamo. Quando ha finito, avvolge i capelli in un asciugamano e mi indica una poltrona.

Violet mi porta delle riviste e chiacchieriamo, mentre Nolan mi applica con un pennello la tinta sui capelli, ciocca dopo ciocca. Aspetto mentre la tinta si deposita, poi torno ai lavandini, dove la risciacqua. Quando torniamo alla poltrona, mi gira con lo specchio alle spalle.

«Niente sbirciate» mi avverte «non finché non avrò finito.» È serio mentre lavora, le sopracciglia aggrottate mentre le forbici si aprono e chiudono, e le ciocche dei miei capelli cadono leggere sul pavimento.

Accanto a me, Violet sorride. «Sta già venendo benissimo» esclama felice, e io ricambio il sorriso.

Quando finalmente Nolan ruota la poltrona verso lo specchio e vedo la mia immagine, porto una mano alla bocca e mi avvicino al mio riflesso. Non ci sono più. O almeno, non c'è più la me che è entrata qui due ore fa. Addio, Sloanie, la piccola bugiarda. Ha corretto il colore in un castano profondo e pieno, quasi dorato sotto le luci del salone. I capelli sono lucidi come quelli di Violet, setosi e lisci. Giro la testa a sinistra, poi a destra. Sono più corti, un altro centimetro in meno, mi sfiorano appena le spalle, e la frangia identica alla sua mi incornicia.

«Ti piace?» chiede Nolan. Passa una mano tra i miei capelli e scompiglia leggermente le ciocche. «Sei splendida.»

Annuisco, senza parole. Con cautela, porto una mano ai capelli e li tocco. Le ciocche sono incredibilmente morbide, come seta tra le mie dita.

Violet si china accanto a me e mette il suo viso accanto al mio. «Sembriamo gemelle!» esclama entusiasta.

E ha ragione. Ora che i nostri capelli sono dello stesso colore, della stessa lunghezza e con la stessa frangia che ci cade sugli occhi, ci somigliamo davvero. Sento una gioia improvvisa crescere dentro di me. Non avevo mai pensato di poter apparire così. Come lei.

Con i capelli più corti, i miei occhi sembrano più grandi, gli zigomi più definiti. Perfino la pelle sembra più luminosa. Ieri sera ho usato la crema per l'acne, ne ho steso uno strato sottile prima di andare a dormire, e i brufoli sul mento si sono già ridotti. Non riesco a smettere di guardarmi. O di sorridere. Mi chiedo cosa penserà Jay quando mi vedrà.

Nolan ci accompagna verso l'uscita del salone. Ci abbraccia entrambe prima di salutarci. «Grazie» continuo a ripetere, e lui mi stringe le mani con un sorriso prima di andarsene.

La receptionist, giovane e bellissima, ci accoglie con un sorriso e chiede com'è andata. «Tutto perfetto» dico. «Davvero perfetto.» Frugo nella borsa, in cerca del portafoglio e mi preparo a saldare il conto.

«No, no» dice Violet, spingendomi via la mano. «Offro io.»

La guardo, sorpresa. «Cosa? No, non c'è bisogno!»

«Lo so. Ma voglio farlo. È stata una mia idea, quindi pago io.»

Prende la carta di credito e la porge alla receptionist. Qualcosa scivola fuori insieme alla carta e fluttua sul pavimento. È un bigliettino da visita. Violet sembra non accorgersene, così mi chino per raccoglierlo.

Quando vedo di cosa si tratta, mi si ferma il respiro. All'improvviso, mi è persino difficile deglutire.

*È proprio?...* Sì, è così. Le dita mi si intorpidiscono. È un biglietto da visita di Rose&Honey. Perché era nel portafoglio di Violet? Ci è mai andata? Solo l'idea mi fa battere il cuore all'impazzata, fino a farmi venire la nausea. Mi ha vista lì dentro, per caso?

Quando alzo lo sguardo, ancora accovacciata, sia Violet sia la receptionist mi fissano. «Tutto bene?» chiede Violet, la fronte corrucciata dalla preoccupazione.

Annuisco debolmente, come una bambola con la testa che fa su e giù. «Sì, scusa. Ecco.» Mi alzo e le porgo il biglietto. «Ti è caduto dalla borsa.» Le parole mi si bloccano in gola, come mosche intrappolate nella colla di una carta moschicida. La mia voce suona roca, spessa.

«Oh, grazie» dice Violet, prendendo il biglietto. Lo guarda rapidamente, poi lo infila di nuovo nel portafoglio. «Ci sei stata?» mi sento chiedere con quella stessa voce impastata. «Dove?» chiede lei, aggrottando le sopracciglia. «Alla spa. Quella del bigliettino...» Non riesco nemmeno a pronunciare il nome.

«Oh, no» risponde, scuotendo la testa. «Non ancora. E tu? Me l'ha consigliata una mamma della scuola di Harper.» Il suo viso è sincero, innocente.

Non ci è stata. Tiro un sospiro di sollievo. Non ci è andata. Ma… qualcun altro della scuola Mockingbird, sì. Forse la stessa persona che l'ha consigliata ad Allison. Forse è per questo che ha preso un appuntamento. Ma chi? Avrei riconosciuto qualunque madre della scuola se fosse venuta, soprattutto se fosse stata una cliente abituale al punto da consigliare la spa.

«Sei sicura di star bene?» chiede Violet. «Hai un colorito verdognolo.»

«Oh sì, sto bene.» Scuoto la testa. «Forse sono solo i fumi della tinta. Mi sento un po' stordita» rispondo, cercando di suonare naturale, anche se dentro di me sono sul punto di crollare. «Sballata alle tre del pomeriggio: non mi capitava dai tempi del college.» Forzo una risatina.

Anche Violet ride, poi mi prende sottobraccio. «Be', allora usciamo da qui. Facciamo un po' di shopping, magari! Look nuovo, abiti nuovi.» Mi tira verso la porta d'ingresso.

Le sorrido. Voglio accettare, davvero, ma il biglietto che ho visto mi ha messa a disagio, come se mi mancasse la terra sotto i piedi. Vorrei aggrapparmi a qualcosa per tenermi in equilibrio. È stupido quello che sto facendo. Avevo dimenticato quanto sia piccolo questo quartiere, quanto sia normale incrociare le persone che conosci. Nel fine settimana, incontravo spesso i genitori dei miei studenti al mercato, nei ristoranti, o per strada. Qualcuno potrebbe vederci insieme, qualcuno della Mockingbird. Non ci avevo pensato fino a questo momento. Se accadesse, la mia copertura salterebbe. Questa vita che ho costruito crollerebbe. Devo essere più prudente. Dovrei tornare a casa.

«Violet, io...» inizio a dire, ma mi fermo quando vedo il riflesso di noi due in uno specchio sulla parete del salone.

La somiglianza è incredibile. Sembriamo davvero sorelle, proprio come ha detto Violet. I nostri ciondoli a forma di sole catturano la luce, scintillano. Forse, penso, l'idea di essere sorelle non è così assurda. Di cose più strane ne succedono. Proprio la scorsa settimana ho letto un articolo su tre fratelli gemelli separati alla nascita che si sono ritrovati alla stessa università.

«Sai che c'è?» dice Violet «Ho un'idea migliore. Andiamo a casa mia. Ho un paio di vestiti che ti starebbero a pennello. E non accetto un no come risposta.»

Il mio sguardo si sposta dallo specchio a Violet, il suo viso è radioso ed entusiasta, familiare quanto il mio. Le sorrido di nuovo. Se qualcuno della Mockingbird mi vedesse, non mi riconoscerebbe.

«Va bene» dico. «Andiamo.»

Sloanie, la piccola bugiarda, non esiste più.

# VIOLET

# 19

Lo sguardo di Sloane quando vede il biglietto da visita di Rose&Honey è impagabile. Penso che potrebbe persino svenire. Mi mordo l'interno del labbro per trattenere un sorriso. Mi è sembrata una mossa geniale fingere di farlo cadere, lasciarlo svolazzare a terra, apparentemente senza accorgermene. L'ho ignorato di proposito, aspettando che si chinasse lei per raccoglierlo.

È pallida e sembra nauseata mentre me lo porge. Il suo viso è color chartreuse, un verdognolo malsano.

«Sei sicura di stare bene?» le chiedo, cercando di sembrare preoccupata. In realtà, lo sono davvero; sembra che stia per vomitare sul pavimento.

Sloane annuisce poco convinta, la sua testa ondeggia. È facile leggere il suo volto. Si sta chiedendo se sono stata nel posto dove lavorava prima. E la risposta è sì, ci sono stata.

«Oh sì! Sto bene» dice. «Forse sono solo i fumi della tinta. Mi sento un po' stordita.» Fa una risatina, più acuta del normale. «Sballata alle tre del pomeriggio: non mi capitava dai tempi del college.»

Rido come se fosse una battuta brillante. «Be', allora usciamo da qui» dico con entusiasmo. «Facciamo un po' di shopping, magari! Look nuovo, abiti nuovi.» Le infilo il braccio sotto il mio, tirandola verso la porta d'ingresso.

Mi sorride debolmente. È turbata. Bene. Ma non posso lasciarla andare a casa. Non ancora. La sua trasformazione non è ancora completa. Quando avrò finito con lei, mi somiglierà più di quanto io non somigli a me stessa.

«Violet, io...» inizia a protestare, ma si ferma alla vista del nostro riflesso in uno specchio a muro. Gemelle, i nostri volti quasi identici. Entrambe sorridiamo, soddisfatte. Per motivi diversi, ovviamente.

«Sai che c'è?» dico. «Ho un'idea migliore. Andiamo a casa mia. Ho un paio di vestiti che ti starebbero a pennello. E non accetto un no come risposta».

E infatti non lo accetto. Mezz'ora dopo siamo nella mia camera da letto. Sloane indossa un top all'uncinetto di Carolina Herrera e si ammira nello specchio a figura intera dell'armadio, mentre io mi appoggio allo stipite della porta. Con il suo nuovo taglio di capelli è quasi come se stessi guardando me stessa. Mi viene voglia di ballare, saltare e fare un click con i tacchi. *Guarda cosa ho fatto, mamma!*

«Non posso proprio accettarlo» dice Sloane, senza distogliere gli occhi dallo specchio.

«Be', che ne dici se facciamo uno scambio?» le propongo. «Il mio top per la tua camicia di flanella.» Indico la camicia legata alla sua vita, anche se oggi ci sono quasi trenta gradi. Avrebbe dovuto buttarla via anni fa, è consumata e sbiadita e ha i polsini logori, ma la indossa molto spesso... e io la voglio.

Sloane alza le sopracciglia. «Vuoi questa?» chiede incredula, sollevando una manica della camicia. «In cambio di un capo di Carolina Herrera?» Rido. È una proposta assurda, se non conosci le mie intenzioni. «Ne ho altre due identiche. Ma nessuna di flanella. Che posso farci… mi piace il tuo stile. Quindi è un sì?»

«Ovviamente.» La scioglie dalla vita e me la porge. La prendo.

Mi sorprende quanto sia stato facile. Poi le indico il mio armadio. «C'è qualcos'altro che ti piace? Ho troppi vestiti. Troppi davvero. Avevo proprio intenzione di fare un po' di pulizia.» Sloane mi guarda scettica. «Dai, un paio di jeans nuovi, magari?» dico scherzosamente, indicando i buchi nelle ginocchia dei suoi.

«Cosa c'è che non va in questi?» scherza Sloane. «I jeans del 2005 sono vintage, no? Pensavo che i buchi fossero alla moda!»

«Eh» insisto. «I buchi sì, i crateri no. E poi ti stanno un po' larghi.» Inclino la testa. «Hai perso peso? Stai benissimo. Nonostante i pantaloni.»

Sloane arrossisce, ignara che il merito sia mio. Quando ci siamo incontrate, pesava sicuramente più di me; non di molto, forse cinque o sei chili in più. Per colmare la differenza, ho iniziato ad aumentare le mie porzioni ai pasti, ma l'ho anche invitata a fare più passeggiate, a portare Harper sulle spalle al parco, a fare yoga. Ha funzionato. Ho notato che la maggior parte dei suoi pantaloni le stanno un po' più larghi, le ballano in vita e sulle cosce. Le sue magliette, già troppo grandi, sono diventate ancora più larghe, quindi non avevo idea di quanto peso avesse perso – fino a ora.

«Tieni.» Prendo un paio di jeans scuri dall'armadio e glieli porgo. «Prova questi. E questo…» Mi giro, prendo dalla gruccia un top a collo alto e glielo passo.

Sloane trascorre l'ora successiva a provarsi i miei vestiti. Batto le mani entusiasta quando qualcosa le sta bene, mentre posa per me allo specchio. Si accumula una pila crescente di maglie, abiti e pantaloni che ho insistito per regalarle. Sono felice di liberarmene; sono bellissimi e costosi, esattamente ciò che dovrei voler indossare, ciò che mi sta bene, ma nulla di tutto ciò mi rappresenta. Li odio. Vorrei dare fuoco all'intero armadio, ma se non posso farlo, darli a Sloane è la migliore alternativa.

Quando finalmente se ne va, indossa un outfit completamente nuovo; jeans a vita alta e il top di Carolina Herrera che ha provato per primo. Si porta via anche una borsa piena di vestiti fino all'orlo. Su mia insistenza, i vestiti con cui è arrivata restano piegati in una pila sopra la mia cassettiera. Mi sono offerta di donarli insieme a una borsa di cose che Harper non mette più. Non erano nulla di speciale, solo una maglietta lisa e dei jeans vecchi, usurati dai troppi lavaggi. Ha esitato quando me li ha consegnati, poi ha desistito. Abbiamo sorriso entrambe, prima per la sua riluttanza, poi per la sua resa. Quello che non sa, è che invece di donarli, li metterò nella mia cassettiera.

La guardo mentre si allontana lungo il marciapiede. Da dietro, nessuno direbbe che non sono io. Quando è lontana, chiudo la porta con calma e guardo l'ora. Le quattro e mezzo. Harper non torna prima delle sei. E Jay è via per lavoro e non tornerà prima di domani. Se anche non tornasse mai, sarebbe comunque troppo presto.

Attraverso il soggiorno, entro in cucina e prendo uno sgabello per raggiungere la credenza sopra il frigo. Tiro fuori con attenzione una bottiglia di vodka nascosta dietro alcuni rotoli di carta assorbente. La verso nel bicchiere con del ghiaccio; i cubetti scricchiolano mentre riempio il bicchiere. Ci spruzzo un po' di limone.

Porto il bicchiere in soggiorno e mi sistemo sul divano. La vodka è fredda e liscia. Sorrido. L'intera vicenda è quasi comica: io e Sloane che ci mentiamo a vicenda. Lei non beve? Oh mio dio, nemmeno io! Suo padre è di

Philadelphia? Che coincidenza, anche il mio! Fan di Taylor Swift? Be', dai, chi non lo è?

Per tutto questo tempo lei ha pensato di essere entrata nelle nostre vite grazie a una bugia, ma la verità è che io sono entrata nella sua grazie a una bugia.

Ecco cos'è successo davvero. Un anno fa stavo accompagnando Harper alla Mockingbird, quando ho sentito un gruppo di mamme che spettegolavano nel cortile della scuola. Io e Harper eravamo nuove in quell'ambiente, entrambe titubanti all'ingresso: io sorridevo in modo impacciato agli altri genitori e lei mi stringeva forte la mano mentre ci avvicinavamo all'area giochi. Sembravamo appartenere a quel mondo – io con un miniabito di Marni, Harper con un grembiulino di Pepa London; entrambi regali di Jay – ma non era così, almeno non ancora.

«Non riesco a crederci» diceva una delle mamme con veemenza e a voce alta «era nel mio appartamento. Con i miei vestiti.» Una donna dai capelli rossi stava in piedi, al centro di un capannello di madri dagli occhi spalancati; la sua voce sovrastava il chiasso del cortile. Aveva lineamenti affilati e delicati, la pelle di porcellana. Stringeva le braccia intorno a sé, come in un abbraccio.

Ha alzato lo sguardo mentre pronunciava quest'ultima frase, parlando di qualcuno che indossava i suoi vestiti, e i nostri occhi si sono incontrati. Anche le altre donne si sono voltate e mi hanno notata mentre la guardavo.

«Una ex maestra» mi ha detto, quasi fosse un invito a unirmi alla conversazione. Mi sono avvicinata al cerchio. Poi ho detto ad Harper: «Vai a giocare, tesoro». Le donne hanno allargato il cerchio per accogliermi. «Io sono Allison» ha detto la donna dai capelli rossi, portando la mano al petto. Una a una, anche le altre madri si sono presentate, con delicate strette di mano.

«Violet» ripetevo, sorridendo educatamente a ciascuna di loro.

Morivano dalla voglia di raccontare di nuovo la storia a qualcuno: alcuni mesi prima, una delle maestre della scuola aveva sviluppato un'ossessione per Allison. Una sera, l'aveva trovata nella sua cabina armadio, vestita con uno dei suoi abiti eleganti – un Jason Wu, vi rendete conto? – con i capelli tinti dello stesso rosso acceso. Allison rabbrividiva nel raccontarlo. «Le avevo affidato i miei figli» ha detto, scuotendo la testa. Tutte le altre mamme facevano cenni di disapprovazione, mormorando suoni indistinti di sgomento.

«È stato così inquietante. Penso che volesse "essere" me» ha detto Allison a bassa voce, come in un sussurro. Ho trattenuto una risata per il tono melodrammatico. Mi sembrava un'esagerazione. Mi ha ricordato quando al liceo facevo la babysitter ai vicini di casa. Quando i bambini dormivano, sgattaiolavo nella stanza dei genitori e provavo i trucchi della madre, indossavo i suoi gioielli costosi, gli orecchini di diamanti, gli anelli di smeraldo. È quello che fanno tutti quando sono soli in casa di altri, pensavo. Ma io avevo quattordici anni, non ero una maestra di scuola materna. Così mi sono sforzata di assumere un'espressione di disgusto e ho imitato i versi preoccupati delle altre madri.

Non ci ho più pensato fino a qualche mese dopo, da quella notte in cui il mio mondo è esploso, scagliando schegge ovunque e lasciandomi distrutta e disperata. Erano le tre del mattino e io ero a letto, con la luce della luna che filtrava dalla finestra della nostra camera. Jay era in fondo al corridoio, nel suo studio. Lo sentivo russare attraverso le pareti. Io invece non riuscivo a dormire. Come avrei potuto, con quella rabbia che mi divorava dall'interno? Ho ripensato alle parole di Allison.

«Penso che volesse essere me.» Ho immaginato la maestra come una versione più giovane di Allison: la pelle chiara e diafana, magra, i capelli lunghi tinti di un rosso acceso. Forse una sera si annoiava e ha deciso di giocare a travestirsi; il colore dei capelli poteva essere una coincidenza. O forse Allison aveva ragione. Forse aveva davvero superato il limite e l'ammirazione era diventata qualcosa di diverso. Qualcosa di più oscuro. E mi è venuta un'idea. Un'idea cupa, nera come la notte.

Ho preso il telefono e ho iniziato a cercare tra le newsletter archiviate sul sito della scuola. Ho trovato subito quello che cercavo: un articolo che annunciava l'arrivo di nuova maestra a metà anno. L'ultima riga diceva: «L'ex maestra Sloane Caraway non tornerà». Ho cercato Sloane Caraway su Google e ho trovato facilmente la sua foto. Non assomigliava affatto ad Allison: capelli castano chiaro, viso a cuore, un naso pronunciato come il mio. Non particolarmente bella, ma nemmeno brutta. Ho continuato a fissare il suo viso sul telefono con la luce dello schermo che illuminava la stanza. Sembrava così *ordinaria*. Volevo saperne di più. Ci è voluto poco per scoprire che lavorava in un centro estetico in un altro quartiere; la sua foto era nella sezione CHI SIAMO del sito della spa. Da lì ho trovato il suo profilo Instagram e TikTok. Quando finalmente mi sono addormentata, stavo ancora scorrendo le sue foto, e mi sono svegliata con il telefono appoggiato sul petto il mattino dopo.

Dopo aver lasciato Harper a scuola, sono andata verso la spa. Ho rallentato a mano a mano che mi avvicinavo. Invece di proseguire oltre, mi sono fermata a sbirciare attraverso la grande vetrina centrale. Oltre il bancone della reception, ho visto una fila di poltrone per pedicure lungo la parete di sinistra. Ed eccola lì, in carne e ossa, china sui piedi di una donna mentre le applicava con cura lo smalto su ogni unghia. Quando ha alzato lo sguardo verso la manicurista accanto a lei, ho visto il suo viso. Quasi mi è venuto da ridere pensando all'affermazione di Allison. Non potevano assomigliarsi di meno. Ma – realizzai con piacere – invece somigliava un po' a me. Profilo simile, carnagione quasi uguale. I miei capelli erano più scuri dei suoi, e lei era un po' più robusta, portava gli occhiali, ma la somiglianza c'era. Forse l'idea che avevo in mente, alimentata dalla mia rabbia, poteva funzionare.

Poi ho scosso la testa, mi sono girata e mi sono incamminata verso casa. No, è una follia, ho pensato mentre mi allontanavo, non funzionerebbe mai, ma poi, subito dopo... Forse potrebbe.

Sono tornata alla spa il giorno dopo, e quello dopo ancora. Il giorno successivo l'ho seguita fino a casa. L'ho seguita ovunque per capire i suoi orari: quando andava in pausa, il parco giochi dove la trascorreva, l'angolo di prato dove si sdraiava a leggere.

Poi, d'impulso, ho mandato Jay nello stesso parco con Harper, e gli ho detto che era il suo nuovo posto preferito. Speravo che Sloane fosse lì e che lo notasse. Non era difficile; tutti notano Jay. Con un po' di fortuna, avrebbe trovato un modo per parlare con lui. Le donne lo fanno spesso, specialmente ora che non porta più la fede. E Jay ama ricevere attenzione; non è particolarmente selettivo. Se Sloane lo avesse avvicinato, lui avrebbe mostrato interesse. Il suo ego vibrante è sempre pronto a essere solleticato.

Se non ci fosse stato un incontro casuale con Jay, avevo pensato di portare Harper al parco la settimana successiva. Avrei trovato una scusa per presentarmi, magari urtandola accidentalmente giocando con Harper, oppure fingendo di inciampare in una delle scarpe lasciate sull'erba accanto a lei, ma ho pensato che Jay fosse un'esca migliore. Almeno avrebbe attirato la sua attenzione. Così avrei potuto dire: «Ha visto mio marito qui? Alto, con i capelli scuri?» I suoi occhi si sarebbero illuminati, e improvvisamente le sarei sembrata interessante. Ed era tutto ciò di cui avevo bisogno.

Ho seguito Jay e Harper al parco, mi sono sistemata su una panchina d'angolo con i capelli raccolti sotto un foulard e occhialoni da sole in stile *Colazione da Tiffany*, per non farmi notare. Sloane era al solito posto, sull'erba a leggere un libro.

Quando l'ho vista guardarsi intorno e posare gli occhi su Jay, ho sorriso tra me e me. Ma non gli ha rivolto la parola. Così ho dato ad Harper una manciata di M&M's perché convincesse Jay a riportarla al parco il giorno seguente, e quello dopo ancora. Invece di leggere il suo libro, Sloane li osservava, mentre io osservavo lei.

Ero lì anch'io quando Harper ha calpestato l'ape. Non sapevo esattamente cosa fosse successo, so solo che ha iniziato a urlare. Ho fatto uno sforzo immenso per non correre subito a prenderla in braccio. Forse lo avrei fatto, se Sloane non fosse arrivata prima di me. Appena Harper ha smesso di piangere, sono tornata a casa. Volevo essere lì al loro rientro, ero impaziente di sentire del loro incontro. «Mi ha punto un'ape!» ha esclamato Harper appena entrata in casa. Ha sollevato il piede per mostrarmelo. L'ho presa in braccio, ho esaminato attentamente la puntura e poi le ho baciato il piede finché non è scoppiata a ridere.

«Vuoi un cerotto, tesoro?» le ho chiesto. «Ho quelli nuovi di Minnie».

«Ci ha aiutati un'infermiera» mi ha detto Jay mentre mi alzavo con Harper ancora in braccio.

«Un'infermiera?» L'ho guardato, perplessa. Sloane gli aveva detto di essere un'infermiera?

Dovevo avere un tono strano, perché Jay mi ha rivolto uno sguardo incuriosito.

«Voglio dire, come avete fatto a trovare un'infermiera?» ho aggiunto in fretta. «Che fortuna.»

Lui ha scrollato le spalle. «Ha detto che si chiama Caitlin. È stata gentile.»

Che bugiarda, ho pensato. Ed è stato allora che ho capito che il mio piano poteva funzionare davvero. «La cercherò la prossima volta che andiamo» ho detto. «Così potrò ringraziarla per l'aiuto».

E il resto è storia, come si dice.

Svuoto il bicchiere, sento l'alcol che mi pervade. Sorrido. Ho aspettato a lungo questo giorno: Sloane con i miei vestiti, il mio trucco, il mio taglio e colore di capelli. Sloane uguale a me. Valuto se versarmi un altro drink per festeggiare, ma decido di no. Non vale la pena rischiare. Invece porto il bicchiere in cucina, lo lavo, lo asciugo e lo rimetto nella credenza da cui l'ho preso. *Bere, io? Mai!*

# 20

Il pomeriggio seguente, quando apro la porta e vedo Sloane sui gradini, sorrido a trentadue denti. È come guardarmi allo specchio. Sembra così diversa rispetto a pochi giorni fa.

Indossa alcuni dei vestiti nuovi che le ho dato ieri: un paio di jeans scuri e una canotta color crema, ed è anche truccata. Ma non sono solo il nuovo taglio di capelli, i vestiti, il mascara e il fard. Ha una postura più sicura, le spalle indietro e il petto in fuori, la furbetta, con una confidenza nuova. Sloane si ferma un attimo prima di entrare, inclina leggermente la testa e mi osserva. Ho un look più casual del solito, pantaloni da tuta e una canotta sportiva, i capelli non lavati, raccolti in un alto chignon, il ciuffo fermato con una molletta. Non è una trasformazione completa – ho ancora un po' di trucco e i miei vestiti sono comunque di marca, ben aderenti – ma è un inizio.

Ecco l'altro pezzo del puzzle: non voglio solo che Sloane somigli a me. Anche io voglio somigliarle. «Ma guardati!» dico. «Quasi non ti riconoscevo! Sei splendida con quella maglia. Jay impazzirà, è la sua preferita!» È una canotta di seta, un regalo che mi ha fatto poco dopo la nascita di Harper. La sua preferita, ma non la mia; è scomoda e poco pratica. Sono stata più che felice di liberarmene. Sloane arrossisce. «Grazie a te. Ero quasi sul punto di rasarmi la testa ieri mattina quando mi sono vista allo specchio. E sono certa che sarebbe stato un errore ancora più grande. Enorme.»

Faccio un cenno disinvolto con la mano, come se non fosse stato niente. In realtà, ho promesso a Nolan cinquecento dollari extra oltre al prezzo di taglio e colore per rendersi disponibile quando l'avessi chiamato. Ho lasciato la tinta comprata al supermercato sul mio lavandino sperando proprio che le facesse scattare qualcosa e ha funzionato, con mia grande soddisfazione.

«Entra, entra» la invito, e le faccio segno di seguirmi in cucina. «Ho appena fatto il caffè, ne vuoi una tazza? Un piccolo rinforzo pomeridiano? I giovedì sono lunghi.» Il giovedì Sloane va a prendere Harper in palestra, la porta in piscina e poi al parco, così ho qualche ora in più di *studio*. Di solito torno a casa, apro i libri di diritto che ho ordinato, e poi ascolto un podcast, *Crime Junkie* o *My Favorite Murder*; per ispirarmi. Oggi le ho chiesto di passare da casa con la scusa di aver dimenticato il costume di Harper. In realtà, devo chiederle una cosa. Una cosa importante.

Sloane annuisce e si siede al bancone, posando la borsa sullo sgabello accanto a lei. «Ehi» dice «Harper è mai stata a Coney Island? Da piccola adoravo quel posto. Mi piacerebbe portarla!» Poi corruga la fronte. «Può andare sulle montagne russe, con il suo problema al cuore?»

Annuisco. «In realtà, l'abbiamo portata l'anno scorso e si è divertita un sacco. Nessun problema con le montagne russe!»

Questo perché il suo cuore, in realtà, è perfettamente sano. Lo è sempre stato. Abbiamo avuto un piccolo spavento quando era appena nata – il medico pensava di aver sentito un battito irregolare – ma l'ecocardiogramma era pulito. Quando Sloane ha detto a Jay di essere un'infermiera, non ho resistito. Era l'occasione perfetta per offrirle il posto come tata.

«Fantastico!» esclama Sloane. «Magari possiamo tornarci? Harper ha tutto agosto libero da scuola, giusto? Il suo ultimo giorno non è venerdì prossimo? Possiamo andarci il prossimo weekend!»

Sento il cuore che accelera. Eccola, l'occasione che aspettavo. «Sarebbe fantastico!» dico, posando una tazza di caffè davanti a lei. «Ma...» *Piano, Violet, con calma. Giocatela bene, vai piano.* «...non saremo qui quel weekend. Né quello seguente, in realtà.»

«Ah.» Il viso di Sloane si rabbuia, le labbra si piegano verso il basso. Sembra che abbia preso un pugno nello stomaco. Proprio la reazione che speravo. «Dove andate?» chiede con aria cupa.

«A nord, sulla costa di Rhode Island. Un paesino chiamato Block Island, piccolissimo, con circa mille abitanti, ma stupendo. Abbiamo passato un weekend lì l'estate scorsa, appena ci siamo trasferiti, e non vedo l'ora di tornarci. Sarà la nostra ultima vacanza prima che Harper inizi la scuola primaria.» Sospiro in modo drammatico e aggiungo. «Non posso credere che Harper compirà presto cinque anni.»

Sloane forza un sorriso. «Sembra bello» riesce a dire. «Forse possiamo andare a Coney Island quando tornate.»

«Be', sono contenta che l'idea ti piaccia» dico, sorridendo. «Perché volevo chiederti...» faccio una pausa a effetto, preparatevi «...se ti piacerebbe venire con noi.»

«Venire con voi?» ripete Sloane. I suoi occhi si spalancano, sgranati.

Annuisco con entusiasmo. «È una casa grande, con

tre camere da letto, quindi non dovresti dividere la stanza con Harper.» Non risponde subito, così aggiungo: «Vista sull'oceano! E a soli due minuti a piedi dalla spiaggia. Che ne pensi? Ci farebbe bene una vacanza!»

Trattengo il respiro, aspetto, sperando di non sembrare troppo ansiosa.

Sloane deglutisce. «Mi piacerebbe molto, ma...» Si muove a disagio sulla sedia. Trattengo il fiato. Dirà di no? «Non sono sicura di potermelo permettere.»

*Oh, è solo questo?* Mi rilasso. Quando ho saputo del suo licenziamento, le ho aumentato le ore per legarla il più possibile alla nostra famiglia. Era il mio intento quando ho dato ad Allison il biglietto di Rose&Honey, dicendole che avevo trovato l'estetista migliore del mondo. «È anche un posticino adorabile, devi andarci» le avevo detto. «Il lunedì è il giorno in cui c'è lei.» Speravo in una sceneggiata, con tanto di urla, magari. Allison sembrava il tipo da urlare. Quando ho chiamato la spa più tardi quella settimana e ho finto di voler prendere un appuntamento con Sloane, ho gioito nel sentire: «Mi dispiace, non lavora più da noi». Ho riagganciato soddisfatta; adesso era libera di diventare la nostra tata a tempo pieno e disponibile a unirsi a noi nel viaggio a Block Island.

Ieri dal parrucchiere ho fatto cadere il biglietto di Rose&Honey come provocazione. «Guarda che è facile smascherarti» avrei voluto dirle. «Da queste parti, la gente ti conosce. Sanno che sei Sloane, non Caitlin. Se rimani a Brooklyn, finirò per scoprirlo anch'io.» Ma non pensavo che sarebbe stato difficile convincerla. Il caldo estivo era sufficiente a far scappare chiunque, il vapore che si sollevava dal marciapiede sembrava dato dalla città e da tutti i suoi abitanti che cuocevano.

Scuoto la testa. «Oh, ma ti pagherei!» dico, sorridendo con aria di scusa. «Perdonami, non l'ho specificato.

Saresti nostra ospite, ovviamente, ma avrei comunque bisogno del tuo aiuto con Harper. Stessa tariffa! Jay dovrà lavorare mentre saremo lì, quindi sarebbe fantastico avere due mani in più. E...»

Sloane si illumina. «Allora sì!» esclama, senza aspettare che finisca. «Mi piacerebbe moltissimo!» Sorride a trentadue denti.

«Davvero? Oh, sono così contenta!» Non ha idea di quanto. Il mio corpo vibra di un'energia elettrica. Sta succedendo.

«Anche Jay sarà contento» aggiungo, sapendo quanto questo la renderà felice. «In realtà è stato lui a suggerirlo. Sa quanto mi sei stata d'aiuto ultimamente, e quando gli ho detto che mi sarebbe mancato il tuo contributo, ha detto che dovevo invitarti. Che sarebbe stato sciocco non farlo.»

Le guance di Sloane si tingono di rosso al nome di Jay. È cotta. Pensa di essere discreta, ne sono sicura, ma è evidente dal suo volto. A me, però, non dà fastidio. Anzi, rende tutto più facile. Voglio che lo desideri. In effetti, ho bisogno che lo desideri. È anche per questo che le ho parlato di Danny: per alleviare il suo senso di colpa mostrandole le crepe di un matrimonio che sta andando in pezzi. Se si può ancora chiamare matrimonio. La sola parola mi dà la nausea.

Ovviamente, Jay non ha suggerito di invitare Sloane. Era scettico riguardo all'intero viaggio, e convincerlo a partire è stata una delle parti più difficili del mio piano.

L'ho proposto la scorsa settimana mentre faceva colazione con Harper, mangiando distrattamente i loro cereali; Jay era al telefono mentre Harper fissava la striscia a fumetti sul retro della scatola. «Facciamo un viaggio» ho detto con nonchalance. Lui mi ha guardato, confuso. «Torniamo a Block Island.» Gli ho rivolto un sorriso.

Mi guardava con sospetto, con la testa leggermente inclinata. «Insieme?» ha chiesto. Qualche mese prima, poco dopo che Sloane era entrata nelle nostre vite, gli avevo detto che volevo sistemare le cose. Lui aveva accettato, ma con cautela. Aveva ragione. In effetti, se avesse saputo quanto mi costava persino guardarlo, quanto il solo pensiero di lui mi facesse ribollire, sarebbe stato terrorizzato.

Ho annuito. Poi mi sono morsa il labbro, ho addolcito l'espressione sul mio viso e ho sorriso, cercando di sembrare un po' nostalgica. «Penso che ad Harper piacerebbe» ho detto «ci siamo divertiti così tanto l'ultima volta.»

*Tu di sicuro, coglione.* Jay si diverte sempre. Non riesce proprio a farne a meno. Almeno, questa è la sua scusa.

Poi ho detto, alzando la voce: «Harp, ti piacerebbe andare al mare con me e papà?»

Era un trucchetto sleale, e lo sapevo. Lo sapeva anche Jay, che ha contratto la bocca in una linea sottile mentre Harper si girava a guardarmi, con il cucchiaio sospeso in aria, con un'espressione di pura eccitazione sul viso.

«Dai, Jay, che ne dici? A te è piaciuta Block Island.» Ci avevamo passato un weekend lungo poco dopo esserci trasferiti a New York. Harper aveva quasi quattro anni, io e Jay eravamo ottimisti sul nostro futuro, speranzosi di esserci lasciati alle spalle i giorni più difficili, le liti, le discussioni a San Francisco. Passavamo le giornate su una coperta da spiaggia, Harper che scavava nella sabbia ai nostri piedi, passeggiavamo per la cittadina quando avevamo fame alla ricerca di involtini di aragosta e gelato artigianale. Eravamo bruciati dal sole e felici.

Era stata la prima volta di Jay sull'isola, ma non la mia. Per niente. Ero cresciuta lì: ci trascorrevo ogni estate, dalla settimana dopo la fine della scuola a giugno fino all'ultimo weekend di agosto, nella casa delle vacanze di mia nonna. Anche lei da ragazza passava lì ogni estate; dopo la pensione e la morte di mio nonno, ci si era trasferita in pianta stabile.

All'inizio ci andavamo tutti insieme, ma quando sono cresciuta i miei genitori hanno iniziato a mandarmi da sola, mentre loro restavano circa una settimana e poi tornavano a San Francisco. Per me andava benissimo. «Attenzione a non sbattere la porta uscendo» avrei voluto dire mentre portavano le valigie in macchina. Ero felice di vederli partire e contenta di restare. Adoravo stare lì al punto che, all'ultimo anno di liceo, mi ero trasferita e avevo sistemato le mie cose nella cassettiera della camera degli ospiti di mia nonna. Mi sentivo più a casa lì che in qualsiasi altro posto.

Adoravo mia nonna. Non era una di quelle signore anziane con la permanente rigida e un atteggiamento severo. Diversamente dai miei genitori, non le importava se le mie magliette erano macchiate di ghiacciolo, se non usavo mai una spazzola o se la mia pelle era appiccicosa per la crema solare. Anche le sue camicie erano macchiate e i suoi capelli altrettanto scompigliati. Indossava pantaloncini di jeans tagliati e andava in giro scalza. Andava in barca, sgusciava ostriche e rideva con la bocca spalancata. Siamo state in sintonia fin dall'inizio, compagne d'avventura sull'isola. Con lei potevo essere me stessa, e lei mi amava proprio per questo.

Ogni mattina iniziavamo la giornata sulla veranda con un caffè – il mio era quasi tutto latte e zucchero – sfogliando il giornale, per poi pedalare in città e prendere gli ingredienti per la cena di quella sera. Durante il giorno nuotavamo nell'oceano, cercavamo conchiglie sulla spiaggia e leggevamo, stese sui teli da mare. Le raccontavo tutto: della mia vita a casa, di cosa volevo fare da grande, di come mi ero sentita davvero quando Caroline, che credevo fosse la mia migliore amica, non mi aveva invitato alla sua festa di compleanno, anche se fingevo che non mi importasse.

È stata la prima persona a cui ho raccontato che Danny mi aveva baciata. Avevo una cotta per lui dal primo giorno in cui avevo messo piede a Block Island. Ci eravamo conosciuti quando avevo sei anni, sulla spiaggia davanti casa di mia nonna. «Mi aiuti a costruire un castello?» mi aveva chiesto. Aveva occhi color ambra, brillanti, insieme a una massa di capelli ricci, un po' di lentiggini sul naso e, già allora, una voce profonda e melodiosa che faceva suonare ogni cosa che diceva come una serenata. Avevo aspettato dieci lunghi anni per quel bacio. Dieci anni passati a rincorrerci sull'isola, a pescare sulla sua barca, a sgattaiolare fuori per fare un bagno notturno, a saltare sul letto cantando a squarciagola canzoni di Prince. *I would die for you, yeah, darlin', if you want me to!* Lui mi conosceva meglio di me stessa. La vera me, non quella che dovevo fingere di essere per i miei genitori: sempre composta e sorridente, senza un capello fuori posto.

Danny era uno dei pochi veri isolani: la sua famiglia viveva lì tutto l'anno. Suo padre era medico, sua madre cameriera nel ristorante di sua zia. Non erano ricchi, se la cavavano, ma non era abbastanza per evitare che i miei genitori guardassero Danny dall'alto in basso, dicendomi che potevo – e dovevo – avere di meglio. Ma nessuno era meglio di Danny; nessuno aveva un cuore come il suo.

Poi, poche settimane dopo il nostro primo bacio, subito dopo il mio sedicesimo compleanno, mi ha detto che non potevamo stare insieme. Aveva incontrato un'altra persona. Mia nonna asciugò le mie lacrime. «Un giorno ripenserai a tutto questo, e riuscirai a dargli un senso» mi ha sussurrato all'orecchio, e aveva ragione. Lei vedeva le cose nel loro insieme, sempre. Era il punto di riferimento per tutti: sempre pronta a tendere una mano e tirarti fuori dai guai.

Ero al primo anno di università quando è morta improvvisamente di infarto, poche settimane prima che tornassi sull'isola per Natale. Mia madre mi ha chiamata alle sei del mattino di una domenica per darmi la notizia. Era la prima volta che la sentivo dopo mesi. Ero stordita, confusa, con il mascara della sera prima ancora incollato alle ciglia. Quando ho realizzato, sono crollata. Avevo scritto un discorso per il funerale, ma non l'ho letto; piangevo troppo per riuscire a parlare. Jay e io avevamo appena iniziato a frequentarci, e lui sedeva accanto a me sulla panca, con un braccio intorno alle mie spalle.

Quando abbiamo portato Harper a Block Island lo scorso maggio, era la prima volta che ci tornavo da quando avevo diciotto anni. Ho sentito una stretta al cuore quando siamo sbarcati dal traghetto. Mi sembrava di tornare a casa. L'isola era più affollata di quando l'avevo lasciata – più turisti, nuovi hotel e case disseminate lungo la costa – ma aveva lo stesso odore di dolci al caramello salato fatti a mano, e lo stesso aspetto onirico di sempre, con i contorni soffusi e sfocati.

Durante il tragitto verso il nostro alloggio, ho chiesto a Jay di passare davanti al bungalow di mia nonna. Quando l'ho visto, ho sgranato gli occhi, confusa; ho capito che era stato demolito e sostituito da un'orrenda costruzione moderna a tre piani. Ero sorpresa, ma più che sorpresa, furiosa. Che tipo di persona demolirebbe un luogo storico? Avrei voluto prendere una mazza, rompere le finestre dell'edificio e trascinare i suoi occupanti fuori per i capelli. «Questa terra non vi appartiene» avrei urlato. Ma sono rimasta in silenzio, seduta in auto, con le unghie conficcate nei palmi delle mani. Jay non si è accorto di niente.

Pensavo che avrei riconosciuto tutti, e che tutti mi avrebbero riconosciuta, ma per lo più ero anonima, un'altra turista, un'altra newyorchese di passaggio. Attiravo l'attenzione con il copricostume colorato e in bikini con lo slip a vita alta, ma non perché qualcuno sapesse chi fossi. Erano passati troppi anni, i legami che avevo si erano ormai dissolti.

L'ultimo pomeriggio, sono sgattoiolata fuori per curiosare nelle piccole boutique mentre Harper dormiva; mi sono fermata a bere un bicchiere di vino in un caffè all'aperto prima di rientrare. La cameriera aveva cinquanta o sessanta anni, i capelli grigi e un volto aperto e cordiale. «Violet?» mi ha chiesto, scrutandomi. «La nipote di Rebecca?»

Ho annuito e mi sono accorta che era la zia di Danny, la sorella più giovane di sua madre. Ci siamo abbracciate e lei mi ha detto quanto le dispiaceva per la morte di mia nonna. «Aspetta che Danny sappia che ti ho vista» ha esclamato. «Ha sempre avuto un debole per te.» Non gli parlavo da più di dieci anni, dal funerale di mia nonna. Avevo chiuso quel capitolo della mia vita, di me stessa. L'avevo nascosto, sepolto sotto abiti che non erano nel mio stile, sotto una vita che a malapena riconoscevo. Pensavo di doverlo fare. Pensavo che solo così le persone mi avrebbero amata. In effetti, Harper era l'unico riflesso di chi ero stata sull'isola: il suo entusiasmo, le sue risate, i suoi riccioli ribelli erano un'eco della vecchia me.

Ma ora dovevo tornarci di nuovo. Era l'unico posto che avesse un senso. Così ho assunto un'aria amichevole e ho sorriso a Jay. «Dai» gli ho detto. «Ti ricordi i panini con l'aragosta?»

«Ci penserò» ha risposto Jay. Ma alla fine ha accettato, dopo che gliel'ho chiesto di nuovo, stavolta al buio, sotto le coperte, con la sua mano tra le mie gambe. Mi sono morsa l'interno della guancia così forte da farmi male, ma avevo bisogno che si ricordasse di com'era prima, di come sarebbe potuto essere ancora, forse, se avesse detto sì. Ho chiuso gli occhi mentre mi toccava, fingendo di essere altrove, ovunque, tranne lì.

Dico a Sloane: «Harper sarà felicissima quando glielo dirò. Ti adora, lo sai».

Sorride lusingata. «Anch'io la adoro.»

Le credo. All'inizio ero titubante a lasciare Harper da sola con lei; facevo il bucato mentre loro giocavano nella stanza accanto, trovavo scuse per unirmi a loro al parco. Ma più le osservavo insieme, più diventava chiaro quanto Sloane amasse stare con Harper, quanto fosse brava con lei. Piccoli gesti, come accovacciarsi davanti ad Harper quando parlavano, inventare canzoni sciocche quando stava per fare i capricci, preparare merendine a forma di animali, farfalle di pretzel e toast al burro di arachidi a forma di gatto, con fragole al posto delle orecchie. È una delle cose per cui la trovo simpatica. Stranamente, non la odio. Penserete che dovrei, visto quello che sto per fare, ma non è così. In qualche modo, le sono grata. Lei è un mezzo per raggiungere uno scopo. La soluzione a un problema. E poi, mi fa ridere.

«Allora è deciso!» dico. «Vieni con noi. L'unica cosa di cui ho bisogno è la tua patente. Per il biglietto.»

Il viso di Sloane cambia, impallidendo. «La mia patente?» sussurra. Per un attimo sono confusa, ma poi ricordo. C'è il suo vero nome sopra. Non vuole che lo veda.

Annuisco. «Sì, è una nuova misura di sicurezza per il traghetto. E ti aggiungerò alla prenotazione dell'auto a noleggio, nel caso tu voglia portare Harper da qualche parte.»

Deglutisce a fatica. «Certo» dice lentamente. «Nessun problema.» Apre la borsa e inizia a frugare. Poi mi guarda con finta sorpresa. «Non l'ho con me. Devo averla lasciata a casa. Posso portartela domani?»

«Certo» le rispondo. Non vedo l'ora di sentire la bugia che inventerà quando me la porterà.

Quando Sloane esce per andare a prendere Harper, metto il laptop sul bancone della cucina e mi verso un bel bicchiere di vino. Mentre mi siedo sullo sgabello, arriva la notifica di una email. È l'agente di viaggio con cui sono in contatto. Clicco sull'email, eccitata.

*Buone notizie*, scrive. *Mi chiami.*

Sorrido e alzo il telefono.

Nelle settimane precedenti avevo passato ore al telefono con diversi agenti di viaggio per assicurarmi di trovare una casa accanto a un'altra famiglia con bambini. Molte delle agenzie non volevano darmi informazioni sugli altri occupanti, ma alla fine ho trovato Gina. Si è resa disponibile ad aiutarmi, dopo aver sentito quanto avrebbe guadagnato dalla commissione: ero pronta a pagare un extra per qualsiasi affitto trovasse per me. I soldi possono motivare le persone a fare praticamente qualsiasi cosa, l'ho capito da tempo.

«Ho trovato la casa perfetta» mi ha detto Gina. «Ci abiterà una famiglia accanto per tutto il periodo, con due bambini di quattro e sei anni. Tre camere da letto, proprio come ha chiesto. Di fronte alla spiaggia. È appena tornata disponibile, per una cancellazione dell'ultimo minuto. È un po' più cara di...»

«La prenoti» dico. Non mi interessa il prezzo.

Dall'altro capo della linea sento il ticchettio sulla tastiera. «Fatto!» annuncia Gina.

Chiudo la chiamata e bevo un lungo sorso di vino per festeggiare. Sta succedendo.

# 21

La mattina seguente, torno a casa dopo aver accompagnato Harper a scuola e ricevo un messaggio da Sloane: *Quando posso portarti la patente? Adesso?* Rispondo subito: *Sì, se sei libera*. Prima è, meglio è.

Trenta minuti dopo le apro la porta. Non ha un bell'aspetto. I suoi capelli sono ancora lucidi, la pelle chiara, ma ha gli occhi arrossati, gonfi, con occhiaie violacee, come se non avesse dormito. Probabilmente è preoccupata di dovermi spiegare che il nome sulla patente non è quello che mi ha detto; teme che possa riconoscerlo.

«Entra» le dico. «Vuoi un caffè?» Ne avrebbe davvero bisogno. Ma scuote la testa. Infila una mano nella tasca posteriore e mi porge la patente. «Ecco» dice, mentre quasi me la spinge in mano.

«Grazie.» Abbasso lo sguardo. Quando vedo la foto, dimentico la questione del nome. La sua foto è terribilmente buffa. Ha la bocca semiaperta, come se stesse per parlare, le labbra un po' arricciate e i denti in vista. Si è raccolta i capelli in uno chignon sulla testa, ma è inclinato da un lato e una ciocca le cade sul davanti. Sembra pallida, davvero pallida, probabilmente a causa della luce impietosa della cabina per fototessere, ma è comunque grottesca; e un occhio sembra molto più piccolo dell'altro. In generale, è una delle patenti peggiori che abbia mai visto.

Trattengo a stento una risata. «Wow!» esclamo. «Davvero wow!»

«Cosa?» dice Sloane, con un tono che sfiora il panico. Inclino la patente verso di lei, indicando la foto con un dito. Lei si ritrae. «Oddio. Avevo dimenticato quanto fosse terribile. Mi sono sforzata di non guardarla mai per non morire di imbarazzo. Sembro una comparsa di *The Walking Dead*. Cervelli, datemi dei cervelli.» Fa roteare gli occhi e tira fuori la lingua.

Rido. Come dicevo, sa sempre farmi ridere. Poi torno a guardare la patente. «Oh» dico, fingendo di aver notato qualcosa solo in quel momento. «Il tuo nome, c'è scritto...» La guardo con aria interrogativa.

«Oh, giusto.» Sloane emette un suono che suppongo voglia essere una risatina. «Da bambina ero strana.»

Inclino la testa, cercando di capire dove voglia andare a parare.

Lei sbuffa e si stringe nelle spalle. «Per qualche motivo, dicevo a tutti di chiamarmi Caitlin quand'ero piccola. Immagino che mi sembrasse un bel nome. E mi è rimasto addosso. Ovviamente.» Scoppia in una risatina acuta e si gratta la nuca. «Come ti ho detto, ero strana.» L'angolo della sua bocca si contrae mentre si morde l'interno del labbro. Sono i suoi segnali: una mano alla nuca, un tremolio delle labbra. A volte si sposta sulla sedia, incrocia le caviglie e distende le gambe.

Mi osserva nervosamente, cercando di capire la mia reazione, se mi importa, se il suo nome mi suona familiare.

Aspetto un momento prima di rispondere, ho paura di mettermi a ridere appena aprirò la bocca. *Non sei riuscita a farti venire in mente niente di meglio? Patetica.*

Francamente, sono delusa; mi aspettavo di più da lei. Alla fine riesco a dire: «Be', io ho finto di essere un gatto per quasi tutto il primo anno di scuola. Come puoi immaginare, questo non mi ha propriamente reso popolare... Quindi non eri l'unica strana». Non è vero. Mia madre mi avrebbe fatto rinchiudere.

Vedo le sue spalle rilassarsi per il sollievo. Mi sorride.

Poi abbasso lo sguardo verso il piano di lavoro della cucina. Inizio a passare le mani avanti e indietro sul marmo liscio, sperando di sembrare un po' a disagio. «Posso parlarti di una cosa?» le chiedo.

C'è un'altra cosa di cui ho bisogno. Qualcosa di importante.

«Certo» risponde Sloane lentamente, scrutandomi in viso, perplessa, senza capire cosa aspettarsi.

Le sorrido mentre indico il divano: «Vuoi sederti?» Ci spostiamo in salotto, sedendoci una di fronte all'altra.

Intorno a noi, la casa è silenziosa. Aspetto un momento prima di parlare, lasciando che la tensione tra noi aumenti.

«Che succede?» chiede infine Sloane. La sua voce sale di un'ottava. Si asciuga nervosamente le mani sui pantaloni.

«Allora» mi schiarisco la gola e prendo un respiro profondo «volevo chiederti... se dovesse succedere qualcosa a me, a noi, intendo a me e Jay... ci stavamo chiedendo se ti prenderesti cura di Harper.» Mantengo lo sguardo fisso nel suo, senza battere ciglio.

Per un attimo mi fissa con un'espressione vuota. «Dovrei essere la sua tutrice legale?» Sloane scuote la testa. «Vuoi che sia la tutrice legale di Harper?»

«Lo so» dico, con una lieve risata, quasi scusandomi «è una richiesta enorme, monumentale. Ma i genitori di Jay hanno più di settant'anni. Tra qualche anno non saranno più in grado di occuparsene.» Inoltre, non sono stati in grado di occuparsi nemmeno dei loro figli. Basta guardare come è venuto su Jay.

«Ma...» Sloane continua a fissarmi sbalordita «e la tua famiglia?»

«Non siamo particolarmente legati.» Lo dico con leggerezza, scrollando le spalle. È più che un eufemismo; non ci parliamo più da quando ho lasciato San Francisco. E non ho intenzione di parlarci mai più.

Crescendo, il rapporto con i miei genitori è sempre rimasto teso. Quando ero piccola, venivo affidata a tate e tutor, passavo da una lezione di piano a una di danza, andavo a cavallo nei fine settimana. Cenavo con la governante ma avrei voluto un fratello o una sorella con cui condividere quei momenti, mentre i miei genitori lavoravano fino a tardi. Mio padre era socio in uno studio legale, mia madre una rinomata mercante d'arte. Non venivano mai a darmi il bacio della buonanotte, né a rimboccarmi le coperte quando rientravano. E se mi abbracciavano lo facevano in modo rigido, che mi lasciava fredda. Ero solo un accessorio per le loro vite frenetiche, un pezzo da collezione di Christie's, una sedia di Porta Volta ammirata ma mai usata. In pubblico eravamo cordiali perché dovevamo esserlo: ogni mancanza di rispetto veniva punita con uno schiaffo secco, ma in privato eravamo distanti. Le aspettative erano chiare: io dovevo recitare la parte della figlia perfetta, in uniforme impeccabile, i capelli ben pettinati, mentre loro interpretavano la parte dei genitori ben vestiti, curati, con sorrisi smaglianti. Mio padre era bello, mia madre bellissima, entrambi molto socievoli.

Era solo apparenza, le nostre vite erano una messa in scena. Era soffocante, a dir poco. Mi sentivo come una bambola di plastica che occasionalmente veniva tolta dalla confezione per poi essere riposta sullo scaffale, con l'anta dell'armadio ben chiusa. Non mi hanno mai conosciuta e non hanno mai voluto farlo.

L'ho sopportato finché ho potuto, con il risentimento che mi divorava dall'interno, finché non sono dovuta emergere per prendere aria, con i polmoni in fiamme. Verso la fine del penultimo anno di liceo, avevo appena compiuto diciassette anni, quando è diventato troppo da sopportare.

Quel giorno ero tornata a casa prima da scuola – avevo mal di testa, credo – avevo parcheggiato nel vialetto e stavo seduta in macchina, leggendo un messaggio appena arrivato. Quando ho alzato lo sguardo, pronta a scendere, ho visto la porta di casa aprirsi. È uscita una donna con i capelli biondi raccolti in uno chignon. Non l'avevo mai vista prima.

Dietro di lei è apparso mio padre. L'ha presa per la vita e lei si è girata, sorridendogli con aria civettuola. Poi lui l'ha baciata con passione, la sua mano le scivolava lungo i fianchi. Mi è sembrato come se un macigno mi cadesse nello stomaco. Mi è venuto il vomito.

Quella sera ero in piedi, nervosa, sulla porta del bagno dei miei genitori, tormentandomi le unghie. Mia madre si stava togliendo il trucco, mio padre era fuori a una cena di lavoro.

«Smettila» mi ha detto senza girarsi. Odiava quando facevo così.

Ho lasciato cadere le mani lungo i fianchi, mi sono schiarita la gola. «Ho visto papà» ho iniziato, incerta. «Questo pomeriggio. Con...»

«Lo so» ha detto, senza lasciarmi finire. Non mi ha nemmeno guardata, fissava lo specchio mentre applicava la crema per gli occhi, picchiettando delicatamente. Poi ha incontrato il mio sguardo. «Lo so» ha ripetuto, con più fermezza stavolta, e ho capito. Era qualcosa che tollerava. Ma poi la sua bocca ha tremato, appena percettibilmente. Ha distolto lo sguardo dallo specchio. Lo tollerava, ma avrebbe voluto non doverlo fare. La conversazione era finita.

Li ho odiati entrambi. Odiavo lui per la sua infedeltà e lei per averla accettata. Li odiavo entrambi per le loro menzogne. Il loro matrimonio, come tutto il resto, era una farsa. Non potevo più sopportarlo. Non volevo più avere nulla a che fare con le loro finte vite del cazzo. Quando ho chiesto di trasferirmi, di restare con mia nonna alla fine dell'estate invece di tornare a casa, hanno alzato le spalle. «Certo.» Era come gettare sale su una ferita aperta. Anche se ero stata io a voler partire, mi bruciava che a loro importasse così poco, che avessero accettato senza pensarci un momento. Quell'anno mi chiamarono raramente. Il giorno del Ringraziamento, a Natale, per il mio compleanno, ma per il resto: silenzio.

Dopo il primo giorno di college, non li ho più sentiti, finché mia madre non ha chiamato per dirmi che mia nonna era morta. Penso che sia stato uno dei motivi per cui mi sono innamorata di Jay. Vivevo in un deserto senza amore; dopo una vita di ipocrisia, il suo desiderio sembrava reale. Che sciocca sono stata. Certo, il suo desiderio era reale, ma non lo era tutto il resto, o quasi.

Poi, quattro mesi dopo il funerale, mentre ero a casa per le vacanze di primavera, mi hanno chiesto di raggiungerli nello studio di mio padre. Al telefono c'era un avvocato. In vivavoce, mi ha informata che mia nonna aveva lasciato un fondo fiduciario a otto cifre a mio nome; l'avrei ricevuto al compimento dei venticinque anni. Potevo vedere la rabbia sul volto dei miei genitori e il loro risentimento dal modo in cui serravano le mascelle. L'unica cosa che mi interessava, però – la casa a Block Island – era intestata a mia madre.

Quando l'ho scoperto, l'avevano già venduta, e i soldi erano stati usati per avere un upgrade al loro club esclusivo. Ero furiosa. Sapevano quanto significasse quella casa per me. Era una punizione per l'affetto di mia nonna. Quello è stato il colpo di grazia, la goccia che ha fatto traboccare il vaso. Li odiavo, l'ho urlato davanti a loro più e più volte fino a restare senza voce, ho sbattuto la porta così forte che ho pensato di spezzarla in due.

Ma loro erano la sola famiglia che mi restava. Così, quando mio padre mi ha chiamata dopo tre anni di silenzio, la mia rabbia si è affievolita. Aveva saputo che stavo facendo domanda per la facoltà di legge e si era offerto di scrivere una lettera di referenze da parte del suo studio, dove avevo fatto tirocinio durante tutto il liceo. Ho accettato.

Da allora abbiamo avuto scambi saltuari, brevi messaggi o telefonate, poi ci siamo sentiti più spesso, fino a tornare a passare insieme le feste. Ho accettato uno stage nel suo studio al terzo anno di Giurisprudenza, e poi una posizione a tempo pieno dopo la laurea. I loro sforzi sono aumentati nei mesi precedenti il venticinquesimo compleanno; mio padre mi coinvolgeva in casi di alto profilo, mia madre mi invitava a cena. Lui mi ha proposto di diventare socia, lei di entrare nel consiglio di amministrazione di una fondazione di cui faceva parte.

Non era difficile capire cosa stessero facendo. Si interessavano a me, ora che i soldi erano a portata di mano. Ma stavo al gioco perché finalmente mi stavano offrendo quello che avevo sempre desiderato: la loro attenzione, il loro amore. Magari a delle condizioni, ma era comunque qualcosa.

Pensavo, stupidamente, che forse il tempo passato insieme potesse essere un inizio, l'opportunità per un vero rapporto. Così li ho lasciati entrare, assaporando quella vicinanza. Poi, dopo la nascita di Harper, quando ho parlato di trasferirci a New York per un'opportunità di lavoro di Jay, l'illusione si è sgretolata in mille pezzi. Jay e io eravamo sposati da cinque anni, eravamo stati fidanzati al college, come avevo detto a Sloane, ma loro non si erano mai affezionati a lui. Mi hanno supplicata di non partire, hanno provato di tutto per farmi cambiare idea, all'inizio con suppliche sentite, poi con minacce amare e vuote.

Ho visto la loro disperazione per quello che era. Temevano che la loro fonte si sarebbe prosciugata e che Jay prendesse quello che consideravano di loro proprietà. Non io, ma i miei soldi. Ero distrutta.

Quando ci siamo trasferiti, ho cambiato numero, ho cancellato i profili social. Non ho dato loro il nostro nuovo indirizzo. Da allora non c'è stata più alcuna comunicazione.

Ma tutto questo è più di quanto Sloane debba sapere, ovviamente.

Le sorrido con timidezza. «La verità è che, negli ultimi mesi, sei diventata come una famiglia per me.» Distolgo lo sguardo, poi lo rivolgo di nuovo verso di lei. E aggiungo: «Sembra quasi che tu *sia* la mia famiglia». Era una frase che tenevo in serbo da settimane, conservandola per il momento giusto.

Sloane mi guarda, gli occhi spalancati. «Anche per me è così» dice con voce roca.

Lo sospettavo. Così gioco un'altra carta. «Potrebbe sembrare folle» dico, sporgendomi in avanti «ma hai mai pensato che potremmo esserlo davvero?»

«Parenti?» Anche Sloane si sporge. Sembra quasi senza fiato.

Annuisco. «Sorelle, intendo. Non lo so, è solo che l'unica cosa che sai di tuo padre è che è di Philadelphia. E mio padre è di Philadelphia. E ci assomigliamo così tanto, ora che abbiamo i capelli uguali.» Poi faccio una risatina, scuoto la testa. «Voglio dire, c'è una possibilità su un milione, ma credo sia per questo che mi sembra così giusto che tu prenda la custodia di Harper.» Mi inumidisco le labbra. «Ma se è una responsabilità troppo grande, lo capisco perfettamente.»

Sloane mi guarda con gli occhi lucidi. So di aver detto la cosa giusta, sul fatto che potremmo essere sorelle. Un altro mattone nel castello di bugie che sto costruendo; non credo che mio padre abbia mai messo piede a Philadelphia, figuriamoci a Daytona, dove lei è stata concepita. Poi Sloane annuisce. «Certo che lo farò.»

«Ne sei sicura?»

«Sicurissima» dice.

Allungo una mano verso il divano e prendo la sua. «Grazie» esclamo. «Grazie davvero.»

Poi mi alzo e prendo dalla borsa una pila di fogli, fermati con una graffetta, e una penna. Appoggio la pila sul tavolo e svito il tappo della penna.

«Ecco.» Indico con il dito una linea vuota. «Devi firmare qui.»

Trattengo il respiro mentre Sloane prende la penna. La preme sulla pagina. L'inchiostro blu scuro si sparge sulla pagina, lasciando la carta umida. Mi compiaccio nel notare che, istintivamente, ha firmato con il suo vero nome.

Il suo vero nome è riportato anche in tutto il documento, ma ho giustamente supposto che non avrebbe chiesto di leggerlo, troppo immersa nella fantasia che le ho appena venduto.

Ho scaricato il modulo – un'appendice al nostro testamento – da un sito legale ieri notte e ho falsificato la firma di Jay questa mattina, posizionando il foglio sopra un vecchio assegno firmato e tracciando la curvatura del suo nome. È fondamentale per il mio piano, così come l'altro documento legale che porterò con me sull'isola. L'altro, però, non ho avuto bisogno di scaricarlo; né di falsificare la firma di Jay. Il mio avvocato lo ha preparato e me l'ha fatto recapitare ieri. L'ho già nascosto in valigia, infilando la cartelletta tra le pagine di una rivista, in una tasca interna chiusa con cerniera.

Più tardi, quando Sloane se ne andrà, aprirò la posta elettronica di Jay e invierò al nostro avvocato i documenti appena firmati dal suo account, mettendomi in copia. Poi bloccherò l'indirizzo email dell'avvocato, così quando risponderà per confermare la ricezione, Jay non riceverà nulla, non sospetterà niente. *Chi è l'idiota del cazzo, adesso, Jay?*

Sloane finisce di firmare, poi chiude la penna.

«Davvero, grazie» dico di nuovo, con tutta la sincerità che riesco a metterci. Riordino i fogli in una pila ordinata. «Oh, prima che me ne dimentichi!» Mi alzo e vado verso l'armadio all'ingresso. Torno con una grande borsa regalo di Bloomingdale's, da cui spunta un groviglio di carta velina rosa. «Ecco.» La porgo a Sloane, sorridendo.

«Cos'è?» chiede.

Alzo le spalle, con falsa modestia. «Aprilo.»

Con cura, Sloane infila la mano nella busta ed estrae un morbido pacchetto, che scarta con delicatezza. È una camicia bianca, leggera e trasparente, tipo una vestaglia, morbida e dall'aspetto costoso, con cuciture delicate intorno ai bordi e una cintura intrecciata in vita. Mi guarda piena di meraviglia. «È un copricostume» le dico. «Continua ad aprire!»

Fruga di nuovo e tira fuori un altro pacchetto, con un costume nero elegante. È intero, ma sexy, con una profonda scollatura. «C'è dell'altro!» dico e strizzo l'occhio.

Trova tre costumi in totale, un altro copricostume, un paio di pantaloni di lino a gamba larga dai colori vivaci, dei calzoncini, una camicia di cotone e due paia di occhiali da sole. Ieri ho passato il pomeriggio da Bloomingdale's con Harper, a scegliere un nuovo guardaroba estivo per Sloane. Volevo assicurarmi che fosse vestita a dovere per il ruolo della Signora Lockhart. Ho un certo stile, ricordate? Curato con attenzione, pensato per piacere; piacere a mio marito, per essere precisi. A proposito di Jay, gli piacerà moltissimo vedere Sloane con questi vestiti.

Come i miei genitori, Jay ha sempre avuto idee molto chiare su come dovrebbe vestirsi una donna, quanto dovrebbe pesare, quali sono gli abiti che lui preferisce. Ovviamente i suoi gusti erano diversi dai loro, anche se, come per i miei genitori, più zeri ci sono sul cartellino del prezzo, meglio è. All'inizio mi piaceva quando veniva a fare shopping con me, con quel sorriso malizioso mentre giravo su me stessa in un outfit che aveva scelto lui. «Ora prova quello» diceva, e io lo facevo con piacere. Una volta abbiamo fatto sesso in un camerino, mi ha seguita dentro e ha chiuso la porta dietro di sé. Ho raggiunto l'orgasmo in fretta, con la mano sinistra che stringeva i suoi capelli, e la destra premuta sulla bocca per non fare rumore mentre gemevo. Ha sempre saputo come toccarmi, cosa mi piaceva. Ero felice di riempire l'armadio con cose che gli piacevano, di mantenere la pancia piatta, il corpo tonico, felice di sapere che non vedeva l'ora di togliermi i vestiti di dosso. Questo prima di scoprire che sarebbe stato felice di togliere i vestiti a chiunque.

«Violet, questo è...» inizia Sloane.

«Per il viaggio!» dico, facendo spallucce. «Un modo per ringraziarti di venire con noi».

«Dovrei essere io a ringraziare te!» dice. *No, non dovresti. Davvero.*

Le dico di prendersi il resto della giornata libera per fare i bagagli, poi la accompagno alla porta e le do un abbraccio veloce prima che esca sul portico. «Ti aspettiamo qui domenica alle nove» le dico. «Partiamo alle nove e mezzo!»

Quando Sloane se ne va, guardo l'orologio. Sono solo le dieci, il che significa che ho quasi tre ore prima di andare a prendere Harper. Tempo più che sufficiente per portare la patente di Sloane alla motorizzazione.

Prima di uscire, mi cambio e indosso i vestiti che Sloane mi ha lasciato da donare.

Poi mi strucco con cura. Raccolgo i capelli in uno chignon disordinato, tiro fuori un paio di occhiali con la montatura di plastica da una busta nascosta in fondo al mio armadio e li indosso.

Nella sala d'attesa squallida e mal illuminata della motorizzazione, rimango seduta per quasi un'ora e mezzo prima che chiamino il mio numero. «Vorrei fare una nuova foto» dico, facendo scivolare la patente di Sloane sul bancone sotto la parete di plastica. La donna dall'altra parte della scrivania mi guarda appena, poi mi indirizza a un'altra fila, dove un altro impiegato, con tono monocorde, mi dice di guardare dritto nella fotocamera. Sì, ci somigliamo, ma voglio che la foto sulla sua patente sia la mia. Renderà tutto più semplice, più credibile.

Aggiorno l'indirizzo di spedizione di Sloane con una casella postale che ho aperto a Block Island, così che quando la patente verrà spedita, sarò io a riceverla. Pago trentacinque dollari extra per la spedizione rapida. Dovrei riceverla entro la fine della prossima settimana. Poi esco, sorridendo, giusto in tempo per tornare a casa, rimettermi i jeans e truccarmi di nuovo prima di andare a prendere Harper.

Ora devo solo fare i bagagli.

# 22

Di solito mi alzo prima di Harper, ma questa mattina, il giorno del nostro viaggio, non ho impostato la sveglia di proposito. Oggi è il mio primo giorno ufficiale come Sloane, non più come Violet. Sto cedendo Violet a Sloane: esco dalla mia vita e lascio entrare lei. Se la conosco bene – e ormai credo di conoscerla – accetterà volentieri, si calerà con piacere nei miei panni. Entrambe scenderemo dal traghetto come qualcun altro, l'una nei panni dell'altra. Solo che Sloane ancora non lo sa.

Mi sveglio al suono dei passi di Harper che risuonano nel corridoio, dalla sua stanza fino alla nostra. Mi metto seduta mentre lei salta sul letto, facendo sobbalzare il materasso sotto di noi. Non sono riuscita a dormire fino a tarda notte, continuavo a ripassare il piano ancora e ancora, finché non mi sono addormentata all'alba. Ora mi sento stordita, mi bruciano gli occhi.

«Papà dice che è ora di alzarsi!» dice Harper, strappandomi via le coperte. «Oggi andiamo alla spiaggia, ricordi?»

«Mi ricordo, piccola.» Le sorrido con gli occhi ancora chiusi e allungo una mano per scompigliarle i capelli. Ricordo che provavo la stessa emozione da bambina, con le valigie pronte per l'aeroporto. Era la sensazione più bella del mondo. «Hai già fatto la valigia? E i libri? Vuoi portare il lettore cd?»

«Oh, sì!» esclama Harper. I miei genitori le hanno regalato un vecchio lettore cd portile prima che ci trasferissimo, insieme a una dozzina di cd con canzoni Disney e audiolibri per bambini. Lei lo adora, passa le ore sul pavimento ad ascoltare, cambia i cd e li ripone accuratamente nelle custodie. È stato uno dei gesti più premurosi che abbiano fatto come nonni.

Harper balza giù dal letto e si precipita lungo il corridoio verso la sua stanza. «Lo metto nello zaino!» grida.

Mi alzo dal letto e vado in bagno. Salto la solita doccia mattutina e mi lego i capelli in uno chignon disordinato. Mi lavo i denti, ma rinuncio al trucco, poi mi vesto in fretta con un paio di legging neri, una maglietta oversize e delle Converse consumate che ho trovato in un negozio di seconda mano la settimana scorsa. Infine, mi annodo intorno alla vita la camicia a quadri di Sloane, quella che mi ha dato in cambio del mio top di Carolina Herrera.

Quando ho finito, mi guardo allo specchio a figura intera appoggiato al muro. Sorrido. Sembro più giovane, più tata che madre, proprio come Sloane quel giorno al parco quando ci siamo conosciute. Non è un cambiamento drastico – sono sempre io – ma è solo l'inizio.

«Mamma!» urla Harper dalla sua stanza. «Mamma, non trovo le scarpe!»

Guardo dentro l'armadio. Ieri sera ho quasi finito la valigia. Mi restano solo un paio di cose da aggiungere all'ultimo momento, prima di partire.

«Arrivo!» le rispondo.

Sono ancora nella stanza di Harper ad aiutarla a frugare nell'armadio, quando suona il campanello. Sloane è arrivata. Guardo l'orologio. Puntuale come sempre.

«Puoi andare tu ad aprire?» grido a Jay. Un attimo dopo sento la porta aprirsi e richiudersi e la voce di Sloane nell'ingresso.

«Vado a salutare Caitlin» dico ad Harper. «Continua a cercare le scarpe, okay?»

Scendo le scale con passi rumorosi, ma Sloane a malapena si accorge di me. È appoggiata alla porta d'ingresso chiusa alle sue spalle, e guarda Jay; ha le guance arrossate mentre lui fa una battuta su tutte le valigie ammucchiate ai piedi della scala. Sloane ha i capelli lucidi, gli occhi luminosi, indossa un paio dei miei jeans, chiari e a vita alta, che le fanno sembrare i fianchi minuscoli, e la canotta color avorio che le avevo detto essere la preferita di Jay.

È la prima volta che Jay la vede dal taglio di capelli e col nuovo look. Dal modo in cui la guarda, con lo sguardo che indugia su di lei, è evidente che apprezza la trasformazione. Probabilmente la immagina col culo in fuori, china sul bordo di un letto, la sua posizione preferita.

«Buongiorno, Caitlin!» esclamo ad alta voce, fermandomi a pochi gradini dal fondo delle scale. Sia Jay sia Sloane si voltano improvvisamente verso di me.

Sloane mi guarda per un attimo come se non mi riconoscesse. Poi sorride. «Buongiorno» dice allegra. «Posso aiutarti in qualcosa?»

Faccio un ampio gesto indicando tutto intorno a me. «Qualsiasi cosa!» dico ridendo. «Ma soprattutto, puoi aiutarmi a trovare le scarpe di Harper? Le ho cercate dappertutto.»

«Le ho appena viste…» Jay si guarda intorno, poi indica un paio di scarpe vicino al divano. «Eccole lì.»

Mi sporgo oltre il corrimano, scuotendo la testa quando vedo le sneakers bianche con i lacci. «No, non quelle,

quelle rosse, di gomma. Si rifiuta di uscire dalla stanza finché non le trova.»

«Ci penso io» dice Sloane, lasciando cadere le sue borse accanto al resto dei bagagli.

Metto le mani giunte in segno di preghiera. «Grazie. Mi mancano solo un paio di cose da mettere in valigia. E fai in modo che Harper faccia pipì prima di uscire.»

Sloane annuisce e io corro di nuovo su per le scale.

«Quindici minuti» chiama Jay. «La macchina sarà qui tra quindici minuti. Perderemo il traghetto se non partiamo entro le nove e mezzo.»

Emetto un suono per fargli capire che ho sentito. Come se qualcosa potesse davvero impedirmi di salire su quel traghetto.

Torno in camera, chiudendo la porta a chiave dietro di me. Devo prendere alcune cose dall'armadio. Uno: il cellulare usa e getta che ho nascosto in una scatola di scarpe, un affare economico che ho comprato mesi fa in un negozietto di elettronica a Midtown, pagato in contanti, insieme a una scheda prepagata. Due: la pistola. Prima che smettessimo di parlarci, mia madre ha insistito perché la prendessi, proprio mentre stavo preparando le valigie per New York.

Nonostante la sua personalità esternamente liberale e amante dell'arte, i suoi valori conservatori nascosti emergevano di tanto in tanto, come raggi di sole che brillano attraverso le crepe. Sciorinava statistiche sulla criminalità, citando aumenti di furti e rapine nelle case in tutta New York. Io alzavo gli occhi al cielo – San Francisco ha il tasso di criminalità in più rapida ascesa nel Paese – ma ho accettato di prenderla. La teniamo in una cassaforte su uno scaffale alto del nostro armadio, con la chiave nascosta altrove, su un altro ripiano, fuori dalla portata di Harper. La pistola è registrata a nome mio e di Jay.

Metto via la pistola, prendo il telefono e vado in bagno, chiudendo la porta a chiave. Apro entrambi i rubinetti, mi siedo sulla tavoletta del water chiusa e poi compongo l'unico numero che ho salvato. Risponde al primo squillo. La sua voce è profonda, mi calma come un balsamo. È sempre stato così.

«Ciao» sussurro. Gli dico che siamo quasi pronti a partire e che non vedo l'ora di rivederlo. «Presto» aggiungo, e poi gli chiedo se sia pronto. Mi dice di sì e io sorrido, anche se non può vedermi.

Dieci minuti dopo, apro la porta della stanza proprio mentre Sloane e Harper stanno uscendo dal bagno. Harper indossa le scarpe rosse di gomma che avevo sepolto sotto una montagna di peluche. Così Sloane avrebbe avuto qualcosa da fare mentre io preparavo la valigia.

«Siete pronte?» chiedo.

Entrambe annuiscono. «E tu?» dice Sloane. La sua voce è un po' più acuta del solito. Non vuole chiederlo apertamente, ma non riesce a credere che stia per uscire di casa così, come se fossi appena uscita dal letto. Sembro così diversa dalla Violet che pensa di conoscere.

Durante una delle nostre prime passeggiate, le avevo detto quanto tempo dedicassi al mio aspetto. Non mentivo. È un'abitudine che ho da sempre, da quanto riesca a ricordare. Da bambina ero goffa, con le orecchie grandi, i denti grandi e il naso grande. Alla fine, sono cresciuta e il viso è diventato più proporzionato, ma durante quegli anni lunghi e dolorosamente imbarazzanti, mia madre si metteva dietro di me allo specchio con un arricciacapelli in una mano e una spazzola per le sopracciglia nell'altra. «L'impegno che ci metti è importante» diceva mentre mi sistemava i capelli e li tirava fino a farmi lacrimare. Il messaggio implicito «Se non ti importa del tuo aspetto, a nessuno importerà di te» è stato rafforzato milioni di volte nel corso della mia vita.

Quanto spero che sia vero! Già mi sento più leggera.

«Sì, pronta!» rispondo. «Andiamo!»

Sloane è brava a nascondere la sua sorpresa, sorridendo in modo cordiale. Scendiamo le scale: prima Sloane, poi Harper, e infine io. La porta d'ingresso è aperta, tutte le valigie, tranne la mia, sono già sul marciapiede. Tengo saldamente il manico della mia borsa. Jay è in piedi accanto a una macchina nera, intento a guardare il telefono.

«Su» dice, mentre apre la portiera posteriore. «Saliamo!» Harper e Sloane si dirigono verso la macchina.

«Aspettate!» chiamo e tutti si girano. «Facciamo una foto! Le dispiace?» chiedo all'autista.

«Adesso?» chiede Jay, guardando l'orologio e poi di nuovo verso di me. «Dobbiamo proprio andare.»

Annuisco. «Sarà veloce. Basta farla qui davanti al portico. Dai, mettetevi in posa.» Faccio un gesto e li invito a mettersi accanto a me. Faccio cenno a Sloane e Harper di venirmi vicino.

Jay sospira, ma prende Harper in braccio e la riporta sul portico. Sloane non si muove, aspetta vicino alla macchina.

«Che fai?» le dico. «Intendevo anche tu, sciocca! Vieni qui! Possiamo usare il tuo telefono?»

Sloane passa il suo telefono all'autista e si affretta a salire i gradini per mettersi accanto a me. «Cheese!» dico mentre l'autista alza il telefono.

Dopo la foto, saliamo tutti in macchina, stipati come sardine. Harper siede tra me e Sloane, con le cuffie collegate all'iPad. È china sullo schermo, con gli occhi fissi sul cartone animato. Sloane e io ci scambiamo un sorriso sopra la testa di Harper. Siamo entrambe emozionate, ma solo una di noi dovrebbe esserlo.

Quattro ore dopo, la macchina ci lascia sotto il sole, sul molo pieno di viaggiatori. Scarichiamo le valigie dal bagagliaio e iniziamo a portarle verso la barca.

«Sorridete, voi due!» dico a Sloane e Harper, alzando il telefono per scattare una foto. Sloane si abbassa all'altezza di Harper e le mette un braccio intorno alle piccole spalle. Voglio che ci siano quante più foto possibile di Harper con Sloane, di Harper con Jay e Sloane. Voglio che ci siano prove di loro come famiglia.

Il viaggio in traghetto dura poco meno di un'ora. Mentre Jay è dentro la cabina, fingendo di lavorare, Sloane, Harper e io trascorriamo il viaggio sul ponte superiore, contando gabbiani e cercando balene. Fa caldo e fresco allo stesso tempo, il sole picchia e il vento soffia, sfiorando la superficie fredda e salata dell'oceano. Quando una nuvola passeggera copre il sole, tremiamo e ci stringiamo per scaldarci.

Continuo a scattare foto, principalmente di Harper e Sloane, qualche selfie di noi tre insieme. Quando Sloane si offre di fare qualche scatto a me e Harper da sole, la liquido con un gesto. «Sono un disastro» le dico «ho dormito troppo» mi copro la faccia con le mani «davvero, non puntare quella fotocamera su di me!»

Poco dopo, il traghetto attracca e tutti scendono dalla nave giù per la rampa. Mi fermo in fondo, respirando a pieni polmoni l'aria dolce come caramello e salmastra come il mare. Mia nonna ci aspettava qui, con le braccia aperte. Chiudo gli occhi, immaginando il suo grande sorriso, la mano sul cappello a tesa larga per impedirgli di volare via con il vento. Fa caldo qui, tanto quanto in città, ma è un caldo diverso. Là il calore ti fa venire voglia di strapparti la pelle, ma sull'isola ti spinge invece a toglierti i vestiti con calma, sbottonando lentamente la camicia, facendo scivolare i pantaloni sui fianchi e le mutandine sul pavimento. È un caldo sensuale, che rilassa, che scioglie ogni tensione.

Aspettiamo con i bagagli mentre Jay va a prendere l'auto a noleggio. Quando arriva, insisto perché Sloane si sieda accanto a lui. «Così avrai una vista migliore dell'isola!» le dico, salendo sul sedile posteriore dell'auto. Harper sembra esausta, con gli occhi lucidi che si chiudono agli angoli. La tiro vicino a me, lasciando che appoggi la testa sul mio corpo.

L'auto si muove lentamente lungo il viale sterrato, dal cantiere navale fino alla strada asfaltata, con i finestrini abbassati. L'aria salata entra calda e pungente. Sono a casa.

Presto raggiungiamo la strada principale del posto, un'area vivace, piena di gelaterie, negozi di souvenir, ristoranti che offrono panini all'aragosta e vongole fritte. La gente passeggia sul marciapiede con occhiali da sole e vestiti estivi, cappelli a tesa larga, leccando coni gelato che si sciolgono, sorseggiando limonate e granite. Sembra reale solo a metà, come se fossimo finiti su un set cinematografico. Alla fine dell'isolato, indico a Jay di svoltare in una strada a una corsia che costeggia l'oceano. Alla nostra sinistra c'è l'acqua, alla nostra destra una fila di casette sulla spiaggia, con i portici in legno, costumi da bagno e teli da mare stesi ad asciugare sulle ringhiere.

A mano a mano che procediamo, le case diventano più distanti, separate da distese di erba marina, alte piante dai lunghi steli che ondeggiano al vento. Guardo verso il basso e vedo che Harper si è addormentata, con la testa che ciondola in avanti, la bocca leggermente aperta, il corpo pesante. Sloane incrocia il mio sguardo nello specchietto retrovisore e ci scambiamo un sorriso.

Pochi minuti dopo, rallentiamo verso la fine di un

lungo isolato. Controllo la mappa sul mio telefono. «È la prossima casa» dico a Jay. «Quella con le persiane.»

Jay svolta lentamente nel vialetto di ghiaia e poi spegne il motore. Con attenzione, sgancio la cintura di Harper e la sollevo su un fianco, la testa poggiata sulla mia spalla. Si muove un po', poi si rannicchia, con il viso contro il mio collo. Jay, Sloane e io ci fermiamo nel vialetto e guardiamo la casa. È una casetta a due piani con rivestimenti in paglia blu, un tetto scolorito e persiane bianche alle finestre, non molto diversa da quella di mia nonna. C'è un portico coperto con due sedie da esterno messe una davanti all'altra. Di fronte, un sentiero conduce a una distesa di spiaggia sabbiosa, fino all'oceano.

In fila, percorriamo in silenzio il sentiero di ciottoli fino al portico. C'è una cassetta appesa alla porta principale, proprio come mi aveva detto Gina. Dico a Jay il codice, e lui ci fa entrare.

Gina non mi ha deluso. L'interno della casa è pittoresco quanto l'esterno. È luminosa e spaziosa, con pavimenti in legno bianchi e rivestimenti in parquet, mobili in rattan, cuscini imbottiti dai toni blu pastello, decorati con motivi alla marinara. È l'arredamento tipico di una casa sulla spiaggia: quadri incorniciati raffigurano torrette di bagnini in legno e vecchi fuoristrada Volkswagen parcheggiati sulle spiagge sabbiose; c'è un'ancora arrugginita appesa al muro accanto alla porta d'ingresso e una ciotola di vetro con conchiglie e stelle marine sul tavolino da caffè. Sugli scaffali ci sono le classiche letture da vacanza: romanzi estivi e gialli con le copertine consumate e sbiadite dal sole. La cucina, sul retro della casa, ha un fascino vintage, con pavimenti in piastrelle bianche e nere, una stufa in stile retrò con frigorifero abbinato, armadietti color azzurro mare. C'è un tavolo rotondo con quattro sedie e una porta sul retro che sembra dare su un terrazzo. Mi aspetto quasi che mia nonna entri con una brocca di tè freddo in mano.

Inclino la testa verso le scale per fare segno a Jay e Sloane che porto Harper nella sua camera da letto. Faccio attenzione a salire un gradino alla volta. Al piano di sopra, c'è una camera da letto con vista sulla spiaggia alla mia sinistra, una piccola stanza di fronte e, alla mia destra, alla fine del corridoio, un'altra grande camera. Porto Harper nella stanza piccola con un letto singolo e la stendo delicatamente sopra le coperte. Si gira sulla pancia, sospira e si rimette a dormire.

Chiudo la porta dietro di me e torno di sotto. Rientro nel soggiorno proprio quando Jay e Sloane entrano dalla porta principale con le valigie.

«Le porto di sopra?» chiede Jay.

«Lasciale qui» dico, indicando un angolo del soggiorno. «Possiamo portarle su quando Harper si sveglia. Poverina, è distrutta». Mi lascio cadere sul divano. «Anch'io, in realtà. Stavo pensando di fare un salto al negozio per prendere qualcosa, ma...» Guardo Jay. «Potresti andarci tu invece?» Gli rivolgo un sorriso speranzoso.

Jay scrolla le spalle. «Certo.»

«Grazie» Gli sorrido. «Ti vanno degli hot dog per cena? Latte, uova. Pane per il toast domani.»

«Altro?»

Scuoto la testa. «No, ma perché non porti Caitlin?» dico. «Potresti farle fare il giro completo dell'isola! Dovrebbero esserci delle biciclette nel garage. Portala in quella piccola gelateria. O in quel caffè vicino al noleggio dei kayak.»

«Oh, non serve che...» Sloane inizia a protestare. Il suo sguardo si sposta nervosamente da me a Jay. «Non deve...»

«Jay, non ti dispiace, vero?» intervengo io. E prima

che possa rispondere, continuo: «L'intera isola si gira in bicicletta in meno di un'ora. Poi puoi fermarti al negozio quando tornate. Sai andare in bicicletta, vero Cait?»

Sloane annuisce.

«Allora è deciso!» dico. «Io porterò Harper in spiaggia quando si sveglia, e possiamo preparare la cena quando torniate.»

«Sicura?» chiede Sloane. «Perché posso restare io con Harper, se vuoi.»

«Sicurissima» dico. «Sono esausta, davvero. E poi avrò il tempo di disfare le valigie. Voi divertitevi, godetevi l'isola!»

Fingo di non notare lo sguardo che mi lancia Jay. È confuso dal mio entusiasmo, non sa bene come interpretarlo. Ma il mio viso resta impassibile e, dopo un attimo, si gira e sorride a Sloane. «Va bene» dice, tenendole la porta aperta. Anche lei sorride, arrossendo leggermente. È cotta, povera illusa.

Quando la porta si chiude dietro di loro, sorrido. È importante che vengano visti insieme fin dal primo giorno. Il signore e la signora Lockhart.

# 23

Quando sono sola, prendo la mia valigia e la porto su per le scale, lungo il corridoio fino alla camera da letto principale. La stanza è bellissima, piena di luce e con un'atmosfera a tema marino, con due grandi finestre che si affacciano sull'oceano, sulla sabbia che si stende fino a incontrare le onde spumeggianti. Sulla parete alla mia destra c'è un letto extra large, fiancheggiato da due porte: una conduce a un grande armadio a muro, l'altra a un bagno. Sulla parete sinistra, c'è una cassettiera in stile moderno e due poltrone ai lati.

Butto la valigia sul letto. Partiamo dalle cose fondamentali: Gina, l'agente di viaggio, mi aveva assicurato che ci sarebbe stata una cassaforte da qualche parte. La trovo in un armadietto per la biancheria nel bagno principale; uso la data di compleanno di mia nonna come pin, lo stesso che uso per il telefono usa e getta. Ci metto dentro tre cose: la pistola, il telefono e la cartella manila che il mio avvocato mi ha inviato la settimana scorsa con i documenti del divorzio.

Una volta chiusa la cassaforte, tiro fuori solo una cosa, un abito rosso che ho comprato la settimana scorsa, e lo appendo nell'armadio a muro. Il resto – due costumi da bagno a tinta unita, pantaloncini, alcune magliette – rimane nella valigia. Voglio poter spostare facilmente tutto nella stanza di Sloane più tardi, questa settimana.

Torno di sotto e porto su il resto dei bagagli: quello di Jay nella nostra stanza, quello di Sloane nella sua, quello di Harper davanti alla sua porta. Mentre lo poso a terra, sento un fruscio dentro.

«Mamma?» chiama Harper. La sua voce è bassa e rauca per il sonno.

Apro lentamente la porta. «Hai fatto un bel sonnellino, tesoro?» chiedo. «Ti sei addormentata durante il tragitto fino alla casa.»

Harper è seduta al centro del letto, con gli occhi gonfi di sonno, i capelli arruffati. «Siamo arrivati alla spiaggia?» chiede.

Annuisco. «Vuoi andare a giocare con la sabbia?»

Trenta minuti dopo siamo su un telo da spiaggia con la pelle lucida di crema solare. Harper sta usando una paletta di plastica per scavare una buca accanto al telo, alla ricerca di granchi della sabbia. Mi sdraio con le braccia dietro la testa. Forse, mi dico speranzosa, Jay verrà investito da un'auto mentre torna a casa.

Siamo sulla spiaggia da circa un'ora quando vedo Jay e Sloane arrivare in bicicletta. «Guarda!» dico ad Harper. «Ci sono papà e Caitlin!» Alzo una mano sopra la testa e saluto. Anche Harper saluta.

Jay e Sloane ricambiano il saluto. Vedo Jay che le dice qualcosa e poi scendono entrambi dalle biciclette. Jay prende un sacchetto di carta dal cestino della sua bici e si dirige verso la casa, mentre Sloane imbocca il sentiero che porta alla spiaggia.

Si avvicina a noi con un ampio sorriso. Sembra elettrizzata, con gli occhi scintillanti e le guance arrossate. Si sono divertiti, lo capisco. Lo sapevo. Jay, con il sorriso disinvolto e il modo in cui ti guarda, ti fa sentire come se fossi in cima alle montagne russe sul punto di scendere a rotta di collo. Eccitazione e aspettative, lo stomaco che si ribalta, il cuore che batte forte. È come una droga. Se non fai attenzione, diventi tossicodipendente, con i segni sulle braccia e le vene distrutte.

È così che mi sentivo quando l'ho incontrato per la prima volta. Al primo anno di università, lui si sedeva nel banco accanto al mio e mi sorrideva mentre si lasciava cadere sulla sedia. E la seconda settimana mi ha chiesto: «Questo posto è occupato?»

«Ora lo è» avevo risposto.

Mi ha accompagnata fino al dormitorio, ma non se n'è andato. Ci siamo seduti sul mio letto, a parlare, le nostre cosce che si toccavano. Mi mancava il respiro vicino a lui. Era il tipo di bellezza che ti fa provare una morsa allo stomaco. E poi era divertente, mi faceva ridere fino a farmi venire il mal di pancia. Ma in realtà, era il modo in cui i suoi occhi non lasciavano mai i miei, come tutto il resto sembrava sparire intorno a noi quando mi guardava. Due settimane dopo mi ha chiesto di diventare la sua ragazza, poi, quando ci siamo laureati, di diventare sua moglie. Entrambe le volte ho risposto di sì prima che finisse la domanda.

Sapevo che non mi sarei mai stancata del modo in cui mi guardava e non mi è mai passato per la mente che lui potesse stancarsi di guardare me. Mi sono impegnata così tanto per assicurarmi che non accadesse; il mio corpo era sudato e dolorante per lo sforzo.

«Jay si sta occupando del barbecue» mi dice Sloane avvicinandosi. «Ha detto di salire tra un'ora.»

«Vi siete divertiti?» chiedo. Faccio un cenno a Sloane per invitarla a sedersi sul telo da spiaggia.

Lei annuisce mentre si siede, allungando le gambe nella sabbia. «È bellissimo qui.» Alza la testa e respira profondamente. «Come se non potesse mai accadere nulla di brutto, vero?» dice, mentre mi guarda, sorridendo.

Annuisco. So cosa intende. Ma anche qui succedono cose brutte. Annegamenti, overdose, morti per incidenti stradali. Più di quanto si possa pensare, decine ogni estate, turisti incauti con troppo denaro e poca considerazione per sé o per gli altri.

Le cose brutte succedono, ma vengono rapidamente sistemate, cancellate, messe a posto dal denaro e dal potere. Niente viene esaminato troppo da vicino. Morti accidentali, oppure per cause naturali, sempre: la firma del medico legale è imprecisa e sciatta, proprio come lui. Si diceva che fosse felice di guardare da un'altra parte, firmare i documenti senza fare domande; purché ne valesse la pena.

Come quella volta che una stagista sparì dalla casa vacanze di un senatore. Puff, così, senza lasciare traccia. Tutti li avevano visti insieme quell'estate: avevano notato quanto fosse bella, quanto fosse giovane, specialmente rispetto alla moglie del senatore. Avevano trovato una spiegazione per la sua scomparsa improvvisa, nonostante le urla che tutti avevamo sentito la notte prima che sparisse, e la squadra di pulizie era andata a casa sua la mattina dopo. Solo le persone del posto ne erano a conoscenza, un segreto da custodire, uno scandalo nascosto sotto il tappeto, uno tra i tanti.

Nessuno più di noi desiderava che la bellezza dell'isola restasse intatta, nemmeno quelli che firmavano gli assegni.

La perfezione non esiste. Da piccola non riuscivo a capire come un posto così luminoso potesse essere anche così oscuro, ma ora mi si addice alla perfezione. In effetti è uno dei motivi per cui siamo qui.

Mi allungo e stringo la mano a Sloane. «Grazie di essere venuta, Cait.»
Lei stringe la mia. «Grazie di avermi invitata».

Quando torniamo a casa, con la pelle bruciata dal sole e ricoperta di sale, Jay è nel patio sul retro della cucina alle prese con una griglia fumante. «Chi vuole un hot dog?» chiede quando ci vede. «Harper?»
«Sì!» urla Harper. «Solo ketchup, però. Non mi piace la senape» dice a Sloane, che annuisce con aria seria, come se avesse appena ricevuto informazioni incredibilmente importanti. Sento un moto di affetto, sia per Harper che per Sloane. Poi una scossa di rabbia verso Jay. Non si ricorda mai che ad Harper non piace la senape. Gliela offre sempre, non importa quante volte glielo ricordi.
Mangiamo al tavolino nell'angolo della cucina, ancora in costume da bagno, con gli asciugamani attorno alla vita. Jay beve una birra mentre noi sorseggiamo una limonata fresca da calici di plastica.
Sloane non distoglie mai gli occhi da Jay. Ride forte ogni volta che lui parla, pende dalle sue labbra. Sembra che a lui piaccia quest'attenzione – naturalmente, è sempre stato così – mi guarda di tanto in tanto per vedere la mia reazione. Fingo di non notarlo, rido insieme a loro, mantengo un sorriso felice sul viso.
Alle sette, finiti gli hot dog – io ne ho presi tre –e svuotati i bicchieri, guardo Harper. «Okay» le dico. «È ora del bagnetto, piccola. Jay, sei pronto?»
Harper fa il broncio. «Voglio fare il bagnetto con te, non con papà!»
*Brava, piccola Harp*. Le avevo parlato di un'idea per rendere il bagno super divertente stasera.
Guardo Jay con aria impotente, come a dire: «Be', che

ci vuoi fare?» Lui alza le mani in segno di resa. «Farò i piatti; va bene così.»

«Ti aiuto io» dice Sloane, subito. Lancia uno sguardo a Jay e poi guarda altrove. Silenziosamente, mi congratulo con me stessa. *Ha abboccato.*

«Perfetto!» dico. «Grazie.» Più tempo passeranno da soli, meglio è. «Noi andiamo, allora» dico a Jay e Sloane. «Andrò a dormire dopo aver messo a letto Harper. Sono stanca per il viaggio. Ci vediamo domani?»

Annuiscono entrambi.

Mentre sono in bagno con Harper che schizza e gioca con l'acqua, sento il rumore dei piatti, il frigo che si apre e si chiude. Probabilmente Jay sta lavando i piatti, mentre Sloane asciuga e mette tutto in ordine. Sento le loro risate e ogni tanto dei gridolini allegri, immagino Jay che le spruzza bolle di sapone mentre lei cerca di schivarle ridendo. Sono ancora euforici dal pomeriggio passato insieme, leggermente frastornati. Mi immagino l'elettricità che si crea quando Jay le passa qualcosa, le mani che si sfiorano. Con Jay c'è sempre elettricità, quel brivido, la promessa di qualcosa di più.

Sto leggendo una storia ad Harper nel letto quando la porta si apre piano e Jay spunta con la testa. «Notte, Harper» dice dolcemente quando la vede ancora sveglia.

Attraversa la stanza e le dà un bacio sulla testa. Lei si allunga e lo abbraccia. «Notte, papà» dice. «Ti voglio bene.» Sento una fitta al cuore. Le mancherà quando non ci sarà più. Ma compenserò io. Le darò abbastanza amore per entrambi.

Quando lui esce dalla stanza, sento i suoi passi lungo le scale. Non ho ancora sentito Sloane salire. Forse finiranno sul divano insieme, a guardare un film, a dividersi una coperta; mi chiedo chi dei due si sbottonerà i pantaloni per primo. Ma quando esco nel corridoio, chiudendo la porta di Harper dietro di me, Sloane sta salendo le scale.

Mi sorride. «Sta dormendo?» sussurra, indicando la stanza di Harper.

«Come un sasso.» Annuisco. «E non serve che parliamo piano. Quando crolla, dorme profondamente. Non la sveglia niente.»

Niente. Nemmeno le grida, il rumore di vetri infranti e le sirene. Non so come abbia dormito quella notte, ormai un anno fa. Ma ne sono così grata che potrei chinarmi e baciare il pavimento.

«Be', ci vediamo domattina» dice Sloane. «Sono esausta.» Mi saluta con un cenno della mano mentre entra nella sua stanza, chiudendo la porta dietro di sé.

Trenta minuti dopo, Jay entra nella nostra camera da letto. Rallento il respiro, fingendo di dormire. Si spoglia e si infila nel letto accanto a me, il materasso affonda sotto il suo peso.

«Violet» sussurra nel buio. «Violet?» Si avvicina e lo sento premere contro la mia schiena il suo corpo caldo, voglioso. Resto immobile. Preme più forte, mi respira nell'orecchio, nei capelli, poi, quando vede che non reagisco, si arrende e si gira dall'altra parte.

Anche se avessi voluto, e non voglio – piuttosto mi scoperei un cactus – lo avrei respinto. Il rifiuto è sempre stato una frustrazione insopportabile per Jay; avrà bisogno di qualcosa per lenirla. O piuttosto, di qualcuno. Per sua fortuna non dovrà cercare lontano.

# 24

La mattina dopo mi sveglio con la luce del sole che filtra dalla finestra. Illumina tutta la stanza così intensamente che devo coprirmi gli occhi e sbattere le palpebre per abituarmi. Jay dorme ancora, con la bocca leggermente aperta.

Con calma, per non svegliarlo, prendo il telefono dal comodino e guardo l'ora. Sono quasi le sette. Mi alzo dal letto piano piano, prendo qualche indumento dalla valigia – un costume intero a righe, una canotta scolorita, dei pantaloncini corti e un cappello da baseball – e mi vesto in silenzio in bagno. Non mi lavo il viso, non mi trucco.

Mentre esco dal bagno, intravedo la mia immagine nello specchio. Mi sorprende come mi sento nel guardarmi così, spettinata e senza trucco. È come un profondo sospiro di sollievo, come se finalmente tornassi a respirare dopo essere stata in apnea troppo a lungo. Sento tutto il corpo che si rilassa. Ora – di nuovo – mi sento come la ragazza di un tempo sull'isola. Non è per quello che indosso, la maglietta troppo grande e il costume comodo, ma perché, per la prima volta da non so più quanto tempo, non mi importa cosa pensa la gente quando mi guarda. Sono uscita dalla scatola di Jay. Sono libera.

È come pensavo che mi sarei sentita al college, finalmente da sola, lasciando le aspettative dei miei genitori e le divise della scuola privata ammucchiate nel mio armadio. Ma prima di trovare me stessa, ho trovato Jay. Pensavo fosse l'antidoto alla figlia perfetta e composta che dovevo essere a casa, la liberazione che stavo cercando, un amore autentico, che mi amasse per com'ero veramente. Mi sbagliavo. Invece di diventare la persona che volevo essere, sono diventata quella che lui voleva. La ragazza dell'isola è stata sepolta di nuovo, come lo era stata nella casa dei miei genitori. Ma ora è tornata, è qui. Sorrido a me stessa. *Bentornata, Violet. È bello rivederti.*

Scendo le scale e preparo una borsa per la spiaggia: asciugamani, una coperta, bottiglie d'acqua, qualche bibita in lattina, snack, crema solare. Trovo un paio di sedie da spiaggia e un ombrellone nel garage e li sistemo sul portico.

Verso le otto sento la porta di Harper aprirsi. Metto due fette di pane a tostare e la guardo mentre scende le scale, ancora assonnata.

«Ciao, tesoro» le dico dolcemente. «Dormono ancora tutti. Mettiamoci il costume e andiamo in spiaggia!»

Annuisce mentre la accompagno di nuovo su per le scale. Riesco a vestirla senza che faccia troppa resistenza; i suoi movimenti sono ancora lenti e carichi di sonno.

Quando torniamo giù, il pane è pronto, quasi bruciato. Mi affretto a spalmarci del burro, sperando che Harper non se ne accorga. Ma lo nota.

«È troppo nero» dice, arricciando il naso.

Alzo gli occhi al cielo. «Okay, lo mangio io. E questo?» Sollevo l'altra fetta, leggermente meno cotta.

«No! Anche questa è bruciata!» Mi guarda, con i capelli scompigliati che spuntano in tutte le direzioni. Non è proprio una mattiniera.

Di solito insisterei, le parlerei dell'importanza di non sprecare cibo, ma voglio arrivare presto in spiaggia, e se non cedo mi aspetta una vera battaglia. Metto altre due fette nel tostapane.

Mentre Harper mangia il suo pane perfettamente dorato, rovisto tra i cassetti della cucina finché non trovo un pezzo di carta e una penna. Scrivo velocemente un biglietto per Sloane e lo fisso sul frigo: *Siamo in spiaggia, vi aspettiamo!*

«Andiamo, forza» dico a Harper. È importante arrivare in spiaggia prima che Sloane si svegli.

Siamo in spiaggia da circa un'ora quando noto una donna e due bambini che escono dalla casa accanto alla nostra e scendono lungo il sentiero erboso fino alla spiaggia. So già i loro nomi, grazie alla generosa mancia che ho dato a Gina, la nostra agente di viaggio. Sono arrivati due giorni fa. Sono loro la ragione per cui ho strapagato la casa in cui ci troviamo.

Osservo la donna mentre stende una grande coperta, apre una sedia da spiaggia e rovescia una borsa piena di giochi sulla sabbia. «Andiamo» dico ad Harper «facciamo amicizia.»

Le prendo la mano e ci avviamo verso di loro.

«Salve!» esclamo quando ci avviciniamo.

La donna alza lo sguardo dal suo libro un po' consumato, con il viso in ombra sotto un cappello di paglia intrecciato.

«Siamo i vostri vicini» le dico, indicando la nostra casa. «Siamo arrivati ieri. Ho visto i bambini e ho pensato che sarebbe bello se Harper avesse qualcuno con cui giocare. Saluta, Harper.»

«Ciao» dice Harper timidamente.

La donna sorride e si alza in piedi. È una madre dall'aspetto giovane, con capelli biondo chiaro, la pelle pallida e lentigginosa, alta e magra, con un aspetto piuttosto mascolino e con un viso da uccellino, ma carina. Indossa una camicia di chambray di un blu sbiadito, troppo grande, aperta su un bikini e con le maniche rimboccate fino al gomito. Le ossa dei fianchi sporgono aguzze sotto i lacci del costume.

«Salve, sono Anne-Marie. E quelli sono Rooney e Claire» dice, indicando i due bambini vicino all'acqua.

Mi inginocchio accanto ad Harper. «Ti va di andare a giocare con loro?»

Annuisce e poi corre via felice. La guardo, sorridendo, e sento il cuore che si allarga nel petto. È proprio la mia bimba, la mia bambina estroversa, la mia cucciola.

«Quanti anni ha?» chiede Anne-Marie.

«Ne compie cinque alla fine del mese» rispondo. «Io sono Caitlin, la tata di Harper.» Le porgo la mano e lei la stringe. Il suo palmo è fresco e le dita sottili.

«Piacere di conoscerti» dice. «Hai detto che siete arrivati ieri? Da dove venite?»

«Da New York. E voi?»

«Carolina del Nord, da Charlotte. Siamo qui da venerdì. Siete fortunati, avete scampato la tempesta. È stato un diluvio, ha piovuto a catinelle per i primi due giorni. I bambini stavano per impazzire! Ma poi, così all'improvviso» schiocca le dita «è tornato il sereno. Temevo che saremmo rimasti bloccati in casa per tutta la vacanza e che avremmo dovuto anticipare il volo di ritorno! E l'idea di prendere di nuovo un aereo con quei due...» scuote la testa con enfasi. «Be', mi serve un drink bello forte al solo pensiero!»

Scopro che Anne-Marie è una chiacchierona instancabile e attacca a raccontare un'altra storia sul loro viaggio, su come Rooney ha avuto il mal d'aria e ha fatto star male anche Claire; suo marito non è stato affatto d'aiuto, visto che prima del decollo si è preso due Valium e un bicchiere di vino per la paura di volare ed è crollato secco contro il finestrino. «Ho fatto fatica a farlo scendere dall'aereo» dice. «Nel frattempo, io e i bambini eravamo tutti coperti di vomito.» Anne-Marie alza gli occhi al cielo mentre lo racconta, come per dire: «Sai com'è, i mariti». E lo so, naturalmente. Il mio probabilmente è peggio del suo, ma anche questo Fitz sembra essere un bel soggetto.

Quando finalmente riprende fiato, Anne-Marie indica dietro le mie spalle. «Oh» dice, coprendosi gli occhi dal sole «è quella la mamma di Harper?» Mi giro e vedo Sloane che si avvicina lungo il sentiero verso il nostro ombrellone. Sono contenta di vederla con il copricostume che le ho comprato, gli occhiali da sole firmati, chic e composta. Una madre newyorkese in vacanza.

Annuisco. «Violet Lockhart. Ti piacerà. Adesso devo recuperare Harper, ma porta i tuoi bambini da noi questo pomeriggio, così vi presento!»

«Ci farebbe molto piacere!» dice Anne-Marie con entusiasmo. «Vieni, Harper» chiamo. «Facciamo uno spuntino.» Poi, rivolta ad Anne-Marie: «È stato un piacere conoscerti!» Come previsto, Harper arriva di corsa al richiamo del cibo; salutiamo mentre torniamo al nostro ombrellone.

«Buongiorno!» saluto Sloane mentre ci avviciniamo. Si è sistemata sul telo sotto l'ombrellone, con le gambe distese davanti a sé.

«Buongiorno!» risponde Sloane. Ci sorride raggiante.

Mi siedo accanto a lei e inizio a frugare nella borsa per trovare una barretta ai cereali per Harper. «Scusami, facevamo amicizia con i vicini. Alloggiano nella casa accanto alla nostra.» Indico verso la scogliera, dove si trova una casa rosa pallido con il tetto in paglia grigia come la nostra. «Hanno due bambini dell'età di Harper.»

«Rooney e Claire!» interviene Harper. «Claire è più grande di me. E Rooney è un maschio. Ma nella mia classe c'è una Rooney che è una femmina.»

Quando Harper parla della scuola, Sloane si irrigidisce, la mascella le si contrae leggermente. Forse conosce la compagna di Harper; la madre di Rooney mi ha detto che la bambina è lì da quando ha un anno e mezzo. Poi Sloane rilassa il volto e sorride a Harper. «Che fortuna!»

«Già, non è vero?» dico. «Li ho invitati da noi più tardi così i bambini possono giocare ancora un po'. E tu puoi conoscere la mamma. È un personaggio. Una gran chiacchierona. Praticamente non riuscivo a dire una parola.»

Sloane ride. «Be', sono contenta che Harper avrà dei compagni di gioco.»

Annuisco. «Ma senti questa» dico. «Lei pensava che fossi la tata.»

Sloane inclina la testa e sbuffa leggermente. «Questa poi» dice. «Perché lo pensava?»

«Credo che ieri ti abbia vista con Jay al supermercato e abbia pensato che voi due foste una coppia.»

Subito Sloane arrossisce. «E cos'ha risposto quando le hai detto che lui era tuo marito?» mi chiede.

«Non l'ho corretta! Te l'ho detto, non riuscivo nemmeno a parlare!» Mi copro il viso con le mani fingendo vergogna. «E non volevo farla sentire in imbarazzo, quindi le ho dato corda. Quando mi ha chiesto il nome, le ho detto che mi chiamavo Caitlin!»

«Cosa?» Sloane ride. «Quindi lei pensa che tu sia la tata e che io sia la mamma di Harper?»

Scoppio a ridere anch'io, come se fosse un equivoco

divertente. Un vero spasso, no?! «Sì! Ho pensato che probabilmente non li vedremo spesso, quindi che male c'è?»

«Ma hai appena detto che potrebbero passare più tardi!» esclama Sloane.

«Lo so, lo so. È stato un errore. Assecondami, okay? Me lo prometti? Sembrerei una pazza se ora dicessi la verità.»

Sloane scrolla le spalle. «Va bene, ma è davvero folle, lo sai vero?» chiede con tono pungente, alzando un sopracciglio.

Rido di nuovo. «Lo so. Possiamo parlare di qualcos'altro, per favore? Come hai dormito stanotte?» le chiedo.

«Come un sasso. Dovevi svegliarmi, stamattina!»

Faccio un gesto con la mano per minimizzare. «Siamo in vacanza» dico. «E se sei riuscita a dormire nonostante il capriccio di Harper per il toast stamattina, be', non credo che sarei comunque riuscita a svegliarti.»

«Era bruciato» dice Harper indignata. «Mi avrebbe graffiato il palato!» Sloane sorride bonariamente. «Be', di solito non dormo così profondamente. È stato fantastico. Anche se stamattina mi sono svegliata con una brutta scottatura.» Abbassa la scollatura della maglietta per mostrare una spalla arrossata.

«Ahi!» esclamo. «Compreremo dell'aloe più tardi. Ecco, non facciamo lo stesso errore oggi.» Le porgo una bomboletta di protezione solare in spray. «Spalmala sulla mia schiena e poi io farò lo stesso con la tua. Harper, lascia che la metta anche a te.»

Quando siamo tutte ben protette, recliniamo la testa all'indietro con il mento sollevato verso il sole e i cappelli che ci fanno ombra sul viso. Dopo qualche minuto, Sloane chiede, in tono noncurante: «Jay è?...»

«Al lavoro.» Finisco la frase per lei senza aprire gli occhi. «Ha detto che avrebbe provato a raggiungerci più tardi per un po'.» Ovviamente non ho parlato con Jay prima di uscire, ma suppongo che a un certo punto verrà, felice di avere una scusa per togliersi la maglietta. E darà a Sloane un motivo per cui sbavare. È impossibile non notare la speranza nel suo tono di voce.

E poco prima di mezzogiorno, eccolo che arriva. Sono in acqua con Harper, corriamo avanti e indietro mentre le onde si ritirano e avanzano. Lei strilla quando l'acqua la raggiunge e le lambisce le caviglie. Lo vedo mentre cammina sulla duna e si dirige verso il nostro ombrellone. Tiene un grande sacchetto marrone in una mano e con l'altra ci saluta.

Harper inizia a gridare quando lo vede. Corre verso di lui e gli salta tra le braccia. Lui la fa girare, mentre Harper continua a gridare di gioia. Forzo un ampio sorriso.

«Ho portato i panini» dice Jay, sollevando la busta. «Spero che abbiate fame.» Adora recitare la parte del bravo ragazzo, il padre modello. Jay, quello che salva la situazione! Che ipocrita del cazzo. Faccio un largo sorriso mentre scelgo il panino più grande.

Dopo aver finito di mangiare, Harper si alza eccitata. «Vieni a nuotare con me, papà?»

Jay le rivolge un sorriso dispiaciuto. «Devo tornare a lavorare, Harper» le dice. «Mi dispiace, piccola.»

Il labbro inferiore di Harper si tende e trema. «Sei appena arrivato!»

Sento un nodo allo stomaco. *È così, Jay, sei appena arrivato. E sappiamo entrambi cosa stai facendo nello studio, che non c'è motivo per cui tu non possa dedicare dieci minuti a tua figlia.* Mi uccide quando la respinge così, vedere la tristezza sul suo visino dolce. Meriterebbe di essere smembrato, con braccia e gambe legate e tirate in quattro direzioni, fino a staccarle dal corpo.

Jay sospira. «Cercherò di finire prima oggi, va bene?»

Lei lo fissa imbronciata. «Voglio andare in acqua adesso!»

«Vengo io con te, Harper» si offre Sloane.

«Voglio andare con papà!»

«Sei sicura che non vuoi venire con me? Posso insegnarti a catturare una sirena.» Sloane alza le spalle con noncuranza. «Se ti interessa, ovviamente.» Nascondo un sorriso. Devo ammetterlo: è davvero brava con i bambini.

Harper non guarda Sloane e dà un calcio alla sabbia davanti a sé. «Le sirene non esistono» dice, ma non sembra del tutto convinta.

«Come lo sai?» chiede Sloane.

Gli angoli della bocca di Harper si muovono leggermente. Sloane si alza e le offre la mano. Harper la prende. «Ne hai davvero vista una?» le chiede.

Sloane guarda prima me, poi Jay. Lui le sussurra un «grazie» a labbra socchiuse e si vede quanto lei ne sia felice. «Solo una volta» risponde ad Harper. «Dai, andiamo!» Corrono mano nella mano verso l'acqua. Harper grida di gioia mentre si tuffa tra le onde.

«Grazie per i panini» dico a Jay. «Dove li hai presi?»

«Dalla gastronomia accanto al negozio, proprio prima della strada principale. Ho fatto anche un po' di spesa, giusto qualcosa per i prossimi giorni. Hamburger per cena stasera. E ghiaccioli.»

«Ottimo» dico. Avevo chiesto il gelato, ma è tipico di Jay pensare di sapere cosa sia meglio. Andrò più tardi al negozio. Lo conosco bene, ci andavo ogni giorno durante le estati trascorse qui, con i miei amici, scalzi e coperti di sabbia, indugiavamo davanti alle porte del frigo spalancate finché non veniva il signor Menna a cacciarci via. Prendevamo bottiglie di Snapple freddo e sacchetti di caramelle dolci e aspre da portare in spiaggia per mangiarle seduti sui teli. Non c'erano scambi di denaro, nessuna banconota umida infilata nei costumi da bagno. Se eri del posto, ovunque sull'isola avevi un conto aperto, che veniva saldato in qualche modo. Il signor Menna doveva avere settant'anni quando ero adolescente; mi chiedo se sia ancora lì, con i capelli bianchi e il viso pieno di rughe.

«C'era un signore anziano che lavorava lì?» chiedo a Jay. Lui scrolla le spalle. «Non saprei.» Annuisco in modo brusco. Ovviamente non lo sa. Per attirare l'attenzione di Jay serve un certo tipo di persona e un anziano negoziante non è sicuramente il tipo giusto. «Grazie ancora per il pranzo» dico, forzando un sorriso. «Risaliamo tra qualche ora.»

Jay se ne va, e io mi sistemo di nuovo sulla sedia, guardando Sloane e Harper giocare tra le onde.

Il pomeriggio si allunga, luminoso e caldo. Dalla cassa bluetooth risuona la playlist di Taylor Swift di Sloane, e cantiamo tutte insieme. La canzone preferita di Harper, *Bad Blood*, passa più e più volte, e ogni volta sorrido tra me e me. Quanto è appropriata. Scatto un'infinità di foto ad Harper, col suo pancino ancora grassottello nel costumino a due pezzi, i capelli che si arricciano per l'umidità come un'aureola selvaggia, la sabbia che le punteggia la pelle appiccicosa. Si accovaccia sul bordo dell'acqua in cerca di conchiglie e torna all'ombrellone quando ne trova una bella. Si mette in posa quando mi vede con il telefono in mano e sorride, con una mano sul fianco come se avesse quindici anni anziché cinque. Essere madre non è sempre facile, ma questo, proprio qui, proprio adesso, è magia.

Verso le cinque, quando il sole si fa meno intenso, chiamo Harper. «Pronta per tornare a casa?»

«No, non ancora!» dice Harper, alzando lo sguardo dalla buca che sta scavando.

«Papà ha preso i ghiaccioli» canticchio. «Potresti mangiarne uno mentre io inizio a preparare la cena.»

Harper si alza di scatto. «Adoro i ghiaccioli!»

Rido. «Lo so. Cait, tu vuoi un ghiacciolo?» chiedo rivolta a Sloane. «E Jay ha detto che ha preso degli hamburger per cena.»

«Va bene» dice lei, mentre stiracchia le braccia sopra la testa. La scottatura sulle spalle ha già iniziato a virare dal rosa al marrone. La pelle è lucida di crema solare.

Pieghiamo le sedie, richiudiamo l'ombrellone e risaliamo verso casa, tra la sabbia e l'erba alta.

Appena ci sistemiamo in cucina, Harper si siede al tavolino e aspetta il ghiacciolo con le gambe che penzolano dalla sedia. Poi sentiamo bussare alla porta d'ingresso a zanzariera. «C'è nessuno?» Una voce di donna risuona nella casa. Faccio un passo verso il soggiorno e vedo Anne-Marie e i suoi due figli sul portico.

«Sono i nostri vicini!» dico, tornando in cucina. «Venite, ve li presento.» Faccio cenno a Sloane e Harper di seguirmi. «Ricorda» dico mentre ci avviciniamo alla porta, strizzando l'occhio. «Tu sei me.»

Sloane alza gli occhi al cielo in modo bonario. «Giusto» dice. «Ricordo.»

Apro la porta. «Ciao! Venite, entrate!»

«È un buon momento?» chiede Anne-Marie.

«Sì, assolutamente» rispondo. «Speravamo che passaste. Violet» mi giro verso Sloane «lei è Anne-Marie. Anne-Marie, Violet. Sono i vicini della casa accanto.»

«Ciao» dice Anne-Marie, allungando la mano verso Sloane. «Piacere di conoscerti!»

«Vuoi mostrare a Rooney e Claire la tua stanza?» chiedo ad Harper. «E i ghiaccioli?» dice Harper, aggrottando la fronte.

Sorrido scusandomi con Anne-Marie. «Stavamo giusto per prendere i ghiaccioli. Ce ne sono abbastanza per tutti, se per te va bene.»

Lei fa un gesto disinvolto con la mano. «Certo. A loro piacciono, vero, ragazzi?» Entrambi annuiscono timidamente.

Li accompagno tutti in cucina, tiro fuori la confezione e distribuisco i ghiaccioli. «Mangiateli sul portico, nel retro» dico, aprendo la porta. I tre bambini escono in fila, felici. «Vuoi qualcosa? Tè freddo, acqua, birra? Un ghiacciolo?» chiedo ad Anne-Marie.

«Un ghiacciolo va benissimo» dice. Ne passo uno a lei e uno a Sloane, poi ne prendo uno per me.

«Dove l'hai trovata?» dice Anne-Marie rivolta a Sloane, facendo un cenno del capo verso di me mentre scarta il ghiacciolo. «Io sono fortunata se la mia tata posa il telefono abbastanza a lungo da andare a prendere i bambini a scuola! Non scherzo, se ne dimentica uno almeno un paio di volte al mese.»

Sloane mi guarda con un sorrisetto. Io ricambio con un bel sorriso. «Un colpo di fortuna, immagino» risponde Sloane. «Di dove siete?» *Brava, Sloane, cambia argomento.*

«Charlotte» dice Anne-Marie. «Ci sei mai stata?» Non aspetta che risponda. «Io sono originaria del Vermont, ma mio marito è nato e cresciuto lì. Ci siamo incontrati a una conferenza di marketing e da cosa nasce cosa! Lui era irremovibile sul crescere i bambini vicino ai suoi genitori; i miei si godono la pensione a Boca e quindi ho pensato, che cavolo! Così viviamo lì da quasi dieci anni, ormai. È una città carina, in continua espansione.»

Lancio a Sloane uno sguardo eloquente da «Capisci cosa intendo?» e lei reprime un sorriso.

Anne-Marie continua. «Non è grande come New York, ovviamente. Caitlin ha detto che vivete lì?» chiede a Sloane. Prima che Sloane abbia il tempo di rispondere, sentiamo dei passi sulle scale. Ci voltiamo e vediamo Jay che scende nel soggiorno.

Il mio sorriso si congela. Pensavo che non sarebbe sceso. È stato stupido da parte mia. Avrei dovuto suggerire di mangiare i ghiaccioli fuori con i bambini. *Merda.*

«Anne-Marie» dico rapidamente «questo è Jay, il papà di Harper. Jay, questa è Anne-Marie, e quelli sul terrazzo con Harper sono Claire e Rooney. Stanno nella casa accanto.»

«Ciao» dice Jay attraversando il soggiorno ed entrando in cucina per stringere la mano ad Anne-Marie. «Sono sceso solo per prendere qualcosa da bere.» Le sfoggia il suo ampio sorriso da star del cinema. «Piacere di conoscerti.»

Anne-Marie si passa una mano sui capelli per sistemarli, spostando una ciocca dietro l'orecchio. «Piacere mio» dice, ricambiando il sorriso.

Poi Jay inclina la testa. «Forse ti ho vista stamattina. Stavi facendo jogging?»

«Oh, probabilmente sì» dice Anne-Marie. «Cerco di fare cinque miglia prima di colazione.»

«Tutti i giorni?» chiede Jay, impressionato.

Anne-Marie annuisce, arrossendo leggermente. «Ci provo. Alcuni giorni ne percorro un po' meno. Altre mattine arrivo a dieci, se parto abbastanza presto. Ho corso la maratona di Boston qualche anno fa. Ho studiato lì, alla Boston University. Mi sto preparando per la prossima maratona in primavera.»

«Wow!» esclama Jay ammirato.

«È una buona scusa per uscire di casa» dice. «Fitz, mio marito» chiarisce per tutti noi «lascia che i bambini guardino i cartoni appena si svegliano – dice che sono "in vacanza" – e diventano dei diavoletti quando è ora di spegnere la tv. Così lascio che se la sbrighi lui. È un problema suo, in fondo. Qualcuno di voi corre?»

Io e Sloane scuotiamo la testa, ma Jay emette un suono di assenso. «Quando ho tempo» dice. «Amo correre. Infatti, speravo di riuscire a fare qualche corsa mentre siamo qui.» Cerco di non alzare gli occhi al cielo. Non lo vedo indossare le scarpe da corsa da quando ci siamo trasferiti a New York. Ma Jay, il prevedibile Jay, non perde occasione di far sentire qualcuno speciale. E Anne-Marie gli ha offerto l'occasione su un piatto d'argento.

«Dovresti venire con me!» dice Anne-Marie.

Jay annuisce pensieroso. «Forse potrei. A che ora vai?»

«Verso le sette» dice. «Prima che faccia troppo caldo. E prima che queste scimmiette vogliano fare colazione. Fitz non saprebbe cucinare un uovo nemmeno se ne andasse della sua vita.» Alza gli occhi al cielo. «Ma a proposito di pasti – e di Fitz – dovremmo andare. Sarà appena tornato dal golf e si starà chiedendo dove sia la cena.»

«E io dovrei tornare al lavoro» dice Jay sorridendo. «Ho ancora un po' di cose da fare.» Prende una lattina d'acqua frizzante dal frigo. «Anne-Marie, magari ci vediamo domattina.»

Sorride, fa un cenno di saluto, e noi tre lo osserviamo mentre risale le scale. Faccio un sospiro di sollievo, felice che Jay non abbia detto nulla che potesse tradirmi.

«Mio marito non è *mai* venuto con me a correre» dice Anne-Marie con una risatina. «Potresti dirlo a Fitz?» Rivolge la domanda a Sloane. Poi apre la porta sul retro. «Ragazzi! Andiamo!»

Li accompagniamo tutti alla porta d'ingresso. Harper e Claire ridacchiano tra loro, già amiche per la pelle.

«Grazie per i ghiaccioli! Dite grazie» dice Anne-Marie ai bambini mentre escono. Poi, rivolgendosi a noi: «Spiaggia anche domani?» «Ci vediamo lì!» rispondo.

«È stato un piacere conoscervi!» dice Sloane mentre raggiungono la fine del vialetto.

Chiudo la porta con calma dietro di loro.

«Quel Fitz sembra davvero un tesoro» dice Sloane una volta chiusa la porta.

Ridacchio. *Proprio il marito dell'anno.* Be', secondo solo a Jay, ovviamente. Quando vado a letto quella sera, non riesco a smettere di sorridere. L'incontro con Anne-Marie non poteva andare meglio. Sarà una testimone a mio favore, anche se ancora non lo sa. È un'altra casella spuntata dalla lista, un altro passo avanti. Presto sarà tutto finito.

# 25

I giorni successivi si confondono con i cieli azzurri brillanti che si susseguono da un pomeriggio all'altro. Passiamo la maggior parte della giornata sulla spiaggia di sabbia bianca. Ogni mattina montiamo un ombrellone per proteggerci dal sole, apriamo le sedie da spiaggia, stendiamo un telo e tiriamo fuori palette e secchielli per far giocare Harper.

Mettiamo e rimettiamo la crema solare, spalmandocela a vicenda sulla schiena, strato dopo strato fino a far brillare la pelle. A turno entriamo in acqua con Harper e giochiamo fra le onde. Ascoltiamo Taylor Swift in loop mentre ci scambiamo riviste e leggiamo articoli ad alta voce, parlando del più e del meno. Quando Harper urla «Mamma!» entrambe alziamo lo sguardo e salutiamo.

Anne-Marie e i suoi bambini passano ogni tanto per fare castelli di sabbia, condividere succhi di frutta e snack. Anne-Marie spettegola sulle famiglie dell'isola, si lamenta del marito e, insieme a Sloane, osserva Jay quando scende a nuotare con Harper.

Jay per lo più sta chiuso nel suo ufficio improvvisato al piano di sopra, nell'enorme locale della lavanderia, ma si unisce a noi a pranzo e a cena; occasionalmente compare in spiaggia con il pretesto di salutare Harper, ma in realtà flirta con Sloane e Anne-Marie: sempre prevedibile. Ha accettato l'offerta di Anne-Marie di correre insieme; ogni mattina scompare per un'ora, torna con la fronte imperlata di sudore e la maglietta fradicia che si appiccica sul petto e sulla schiena. La sua pelle si è già scurita, assumendo una tonalità dorata. Se possibile, sta diventando ancora più affascinante, come un frutto che matura sotto il sole. Presto sarà pronto da raccogliere. E allora lo spremerò, lasciando che il succo mi scorra lungo le braccia e mi macchi i vestiti.

La sera mette Harper a letto mentre io e Sloane laviamo i piatti. Quando la cucina è pulita, ci mettiamo in pigiama e guardiamo compulsivamente *Bridgerton*. Jay di solito scende a prendere una birra, poi sparisce di nuovo di sopra, nel suo ufficio.

Riempio il nostro frigorifero di dolci e ghiaccioli, mi servo palline di gelato extra e porzioni abbondanti a cena. In poco tempo comincio a prendere peso: le guance mi si fanno più rotonde, il ventre un po' più morbido. Non mi lavo la faccia la sera, e al mattino mi compiaccio nel vedere nuovi brufoli sul mento, lungo la mascella. Non mi tolgo le sopracciglia, non asciugo mai i capelli con il phon. Ogni giorno assomiglio sempre meno a quella che ero un tempo. Una mattina sorprendo Jay che mi osserva mentre indosso il costume, ma non dice nulla. Non serve.

Anche tra me e Sloane le cose sono cambiate da quando siamo qui. Un cambiamento sottile, quasi impercettibile. A New York eravamo vicine; non era reale, non del tutto, ma avevo davvero iniziato ad apprezzare la sua compagnia. È divertente, autoironica, premurosa. Una bugiarda, sì, ma che cerca per lo più di farsi apprezzare. E voleva che io la apprezzassi, pensava che fossi speciale. Questo mi faceva sentire unica, una sensazione che non provavo da molto tempo.

Ero sola a New York. Le avevo detto la verità quella prima sera a cena: non avevo fatto molte amicizie dopo il trasferimento, passavo la maggior parte del tempo con Harper o da sola.

Prima della partenza per Block Island, non vedevo l'ora di vederla ogni giorno, ero felice quando compariva sulla porta.

Ma ora guarda Jay come una volta guardava me. Si illumina quando lui entra in una stanza, i suoi occhi brillano e scintillano. Vuole Jay, non la mia amicizia. Non gliene faccio una colpa, specialmente perché l'ho spinta dolcemente verso di lui. Anche se è necessario, mi lascia un sapore amaro in bocca, un nodo allo stomaco.

È giovedì sera, il nostro sesto giorno qui. Io e Sloane abbiamo appena finito di pulire la cucina quando Jay scende dopo aver messo Harper a letto. Di solito resta di sopra, dice che deve lavorare per un'altra ora o due. Ma stasera ha bevuto tre birre a cena. Capisco che è irrequieto, probabilmente ne aprirà una quarta, forse una quinta. È stanco di stare da solo. Voglio essere già a letto quando sarà pronto per andare a dormire, o almeno fingere di andare a letto.

Faccio un grande sbadiglio, allungando le braccia sopra la testa.

«Vado di sopra. Possiamo rimandare *Bridgerton* a un'altra sera?» dico a Sloane, fingendo di soffocare un secondo sbadiglio. «Sono distrutta. Penso che farò un bagno e andrò a letto.»

«Certo» risponde lei. I suoi occhi si spostano su Jay. Posso vedere che è eccitata dalla sua presenza, dalla possibilità che accada qualcosa.

«Okay, buonanotte!» Faccio un cenno con la mano e

salgo di sopra. Un momento dopo iniziano a scherzare, Sloane ridacchia.

Vado a cambiarmi. Mi sto togliendo i vestiti per mettermi un paio di pantaloni della tuta, quando sento il cigolio della porta d'ingresso che si apre e si chiude. Sporgo la testa fuori nel corridoio per vedere se sento qualcosa al piano di sotto, ma la casa è silenziosa. Sono usciti insieme?

Attraverso la stanza e apro lentamente la finestra. L'oceano è rumoroso, impetuoso, ma le loro voci arrivano fino a me. Sono sul portico. Mi sforzo di ascoltare, ma colgo solo qualche parola qua e là. Devo avvicinarmi.

Silenziosamente, apro la porta della camera e mi avvicino di soppiatto al corridoio. Il piano di sotto è buio, le luci sono spente. Scendo le scale, trattenendo il respiro. Dall'ultimo gradino vedo chiaramente la finestra che dà sul portico. Mi avvicino piano. È aperta. Li sento perfettamente. Sono nascosta nell'ombra della stanza buia, ma anche se non lo fossi, sono distratti, mi voltano le spalle, appoggiati sulle sedie da esterno.

«Laggiù» dice Jay. «Vedi, in basso, tra l'erba?» Si protende verso Sloane, con il braccio teso affinché lei possa vedere dove sta guardando.

Poi, dopo una pausa, «Oh!» esclama Sloane. «Credo di averne vista una. E un'altra! Ce ne sono tantissime!»

Anche se non riesco a vedere, so che stanno parlando delle lucciole che illuminano la costa al crepuscolo, lampeggiando come puntini al neon, come coriandoli fosforescenti. Gliele sta mostrando come io le avevo mostrate a lui l'ultima volta che siamo stati sull'isola.

Quando ero piccola, io e mia nonna scendevamo in spiaggia dopo cena, correndo sulla sabbia per inseguirle e strillando se ne prendevamo una; le loro ali delicate ci facevano il solletico sui palmi delle mani.

Jay ride. «È la prima volta che le vedi?»

«No» dice Sloane. «Ma è passato tanto tempo. Non le vedevo da quando ero bambina. Mia madre e io vivevamo in Florida; lì ce n'erano milioni.»

Restano in silenzio per un momento, ma posso percepire l'elettricità anche da qui. Ricordo quella sensazione, soli con qualcuno, l'aria densa, carica di attesa. Il cuore di lei sta battendo forte, ne sono sicura.

«Sono contento che tu sia venuta» dice Jay. Ha abbassato la voce, e Sloane si sposta per guardarlo.

«Anche io» risponde.

Poi, lentamente, molto lentamente, la testa di lui comincia a inclinarsi verso quella di lei. Come attratta da una forza magnetica, anche lei si avvicina, millimetro dopo millimetro. Trattengo il respiro.

Poi, proprio quando le loro labbra stanno per toccarsi, Sloane si ritrae, scuotendo la testa. «Non posso...» dice, ma sento nella sua voce quanto vorrebbe farlo. «Non posso fare questo a Violet.» Mi mordo l'interno della guancia, mentre urlo dentro di me, Fallo!, la voce nella mia testa è acuta e stridula.

Jay si ritrae. La osserva, poi scuote la testa. «Non lo sai» dice. «Vero?»

«Cosa?» chiede Sloane.

«Ci stiamo separando. Io e Violet. Mi trasferirò quando torneremo in città.»

Inspiro bruscamente. Abbiamo parlato di divorzio, certo, ma aveva detto di volerci riprovare. È per questo che crede di essere il benvenuto nel mio letto durante questa vacanza. Ma non dovrebbe sorprendermi che abbia scelto di omettere questa parte.

All'inizio Sloane rimane in silenzio. Poi chiede: «Perché?»

«Ottima domanda, Sloane. Perché, Jay? Le dirai il

motivo per cui abbiamo discusso; anzi urlato, gridato? Del divorzio? Dillo, ti sfido» vorrei sibilare attraverso la finestra aperta, col mio respiro caldo nel suo orecchio.

Jay sospira. Appoggia la testa allo schienale della sedia. «Un milione di motivi. Ma soprattutto, lei è cambiata. Entrambi lo siamo. E litighiamo spesso. Sembra che non vogliamo più le stesse cose. Lei non è felice. A New York, intendo. Penso che provi rancore per aver lasciato San Francisco per me.»

Mi pianto le unghie nei palmi delle mani per non urlare. Non che abbia torto, ma neanche ragione. È così lontano dalla verità. È vero che abbiamo discusso, come facciamo da anni, ma quella notte – la notte in cui ci siamo detti tutto, in cui la parola divorzio è stata pronunciata ad alta voce – è stata diversa rispetto ai nostri litigi precedenti. Avevamo raggiunto il limite.

«Non sei più la donna che ho sposato» aveva detto, scrollando le spalle, come spiegazione. Come se fossi uno straccio vecchio, un tempo nuovo e di un bianco brillante, ora purtroppo sbiadito, macchiato, gettato in un secchio d'acqua sporca e usato per pulire il pavimento un'ultima volta prima di essere buttato nella spazzatura.

A quelle parole, gli ho lanciato il bicchiere di vino, sopraffatta dalla furia, indignata per la sua noncuranza, per il suo atteggiamento così indifferente. Cabernet e frammenti di vetro sono esplosi contro il muro alla sua destra.

No, non ero più la donna che aveva sposato. La donna che aveva sposato era una versione accuratamente costruita di me stessa, una ventiquattrenne chiusa in un'immagine precisa, con un sedere rotondo e un vestito attillato, reggiseni di pizzo e perizomi, che faceva sesso con lui nei bagni dei bar, ubriaca e disinibita. Ora ero la madre di sua figlia. *Senza offesa, chiaro.*

Non ero ingenua; sapevo che le cose sarebbero cambiate con la nascita di Harper. Sapevo che io sarei cambiata. Pensavo che anche Jay lo sapesse. Pensavo che avrebbe capito che le nostre vite sarebbero cambiate, che il nostro rapporto sarebbe stato diverso. Pensavo che lo volesse. Io lo volevo.

Ma lui non era felice. «Non vuoi mai fare niente» diceva. «Non mi desideri più. Sei sempre stanca.»

Certo che ero stanca. Avevo una bambina che si svegliava tre volte per notte e ogni mattina alle cinque e mezzo, a volte anche prima; una bambina che portavo ovunque e che voleva qualcosa da me ogni secondo di ogni singolo giorno. Ero gonfia, spossata, sia prima di partorire che dopo, il viso pallido per la mancanza di sonno, i nervi a pezzi per i pianti, i suoi e i miei. Non è che non volessi uscire, che non desiderassi lui, era che non potevo. Ero consumata da Harper, dal suo dolce profumo di latte, dalla pelle morbida come velluto, dal suo calore e dal suo peso, da quanto aveva bisogno di me.

E volevo sapere: se fossimo usciti, chi si sarebbe alzato per lei nel cuore della notte? Chi le avrebbe preparato il biberon al mattino se avessimo bevuto troppo, se fossimo stati sbronzi, o troppo malati per alzarci dal letto? Non lui. Mai lui. Dov'era il suo sacrificio? Ero io quella che aveva dato il proprio corpo, sì, volentieri, certo, volentieri, ma lui cosa aveva dato? Niente. Nulla.

Ma ci ho provato. Quando Harper ha iniziato a dormire quattro ore invece di tre, quando l'ho svezzata, mi sono rimessa nella scatola. Nella sua scatola. Ho ricominciato a vestirmi bene e a sorridere. Gli ho fatto di nuovo sesso orale. E ho accettato di trasferirmi, di sradicare le nostre vite. Ho lasciato il mio lavoro, i miei amici e i miei appigli. Per lui. Per noi. Perché aveva promesso che le cose sarebbero state diverse. Che sarebbero migliorate. Ma invece, mi ha strappato il cuore dal petto e lo ha schiacciato con una mazza.

Quindi, quando mi ha detto che non ero più la donna che aveva sposato, come se fosse qualcosa che non poteva più tollerare, ho lanciato un bicchiere e ho iniziato a urlare. La notte si è trascinata per ore, un'infinita serie di urla e grida, poi un bagliore rosso e blu. Quando è finita, con il sorgere del sole, sapevo che niente sarebbe mai stato come prima. Come avrebbe potuto?

«Non ne avevo idea» dice Sloane a Jay. La sua voce è sommessa.

Jay continua. «Abbiamo deciso di vivere insieme durante le pratiche per il divorzio, ma dormiamo in camere separate, viviamo due vite separate. Parliamo solo di Harper o davanti a lei. Fino a poco tempo fa – proprio quando ha conosciuto te, ora che ci penso – non mi guardava nemmeno. Ultimamente, però, è migliorata; è stata una piacevole compagnia, più amichevole di quanto sia stata per molto tempo.»

È ciò che pensa che Sloane voglia sentire, ciò che la convincerà ad andare a letto con lui. Se solo lui si rendesse conto di quanto suona ipocrita, se solo fosse un po' più intelligente, potrebbe fare due più due. Ma sarebbe troppo, se fosse bello e anche intelligente, vero?

«Pensi che voglia tornare con te?» chiede Sloane. Quasi scoppio a ridere. Anche se è quello che sto fingendo di volere, preferirei soffocarmi con la mia stessa lingua.

Jay annuisce lentamente. «Forse. Ma per me è finita. Credo che lo sappia. L'ho chiarito.» *Bella mossa.* Suona un po' come un: «Lo vedi che sono un uomo onesto? Proprio un bravo ragazzo. Non ti eccita tutto questo?»

Sloane resta in silenzio per qualche minuto, poi finalmente chiede: «Perché sei venuto qui?»

Jay sospira. «Per Harper. Violet ha detto che voleva mantenere la normalità il più a lungo possibile. Io avevo detto di no, ma lei mi ha implorato. Voleva che Harper avesse un ultimo ricordo felice della sua famiglia unita.»

«Non posso credere che non me l'abbia detto» dice Sloane piano. Mi devo avvicinare alla finestra per sentire. «Vorrei averlo saputo.»

È arrabbiata perché non le ho detto la verità su me e Jay? Perché le ho mentito? Trattengo un sogghigno. *Andiamo, Sloane, veramente?*

«Sei una buona amica» dice Jay. Allunga una mano e le sistema una ciocca di capelli dietro l'orecchio. Mi si rivolta lo stomaco. Non posso credere che questa roba una volta avesse effetto su di me.

Rimangono in silenzio. Passa un minuto, poi due.

Finalmente, Sloane si muove. «Dovrei andare a dormire» dice.

Vedo Jay annuire con la testa. «Anch'io.»

Con attenzione, torno di sopra senza fare rumore. Il sangue mi scorre caldo nelle vene, la rabbia ribolle e fermenta. Le bugie di Jay si insinuano sotto la mia pelle come una zecca, si attaccano e si nutrono del mio sangue, facendomi star male. Ha detto a Sloane una minuscola briciola di verità, un pezzo microscopico; il resto è una montagna di stronzate.

Poco dopo aver chiuso la porta, sento anche quella della stanza di Sloane chiudersi. Per un attimo mi chiedo se Jay l'abbia seguita di sopra, nella sua camera, ma poi sento la maniglia della nostra stanza girare. Chiudo bene gli occhi. Sento il materasso muoversi mentre si infila nel letto accanto a me.

È ora. Avevo pensato di aspettare qualche altro giorno, ma non posso più.

Devo battere il ferro finché è caldo.

# 26

La mattina dopo siamo tutti in cucina indaffarati. Sloane è scesa poco dopo di me e mi ha rivolto un piccolo sorriso esitante. Aspettavo che mi chiedesse del divorzio, di ciò che Jay le aveva detto la sera prima sul portico, ma non l'ha fatto.

Se l'avesse fatto, avevo intenzione di confermare ciò che lui aveva detto – che stiamo litigando molto e abbiamo deciso di separarci – e dirle che mi vergogno a parlarne, che sto ancora provando ad accettarlo. A questo punto, non importa se lo sa o no; anzi, potrebbe essere ciò che doveva sentire, il permesso che non avrebbe mai osato chiedere.

Jay è appena tornato dalla sua corsa mattutina con Anne-Marie, sudato, con i capelli umidi; indossa dei pantaloncini e la vecchia maglietta della nostra università, ormai scolorita. L'odore del suo sudore è acre, pungente. Sono ai fornelli a preparare le uova strapazzate; Sloane è in piedi vicino al tostapane. Harper è già seduta al tavolo e finge di dare da mangiare a due Barbie, sollevando la forchetta vuota verso la bocca di una e dell'altra.

Sloane e Jay stanno cercando di evitare ogni contatto visivo, ma noto che quando si sfiorano accidentalmente, lei arrossisce.

Si volta e inizia a spalmare il burro sul pane tostato, fingendo di concentrarsi profondamente sul compito. È evidente che la conversazione della sera precedente ha cambiato qualcosa tra di loro.

Quando le uova sono pronte, mi siedo accanto ad Harper al tavolo e le servo la sua porzione nel piatto, poi metto la padella al centro del tavolo.

«Ne vuoi un po'?» chiedo a Sloane.

«Cosa?» dice dopo un attimo, guardandomi sorpresa.

«Ho chiesto se volevi un po' di uova.»

«Oh, certo» risponde. Prende una sedia e si siede di fronte a me. «Grazie.»

Jay si serve del caffè, poi prende un bagel da un sacchetto di carta marrone e si dirige verso le scale. Passa accanto ad Harper e le scompiglia la frangia.

«Buona giornata, tesoro» le dice.

«Oh, prima che tu vada...» dico. Jay si ferma e si volta. «Ho prenotato per cenare fuori stasera alle cinque e mezzo. Tutti e quattro.» Guardo Harper e Sloane. «Al ristorante di pesce. Murph's. E...» mi volto di nuovo verso Jay «non dire che devi lavorare fino a tardi. Puoi anche finire prima per una volta.»

Jay alza le mani in segno di resa, il cavaliere sempre galante. «Va bene» dice. «Cena alle cinque e mezzo.»

Voglio che la gente li veda insieme. Con Harper, come una famiglia. Forse non è proprio necessario, ma renderà le cose più credibili, darà veridicità alla mia storia. Murph's è il posto perfetto.

Quando Jay lascia la stanza, mi volto verso Sloane e Harper, con un grande sorriso. «Allora, che ne dite di andare a fare shopping? Non dovremmo comprare un vestito nuovo per stasera, Harp?»

Harper si illumina. «Posso prenderlo verde? Il vestito di Tiana è verde. Quello de *La principessa e il ranocchio*» dice con aria seria, come se fosse qualcosa che tutti dovremmo già sapere. E ovviamente lo so, considerando la frequenza con cui guarda quel film. Ha da poco preso il posto di *Oceania* come suo preferito.

«Possiamo cercarne uno verde» dico, e lei applaude felice.

«E ho un vestito per te, Cait» dico, guardando Sloane. «È un po' troppo corto per me, ma credo che ti starà a pennello.»

L'abito rosso. Quello che ho comprato prima di partire. «Mi serve un vestito» ho detto alla commessa. «Qualcosa che faccia girare la testa.» Lei aveva annuito, tornando poco dopo con quell'abito. Chiaramente sapeva cosa stavo cercando. A casa ho tolto il cartellino e l'ho indossato per qualche ora per ammorbidirlo un po'.

«Grazie» dice Sloane. Non mi guarda negli occhi. Si sente in colpa per il loro bacio mancato? Non dovrebbe. L'ho praticamente spinta fra le braccia di Jay. L'ho trasformata nel tipo di donna che lui avrebbe voluto palpeggiare.

«Perfetto» dico. «Vado a vestirmi, ci vediamo di sotto tra dieci minuti? Ti dispiace preparare Harper?»

Lei annuisce. Mi chino a baciare Harper. «Non dimenticare di lavarti i denti, tesoro, va bene?»

Al piano di sopra mi vesto con una maglietta del college, pantaloncini e scarpe di tela. Sarà la prima volta che andiamo tutte e tre insieme in città, e voglio che i ruoli siano chiari. Io, la giovane tata; Sloane, la madre di Brooklyn, elegante e curata. Dopo aver raccolto i capelli in una coda di cavallo, prendo dal beauty case gli occhiali di plastica che ho comprato per la foto alla motorizzazione e me li metto. È un altro passo che separa la Violet che ero prima da quella che sono ora.

Mentre camminiamo lungo il vialetto verso l'auto, lancio le chiavi a Sloane. «Vuoi guidare tu?» chiedo. «Le mie lenti a contatto mi danno fastidio, e questi occhiali sono vecchi, la gradazione non è quella giusta.»

«Certo.» Annuisce, afferrando le chiavi e voltandosi verso di me. «Non sapevo che portassi gli occhiali.»

Annuisco. «Di solito porto le lenti, ma ultimamente mi danno fastidio. Ho pensato di far riposare gli occhi.»

«Oh» dice Sloane, inclinando la testa. Posso capire che dubiti delle mie parole. Ora è sospettosa, da quando pensa che le abbia mentito su Jay. *Esilarante*.

Dal sedile del passeggero, indico a Sloane la strada principale dell'isola. È una giornata senza nuvole, tranquilla, il cielo è incredibilmente azzurro, l'aria densa e calda. L'isola è più affollata rispetto a quando siamo arrivati, il che va bene. Più gente che ci vede insieme: Sloane vestita come me, io come Sloane.

La strada è costeggiata da diverse boutique di lusso, con vetrine che espongono manichini ben vestiti, borse di pelle oversize, lunghe collane, bracciali rigidi; negozi di arredamento con decorazioni in stile isolano; caffè all'aperto e gelaterie artigianali. Passeggiamo lungo la strada, Harper ci tiene per mano. Entriamo e usciamo dai negozi senza comprare nulla finché non arriviamo a un negozio per bambini, con abiti e manichini più piccoli rispetto a quelli per adulti.

«Entriamo qui!» suggerisco e tengo la porta aperta per Harper e Sloane.

Gli occhi di Harper si illuminano quando vede gli scaffali pieni di vestiti dai colori vivaci. Corre verso una fila di magliette con paillettes. «Guarda questa! E questa! Oh, e questa!» dice, facendo scorrere le grucce.

Alla fine, Harper sceglie un vestito verde con una gonna di tulle arcobaleno che si apre quando fa le giravolte. Mi implora di indossarlo subito appena uscite dal negozio, ma la convinco a rimettersi i suoi pantaloncini e la maglietta promettendole un gelato più tardi.

Mentre ci avviciniamo alla cassa con il vestito in mano, Harper nota una vetrina con dei cerchietti. Si precipita a guardarla, poi si volta verso di noi, con il viso raggiante.

«Posso prenderne uno?» chiede Harper, guardando prima me e poi Sloane. «Per favore, per favore, per favore?»

È la mia più grande debolezza come genitore: dire sempre sì, mai di no. Amo il modo in cui Harper strilla quando è felice, come le sue guance si arricciano, la piccola fessura tra i suoi due denti davanti che fa capolino quando sorride. Amo renderla così felice. Jay pensa che dovrei essere più severa, ma non ci riesco, non quando unisce le mani in quel modo, con gli occhi che le brillano. «Certo, tesoro» rispondo. Poi, a Sloane: «Potrebbe volerci un po' per scegliere. Che ne dici se vado a prendere un tavolo al ristorante qui di fronte mentre tu finisci con Harper?» Metto la mano nella borsa, tiro fuori una carta di credito dal portafoglio e la porgo a Sloane. «Raggiungimi lì quando hai finito. Ti dispiace?»

«No.» Sloane scuote la testa. «Va bene.» Mi piace l'idea che Sloane e Harper vengano viste insieme, da sole, madre e figlia durante una giornata di shopping.

Attraverso la strada fino a un piccolo caffè con un patio all'aperto. La cameriera mi fa accomodare in un angolo sul retro, lontano dal marciapiede, ma con una vista chiara sul negozio dall'altra parte della strada.

Dieci minuti dopo, Sloane e Harper escono dalla boutique, e alzo la mano sopra la testa per salutarle. Si tengono per mano mentre attraversano la strada, Sloane tiene una borsa piegata sul gomito. Sembrano davvero madre e figlia, con i capelli scuri e i visi a forma di cuore, per chi non conosce la loro vera identità.

«Com'è andata?» chiedo quando si siedono una accanto all'altra di fronte a me. «Hai scelto un cerchietto?»

Harper annuisce. «È verde, per abbinarlo al vestito» dice. «La signora me l'ha incartato come un regalo.»

«Non vedo l'ora di vederlo.» Le sorrido. «Ordiniamo. Ho una fame da lupi!»

Racconto a Sloane di Murph's, il ristorante di aragoste in cui ho prenotato per stasera, di come abbia le migliori recensioni tra tutti i ristoranti dell'isola. È il posto dove farsi vedere, amato dai locali e dai turisti, dove andavo con mia nonna per le occasioni speciali. Col vestito rosso che ho comprato per lei, Sloane attirerà sicuramente l'attenzione; lei e Jay cattureranno gli sguardi di tutti.

Alla fine del pranzo, quando il cameriere lascia il conto sul tavolo, sorrido a Sloane. «Hai la mia carta, credo.»

«Oh, giusto, eccola» dice, mentre estrae la carta di credito dalla borsa e la allunga attraverso il tavolo.

Non la prendo. «A pensarci bene, perché non la tieni?» dico. «Nel caso avessi bisogno di comprare qualcos'altro per Harper mentre siamo qui.»

«Sei sicura?» chiede.

Annuisco. «È più facile così. Non si sa mai quando si deve viziare questa scimmietta con un gelato.» Mi sporgo per pizzicare le guance di Harper. Lei mi scaccia via con un gesto.

Sloane sorride, scrolla le spalle. «Va bene.»

«Allora offri tu, immagino.» Le faccio l'occhiolino.

«Be', siete mie ospiti.» Mette la carta nel portafoglio in pelle del conto e lo tiene alzato, facendo un segno al cameriere. Lo consegna, poi, mentre si volta di nuovo verso di noi, si blocca, fissa qualcosa dall'altra parte della strada. I suoi occhi si spalancano, il respiro rallenta.

Seguo il suo sguardo. Sloane sta osservando una donna sul marciapiede opposto mentre esce dal negozio di bambini in cui eravamo appena state, con le braccia piene di borse. La donna indossa un vestito dall'aspetto costoso che esalta il suo petto prosperoso, sandali dorati con cinturini e capelli biondi ben acconciati. Sembra avere tra i cinquanta e i sessant'anni, ed è coperta di gioielli. Non sembra affatto fuori posto – l'isola è piena di donne ricche che fanno il tour dei negozi nel weekend – ma Sloane non distoglie lo sguardo da lei.

Si irrigidisce visibilmente mentre la donna scende dal marciapiede e inizia ad attraversare la strada nella nostra direzione. Quando la donna raggiunge il nostro lato, osserva il patio del ristorante, poi fa un grande sorriso quando vede Sloane. Penso che stia per venire al nostro tavolo, ma si limita a sollevare una mano in segno di saluto e prosegue lungo la strada.

«Chi era quella?» chiedo, guardando Sloane. Quante sono le probabilità che Sloane conosca qualcuno che trascorre le vacanze qui? Non è esattamente il suo ambiente. Ma sarebbe un problema se lo fosse. Tutto il piano si basa sul suo anonimato, sul mio.

«Nessuno» risponde rapidamente Sloane. «Solo una donna con cui abbiamo chiacchierato mentre facevamo shopping. Cercava un regalo per sua nipote e ha chiesto il parere di Harper.»

La scruto. Sembra un'altra bugia. Cerco i suoi segnali, il movimento della bocca, se si tocca il collo, ma tiene le mani in grembo, e ha un sorriso forzato sul viso. Sta dicendo la verità? Se non conosceva quella donna, perché sembrava così turbata?

Decido di lasciar perdere. Probabilmente ha mentito alla donna nel negozio su qualcosa, temeva che lo scoprissi. Le sorrido di nuovo, poi guardo Harper.

«Prendiamo quel gelato che ti ho promesso?» chiedo.

Mentre passeggiamo per il centro con i nostri gelati, mi guardo intorno in cerca di quella donna, ma non la vedo. Sloane sembra essersene dimenticata. Si gusta il gelato insieme ad Harper, con un'espressione rilassata sul viso. Provo una fitta al cuore. Mi dispiace che per Sloane questa vacanza sia quasi finita.

# 27

Quando torniamo a casa, chiedo a Sloane di portare Harper di sopra per un pisolino e poi di prepararla per cena.

«Sono distrutta» dico, lasciandomi cadere sul divano. «Mi sdraio un po' anch'io, se non ti dispiace.» Chiudo gli occhi, cercando di sembrare esausta. «Il vestito per te è nel mio armadio, Cait. Anche le scarpe, se ti servono.»

«Certo» risponde Sloane, prendendo Harper per mano. «Andiamo, Harp.»

Sento i loro passi salire su per le scale, poi, sopra di me, il rumore della porta della camera di Harper che si chiude. Un'ora dopo, si riapre. Le sento muoversi al piano di sopra, dentro e fuori dal bagno, tra la mia stanza e la sua. Sento il rumore dell'acqua che scorre, seguito da quello del phon.

Infine, risate squillanti echeggiano in cima alle scale. «Siamo pronte!» esclama Sloane.

Scendono mano nella mano. Harper indossa il suo nuovo vestito con la gonna di tulle e ha una perfetta treccia francese che le scende lungo la schiena. Sloane ha il vestito rosso che ho comprato la scorsa settimana, le avvolge i fianchi e ha una scollatura profonda. I suoi capelli sono lucidi e ben stirati, la pelle dorata dal sole, le guance arrossate.

Sono entrambe bellissime.

Harper lascia la mano di Sloane e si lancia sul divano, cingendomi il collo con le braccia. La stringo a mia volta, poi le sfioro la treccia, i suoi capelli sono come seta. «Adoro i tuoi capelli, tesoro. E il tuo vestito!» Poi guardo Sloane. «Stai d'incanto.» Cosa più importante, anche Jay la penserà così. Quel bastardo potrebbe persino provare a toccarla sotto il tavolo.

Sloane sorride, poi aggrotta le sopracciglia, notando che non sono ancora vestita. «Oh, ma tu?...»

«In realtà non mi sento molto bene» dico. Mi raggomitolo sul divano, stringendo le ginocchia al petto con un braccio intorno allo stomaco.

«Cosa c'è che non va?» Sloane sembra preoccupata. «Hai bisogno di un medico?»

«No, no.» Alzo gli occhi al cielo e cerco di abbozzare un sorriso. «Sto bene. È il ciclo» spiego. «Ho dei crampi fortissimi che arrivano all'improvviso. Ho solo bisogno di un po' di ibuprofene e una borsa dell'acqua calda. Niente aragosta per me.» Mi sforzo di mostrare un'espressione delusa.

Anche il volto di Sloane si rattrista. «Be', ci andremo quando starai meglio.»

«No, no, voi andate» dico, mentre mi metto a sedere sul divano. «È difficile riuscire a prenotare in quel ristorante. Andate.»

«Va bene, possiamo anche...» inizia Sloane, ma la interrompo.

«No, davvero.» Sorrido. «Harper sarebbe così delusa se annullassimo. Va bene se Caitlin e papà ti portano a cena, Harp?»

Lei annuisce.

Guardo di nuovo Sloane. Ha un'espressione strana, un mezzo sorriso, e mi rendo conto che è felice che io non venga. È entusiasta di avere Jay tutto per sé, soprattutto ora che sa che non stiamo più insieme. *Buon per te, Sloane. Goditelo.*

Proprio in quel momento, Jay scende le scale in pantaloni eleganti e una camicia con le maniche arrotolate, con una birra in mano. Si è appena fatto la doccia, i capelli sono ancora umidi, il viso rasato di fresco. Sloane è già rossa in viso, solo a vederlo. Una volta lo guardavo così anch'io. Ora vorrei infilzarlo alla gola con un coltello da macellaio.

Harper salta giù dal divano. «Guarda il mio vestito nuovo, papà!» Gira su sé stessa finché la gonna si alza in aria.

«Wow!» esclama lui. «Sei bellissima!» Poi la prende in braccio, sollevandola sul fianco. «Pronta?» Harper annuisce. Si volta verso di me, poi verso Sloane, soffermandosi più a lungo su di lei, sul suo corpo avvolto dal vestito aderente, poi mi guarda di nuovo. «Andiamo?»

Non si accorge nemmeno che non sono vestita. «Andate voi. Non mi sento bene. Resto a casa a riposarmi.»

Jay si volta di nuovo a guardarmi, poi annuisce lentamente.

«Possiamo portarti qualcosa, al ritorno» propone Sloane. «Un dolce o qualcos'altro?»

Scuoto la testa. «Andrò a letto presto, quindi spero di essermi già addormentata al vostro rientro. Domani starò bene, promesso. Dammi un bacio, tesoro.»

Harper la bacia, poi corre di nuovo verso Jay, e i tre escono insieme, percorrendo il vialetto verso l'auto. Mi alzo e li guardo dalla porta. Sembrano una famiglia perfetta. Prima che Sloane salga in macchina, si ferma e si volta a guardare verso la casa. Alzo una mano, faccio un cenno.

«Divertitevi» dico. Lei risponde con un piccolo sorriso incerto.

Torno dentro e chiudo la porta. La casa è insolitamente silenziosa. Riesco a sentire il suono delle onde, un orologio che ticchetta in cucina.

Dalla finestra del salotto, guardo la macchina fare retromarcia nel vialetto e imboccare la strada verso il centro. Quando non la vedo più, salgo al piano di sopra, nella camera padronale, poi in bagno, e digito il codice a quattro cifre della cassaforte. Fa due bip. La serratura si sblocca.

Allungo la mano e prendo il telefono usa e getta. Lo accendo, il piccolo schermo si illumina. Poi lo chiamo.

Risponde al secondo squillo. «Ciao, Danny» dico.

Danny Shepherd, la mia prima cotta, il mio primo bacio, il mio primo ragazzo. Il ragazzo che mi ha spezzato il cuore quando mi ha detto di non provare lo stesso per me, di non provare quel tipo di sentimento per nessuna ragazza. Mia nonna non fu sorpresa. A pensarci bene, forse non avrei dovuto esserlo nemmeno io; dopotutto, amava le canzoni di Prince perfino più di me. Quando ha fatto coming out con i suoi genitori, poco dopo che ci eravamo lasciati, loro lo hanno cacciato di casa. Non sapendo dove altro andare, si era presentato a casa di mia nonna, e lei lo aveva accolto.

«Ha bisogno di noi» mi aveva detto, e mi era bastata un'occhiata per capire che aveva ragione. Mi ero seduta accanto a lui sul divano mentre ci raccontava di come suo padre lo aveva guardato fare la valigia, con le braccia incrociate, senza dire una parola mentre se ne andava.

Quella prima notte aveva dormito nel mio letto. Il suo pianto mi aveva svegliata alle due del mattino, il suo lato del letto vuoto. L'avevo trovato in bagno, seduto sul pavimento di piastrelle, con un rasoio usa e getta in mano, il polso girato verso l'alto. Ho preso delicatamente il rasoio e ho riportato Danny in camera, gli ho tenuto la mano finché non ci siamo riaddormentati.

Mia nonna gli aveva detto che poteva restare per tutto il tempo che voleva, finché ne avesse bisogno. Quando se ne andò, un mese dopo, per trasferirsi a casa di suo cugino, era diventato come un parente di sangue, come un fratello. Quando ci siamo abbracciati per salutarci, sussurravamo le parole della canzone che cantavamo da bambini – *morirei per te* – con i pugni stretti attorno a dei microfoni immaginari.

Dopo il mio soggiorno con Jay sull'isola, quando ho capito che il matrimonio era finito, ho chiamato Danny. Mi aveva dato il numero sua zia, ma tanto non era cambiato. Volevo sentire una voce familiare, qualcuno che non avrebbe commentato: «Te l'avevo detto». Qualcuno che mi conosceva prima che diventassi la moglie di Jay. Quando mi ha risposto, sono quasi scoppiata a piangere.

Abbiamo parlato per quasi due ore. Gli ho raccontato di Jay e del trasferimento da San Francisco. Lui mi ha detto di essere rimasto sull'isola, di essersi riconciliato con i suoi genitori, che aveva deciso di seguire le orme del padre in ambito medico e aveva iniziato a lavorare come paramedico l'estate prima del college. Gli era piaciuto così tanto che non se n'era più andato; ora era responsabile di reparto, ed era stato promosso capitano qualche anno prima. Aveva pensato di andarsene, ma a quel punto i suoi genitori stavano invecchiando, la salute di sua madre peggiorava, e non sembrava il momento giusto. Non si era mai sposato, aveva appena chiuso una lunga relazione.

Non lo sapevo, ma ci aveva visti una sera a cena, quel maggio, quando ero tornata qui con Jay e Harper: noi tre che dividevamo una pizza nel tavolo all'angolo di un noto ristorante. Voleva quasi salutarci, ma sembravamo così presi, dal cibo, da noi stessi, che non aveva voluto interrompere. Ero più magra di quanto ricordasse, gli zigomi e le clavicole affilati e angolari; indossavo abiti costosi, un braccialetto al polso che costava quanto la sua macchina. Una versione distorta della ragazza con cui era cresciuto.

Così era rimasto seduto al bar, dandoci le spalle, con una pinta di birra in mano. Ed è lì che si trovava quando ha visto Jay e la cameriera, neanche mezz'ora dopo. Erano nel buio corridoio che portava ai bagni. Jay era chino, con la bocca vicina all'orecchio di lei, i loro corpi troppo vicini. Lei rideva, una giovane carina, slanciata e con le gambe lunghe, e Danny ha capito cosa stava succedendo, che tipo d'uomo avevo sposato, e perché avevo perso così tanto peso. Gli si è spezzato il cuore. Ha lasciato la birra a metà sul bancone e se n'è andato.

Da allora aveva aspettato una mia telefonata, sperando che aprissi gli occhi. Quando l'ho fatto, dopo quella notte, la notte coi poliziotti e il sangue, quella notte di merda, mi ha detto che sapeva che sarebbe successo.

Da allora parliamo quasi ogni giorno. È l'unico che sa tutto. Quando ho visto Sloane per la prima volta, l'ho chiamato e gli ho raccontato la mia idea.

All'inizio, stava al gioco, ma quando si è reso conto che facevo sul serio, ha provato a dissuadermi. Qualche giorno dopo, quando ho fatto entrare Sloane nelle nostre vite, mi ha chiamata sul telefono usa e getta, mi ha detto che non poteva andare fino in fondo. Non poteva aiutarmi, non poteva essere complice.

«Per favore» l'ho supplicato, con la voce spezzata «non posso vivere così. Ho bisogno di te.»

Ma ha riattaccato.

Ho lanciato il telefono attraverso la stanza, in preda

alla rabbia. Ero di nuovo sola. E stavo annegando. Ma poi mi ha richiamata qualche ora dopo, con voce tranquilla. «Okay» ha sussurrato. «Lo farò. Tu e tua nonna mi avete salvato quell'estate. Ora io salverò te.»

Sorrisi tra le lacrime. «Grazie» ho sussurrato «grazie.»

Ora al telefono gli dico: «Domani. Lo farò domani pomeriggio. Sei pronto?»

Quando mi dice di sì, gli dico che gli voglio bene e riattacco. Rimetto il telefono nella cassaforte e la richiudo.

Verso le otto spengo tutte le luci e chiudo la porta della mia camera. Voglio che la casa sia buia quando arrivano, che pensino che sono a letto addormentata.

Alle nove meno un quarto, vedo il bagliore dei fari, sento lo scricchiolio delle ruote sul vialetto di ghiaia. Mi avvicino alla finestra, accovacciandomi, e sollevo lentamente l'ultima lamella delle persiane. I fari si spengono, ma nessuno scende dall'auto.

Aspetto, ma ancora nessun movimento. L'interno dell'auto è buio e non riesco a vedere dentro. Passa un minuto, poi due, poi cinque. Cosa stanno facendo lì dentro?

Alla fine, sia la portiera del lato guidatore sia quella del lato passeggero si aprono.

Jay esce da un lato, Sloane dall'altro.

Lui apre la porta del sedile posteriore e si china. Quando si rialza, Harper è tra le sue braccia, la tiene stretta a sé, come quando era una neonata. La mia gola si stringe. Ricordo così chiaramente quei primi giorni, Harper minuscola, avvolta in fasce, accoccolata contro il petto di Jay che guardava verso di lei, i suoi occhi dolci, il dito che accarezzava delicatamente la sua guancia lanuginosa. Mi sentivo così fortunata. Pensavo di avere tutto.

Sloane segue Jay lungo il vialetto che porta alla casa.

Sento il rumore della porta d'ingresso che si apre piano, poi dei passi sulle scale. Aspetto di sentire la porta della camera da letto di Sloane che si apre e si chiude, ma non succede.

Mi alzo dal letto, attraversando silenziosamente la stanza con passi leggeri, e apro la porta, solo di poco. Si apre senza rumore. Trattengo il respiro e scruto attraverso la fessura.

La luce gialla e pallida della luna entra nel corridoio attraverso una piccola finestra. Sloane è fuori dalla camera di Harper, di spalle, in attesa. Aspetta Jay. Trattengo il respiro mentre osservo. Un attimo dopo, Jay esce dalla stanza di Harper, e chiude lentamente la porta alle sue spalle. Fa un passo verso di lei. All'inizio rimangono lì, immobili. Poi lei inclina il viso verso l'alto. Jay abbassa le labbra sulle sue, lascia scivolare la mano intorno alla sua nuca e la tira a sé. All'inizio si baciano timidamente, poi più forte, con passione, i loro corpi intrecciati. Jay la spinge contro il muro. Bacia bene, bravo, con la lingua e con le mani.

«Pensi che voglia tornare con te?» gli aveva chiesto Sloane. «Mai» avrei voluto urlare. Mi disgusta. Eppure. Eppure, vederlo con lei mi fa salire i succhi gastrici in gola, venire l'amaro in bocca, contorcere le budella.

Mi allontano dalla porta. Basta così. Stavo iniziando a sentirmi in colpa per quello che sto per fare, per la pistola in cassaforte, ma ora non più.

Tornata a letto, mi sdraio su un fianco e fisso la parete, rivolta verso la porta. Pochi minuti dopo, la porta della camera da letto si apre, i cardini scricchiolano mentre si spalanca. Poi sento Jay che si slaccia la cintura, i suoi pantaloni che cadono a terra.

Mi vuole, sta premendo contro la mia schiena, contro i fianchi, si struscia ritmicamente. Ce l'ha già duro per via di Sloane, dei loro preliminari in corridoio. Il suo corpo contro il mio mi fa rivoltare lo stomaco. Mi allontano da lui. Quando mi si avvicina di nuovo, esco dalle coperte e prendo il cuscino, vado in bagno e chiudo la porta.

Si merita tutto quello che gli sto per fare. E Sloane, be', anche lei non è più così innocente, vero?

# 28

Mi alzo presto la mattina dopo. Ho dormito pochissimo. Jay sta ancora russando quando lascio la stanza. Mi ci vuole tutta la mia forza di volontà per non mettergli un cuscino sulla faccia. Giù in cucina, preparo una tazza di caffè e aspetto che Harper si svegli. Le nostre cose per la spiaggia sono già pronte. Ci aspetta una giornata intensa.

Prendo la tazza e vado in veranda, cammino lungo il vialetto verso l'acqua. È una mattina calda, più calda del solito, l'aria è carica di umidità. C'è solo una lievissima brezza, l'erba alta si muove dolcemente. Strizzo gli occhi verso la spiaggia. Anne-Marie e i suoi bambini si sono già accampati vicino all'acqua.

Alle otto e mezzo, vado di sopra e sveglio Harper. La porta di Sloane è ancora chiusa. Poverina, deve essere stanca dopo la sua grande serata in città, i baci e le coccole nel corridoio. È stancante fare le cose di nascosto.

Comunque è meglio così. Devo parlare con Anne-Marie. E mi piacerebbe farlo da sola.

Quando Harper è vestita e ha mangiato, ci dirigiamo verso il mare. Montiamo l'ombrellone e le sedie, poi faccio un cenno ad Harper di seguirmi. «Vuoi andare a giocare con Rooney e Claire?»

Camminiamo lungo la battigia finché non li raggiungiamo, i loro asciugamani sono stesi sulla sabbia, tutti coperti di giocattoli da spiaggia. Anne-Marie ci saluta da sotto l'ombrellone.

«Buongiorno!» chiamo. «Dov'è Fitz oggi?» chiedo, sedendomi sulla sedia accanto a lei. Fitz è al contempo l'argomento preferito da Anne-Marie e quello che odia di più. È chiaro che lo considera una sorta di babbuino semifunzionante che non distingue la sua faccia dal culo. Le piace il suo stipendio, ma nient'altro. Sull'argomento, è come una bambola caricata a molla. Se la giri, chiacchiera per ore e si ferma solo per prendere fiato.

Anne-Marie sospira. «Sta giocando a golf. Di nuovo. Siamo qui da quasi dieci giorni e credo che ne abbia passati nove con la mazza da golf in mano. Non capisco» dice. «Davvero. Il golf? È così noioso. So che è anche la sua vacanza, ma onestamente... L'anno scorso siamo andati alle Barbados e...» Ecco che attacca.

Ascolto a metà, con lo sguardo fisso su Harper, inginocchiata nella sabbia bagnata con Rooney e Claire. Potrei guardarla per ore. Studiare le lentiggini sul naso, baciarle le palpebre, ascoltare i racconti infiniti, le pause affannose, la sua risata.

È la cosa più bella che mi sia mai capitata. Il senso della mia vita, la parte migliore di me racchiusa nel suo piccolo, perfetto corpicino.

Quando torno a prestare attenzione ad Anne-Marie, mi sta guardando in attesa.

«Scusa, cosa stavi dicendo?» chiedo.

«Ho detto che Jay non sembra quel tipo d'uomo» dice, guardando verso casa nostra. «Sai, il tipo d'uomo che gioca a golf tutto il giorno. Mi sembra fantastico. Un papà davvero presente.»

«Oh.» Sorrido educatamente. «Sì, è fantastico. Anche

gentile. Davvero gentile.» Rido un po' nervosamente. «A volte forse un po' troppo simpatico, sai?» Rido di nuovo, a disagio, come se non volessi farne un dramma, anche se è chiaro cosa sto insinuando.

Gli occhi di Anne-Marie si spalancano. «Jay? Vuoi dire?»

«Oh, non lo so» dico frettolosamente. «È possibile che abbia frainteso la situazione. Probabilmente non voleva che la sua mano...» scuoto la testa, per liquidare l'intera faccenda. «Non era niente, davvero. Non avrei dovuto dire nulla. Non dirlo a nessuno, va bene?»

Lei annuisce, naturalmente lo terrà per sé – come se fosse capace di tenere un segreto – ma posso vedere le rotelline che girano nella sua testa. Quando scoprirà dell'omicidio, le si gelerà il sangue, ricorderà la nostra conversazione. Non sarà sorpresa. Gli uomini infedeli sono capaci di tutto.

«Oh!» esclamo. «Quasi dimenticavo. Violet mi ha detto di chiederti: sarebbe un problema se Harper passasse la notte a casa tua stasera? Continua a implorare di fare un pigiama party. Potremmo ricambiare il favore, facendo dormire i tuoi bambini da noi una sera.»

«Assolutamente!» dice Anne-Marie. «Più siamo, meglio è! Claire e Rooney sono dieci volte più facili da gestire quando c'è Harper.»

«Perfetto!» dico. «La faccio mangiare e la porto a casa tua, va bene?»

«Può mangiare con noi. Oggi ci saranno più di trenta gradi, quindi pensavo di andare a casa presto per evitare il caldo. Posso preparare un toast al formaggio in più per lei.»

«Benissimo» dico, con un sorriso.

Quando io e Harper torniamo verso il nostro ombrellone, trovo Sloane già seduta su una sedia da spiaggia. Alza una mano e saluta timidamente mentre ci avviciniamo.

«Ehi» ci chiama. Tiene gli occhi su di me mentre raggiungiamo il telo e cerca il mio sguardo. Si chiede se lo so.

La guardo per un momento, godendo alla vista del sudore che le imperla la fronte, poi rilasso il volto. *Cosa, Sloane?* Faccio un largo sorriso. «Ciao! Com'è andata la cena ieri sera?»

Sloane sorride nervosamente. «Molto bene» dice con cautela. «Penso che Harper si sia divertita, o sbaglio?» Guarda Harper, che annuisce. «E l'aragosta era deliziosa. Non l'avevo mai mangiata prima.»

«Davvero?» chiedo, sorpresa. «Proprio buona, eh? È il mio ristorante preferito. E hai preso il tortino al cioccolato fondente?» Sospiro con nostalgia. «Il migliore che abbia mai mangiato.»

Sloane annuisce. «Ne abbiamo condiviso uno. Jay era preoccupato che Harper non dormisse tutta la notte se ne avesse mangiato uno tutto da sola.»

*Oh, wow, che bravo padre! Dovrei fare una standing ovation?* Il livello per gli uomini è indescrivibilmente basso. Sorrido tesa. Peccato che non sia per quello che l'hanno condivisa. È curioso come Sloane pensi di conoscere così bene Jay, quando in realtà non sa nulla di lui tranne le bugie che entrambi le stiamo rifilando.

«Stai meglio?» chiede Sloane, cambiando velocemente argomento. Probabilmente trova scomodo parlare del suo appuntamento con mio marito. Un appuntamento che è finito con un bacio. Be', più di uno.

«Molto meglio» rispondo. «Grazie. Ho preso un ibuprofene e mi ha stordito. Ho dormito come un sasso. Non ho nemmeno sentito quando siete rientrati.»

Il sollievo sul viso di Sloane è chiaro come il giorno. Mi chiedo se sia rimasta sveglia a domandarsi se li avessi sentiti nel corridoio, se fossi rimasta nel mio letto con le orecchie tese. Poi il suo volto si fa di nuovo cupo. Si morde il labbro inferiore, le sopracciglia sono leggermente corrugate.

Eccolo. Ecco il momento in cui mi affronta su Jay, sul nostro divorzio. Guardo Harper, che sta scavando una buca nella sabbia a pochi passi.

Sloane si schiarisce la gola. «Mi avevi detto che non bevi.» Lo dice con delicatezza e cautela, come se fosse in punta di piedi, camminando leggera su un pavimento che scricchiola e sperando di non fare rumore.

La guardo sorpresa. Cosa le ha detto Jay? Le ha raccontato della notte in cui è finita? Del bicchiere di vino rotto? Dei poliziotti alla nostra porta?

Forzo la mia bocca in un sorriso impassibile. *Mantieni la calma*. «Non bevo.»

Sloane si ferma, poi, esitante: «Ma Jay ha detto...» Non è sicura su come finire quella frase senza che suoni come un'accusa.

«Ha detto cosa, esattamente?» Alzo un sopracciglio in modo ironico. *Non stare sulla difensiva, Violet.*

Sloane alza le spalle. «Solo che bevi qualche volta. E io ero confusa perché mi avevi detto che non lo fai mai.»

Mi inumidisco le labbra ed espiro dal naso. Sbatto le palpebre un paio di volte, faccio una pausa, pensando. «Be'» dico «bevevo. È il motivo per cui non lo faccio più. Sono passati un paio di mesi da quando ho smesso. Quando ci siamo trasferiti, ero sola, le giornate sembravano infinite. Ho cominciato a bere alle cinque, prendendo un bicchiere di vino prima di cena invece che durante. Poi le cinque sono diventate le quattro. Poi le tre e mezzo. Poi, prima che me ne accorgessi, mi versavo un drink a mezzogiorno, bevendo costantemente fino a quando mettevo Harper a letto.»

Questa parte non è del tutto una bugia. È vero che bevevo più di quanto avrei dovuto. Chiunque l'avrebbe fatto, con un marito come il mio.

Sospiro. «Comunque, alla fine mi sono resa conto che qualcosa doveva cambiare.» Non le dico perché ho ridotto il consumo, perché nascondo la bottiglia di vodka, perché mi concedo solo un bicchiere o due ogni tanto. Non sono affari suoi cosa è successo quella notte.

«Quindi ho smesso» concludo, alzando le spalle. «Una notte ho buttato tutte le bottiglie nel lavandino, come si vede nei film.» Sorrido a Sloane. «Non l'ho detto a Jay perché altrimenti avrei dovuto ammettere di avere un problema. E chi vuole farlo? Però» alzo le spalle «non sono sorpresa che non se ne sia accorto. È stato un po'... distratto.»

Mentre dico questo, tengo gli occhi fissi su Sloane. *Tu, che mi chiami bugiarda, Sloane? Questo sì che è divertente.*

Sloane sbatte le palpebre, arrossisce, si guarda i piedi nella sabbia. Poi, improvvisamente, dice: «Sai, ho fame. Non ho mangiato niente prima di scendere in spiaggia. Vado a prendere uno spuntino. Vuoi qualcosa?»

Sorrido, scuotendo la testa. «No, grazie.»

Osservo Sloane mentre se ne va. Cammina un po' più rigida del solito, tiene le spalle più alte, la schiena più dritta.

Ora ne sono certa. La nostra amicizia, o qualunque cosa fosse quel che avevamo Sloane e io, è finita, dissolta come una scia di fumo da una candela spenta, una sottile traccia grigia nell'aria, poi più nulla. Ha scelto Jay. Bene. È un sollievo. Rende più facile quello che devo fare.

Trenta minuti dopo, quando vedo Anne-Marie e i bambini dirigersi verso casa, raccolgo tutto e dico ad Harper che stiamo rientrando. Il mio corpo vibra di adrenalina. Il giorno sembra farsi più caldo, più nitido, più chiaro del solito, le spighe d'erba sulla spiaggia sembrano più affilate, pallide contro il cielo azzurro. Sembra di essere in un forno, la temperatura sale di minuto in minuto.

Quando arriviamo a casa, apro la porta di ingresso, poi mi fermo. Tendo la mano dietro di me per evitare che Harper entri.

Dalla porta, ho una visione chiara della cucina. Sloane e Jay sono insieme vicino al lavandino. Lei mi dà le spalle mentre guarda Jay, la faccia inclinata verso la sua. Non posso vedere se si stanno baciando, ma sono abbastanza vicini da poterlo fare. Non ci hanno sentite, troppo presi da quello che stanno facendo e dicendo.

Sbatto la porta. Sloane e Jay sobbalzano all'indietro. Lei guarda verso di noi con aria colpevole, come se fosse stata colta in flagrante, con le mani nella marmellata.

«Ciao!» dice, il tono un po' troppo acuto. «Non pensavo tornaste così presto.» Le sue guance sono in fiamme. Jay, com'era prevedibile, non dice nulla.

Aspetto un momento prima di fare un sorriso teso. Poi prendo la mano di Harper. «Andiamo a darci una sciacquata» dico. «Forza, Harp.»

Al piano di sopra io e Harper prepariamo una borsa. Dovrebbe essere per una sola notte, ma forse saranno molte, molte di più, quindi metto dentro un paio di magliette extra, mutandine e pantaloncini nel suo zaino. «Nel caso tu voglia scegliere» le dico, scompigliandole i capelli.

Harper saltella eccitata per tutta la stanza, entusiasta per il suo primo pigiama party con un'amica.

«Che tipo di pigiama pensi che avrà Claire?» chiedo mentre metto i suoi pigiami di *Frozen* in cima alla borsa.

«Forse quello di Elsa, come me» dice Harper. «Così

saremo abbinate. O magari avrà Anna. O magari qualcosa da *Encanto*. Pensi che abbia visto *Encanto*?»

Annuisco, ridendo. Scommetto che ogni bambino di cinque anni su questo pianeta lo abbia visto.

Poi, prima di aprire la porta della sua stanza, mi piego e circondo la sua piccola vita con il mio braccio. «Quando ti verrò a prendere a casa di Claire, dobbiamo fare un gioco, va bene?»

Harper annuisce. «Va bene. Quale?»

«Faremo finta che io sia Caitlin. E ogni volta che mi chiamerai Caitlin, ti darò un M&M's. D'accordo?»

Lei annuisce di nuovo. La prendo tra le braccia, stringendola forte. «Ecco la mia bambina. Scommetto che sarai così brava che ti darò tutta la busta!»

Poi, insieme, scendiamo le scale, tornando nel soggiorno. Sloane è ancora in cucina, seduta al tavolo. Si sta mordicchiando un'unghia, con le sopracciglia aggrottate. Alza lo sguardo di scatto quando ci sente, poi si alza, quasi rovesciando la sedia.

«Ciao» dice. È nervosa. Pensa che io li abbia visti mentre si baciavano, o almeno ne ha il dubbio. Il senso di colpa sul suo volto è palese.

«Puoi portare Harper dai vicini?» chiedo. «Passerà la notte a casa di Anne-Marie, con i suoi bambini.»

«Faccio un pigiama party!» annuncia Harper. Ha lo zaino sulle spalle. È grande quasi quanto lei, pieno fino all'orlo.

Sloane sembra sorpresa. «Certo. Va tutto bene?» chiede con cautela.

*Per me sì. Per te, Sloane, non tanto.* «Va tutto bene» rispondo. Cerco di mantenere la voce calma. Il mio cuore inizia a battere più velocemente. *È arrivato il momento.* «Quindi, la puoi portare?»

Lei annuisce. «Adesso?»

«Sì, sei pronta, vero, Harp?»
Harper annuisce contenta. Mi chino per baciarla, ma lei è già fuori dalla porta e si avvia lungo il vialetto di pietra. Il mio cuore fa un salto. Vorrei correrle dietro, prenderla in braccio e stringerla un'ultima volta, tenerla così fino a quando non si divincola dalle mie braccia, ridendo. *Mamma, basta!* Ma non lo faccio.

Presto saremo solo io e lei, insieme.

«Ci vediamo presto» dico. Alzo una mano e faccio un cenno.

Sloane si volta. «Ci vediamo presto» ripete.

# 29

Chiudo la porta e salgo le scale, facendo due gradini alla volta. Dalla finestra della nostra camera da letto, guardo Sloane e Harper incamminarsi verso la casa di Anne-Marie. È una passeggiata di cinque minuti, per andare e tornare, più tempo, ovviamente, se entra a chiacchierare.

Comunque, non ho molto tempo.

Prendo la mia valigia e la porto nella stanza di Sloane. Anche Sloane ha a malapena disfatto i bagagli, i vestiti sono sparsi fuori dalla sua enorme valigia nell'angolo della stanza. Li rimetto dentro e spingo la valigia nella camera matrimoniale. Poi entro nell'armadio a muro e trovo la borsa da viaggio vuota di Jay: comincio a prendere le sue cose dai cassetti, le butto dentro, cercando di infilarci tutto quello che posso in poco tempo. Tengo d'occhio la finestra per controllare che Sloane non stia tornando.

Nel bagno, prendo il suo spazzolino, il suo rasoio elettrico. Quando esco, guardo di nuovo dalla finestra. Il mio cuore salta un battito. Sloane sta percorrendo il vialetto di Anne-Marie, tornando verso la nostra casa.

*Ci siamo.*

«Jay!» urlo. «Jay!» Quando non sento rispondere, urlo per la terza volta. «Jay!»

Finalmente risponde. «Cosa c'è?» La sua voce risuona debole dal locale lavanderia. Non rispondo.

Poi sento una porta aprirsi lungo il corridoio, e un momento dopo appare sull'ingresso della stanza. «Che cosa...» comincia a dire, poi si ferma di colpo. Guarda in giro per la stanza, vede la sua valigia preparata per metà, i cassetti aperti, le pile di vestiti. «Cosa stai facendo?» chiede, guardandomi confuso.

«Ho cambiato idea» dico. Metto un paio di suoi pantaloncini da surf nella valigia, senza preoccuparmi di piegarli, poi una pila di sue camicie. «Voglio che tu te ne vada.»

«Stai scherzando?» chiede. Il suo viso si fa scuro. «Mi hai supplicato di venire qui.»

«Be', ora non ti voglio più qui.» Mi fermo un momento, incrociando le braccia sul petto. «Prendi le tue cose e vattene.»

«Perché? Che cazzo ho fatto?»

«Ti ho visto con Caitlin» dico.

Jay scuote la testa, alza le mani in segno di difesa. «Violet» dice, abbassando la voce «lei stava cercando di sedurmi, e io...»

Mi viene quasi da ridere. Ha già usato questa scusa.

La prima volta che l'ho sentita è stata dopo la festa di Natale della sua azienda, quando vivevamo a San Francisco. Ero al primo o secondo mese di gravidanza, non si vedeva che ero incinta, ma avevo la nausea tutto il tempo e vomitavo quasi tutte le mattine. Ma Jay aveva appena ottenuto il lavoro, e volevo sostenerlo e festeggiare con lui, quindi mi sono messa un vestito, mi sono stampata un sorriso sulla faccia e siamo andati al ristorante per una cena di lavoro.

A metà della serata, mi sono accorta che una donna lo stava fissando, una giovane collega addetta alle vendite con cui lavorava, con i capelli ricci, color caramello, carina. Jay faceva finta di non notarla, ma io ho visto i suoi occhi che continuavano a guardarla mentre si mordeva il labbro per non sorridere.

Quando si è allontanato con una scusa, i miei occhi lo hanno seguito mentre andava verso il bar, dove lei stava in piedi con un bicchiere di vino. Poi sono scomparsi entrambi. Non per molto, cinque minuti al massimo, ma qualcosa è successo. Forse un pompino, forse solo la sua mano sotto la gonna di lei, l'altra sul suo seno. Qualcosa di rapido. Lo sapevo, lo sentivo nello stomaco. Quando è tornato, era nervoso, mi ha messo di nuovo il braccio intorno alla vita, era irrequieto accanto a me.

Quando l'ho affrontato a casa, mi ha detto che stavo diventando paranoica. Che erano gli ormoni della gravidanza. «Ho visto come ti guardava» ho insistito.

«Senti» ha iniziato, alzando le mani. «Hai ragione, stava flirtando con me, ma io...»

«Ma io», la sua frase classica, non è mai colpa sua, mai una sua responsabilità. Quella volta gli ho creduto. Perché lo amavo, perché volevo che fosse vero. Perché ero in preda agli ormoni. Perché ero stupida. Ma non lo sono più.

Alzo una mano per farlo tacere. «Non me ne frega un cazzo. Anzi, sono felice per voi due. È esattamente quello che speravo.»

Jay mi fissa, gli occhi che brillano di rabbia. «Sei pazza, cazzo» dice. «Lo sai, vero?»

Lo fisso a mia volta. È così bello. Una volta amavo quel viso. Ora lo odio.

«Forse lo sono» rispondo. Probabilmente ha ragione. Ma non lo sono tutte le madri quando si tratta dei propri figli? Non c'è nulla che non faremmo per loro. «Ora levati dai piedi.» Chiudo la zip della sua borsa e gliela spingo contro.

Per un momento non si muove, poi la prende bruscamente. «Sei proprio una stronza.» Mi squadra dall'alto in basso, il labbro che si contorce con disprezzo. «Chi potrebbe biasimarmi?» dice.

Eccola lì: la sua scusa preferita. Se fossi stata diversa, più bella, più malleabile, non avrebbe fatto quello che ha fatto. È patetico.

«Fuori.»

La sua mascella si contrae. «Dov'è Harper?»

«A un pigiama party, dai vicini. Non ti perdonerà se la fai tornare a casa prima. Torna in città. La riporterò domenica.»

«Ci vediamo in tribunale» dice. Sbattendo la porta mentre esce. Lo stipite trema.

No, non ci vedremo, penso.

I suoi passi sono pesanti sulle scale. Sento la porta d'ingresso aprirsi e sbattere, poi il motore della macchina che si accende, il cigolio sul vialetto mentre sgomma via.

Poi torna il silenzio. Se n'è andato. Rimane solo il suono del mio respiro e il ticchettio dell'orologio sulla parete, il ritmo costante come un metronomo. Rientro in bagno, inserisco per l'ultima volta il codice della cassaforte.

Prendo due cose: la pistola e le carte del divorzio, quelle che il mio avvocato aveva preparato prima che partissimo.

Il mio fondo fiduciario è stato costituito prima del matrimonio, quindi non è considerato un bene coniugale; se divorziamo, Jay non ne ha diritto.

Sarei probabilmente tenuta a pagargli gli alimenti con il reddito che mi frutta, ma il fondo fiduciario rimarrebbe comunque a mio nome. L'unico modo in cui quei soldi diventerebbero suoi è se mi accadesse qualcosa; lui è il beneficiario principale della nostra polizza di assicurazione sulla vita al momento della mia morte, fintanto che siamo sposati. Tuttavia, se divorziassimo, tutto andrebbe ad Harper. È chiaramente nell'interesse di Jay che restiamo insieme. Sarebbe evidente per chiunque: questi documenti per il divorzio lo farebbero arrabbiare moltissimo.

Posso immaginare la sorpresa che proverà quando ne verrà a conoscenza; forse sarà simile alla mia quando ho scoperto che il nostro matrimonio, proprio come quello di mia madre e mio padre, era stato una farsa sin dall'inizio.

Ero distrutta quando ci siamo trasferiti a New York, devastata per la perdita dei miei genitori. Sì, ero stata io a tagliare i ponti, ma faceva male, un dolore profondo, pulsante, che sentivo nelle ossa. Mi sentivo un'orfana.

Mi dicevo che non importava, perché avevo Jay. Si era innamorato di me prima ancora di sapere dei soldi. Mi amava per quella che ero. E quando finalmente gliene ho parlato, dopo la proposta di matrimonio, tre anni dopo l'inizio della nostra relazione, mi ha baciata e ha detto che non cambiava nulla. Che voleva costruire qualcosa da solo, guadagnarsi i propri soldi. Forse aveva bisogno di un investimento iniziale, ma poi sarebbe andato per la sua strada.

Sembrava così sincero. Gli ho creduto. Anche quando passava da un lavoro all'altro, da una azienda a un'altra, ogni volta dopo pochi mesi. Ero felice di sostenerlo, felice di finanziare le sue start up, di firmare assegni con tanti zeri; pensavo che lui fosse brillante.

Poi ho scoperto che aveva sempre saputo dei soldi. Una sera, poco dopo che ci eravamo trasferiti nella casa di Brooklyn, era al telefono con sua sorella, con un bicchiere di whisky in corpo. Suo padre aveva avuto un problema di salute; non sapevano se avrebbe superato la notte. Io ero di sopra con Harper, lui in salotto, ma la sua voce si sentiva bene e così ho origliato parte della conversazione. Sua sorella doveva aver detto qualcosa sul testamento del padre, perché Jay aveva riso. «Non esserne troppo sicura» aveva detto. «La mamma di Violet ha avuto solo una casetta per le vacanze quando la nonna è morta. E questo dopo aver presentato un'istanza di ricorso a un giudice.»

Mi sono irrigidita. *Cosa?* Come faceva a sapere che avevano presentato un'istanza di ricorso a un giudice? Io stessa non lo sapevo, quindi lui come poteva esserne a conoscenza?

Più tardi, con aria colpevole, aveva ammesso di aver sentito i miei genitori discutere della divisione del patrimonio di mia nonna al funerale, a bassa voce ma con toni irritati. «Tutto a Violet?» aveva detto mio padre. «La casa non vale neanche un decimo di quel fondo fiduciario. Faremo ricorso, vedremo se regge in tribunale.» E ovviamente così era stato.

Le gambe mi avevano ceduto, mi ero seduta sul letto. Jay sapeva dei soldi fin dall'inizio. Lui giurava che non faceva differenza, inginocchiato davanti a me, guardandomi negli occhi. Ma per me faceva una differenza enorme. Come poteva non farla? Come potevo non mettere tutto in discussione?

New York doveva essere il nostro nuovo inizio. La grande occasione di Jay. Lo desideravo così tanto. Per noi, per lui. E ormai eravamo lì, avevo perso la mia famiglia. Così ho deciso di dargli il beneficio del dubbio. La possibilità di dimostrarsi finalmente all'altezza. «Questa è la volta buona» aveva detto «vedrai.» Con lui ancora inginocchiato davanti a me, ho annuito. «Va bene, ti credo» avevo detto, per la milionesima volta, sulla milionesima cosa.

Ovviamente non era l'opportunità di lavoro incredibile che aveva promesso, non vi sorprenderà saperlo. È diventato subito chiaro che «start up di giochi online» era un eufemismo per definire un sito di gioco d'azzardo improvvisato; si era unito a un gruppo di investitori di medio livello che pensavano di guadagnare dal recente boom di giochi online, anche se nessuno di loro aveva alcuna competenza nel settore. Le ore che Jay trascorreva chiuso nel suo ufficio erano ore passate in sale da poker virtuali. «Per fare ricerca di mercato» diceva lui. La verità? Come sempre si lasciava andare all'impulso del momento. Oggi il gioco d'azzardo, ieri una striscia di cocaina in bagno, o sesso con una sconosciuta a una festa. Jay pensava solo a sé stesso, faceva ciò che gli dava piacere e che gli dava una bella apparenza.

Dopo tre mesi a New York, è venuto da me a chiedermi un nuovo assegno; non era cambiato nulla. Lui, come i miei genitori, non sarebbe mai stato in grado di separare il suo amore per me da quello per i miei soldi. Prenderne consapevolezza mi ha fatto sentire schiacciata, a dir poco. Spero che, quando tutto questo sarà finito, lui sarà altrettanto schiacciato, col cuore ridotto in mille pezzi sotto il peso di tutti gli eventi.

Metto i documenti per il divorzio sul comodino e porto di nuovo la pistola in bagno. Poi aspetto.

Passano un minuto o due, poi la porta d'ingresso si apre e si richiude. Trattengo il respiro.

«Violet?» sento Sloane chiamarmi.

Carico la pistola ed espiro con forza.

I passi di Sloane risuonano sulle scale, poi nel corridoio. Mi schiarisco la gola.

«Sono qui» rispondo. La mia voce rimbomba sulle piastrelle del bagno, sottile, tremula. La giugulare mi pulsa forte nel collo.

La sento aprire la porta della camera da letto, poi girare la maniglia del bagno. Le do le spalle, fissando il piano del lavabo, con la testa china.

«Violet?» dice Sloane di nuovo, quasi in un sussurro questa volta. «Stai bene?»

Apro gli occhi e alzo lo sguardo. Vedo il suo volto riflesso nello specchio dietro di me. Quel volto che ora somiglia tanto al mio. I nostri occhi si incontrano. Per un momento, nessuna delle due si muove; ci fissiamo immerse nei nostri pensieri. Espiro lentamente. Poi mi giro verso di lei.

«No, non sto bene» dico. «Da molto tempo.»

La fronte di Sloane si contrae con preoccupazione, il suo viso si addolcisce. «Mi dispiace» dice piano. «C'è qualcosa che posso...»

Poi si interrompe. I suoi occhi si posano sulla mia mano destra, che pende lungo il fianco. Vede la pistola. La sua mascella si spalanca, il colore le scompare dal volto. Quando torna a guardarmi, i suoi occhi sono sbarrati, le pupille così dilatate e nere da sembrare chiazze d'inchiostro. La fisso. È come guardarsi in uno specchio deformante, una versione distorta di me stessa.

La vedo deglutire. «È per via di Jay?» chiede, con voce tremante, fievole.

Annuisco.

Gli occhi di Sloane si chiudono con un battito di ciglia. «Mi dispiace» dice. «È successo e basta. Non volevo ferirti!»

Non riesco a trattenere una risata, breve e secca. «Credi che sia perché sono gelosa?» Scuoto la testa. «No, non sono gelosa. Non è per questo.»

Sospira. Poi aggiunge con dolcezza: «Jay mi ha raccontato tutto, Violet. Mi ha detto che voleva lasciarti e che tu non l'hai presa bene...»

«Sta mentendo» la interrompo bruscamente. «Credi di conoscerlo, ma non è così. È un bugiardo. Proprio come te, Sloane.»

Quando pronuncio il suo nome – quello vero – il suo volto cambia. Deglutisce a fatica, apre la bocca per parlare, ma non esce nessun suono.

Le sorrido amaramente. «Ci siamo mentite a vicenda, vero?»

Finalmente, con voce tesa, chiede: «Da quanto lo sai?»

«Dall'inizio.»

Serra le labbra, i suoi occhi si riempiono di lacrime.

Sembra un cucciolo ferito. Mi viene la nausea. Ingoio l'amaro che mi sale in gola. Pensa ad Harper, mi dico. Lo fai per lei.

«Ma...» La sua voce trema. «Perché vuoi uccidermi, se non è per gelosia?»

«Non ti sto uccidendo» dico. «Guarda nello specchio, Violet. Sto uccidendo me stessa.»

Sloane mi fissa, senza capire, il suo volto si contorce in un'espressione confusa. Poi i suoi occhi si spalancano: comincia a realizzare, piano piano. Lentamente porta la mano alla bocca, coprendola con orrore.

«Be', tecnicamente, sarà Jay a ucciderti» continuo. «Almeno, questo è quello che dirò alla polizia.»

Sento una fitta acuta allo stomaco. La verità è che vorrei non doverla uccidere. Vorrei poter puntare la pistola al petto di Jay e aprire un buco proprio dove dovrebbe esserci il suo cuore. Ci ho pensato. Ci ho pensato e ripensato. Volevo ucciderlo, lo volevo con ogni fibra del mio essere, ma sarebbe stato troppo rischioso. Se mi avessero scoperta – sarei stata la principale sospettata, forse l'unica – avrei perso tutto. Tutto quello che Jay stava già minacciando di portarmi via.

Poi ho incontrato Allison. E lei mi ha parlato di Sloane. Mi è venuta un'idea. E se, invece di essere io a uccidere Jay, fosse Jay a uccidere me? E se la gente mi credesse morta, e pensasse che sia stato lui a uccidermi? Avrei preso Harper e nessuno avrebbe potuto mettere in discussione nulla, sarebbe stata nelle amorevoli e legali cure della nostra tata di fiducia. E Jay sarebbe finito in prigione, il posto a cui appartiene.

Ma, perché funzionasse, avevo bisogno di un corpo. Mi serviva Sloane. Se fossi riuscita a farla vestire come me, comportarsi come me, farla sembrare me, e se all'arrivo della polizia sulla scena del crimine mi fossi spacciata per lei, allora, be', non avrebbero avuto motivo di non credermi. Violet Lockhart sarebbe stata morta, e Jay Lockhart sarebbe stato colpevole. Questo è ciò che avrei detto loro.

C'è la mia foto sulla patente di Sloane. E poi ci sono tutte le foto che ho scattato ad Harper e Sloane insieme, foto che mostrerò alla polizia. Se le portassero da Anne-Marie, lei indicherebbe Sloane e direbbe: «Sì, quella è Violet Lockhart». Sembra semplice, e lo è. Perché è sempre il marito, anche quando non è così. Cosa ci sarebbe da confutare? Ci sarebbero un corpo e un movente. Scoprirebbero la polizza di assicurazione sulla vita e che non ha valore in caso di divorzio, poi troverebbero i documenti per il divorzio che ho lasciato sul comodino. Caso chiuso.

Jay finirebbe in prigione e io me ne andrei con Harper. Grazie al testamento aggiornato, Sloane Caraway è la tutrice legale. Dal telefono di Sloane manderei un messaggio a sua madre, per informarla di quanto è accaduto a Violet Lockhart e che porterò Harper sulla costa ovest. Magari farei un paio di videochiamate – la vista e l'udito di sua madre stanno peggiorando – giusto perché pensi che Sloane sta bene. È improbabile che rappresenti una minaccia reale, anche se dovesse sospettare qualcosa. Sloane ha detto che è bloccata in casa; non c'è molto che possa fare da una poltrona. Poi potremmo partire, magari tornare in California, o altrove sulla costa del Pacifico, in una piccola città dell'Oregon.

«Per favore» mugola Sloane, con voce spezzata, mentre si copre la bocca con la mano. Ha paura, tanta paura. «Ti prego, non farlo.»

«Mi dispiace» dico. E mi dispiace davvero. Non voglio, ma devo farlo. Sento un dolore pulsante allo stomaco. «Non c'è altro modo.» Il mio dito si aggancia al grilletto. Alzo la pistola. Sloane comincia a indietreggiare. Le tremano le gambe, le sue braccia sono tese come per proteggersi. C'è terrore nei suoi occhi.

Mi sembra di fluttuare sopra il mio corpo. Il sangue mi pulsa nelle orecchie. Vedo la sua bocca muoversi, ma non riesco a sentire nulla, se non l'elettricità statica. Si gira per correre. *Ora. Ora, Violet, ora. Per Harper.* Chiudo gli occhi e premo il grilletto. Il colpo di pistola è assordante, netto, come il colpo di una frusta, ma più forte, le orecchie mi fischiano e fanno male. Quando riapro gli occhi, il corpo di Sloane è sul pavimento. La pistola cade rumorosamente sul pavimento di piastrelle. Mi accascio sulle ginocchia.

# JAY

# 30

«Ha detto *cosa*?» chiedo, alzando un sopracciglio sorpreso. In lontananza, sento il suono debole delle sirene.

Anne-Marie sorride in modo malizioso, poi scrolla le spalle, spostandosi una ciocca di capelli biondi dagli occhi. «Ha detto che ci hai provato con lei.»

«Io ci provavo con *lei*? Caitlin ha detto questo? Quando?» Cerco di non sembrare irritato come invece sono. Perché Caitlin ha parlato di noi ad Anne-Marie?

«Ehi, ambasciator non porta pena» dice Anne-Marie, mentre attraversa la cucina per prendere un'altra birra dal frigorifero. «Ma non preoccuparti, non ci ho creduto. Tutte le tate pensano che il padre ci provi con loro, fin dai tempi in cui Ben Affleck è scappato con la sua. Fa parte del mestiere.»

Strizza l'occhio e prende la mia bottiglia vuota, porgendomi quella piena e ghiacciata. Bevo una lunga sorsata, poi un'altra. La birra mi rilassa. Quando sono arrivato qui, quarantacinque minuti fa, subito dopo il litigio con Violet, avrei potuto sfondare un muro con un pugno. Grazie al cielo c'è Anne-Marie. Era sul portico quando sono passato, e mi ha fatto cenno di fermarmi. «I bambini sono di sopra» ha detto, invitandomi a seguirla in casa «rimbambiti davanti alla tv.» Lo sento, il volume è al massimo.

Persino sopra il suono della tv, le sirene si fanno più forti, si avvicinano. Mi rendo conto che è la prima volta che le sento da quando abbiamo lasciato la città. A New York sono parte costante del rumore di fondo, un lamento sempre presente, che cresce e si affievolisce durante il giorno; a volte più silenzioso, ma sempre lì. Qui, dove l'unico rumore è il fragore delle onde, il suono è stridente, fuori posto.

Inclino la testa verso la strada. «Ti immagini se Caitlin avesse chiamato la polizia?» scherzo.

Anne-Marie mi guarda, divertita. Apre la bocca, ma non fa in tempo a parlare, perché all'improvviso le sirene sono proprio qui davanti. Ci giriamo entrambi e vediamo due auto della polizia con le luci che lampeggiano parcheggiate davanti a casa. Le portiere si aprono, con le sirene ancora ululanti.

«Vado a controllare i bambini» le dico. Appoggio la birra sul bancone. «Magari uno di loro ha preso il telefono per uno scherzo?»

Ma prima che possa muovermi, qualcuno bussa alla porta con forza. Un pugno chiuso picchia colpi pesanti. Ci guardiamo, corrugando la fronte. Poi la porta si spalanca. Indietreggiamo entrambi, fino a essere schiacciati contro la parete del soggiorno. Tre poliziotti stanno sulla soglia. Hanno le pistole in pugno.

«Jay Lockhart?» tuona uno degli agenti.

Istintivamente, alzo le mani sopra la testa. «Sono io...»

«È in arresto per il tentato omicidio di Violet Lockhart.»

Si avvicina con le manette, mi gira bruscamente. Sento il metallo ai polsi freddo, duro.

*Tentato omicidio? Ma che cazzo*! Mi gira la testa, sento il corpo paralizzarsi. Lo fisso, sbalordito.

Il poliziotto continua: «Ha il diritto di rimanere in silenzio. Qualsiasi cosa dirà potrà essere usata contro di lei in tribunale.»

«Dev'esserci un errore» riesco infine a dire, cercando di voltarmi per guardarlo, ma vengo strattonato indietro e poi spinto in avanti verso la porta. «Vi prego!» Ora sto urlando, il panico mi assale.

Guardo indietro verso Anne-Marie. Ha il viso pallido, mi fissa con la bocca spalancata, le braccia strette intorno a sé.

«È un errore» urlo ancora. «Anne-Marie, chiama un avvocato. Devi aiutarmi!» Ma lei non si muove, resta lì con gli occhi spalancati e impassibili.

Fuori dalla casa vengo trascinato fino a una macchina della polizia con le luci lampeggianti.

La mia testa sbatte contro il lato dell'auto mentre vengo spinto dentro, sui sedili posteriori.

Nessuno mi parla durante il tragitto verso la centrale. Resto seduto, frastornato, con una sensazione di torpore pesante che mi rende difficile respirare, pensare. Tentato omicidio? Di Violet? No, dev'esserci un errore.

Alla centrale, vengo scaricato in una squallida cella di detenzione, grigia, umida e soffocante. Non ci sono finestre, né aria condizionata. La camicia si incolla alla mia schiena, sudata e appiccicosa. Mi siedo sulla panca dura, mi alzo, poi mi risiedo. Non dovrei essere qui. Non so cosa stia succedendo, ma so che non dovrei essere qui.

Due volte mi alzo, urlo per chiedere dell'acqua, alla disperata ricerca di qualcuno con cui parlare, che mi guardi, ma non arriva nessuno. Finalmente, dopo quella che sembra un'eternità, una guardia apre la porta e chiama il mio nome.

Mi conduce lungo un corridoio di cemento fino alla stanza degli interrogatori. Come la cella, è calda e fatiscente. Al centro c'è un tavolo di alluminio con due sedie, una per lato. La mia è scomoda, troppo piccola.

La guardia esce e resto solo di nuovo, ma questa volta non per molto. Si sente un forte ronzio e il clic della porta che si sblocca.

Entra un uomo. Indossa pantaloni scuri e una camicia con le maniche arrotolate e il colletto sbottonato, che lascia intravedere una maglietta bianca sbiadita. Prende la sedia di fronte a me e si siede. È un uomo magro, dai tratti marcati, sui quaranta o cinquant'anni.

«Sono il detective Edgerton» dice, brusco ma non scortese. «Devo informarla che questo interrogatorio è registrato. Ha capito?» Indica una piccola videocamera dietro di lui, in alto nell'angolo destro della stanza. Poi si gira di nuovo verso di me. «Vuole dirmi cosa è successo?»

Scuoto la testa. «Non è successo niente! Dev'esserci un malinteso!» Sto per perdere il controllo. «Avete sbagliato persona! Non ho mai fatto del male a Violet. Non lo farei mai. Io...»

«Jay.» Alza una mano. «Facciamo un passo indietro. Quando ha parlato l'ultima volta con sua moglie?»

Esalo un respiro tremolante. «Poco fa, questo pomeriggio.»

«E cosa è successo durante quella conversazione?»

«Noi...» Deglutisco. Quel che sto per dire non mi sarà di aiuto. «Abbiamo litigato. Mi ha chiesto di andarmene.»

«E per cosa avete litigato?» chiede.

«Lei pensava...» Mi fermo di nuovo. Mi strofino la tempia. La fronte è imperlata di sudore. *Cazzo.* «Pensava di avermi visto con la tata.» La testa mi pulsa, il dolore mi avvolge dal retro del cranio fino alla fronte. «Posso avere un po' d'acqua, per favore?»

Il detective mi ignora. «Era vero?» È impassibile, non batte ciglio.

Mi agito sulla sedia. «Senta, io e mia moglie… abbiamo avuto dei problemi. Abbiamo parlato di separarci.» So che non risponde alla sua domanda, ma voglio che capisca che non è come sembra.

«Chi ha proposto la separazione?»

Alzo le spalle. «Non lo so, abbiamo entrambi convenuto che le cose non stavano funzionando.» Anche questa non è esattamente la verità. Ma la verità non mi aiuterebbe.

«Ma inizialmente è stata la signora Lockhart a voler chiudere?»

Non capisco dove voglia arrivare. Né chi glielo abbia detto.

«Era arrabbiata, e sì, potrebbe essere stata lei a dirlo per prima, ma stavamo cercando di sistemare le cose…»

Mi interrompe. «Quindi, sua moglie voleva andarsene e lei no. È per questo che le ha sparato?»

Lo fisso incredulo. «Cosa? Sparato? No! Non le ho sparato. È stata lei a dirlo? Sta mentendo, Cristo!»

Mi prendo la testa tra le mani. So che Violet era arrabbiata con me; certo che lo so. Tra noi le cose andavano male da molto tempo. È vero che non sono sempre stato il marito ideale, ma non è stato facile essere l'uomo che lei voleva. Mi sono sentito solo e, lo ammetto, sono stato debole. L'ultimo anno a New York è stato particolarmente duro. Abbiamo entrambi fatto e detto cose per ferirci, ma questo? Dire che le ho sparato? *Ma che cazzo, Violet*!

«Senta» alzo la testa. Sono esausto, ogni parte del mio corpo pesa come un macigno. «Posso parlare con lei? Se avessi solo cinque minuti, sono sicuro di poter chiarire tutto. Per favore. Solo una rapida chiamata.» Ora sto implorando. «Le dirà che è stato tutto un equivoco!»

Il detective Edgerton sospira. Poi si appoggia allo schienale della sedia. Anche lui sembra stanco. «Temo che non sia possibile.»

«Non ho ancora fatto la mia telefonata!» dico, realizzandolo solo in quel momento. «Non ho diritto a una telefonata? La prego. Fatemi parlare con lei!»

Il detective si schiarisce la gola. C'è una lunga, pesante pausa prima che dica: «Purtroppo, la signora Lockhart è deceduta due ore fa durante il trasporto in ospedale».

Lo fisso, incredulo. *Cosa? No. No. Non può essere…*

Il detective si schiarisce ancora la gola «significa che lei è accusato di omicidio di primo grado. È pronto a dirmi cos'è successo davvero l'ultima volta che ha visto la signora Lockhart? Se mi dice la verità, posso aiutarla.»

La stanza sembra allargarsi e poi restringersi, inizio a vedere tutto nero. All'improvviso, mi sento come se fossi sott'acqua, tutto è distorto. Sono sommerso, i suoni sono ovattati, la mia vista annebbiata.

«Signor Lockhart?» La voce del detective Edgerton risuona forte, quasi assordante. «Qualcuno porti dell'acqua!» grida. «Signor Lockhart, sta bene?»

«Voglio un avvocato» dico.

Nessuno viene a cercarmi fino al pomeriggio successivo. Il mio corpo è rigido e dolorante, la testa continua a pulsare. Gli occhi bruciano per la mancanza di sonno.

Dopo l'interrogatorio con il detective, mi hanno schedato – impronte digitali, foto segnaletica – hanno preso i miei vestiti, mi hanno dato un paio di sudici pantaloni della tuta e una maglietta macchiata e mi hanno portato in una cella con un materassino sottile in un angolo e un gabinetto di metallo nell'altro. La piccola stanza era calda e puzzava di urina.

Esausto, mi sono sdraiato sul materassino. Ho dormito a tratti, sobbalzando ogni volta che scivolavo in un sonno troppo profondo, il petto che si contraeva ogni volta che ricordavo. *Violet è morta. Morta. Morta. Morta.*

Una guardia ha bussato contro la mia porta stamattina presto per la colazione. Quattro ore dopo, per il pranzo. Entrambi serviti su vassoi di plastica, entrambi immangiabili.

Finalmente, la guardia spalanca la porta della mia cella. «Il suo avvocato è qui» dice apatico. «Si alzi.»

Prima di andarsene dalla stanza degli interrogatori ieri, quando ho alzato lo sguardo dalle mani che tenevo sulle ginocchia, il detective Edgerton aveva fatto scivolare una lista di nomi sul tavolo di metallo. «Avvocati dell'isola» aveva detto. «Se non ne ha uno.»

Ho indicato il primo nome che ho visto. Javier Delgado. Avrei potuto chiamare Kathleen, l'avvocatessa divorzista con cui mi ero incontrato un paio di volte, ma a cosa sarebbe servita una divorzista adesso? E volevo qualcuno del posto, sull'isola. Qualcuno che potesse tirarmi fuori di qui il prima possibile.

La guardia mi accompagna nella stessa stanza degli interrogatori di ieri. Javier è seduto sulla stessa sedia che occupava il detective. Ha una cartella aperta davanti a sé sul tavolo. Si alza quando entriamo, sorridendo educatamente mentre mi porge la mano per stringerla.

Javier è ben vestito, indossa un elegante completo grigio realizzato su misura, una cravatta costosa e dei mocassini di pelle. Avrà tra i trentacinque e i quarant'anni, i suoi capelli sono folti e brizzolati, porta un paio di occhiali con montatura sottile sul viso rasato.

So come appaio in confronto, sporco e intriso di sudore, con gli occhi rossi e cerchiati da profonde occhiaie. E puzzo anche, un odore acre e pungente di sudore e urina; il fetore della cella mi è penetrato nei pori. Ho bisogno di una doccia. Ho bisogno di tornare a casa, di andarmene da questa maledetta isola.

«Signor Lockhart...» inizia Javier, con un'espressione gentile, quasi vuota, sul volto.

«Non sono stato io» lo interrompo. Deve saperlo. È l'unica cosa che deve sapere. «Abbiamo litigato, ma quando sono uscito Violet stava bene! Lo giuro, non ho nulla a che fare con questo!»

Sorride con gentilezza, annuendo. Mi crede. Mi lascio cadere contro lo schienale della sedia. Per la prima volta da quando sono qui, provo un senso di sollievo. Mi aiuterà.

«Ho parlato con il procuratore stamattina, prima di venire qui» dice Javier. «Ci hanno offerto un patteggiamento.» Mi guarda come se fosse una buona notizia. Quando non reagisco, continua. «Se si dichiara colpevole, ridurranno la pena a omicidio di secondo grado. Quindici anni di prigione.»

Lo fisso senza espressione. *Cosa?* «Ma le ho detto che non sono stato io» dico scuotendo la testa. «Perché dovrei dichiararmi colpevole?»

Javier sospira. Si toglie gli occhiali e si passa una mano sul viso, dalla fronte al mento, come se fosse già stufo marcio di questo caso.

«Signor Lockhart, sarò sincero con lei. La sua situazione è grave. Se andiamo a processo, c'è una buona probabilità che rischi l'ergastolo.»

«Ma non sono stato io» ripeto con ostinazione.

«Può darsi, ma potrebbe essere difficile dimostrarlo.»

Sbam! Il mio pugno colpisce il tavolo. «Non è questo il suo cazzo di lavoro?»

La sua espressione placida non cambia. Abbassa lo sguardo sulla cartella davanti a sé. «Prima di morire sua moglie ha detto alla polizia che è stato lei a spararle. La signorina Caraway ha confermato questa versione. Questo fa due testimoni. Poi c'è la polizza di assicurazione sulla vita.»

Non so chi diavolo sia la signorina Caraway, ma al momento sono troppo confuso dal riferimento alla nostra polizza assicurativa per preoccuparmene. «Di cosa sta parlando?» chiedo, sporgendomi in avanti con le mani sul tavolo.

«Della polizza che la nomina unico beneficiario del fondo fiduciario di sua moglie. A meno che, naturalmente, non foste in procinto di divorziare.»

Javier spinge una pila di documenti verso di me.

«Che cos'è questo?» Sfoglio le carte.

«Questi sono i documenti del divorzio. Rendono la polizza assicurativa nulla. La signora Lockhart li ha fatti preparare prima di lasciare New York. La procura sosterrà che era arrabbiato quando sua moglie glieli ha notificati. Ha cercato di dissuaderla, ma quando non ci è riuscito, la situazione è degenerata.»

Scuoto la testa. «No, non è andata così! È la prima volta che vedo questi documenti! Ma» abbasso lo sguardo sulle pagine, cercando di capire «anche se fosse vero, non avrei mai sparato a Violet! Non le avrei mai fatto del male!»

«Ci sono stati dei precedenti episodi di violenza, giusto? La polizia non è intervenuta a casa vostra dopo una chiamata per violenza domestica l'anno scorso?»

«Perché lei mi ha lanciato un bicchiere!» Mi passo le mani tra i capelli, tirandoli. Mi sento sul punto di impazzire. «I vicini ci hanno sentito litigare e hanno chiamato la polizia. Io non l'ho mai toccata!»

«Ascolti, non sto dicendo che l'ha fatto. Ma potrebbe essere visto come un comportamento reiterato. Almeno, è così che lo presenterà il procuratore. E il fatto che l'abbiano trovato nella casa accanto, e che stesse progettando di portare via sua figlia senza il consenso di sua madre...»

La mia bocca si spalanca. «Portarla via? Non ero lì per prendere Harper. Io...» Mi fermo di colpo. La vera ragione per cui ero lì non migliorerebbe la mia posizione.

Javier si stringe nelle spalle. «Signor Lockhart, le accuse contro di lei sono convincenti.»

Lo fisso incredulo. Non gli importa se sono colpevole o innocente. Nemmeno un po'.

«Ci rifletta» dice Javier. «Quindici anni se accettiamo il patteggiamento. Probabilmente ne farebbe solo dodici per buona condotta. Potrà vedere sua figlia diplomarsi. Se andiamo a processo, potrebbe non riuscire nemmeno ad accompagnarla all'altare.» Raccoglie i fogli sparsi sul tavolo in una pila ordinata e li rimette nella cartella. «Pensi a questa possibilità. Tornerò tra qualche giorno.»

Javier si alza e si dirige verso la porta.

«Aspetti!» L'idea che se ne vada, lasciandomi di nuovo solo in quella cella, mi fa precipitare nel panico. «Non se ne vada!»

Si ferma e alza un sopracciglio. «Sì?»

«Quando posso uscire da qui?» chiedo. Vorrei corrergli incontro, afferrargli la giacca e implorarlo: «Mi porti via con lei».

Mi fissa per un momento prima di rispondere. «Mi spiace, signor Lockhart» dice, scuotendo la testa «non c'è cauzione. Non per i casi di omicidio.»

# 31

Passano due giorni prima che Javier torni. Due notti insonni nella cella umida e fetida. Sento che la mia mente sta cedendo. Non riesco a capire come o perché mi trovo qui.

Le ore passano lente. Per far trascorrere il tempo, rivivo nella mia mente il litigio con Violet, ancora e ancora, mentre il sudore mi imperla la fronte, mi bagna le ascelle; la cella è calda e soffocante.

Quando sono entrato in camera da letto, stava facendo le valigie. In fretta, apparentemente: vestiti sparsi ovunque, cassetti spalancati. Non sembrava arrabbiata, almeno non all'inizio. Si muoveva rapidamente, infilando cose in una borsa. Mi ci è voluto un momento per rendermi conto che erano le *mie* cose, la *mia* borsa.

Poi mi ha visto sulla soglia. Gli angoli della sua bocca si sono contratti. «Voglio che tu te ne vada» mi ha detto. «Ti ho visto con Caitlin.»

La sua voce era così priva di emozioni, come se mi stesse dicendo che il latte era finito.

Era così diversa dall'ultima volta, dalla notte in cui mi aveva lanciato contro il bicchiere di vino, con gli occhi spalancati, il viso distorto in un ghigno furioso. No, questa volta sembrava quasi che si stesse divertendo.

Che altro ha detto? Ah, sì. «Esattamente quello che speravo.» Poi quella contrazione agli angoli della bocca si è trasformata in un sorriso fugace, tanto che, una volta sparito, ho pensato di averlo immaginato.

«Esattamente quello che speravo.»

Perché? *Perché?*

Non lo so. L'unica cosa che so è che quando sono uscito di casa, Violet era viva. Cos'è successo dopo che sono andato via? Com'è morta? La domanda mi martella il cranio come un tamburo.

Finalmente, quando sono sull'orlo di perdere completamente la testa, una guardia apre la porta della cella e mi porta di nuovo nella stanza degli interrogatori. Javier è lì ad aspettarmi, le mani intrecciate sul tavolo.

Mi siedo sulla sedia di fronte a lui. Mi sorride con aria interrogativa.

«Ha?...» inizia.

«Deve dirmi cos'è successo» lo interrompo. «Dopo che me ne sono andato. Le giuro che quando sono uscito Violet era viva! Qualcuno è entrato nella casa sulla spiaggia? È lì che è stata colpita?»

Javier mi fissa, come se cercasse di capire se mi deve rispondere o se lo sto prendendo per il culo. Poi dice: «La sua tata ha detto che l'ha sentita discutere con la signora Lockhart. Pochi minuti dopo, uno sparo. Quando è stato abbastanza sicuro uscire dalla sua stanza, ha trovato la signora Lockhart sanguinante nel bagno padronale. E quando è arrivata la polizia, la vittima ha confermato che è stato lei a spararle.»

Scuoto la testa. «C'è stato uno sparo dopo che abbiamo discusso?»

Javier abbassa lo sguardo sui suoi documenti. «Sì, secondo la signorina Caraway. Ha detto alla polizia che...»

«Aspetti» alzo una mano. È la seconda volta che dice quel nome. «Chi è la signorina Caraway?»

«Sloane Caraway. La sua tata.»

*Che cazzo?* «No» dico. «La nostra tata si chiama Caitlin. Non conosco nessuna Sloane.»

Javier tira fuori una fotografia dalla sua cartella e la fa scivolare davanti a me. È una foto di Violet e Harper sulla spiaggia con Caitlin.

«Quella è Caitlin» dico, guardandolo di nuovo.

«Ha detto alla polizia che il suo nome è Sloane Caraway» dice Javier alzando le spalle. «Sono sicuro che le abbiano chiesto i documenti.»

Riguardo la foto. *Sloane Caraway?* Perché ci ha detto di chiamarsi Caitlin?

«Ascolti» dice Javier. «Il caso contro di lei è abbastanza solido. Il procuratore mi ha scritto stamattina. Hanno trovato la pistola che è stata usata per sparare alla signora Lockhart. Non c'erano impronte, ma hanno controllato il numero di serie. Era registrata a suo nome. Capisco che lei non voglia dichiararsi colpevole, ma questo, insieme alla testimonianza della signorina Caraway...»

«La pistola gliel'ha regalata sua madre! Non l'ho mai nemmeno toccata!» La mia voce è tesa. «Non mi dichiarerò colpevole. Non posso. Non sono stato io.»

Il viso di Javier si irrigidisce, la bocca si contrae. Sospira. «Penso che sia un errore. Come ho detto nel nostro ultimo incontro, potrebbe essere la sua migliore possibilità per ottenere una riduzione di pena. So che non è l'ideale, ma deve considerare l'alternativa. Se andiamo a processo e viene condannato, potrebbero passare decenni prima del suo rilascio. E sua figlia, Jay? Che ne sarà di lei?»

Abbasso le spalle. Harper. La mia bellissima bambina dagli occhi marroni.

«Dov'è?» chiedo, lasciandomi cadere la testa tra le

mani. «Sta bene? Devo chiamare mia sorella. Verrà qui. Può stare con lei.»

Non parlo con Denise da mesi, anche se lei mi chiama ogni due, tre settimane. Ignoro le sue telefonate, non la richiamo. Vorrei farlo, ma non trovo mai il tempo, non sono mai dell'umore giusto per respingere le sue richieste di denaro. Vive in Ohio con i suoi tre figli, due figliastri e il suo secondo marito, ed è sempre a corto di soldi, per l'affitto, per la spesa, per i vestiti dei bambini. «Vorrei iscrivere Penny a danza» aveva detto irritata l'ultima volta che ci siamo parlati, come se fosse colpa mia se non poteva permetterselo.

Javier apre la sua cartella manila, sfoglia tra i documenti e tira fuori una pagina dattiloscritta. «È affidata alla signorina Caraway.»

Mi alzo di scatto e lo fisso con una smorfia di confusione. «Caitlin? Perché Harper è con lei? Dovrebbe stare con la sua famiglia.»

«Be', sembra che la signorina Caraway» Javier pronuncia lentamente il nome, con enfasi, per correggermi «sia indicata come tutrice legale di Harper. Nel suo testamento. Nel caso in cui lei e la signora Lockhart foste impossibilitati a occuparvene.»

«Cosa?» Questo non ha senso. «No, no, c'è stato un errore. Mia sorella è la tutrice designata.»

Ne abbiamo discusso alla nascita di Harper: una decisione difficile da far accettare sia a Denise sia a Violet. Non mi sorprende che le due non si piacessero. Denise pensava che Violet fosse una snob, Violet pensava che Denise fosse un'opportunista. Nessuna delle due aveva torto, decisamente no. Ma non potevo sopportare l'idea che Harper andasse a vivere con i genitori di Violet, o con i miei. «Dovrebbe stare con i suoi cugini» avevo detto a Violet «con altri bambini, con la famiglia. E poi, quale probabilità c'è che succeda qualcosa a entrambi?» Violet, alla fine, aveva ceduto, così come Denise, quando si era resa conto che la custodia avrebbe comportato un assegno. Violet aveva aggiornato il nostro testamento senza dirmelo? Perché?

«La sua firma è sui documenti. Proprio accanto a quella della signora Lockhart.»

Mi porge un altro documento dalla cartella, lo spinge verso di me e picchietta un dito sul fondo della pagina. «Ce lo ha inoltrato il suo avvocato da New York. Ha detto che ha inviato lei la mail.»

Lo fisso, senza parole: è il mio nome – accanto a quello di Violet – in inchiostro blu.

Finalmente, alzo lo sguardo scuotendo la testa. «Non ho firmato questo documento! E sicuramente non gliel'ho mandato. Non voglio che Harper stia con Caitlin – o Sloane – o come diavolo si chiama! La prego, mi faccia chiamare Denise.»

«Senta» sospira Javier. «A quanto pare, la signorina Caraway ha un avvocato. Uno bravo. Se vuole contestare il testamento, dovremo passare attraverso i canali ufficiali. Potrebbero volerci mesi.» Chiude la cartella. «Sono disponibile a iniziare le pratiche, se vuole.»

Mi gira la testa. *Che cosa sta succedendo?* «Sì! Harper non deve stare con lei!»

Javier annuisce. «Va bene, me ne occuperò. Ma riguardo all'accordo... è sicuro?»

«Quante volte devo ripeterlo? Non passerò quindici anni in prigione per un crimine che non ho commesso!» Dalla mia bocca vola della saliva che atterra sul tavolo.

Javier annuisce. «Capisco. Mi lasci parlare di nuovo con il procuratore. Vedrò se c'è margine di trattativa.» Poi si alza. Le gambe della sedia stridono sul pavimento in cemento. «Nel frattempo, cerchi di riposare, okay?» La sua voce ora è più gentile.

Annuisco automaticamente, col respiro ancora affannato. *Riposare, certo.* Mi chiedo se mi sentirò mai più riposato.

«E, Jay?» Javier mi mette una mano sulla spalla. Quando lo guardo, vedo la pietà nei suoi occhi. Mi vede come una nullità. «Ho visto Harper lasciare la centrale con la signorina Caraway. Sembrava stare bene. Sorrideva mentre divorava un sacchetto gigante di M&M's.»

Nella mia cella, mi siedo con la schiena contro il muro. Mi sembra di essere sull'orlo di un abisso nero, sul punto di essere inghiottito.

Mi passo le dita tra i capelli, tirandoli, strappandoli. Perché Violet avrebbe affidato la custodia di Harper a Caitlin? Perché Caitlin mentiva sul suo vero nome?

Per la centesima volta, ripeto l'ultima lite con Violet nella mia mente, come un disco rotto. La sua voce riecheggia forte, rimbomba nella cella, sulle pareti di cemento.

*Esattamente quello che speravo.* Che cosa aveva voluto dire? Che *voleva* che avessi una relazione con Caitlin? Perché avrebbe firmato la custodia a una donna con cui desiderava che io avessi una relazione?

Ma quello che è successo tra me e Caitlin – *Sloane?* – non era nemmeno una relazione. Era stato innocente, perlopiù, qualche sguardo malizioso, un paio di baci. Una distrazione, niente di più. Lo sapevamo entrambi. Violet era stata così altalenante negli ultimi mesi, poi glaciale da quando eravamo arrivati alla casa sulla spiaggia – con i sorrisi forzati e il fingere di dormire ogni sera quando andavo a letto – e io mi sentivo irrequieto, teso. E Caitlin era lì, ad aspettare. Chi poteva biasimarmi? Non riconoscevo più Violet. E non perché sembrasse diversa, anche se lo era. Penso alla foto che Javier mi ha mostrato oggi, di lei e Caitlin sulla spiaggia, Harper tra loro due.

Violet era ingrassata nelle ultime settimane, era più grassa di quanto l'avessi mai vista, tranne che durante la gravidanza; e anche la sua pelle era peggiorata, con brufoli sul mento, sulla fronte. La Violet che conoscevo, quella con cui sono andato a letto, quella con cui mi sono lavato i denti per più di dieci anni, era esigente riguardo al suo aspetto, faceva di tutto per mantenere la pelle perfetta: sieri notturni, creme, scrub, maschere.

Ma altre cose erano cambiate: il modo in cui si vestiva, per esempio, con vestiti che non le stavano bene, brutti e logori. E, forse, il cambiamento più grande di tutti: il modo in cui si comportava, come se fosse intoccabile, come se, allungando la mano, le mie dita le sarebbero passate attraverso.

Sull'isola Violet si era ritirata, e quando l'aveva fatto, Caitlin aveva fatto un passo avanti. Caitlin, con i suoi occhi languidi e la risata roca. Mi guardava come Violet faceva una volta.

In alcuni modi, in realtà, Caitlin mi ricordava Violet. Almeno la vecchia Violet. È strano, ora che ci penso: la mattina in cui siamo partiti per l'isola, quando Caitlin è comparsa sulla nostra porta, per un istante ho pensato che fosse Violet. I capelli di Caitlin erano più scuri rispetto all'ultima volta che l'avevo vista, e più corti, dello stesso taglio e colore di quelli di Violet, con addosso vestiti che sembravano proprio quelli che lei avrebbe indossato. È arrossita quando le ho fatto un complimento, mi ha detto che Violet le aveva dato la maglietta, l'outfit completo, in realtà. Non ci ho fatto caso in quel momento; non è forse quello che fanno le donne, condividono i vestiti, si scambiano consigli di stile? Ma ora il pensiero mi tormenta. Caitlin era gelosa di Violet? Aveva indossato i suoi vestiti e si comportava come lei perché voleva *essere* lei? Sento un'ondata di nausea salirmi dallo stomaco. *Potrebbe essere stata così gelosa da ucciderla?*

Mi strofino le tempie. No. Se fosse stata Caitlin a spararle, perché Violet avrebbe detto alla polizia che ero stato io? Non ha senso. Mi manca qualcosa. Ma cosa? Mi stendo sulla schiena con le ossa sporgenti sul pavimento di cemento sottostante e fisso le crepe nel soffitto. Sento che la risposta è fuori portata.

Alla fine, mi addormento con gli occhi che mi bruciano e la testa che pulsa. Mi rigiro nel letto, il corpo mi fa male. Dormo senza sogni.

Poi, nel cuore della notte, mi metto a sedere di colpo. I miei occhi si aprono di scatto, un sudore freddo mi inonda la maglietta.

Javier aveva detto che Caitlin aveva sentito la nostra discussione. Ma lei non era a casa. L'avevo incrociata mentre uscivo: stava entrando.

*Come avrebbe fatto Caitlin a sapere che avevamo litigato?* A meno che la persona che aveva raccontato alla polizia del litigio fosse un'altra... La verità mi colpisce come un treno in corsa.

Caitlin non ha sparato a Violet. È stata Violet a sparare a lei. Le ha sparato e ha detto a tutti che era lei Caitlin e che quella stesa a terra era Violet Lockhart. E che l'avevo uccisa io.

Caitlin non cercava di somigliare a Violet: era il contrario. Violet voleva che Caitlin somigliasse a lei. E voleva che Caitlin e io fossimo insieme, così che la gente pensasse che fosse lei, mia moglie.

Mi alzo in fretta e inizio a battere sulla porta della cella. «Qualcuno mi aiuti! Ho bisogno di aiuto!»

Continuo a colpire finché, finalmente, si sente un ronzio e la porta si apre. Una guardia mi fissa con fastidio. «Ho bisogno che chiami il mio avvocato!» dico.

«Sono le quattro del mattino» dice la guardia. «Può chiamare domani.»

La porta sbatte di nuovo.

«No!» urlo. «No, aspetti!»

Ma nessuno torna. Mi siedo a terra. Alla fine, mi stendo di nuovo sul materasso, ma non dormo, sono troppo nervoso. Violet non è morta. Non è morta. Non è morta. Non è morta.

Sto camminando avanti e indietro, tracciando ombre strette e rapide intorno alla stanza, quando finalmente una guardia mi fa uscire dalla cella. Il mio corpo pulsa, come quando sniffo una dose: mi sento leggero e tutto è chiarissimo.

Non appena entro nella sala degli interrogatori, senza manette, corro da Javier, e lo afferro per le spalle. «Violet non è morta!» dico. «Caitlin è morta! Voglio dire, Sloane. Violet l'ha uccisa!»

Javier fa un passo indietro, si aggiusta la giacca e poi mi fa segno di accomodarmi. «Perché non si siede?» dice con calma. «Ha dormito?» Mi tocca il gomito, cercando di guidarmi verso il tavolo.

«No!» mi scosto. So che pensa che io sia pazzo, anch'io lo penserei; sono consapevole di come appaio e di come suona quello che dico, ma sono sicuro di avere ragione. Ci scommetterei la vita. «Mi ascolti» dico, abbassando la voce. «Violet mi sta incastrando. Ha sparato a Caitlin e ha detto che ero io. Ora sta fingendo di essere Caitlin. Ecco perché si vestiva in quel modo. Pensavo che forse Caitlin stesse cercando di essere Violet, ma era il contrario! Può farla venire qui?»

Respiro pesantemente, quasi ansimando e lo guardo

fisso. Non deve credermi, deve solo ascoltarmi, darmi una possibilità di provarlo.

Lentamente, Javier scuote la testa. «Non posso farle incontrare una testimone. Anche se fosse d'accordo, cosa...»

Poi un pensiero mi colpisce. L'altra cosa che mi tormenta. «Gli M&M's! Ha detto che ha visto Caitlin dare gli M&M's ad Harper. È Violet che glieli dà sempre! Come premio! Era lei, probabilmente non se n'è accorto perché era vestita diversamente, ma deve credermi!»

«Jay, non accuserò la signorina Caraway di aver rubato l'identità di sua moglie solo perché ha dato gli M&M's a sua figlia. È...»

«Lei non è la signorina Caraway!» urlo. «Non mi hai sentito? È Violet! La prego, deve trovare un modo per incontrarla! Anzi, ho un'idea migliore! Il corpo! Può ordinare un test del dna sul corpo? Sarà quello di Caitlin/Sloane, qualunque sia il suo nome!»

«Jay, per favore si sieda» dice Javier.

Mi siedo anche se non voglio. Sotto il tavolo, il mio ginocchio trema all'impazzata. Javier si siede di fronte a me. Per un momento non dice nulla. Poi aggiunge: «Il corpo è stato cremato ieri».

Lo fisso. «Cosa?»

«Mi dispiace.»

È come se mi avessero preso a pugni nello stomaco. Come ha fatto Violet a orchestrare tutto questo? Inizio a ridere incredulo, una risata isterica che mi travolge. Quella stronza. Pensa di essere più intelligente di me; lo ha sempre pensato. Questa era la sua occasione per provarlo. Ma non glielo permetterò. Mi riprendo, smetto di ridere altrettanto rapidamente come ho cominciato.

Stringo la mascella. «Voglio andare a processo» dico.

«Jay...» inizia Javier, esitante.

«No!» lo interrompo. «Se Caitlin è l'unica testimone, dovranno chiamarla a deporre. Violet dovrà presentarsi.»

Javier si siede al tavolo. Sospira. «Il procuratore potrebbe offrirle dodici anni se accetta il patteggiamento» dice. Non mi crede. Neanche un po'.

Scuoto la testa. «No. Devo assumere un altro avvocato? Io andrò a processo. Con o senza di lei.»

C'è un lungo silenzio. «Se vuole andare a processo, andremo a processo» dice finalmente Javier. «Ma potrebbero volerci mesi, fino a un anno, forse anche di più.»

«Non mi importa.» Non mi importa quanto tempo ci vorrà. Non permetterò a Violet di farla franca. Non le permetterò di portarmi via tutto.

«Va bene» dice Javier, annuendo lentamente. «Lo farò sapere al procuratore. E se cambia idea...»

«Non cambierò idea» dico.

Passano tre mesi. Su mia richiesta, Javier è riuscito a ottenere che il processo si tenga a Brooklyn, quindi sono stato trasferito in un centro di detenzione nel Queens. Significa che sono più vicino ad Harper, ma nessuno me la fa vedere. Significa che sono anche più vicino a Violet. So che è lì fuori, riesco a sentirla, la sento mentre ride di me.

Poi, un pomeriggio, una notizia. In un'altra stanza di cemento, cupa come le altre, Javier mi dice che Sloane Caraway ha accettato di incontrarmi. Sarà accompagnata dal procuratore. Ci sarà anche Javier.

«Accetterà il patteggiamento» vuole sapere Javier «se si tratta, in effetti, di Sloane Caraway e non di sua moglie?» Annuisco. Sarà Violet. Lo so. Non riuscirà a resistere; vuole infierire, farmi capire che mi sta punendo per quello che ho fatto.

«Bene.» Annuisce. So che lui e il procuratore hanno lavorato insieme, entrambi con lo stesso obiettivo: non andare in tribunale, chiuderla con questo caso e con me.

Non mi importa della loro motivazione. L'unica cosa che conta per me è che lei sta arrivando. Non l'ho uccisa, ma sento che potrei farlo adesso, quando la rivedrò.

Due giorni dopo, Javier e io siamo seduti fianco a fianco in una stanza senza finestre nel blocco di detenzione: ci sono due sedie vuote di fronte a noi. Ho le caviglie legate tra loro, ai piedi della sedia. Un guardiano sta in un angolo. Nella stanza c'è un silenzio opprimente.

Non riesco a distogliere lo sguardo dalla porta. Da un momento all'altro lei entrerà.

Il mio cuore batte con violenza nel petto. È come stare seduto in cima a una montagna russa, con le gambe che penzolano, aspettando la discesa. Sai che sta per arrivare, ma non sai quando. Adesso? Ora? E adesso?

Finalmente, sento un forte ronzio. Ci siamo. Il mio stomaco si rovescia.

La porta si apre. Entrano due donne: prima il procuratore, una donna alta con un completo squadrato, capelli grigiobiondo, e dietro di lei, Violet, con la testa bassa, capelli castano scuro, setosi e lisci. Il mio respiro si ferma, mi si blocca in gola. È lei. Un sorriso trionfante si allarga sul mio viso, l'adrenalina mi scorre nelle vene.

Poi alza lo sguardo. I suoi occhi incontrano i miei, e il mio sorriso si scioglie, cola dalla mia bocca e finisce sul pavimento in una pozza ai miei piedi. Lei e il procuratore si siedono dall'altro lato del tavolo.

La donna di fronte a me non è mia moglie. Le somiglia, quasi perfettamente, ha lo stesso taglio di capelli, la frangia, il viso a cuore. Indossa anche i vestiti di Violet, un abito a righe sottili che mi è sempre piaciuto, i primi due bottoni slacciati, la collana d'oro a forma di sole.

Ma non è Violet.

È Sloane.

# SLOANE

# 32

Giro la chiave nella serratura e apro la porta della casa dei Lockhart.

L'odore di gardenie riempie le mie narici quando mi fermo all'ingresso, osservando il salotto e la cucina.

Una dozzina di scatoloni da trasloco semivuoti sono sparsi sul pavimento, sul piano della cucina, sul tavolo da pranzo. I libri sono stati tolti dagli scaffali, le cornici dalle pareti, piatti e bicchieri dagli armadietti, tutti avvolti nella carta a bolle e accuratamente imballati. Due settimane fa ho messo in vendita la casa; sono già arrivate sei offerte, due più alte del prezzo richiesto. L'agente immobiliare pensa che potremo chiudere entro la fine del mese. Per quel periodo, Jay avrà accettato il patteggiamento e sarà dietro le sbarre per sempre.

Sorrido, poi salgo le scale. «Sono a casa!» chiamo.

Quando arrivo in cima, la porta della camera da letto alla fine del corridoio si apre. Esce Violet. «Com'è andata?» chiede.

«Dovevi vedere la sua faccia» dico, sorridendo. «Avrei voluto scattare una foto.»

Lei sorride, il suo volto riflette il mio. Violet, la mia gemella.

L'avevo quasi persa, quando l'avevo appena trovata. Entrambe ci siamo distratte e abbiamo permesso che Jay ci separasse: i nostri sentimenti per lui – infatuazione da parte mia, odio da parte sua – ci avevano distolte da quello che contava davvero. Ma alla fine, nel momento decisivo, abbiamo scelto noi due.

Tre mesi fa, ho fissato Violet con orrore mentre puntava una pistola contro di me. Quando il suo dito è scivolato sul grilletto, mi sono girata, pronta a correre, poi, quando il colpo è partito – il rumore è stato così forte che sembrava che i timpani mi stessero sanguinando – sono crollata a terra, con le mani sopra la testa.

Quando ho capito che mi aveva mancata, ho iniziato a strisciare, nel panico, poi mi sono messa a correre.

Lo avevo imparato durante il corso di formazione in caso di sparatoria quando insegnavo alla Mockingbird: l'unica possibilità che hai contro qualcuno con una pistola è correre, è più difficile colpire un bersaglio in movimento che uno fermo. Così ho corso.

Sono uscita dalla camera da letto, giù per le scale, fuori dalla porta di casa. Non mi sono voltata.

Quando sono arrivata sulla strada, piangevo e ansimavo, chiamavo aiuto. Non avevo il telefono, né le chiavi della macchina.

In preda al panico, ho iniziato a correre verso casa di Anne-Marie, con le gambe che mi pulsavano.

Mi sono girata due volte, ma entrambe le volte non c'era nessuno. Ho continuato lo stesso a correre, col viso rigato di sudore e lacrime.

Ho rallentato solo quando sono arrivata alla casa di Anne-Marie. Ansimavo e avevo i polmoni in fiamme.

Mentre percorrevo il vialetto, mi sono fermata, perché ho notato la macchina parcheggiata nel loro cortile. Era la nostra, la nostra auto a noleggio. Un'ondata di sollievo mi ha travolto. Jay era lì. Era lì per prendere Harper.

Avevo sentito la sua discussione con Violet mentre percorrevo la stradina verso casa nostra, dopo aver lasciato Harper da Anne-Marie; le urla piene di rabbia mentre camminavo sul portico, le loro voci infuriate. Prima che avessi il tempo di entrare, la porta di casa si era aperta con un botto. Jay aveva la borsa da viaggio sulle spalle, il viso contorto in una smorfia di rabbia. Mi aveva sfiorata, quasi ignorando la mia presenza, e borbottava qualcosa sul tornare in città. Ero sbalordita, leggermente ferita, ma soprattutto confusa. Ora tutto aveva un senso.

Naturalmente è venuto qui. Non sarebbe mai andato via senza Harper.

Ho soffocato a malapena le lacrime, mentre salivo le scale verso la porta di Anne-Marie.

Ma poi, sul gradino più alto, quando ho visto la finestra del soggiorno mi sono fermata di colpo. Il respiro mi si è bloccato, ho sentito una stretta al cuore. No, non poteva essere. Avrei voluto urlare per il dolore, ma non l'ho fatto.

Attraverso il vetro, vedevo Jay e Anne-Marie. Insieme. Si baciavano. Erano appoggiati a una parete. Il corpo di lui era premuto contro il suo, la mano di Anne-Marie esplorava la parte anteriore dei suoi pantaloni. Ero lì a fissarli con la bocca spalancata, senza realizzare fino in fondo.

Jay con Anne-Marie. Jay che baciava Anne-Marie. La baciava come mi aveva baciato solo la notte prima.

Mi sentivo lo stomaco in fiamme, come se qualcuno mi avesse ficcato una mano in gola e mi avesse strappato le viscere. Cinque minuti prima pensavo che sarei morta; alla vista di Jay con Anne-Marie avrei voluto esserlo. *Quan-*

*do è iniziata? Durante le corse mattutine? O in qualche altro momento, mentre tutti stavamo dormendo?*

Da quando eravamo arrivati a Block Island, i miei sentimenti per lui erano cresciuti; il mio corpo bruciava di desiderio per lui, caldo e infuocato.

Il primo giorno, quando mi ha fatto fare il giro dell'isola, la sua mano è scivolata in fondo alla mia schiena mentre entravamo in un ristorante e non l'aveva spostata da lì. Al bancone le nostre cosce si sfioravano. La chimica fra noi era palpabile. Mi prendeva in giro, sorrideva, i suoi occhi erano fissi nei miei. Mi dicevo che era solo nella mia testa, ma ogni notte a letto, con il calore tra le gambe, speravo che non lo fosse. Lui era tutto ciò a cui pensavo, tutto ciò a cui volevo pensare.

Poi quella sera siamo andati a cena. «Non mi sono mai sentito così» mi ha sussurrato all'orecchio, mentre Harper dormiva sul sedile posteriore dell'auto. «Neanche io» ho risposto a fior di labbra. A quel punto mi aveva già parlato del divorzio. Anche se sapevo le conseguenze che avrebbe avuto sulla mia amicizia con Violet, ormai ero troppo coinvolta.

Pensavo che Jay e io saremmo stati insieme dopo il ritorno a New York. Me l'aveva detto lui stesso. «Non vedo l'ora di poter stare solo con te» aveva detto «di non doverci più nascondere.»

Ma sono stata una sciocca. Mentre lo osservavo attraverso la finestra e guardavo la sua bocca aprirsi in quella di Anne-Marie, ripensavo alle parole di Violet.

«Credi di conoscerlo» mi aveva detto «ma è così. È un bugiardo. Proprio come te, Sloane.»

Pensavo fosse arrabbiata con lui per averla lasciata. La moglie amareggiata, messa da parte. Ma poi, quando l'ho visto con Anne-Marie, ho capito che intendeva qualcos'altro. Mi aveva detto solo quello che volevo sentire. Diceva a tutte quello che volevano sentire. Come ho potuto essere così cieca?

Così sono tornata. Da Violet. Senza che Jay o Anne-Marie mi vedessero, ho sceso le scale, verso casa nostra.

«Violet?» ho chiamato, aprendo lentamente la porta d'ingresso. «Hai ragione. Sono una bugiarda. Una brava bugiarda. Voglio aiutarti.» Non avevo più paura. Lei non voleva farmi del male; voleva far male a Jay. E ora lo volevo anch'io.

Era ancora nel bagno al piano di sopra, inginocchiata con la pistola gettata da una parte. Il suo viso era pallido, gli occhi rossi e gonfi. Sembrava così giovane.

Quando mi ha guardata, le lacrime le scorrevano sulle guance.

Mi sono seduta davanti a lei e le ho raccontato quello che avevo visto. Poi mi ha raccontato tutto.

Jay ha cominciato a tradirla quando era incinta di Harper. Almeno, quello è il primo caso dimostrabile. Quando lo ha accusato, lui le ha detto che era gelosa, che si stava immaginando tutto. L'aveva quasi convinta, ma poi lei ha trovato i messaggi sul suo telefono. Foto di una collega nuda, piani per incontrarsi in un hotel.

Quando lo ha affrontato, lui piangeva. Le ha detto che si era sentito solo, che aveva paura di diventare padre e che non sarebbe successo più. Ma invece era successo di nuovo. Quando Harper aveva solo sei mesi. E ancora, un anno dopo. Questi erano gli episodi di cui era a conoscenza, per lo meno. Ogni volta, lui giurava che le cose sarebbero cambiate. Lei voleva credergli. Ne aveva bisogno.

Così, quando le ha chiesto di ricominciare con lui a New York, aveva accettato. Le aveva detto che sarebbe stata la sua occasione per fare il capofamiglia, per dimostrare a sé stesso che poteva occuparsi di loro. Avevano sempre fatto affidamento sui soldi della famiglia di Violet, tanto che lui aveva perso di vista chi era come uomo, e cercava altre donne per averne conferma. A New York, le aveva promesso, le cose sarebbero state diverse. Sarebbero migliorate.

Ed era stato così, anche dopo la scoperta che lui era a conoscenza del fondo fiduciario. Lui era stato devoto, concentrato sulla sua start up. Questo era quello che lei pensava. Poi era tornato a chiederle denaro, aveva ammesso che si era giocato tutti i soldi della compagnia. E solo poche settimane dopo, il colpo di grazia.

Un pomeriggio Violet era tornata a casa prima e l'aveva trovata apparentemente vuota, ma un film Disney scorreva sullo schermo della tv in soggiorno. Eppure Nina, la loro tata, non aveva avvisato che avrebbe portato Harper da qualche parte. «C'è qualcuno?» aveva chiamato Violet. Poi, un fruscio. Aveva seguito quel rumore fino in cucina e aveva trovato Harper in piedi sul bancone, davanti al mobile degli snack. La bimba si era voltata al suono della voce di Violet, vacillando in equilibrio e con un sorriso colpevole sul viso. Sapeva che non doveva salire lì sopra. «Avevo fame» aveva detto. Non sapeva dove fosse Nina.

Violet l'aveva portata sul divano con una ciotola di Honey Nut Cheerios e poi era andata a cercare Nina. La porta dello studio di Jay era chiusa. Lentamente, trattenendo il respiro, l'aveva aperta. Jay era seduto sulla sedia della sua scrivania con la testa appoggiata all'indietro e gli occhi chiusi. Nina era inginocchiata davanti a lui. A quel punto Violet aveva richiuso la porta ed era scesa di nuovo al piano inferiore. In silenzio, aveva messo la giaccia ad Harper e l'aveva portata al parco.

All'improvviso, le era tutto chiaro, come se di colpo una torcia si fosse accesa, illuminando la stanza buia. Stava vivendo la vita dei suoi genitori.

Quella da cui aveva cercato così duramente di scappare. Era diventata come sua madre, con la testa sepolta così in profondità nella sabbia che stava quasi soffocando; era sposata con lo stesso tipo di uomo di suo padre. A spese di sua figlia. La sua adorata Harper.

Era furiosa. Con sé stessa, certo, ma anche con Jay. Soprattutto con Jay.

Quella notte aveva aspettato che Harper si addormentasse prima di chiudere la porta della loro camera. Lui era già a letto, la testa china sul telefonino. Probabilmente stava mandando messaggi a Nina; magari una foto del suo cazzo scattata durante la giornata.

«Cosa c'è?» ha chiesto quando ha alzato la testa e ha visto l'espressione sul viso di Violet.

«Come hai potuto?» gli ha urlato. «L'hai lasciata sola! E per cosa? Un pompino?» La sua voce era stridula, tesa.

All'inizio si è finto dispiaciuto. Harper stava bene; non le era successo nulla. E Violet si era confusa; non era come sembrava.

Poi aveva smesso di mentire, e per la prima volta non sembrava pentito. L'aveva guardata con un'espressione come a dire: «Cosa ti aspettavi?»

«Non sei più la donna che ho sposato» le aveva detto. Come se fosse colpa di Violet se lui non riusciva a tenere le mani a posto, se faceva quello che voleva, quando voleva. Era come se dicesse: «Non c'è niente di sbagliato in me. Niente di sbagliato in quello che ho fatto. Sei tu che hai qualcosa di sbagliato».

E Violet non ci aveva visto più. Finalmente gli aveva detto di volere il divorzio. Poi la lite era degenerata, lui l'aveva seguita giù per le scale, Violet aveva distrutto ogni foto di loro due insieme e aveva urlato così forte che i vicini avevano chiamato la polizia. Poi gli aveva lanciato addosso il bicchiere. Nel rompersi, un frammento gli aveva tagliato il lato del viso. Il taglio non era profondo, ma il sangue sgorgava dalla ferita e scorreva lungo il collo. Lui lo fece sembrare più grave di quanto non fosse, tenendoci la mano sopra e lamentandosi come un cucciolo ferito. Non fu arrestato nessuno, ma venne fatto un rapporto. Violet era ubriaca. Anche Jay lo era, ma era Violet ad aver rotto il bicchiere ed era lui quello che sanguinava.

Jay avrebbe potuto sporgere denuncia, ma non lo aveva fatto. Lo avrebbe fatto se lei avesse cercato di divorziare da lui; questo le disse quando la polizia se ne andò, all'alba. Aveva un anno per sporgere denuncia; e se lo avesse fatto, avrebbe potuto chiedere la custodia esclusiva di Harper. Quale giudice avrebbe dato la custodia a una madre con una condanna per violenza domestica? Lui avrebbe preso Harper e tutto il denaro che poteva. Questa era la minaccia, se lo avesse lasciato: sarebbe rimasta sola e senza soldi. La teneva in ostaggio, con le mani legate. Il suo matrimonio, come la sua infanzia, era una prigione.

Violet aveva cercato di lottare, ma il suo avvocato le aveva detto che c'era una possibilità che Jay avesse ragione, che un giudice potesse dichiararla inadeguata, toglierle la custodia. E obbligarla a pagare gli alimenti e il mantenimento per la bambina. C'era quel fondo fiduciario della nonna, dopotutto. Sì, era suo, ma c'erano delle condizioni per accedere ai proventi che ne scaturivano. Secondo l'avvocato – che guadagnava seicento dollari all'ora – non valeva la pena di correre il rischio. «Potrebbe provare a risolvere la situazione?» le aveva chiesto.

Ma non ci aveva già provato? Per anni. Ci aveva provato perché lo amava, perché gli credeva quando diceva che sarebbe cambiato. Perché nonostante tutto – l'infedeltà, i soldi, le critiche su come doveva vestirsi e sul suo aspetto –, lei comunque ancora pensava che fosse un buon padre.

O che almeno *potesse* esserlo, se lei gli avesse mostrato come amare incondizionatamente, senza aspettative.

Ma quella era la prova, definitiva, che si era sbagliata. Lui non sarebbe mai stato un buon padre. Un buon padre non avrebbe mai anteposto il suo appetito sessuale a sua figlia. E un buon padre non avrebbe mai rubato una figlia alla madre. Harper aveva bisogno di lei. Era come se lui stesse amputando un arto a sua figlia.

Finalmente riusciva a vedere l'intera foresta, oltre i singoli alberi: chi era davvero Jay e perché non sarebbe mai cambiato. Nel profondo, le uniche cose di cui si preoccupava erano il denaro e le apparenze. Sé stesso. E Violet, più di chiunque altro, sapeva cosa avrebbe potuto fare – no, cosa sicuramente avrebbe fatto – questo comportamento a un bambino. Se fosse rimasta, forse avrebbe potuto attutire qualche colpo, ma se Jay fosse rimasto da solo con Harper, chissà quale danno avrebbe causato.

E c'era un'altra questione su cui aveva chiuso un occhio, per ora in modo delicato, ma per quanto ancora? I commenti su quanto mangiava Harper, le dimensioni delle sue porzioni. Lui odiava gli M&M's e la guardava male ogni volta che lei offriva qualche dolce a sua figlia. Si assicurava che i capelli di Harper fossero perfettamente intrecciati, la frangia pettinata, che tutto ciò che indossava fosse di marca. All'inizio, lo si sarebbe potuto scambiare per un interesse genuino. È quel che ho fatto anch'io. Ma Violet ci vedeva lungo. Jay stava insegnando ad Harper – come aveva insegnato a lei, come i suoi genitori le avevano insegnato – che il suo valore era indissolubilmente legato a come si presentava al mondo.

Quindi la risposta era no, non potevano sistemare le cose. Jay aveva spezzato il cuore di Violet, ancora e ancora, e un giorno l'avrebbe spezzato anche ad Harper; di questo Violet era certa. E quella era l'unica cosa che non avrebbe mai permesso.

Così, insieme, nel bagno della casa al mare, abbiamo ideato un piano. C'era una sola regola: niente più bugie. Almeno, non tra me e lei. Mai tra me e lei.

Quando entrambe abbiamo accettato, Violet mi ha passato la pistola. Invece di spararmi, avrei dovuto spararle.

Prima che lo facessi, Violet ha chiamato Danny dal telefono usa e getta. Quando ha risposto, ha iniziato a piangere di nuovo. «Non ce l'ho fatta» gli ha detto. Le spalle tremavano mentre singhiozzava rumorosamente, il naso che colava, la voce rotta. «Non ce l'ho fatta.»

Dall'altra parte del telefono, ho sentito la sua voce. «Lo so, tesoro.» È per questo che aveva accettato di andare avanti. Sapeva che una volta presa la pistola, con il dito che le scivolava sul grilletto, non sarebbe riuscita a spararmi. Non era nella sua natura.

Lo sapeva meglio di lei.

La pistola era più pesante di quanto mi aspettassi. Sentivo la mia mano pulsare contro l'arma. Ho espirato, tremando. Violet era solo a pochi passi da me, la schiena rivolta verso di me come se stesse correndo, come avevo fatto io con lei. Dovevo spararle da vicino per non mancarla.

Danny ci aveva detto di mirare alla coscia inferiore. Ci sarebbe stato molto sangue, ma sarebbe stato abbastanza lontano dagli organi vitali, e lui avrebbe potuto dire che era stata colpita l'arteria femorale. Nessuno avrebbe messo in dubbio la sua parola; Danny era al vertice della piramide, la sua parola era incontestabile.

Violet ha gridato quando è esploso il colpo, un urlo sordo e gutturale. Sono corsa verso di lei, ma lei mi ha fatto cenno di allontanarmi. «La pistola» ha detto, coi denti stretti e gli occhi serrati «occupati della pistola.»

L'ho pulita e l'ho gettata sotto il letto affinché la polizia la trovasse. Poi, premendo un panno sulla sua coscia, ho chiamato il 911. Ero grata alle mani troppo grandi, *le mie manone*, per come coprivano la ferita fermando l'emorragia. «Aiuto!» ho gridato al telefono. «Aiuto! La mia amica è stata ferita. Suo marito le ha sparato, poi è scappato via!»

Mentre aspettavamo di sentire le sirene, non riuscivo a fare a meno di immaginare come sarebbe stato: io che mi trasferivo nella loro grande casa, Violet e io che andavamo a fare shopping per ristrutturare lo studio di Jay e trasformarlo in una camera da letto per me.

Sarei stata come una zia per Harper, come una sorella per Violet. Mi immaginavo di svegliarmi presto per preparare il pranzo di Harper, farle la treccia ai capelli, portarla al parco dopo la scuola, aiutare Violet a preparare la cena: lei ai fornelli mentre io tritavo le cipolle sul piano della cucina. Avremmo fatto i turni per mettere Harper a letto, per lavare i piatti. Alla fine della giornata, ci saremmo lasciate cadere sul divano, a litigare affettuosamente su cosa guardare in tv.

Sorridevo teneramente; la guardavo mentre le stringevo la mano nella mia. Violet era passata dall'essere chi i suoi genitori volevano che fosse, a chi Jay voleva che fosse, reprimendo sé stessa fino a non riuscire quasi più a respirare. Aveva dato tutto ciò che aveva. Eppure, non era abbastanza. Eppure, *lei* non era abbastanza. Ma sarebbe stata abbastanza per me. Saremmo state abbastanza l'una per l'altra.

Violet ha aperto gli occhi e ha sorriso debolmente: «Mi dispiace di aver cercato di ucciderti».

Sono scoppiata in una risata mescolata a un singhiozzo. «Mi dispiace di aver cercato di andare a letto con tuo marito.»

Violet era madida di sudore all'arrivo dei soccorsi. Danny è entrato per primo, come promesso, insieme a un altro soccorritore, un ragazzo giovane che sembrava appena maggiorenne, con i brufoli sul viso; poi sono entrati due poliziotti, uno della stessa età del ragazzo, l'altro sulla sessantina, con una pancia rotonda sopra la cintura. Nel trambusto, osservavo Danny. Violet aveva ragione, era bellissimo. Il suo tocco su di lei era tenero, i suoi occhi morbidi, la voce bassa e rassicurante. Non c'era da meravigliarsi che ogni ragazza – e ragazzo – dell'isola avesse avuto una cotta per lui.

Danny si è preso cura di Violet: le ha bendato la ferita, le ha messo una maschera per l'ossigeno e l'ha caricata sulla barella, mentre io sono rimasta con i poliziotti. Ho raccontato la versione che avevamo provato: ero tornata a casa dopo aver lasciato Harper da Anne-Marie e avevo sentito Violet e Jay litigare, lui che le urlava contro qualcosa riguardo i documenti del divorzio, e come non l'avrebbe mai lasciata andare. «Sembrava così arrabbiato» dicevo, con la voce tremante. Poi ho sentito uno sparo. Terrorizzata, mi sono nascosta in un armadio. Ho sentito Jay che se ne andava, ma non ero sicura che non sarebbe tornato, così ho aspettato. Quando sono uscita e sono salita al piano di sopra, avevo trovato Violet sul pavimento, ferita, c'era sangue ovunque.

«Credo sia andato a cercare sua figlia» ho detto infine. «È a un pigiama party nella casa accanto.»

A queste parole, il poliziotto più anziano si è alzato bruscamente. Ha chiamato dalla radio, gli ho sentito dire la parola «rinforzi». Poi se ne sono andati entrambi: ho sentito i loro stivali rimbombare lungo il corridoio, il suono della porta che sbatteva e le sirene della polizia in lontananza. Scusa, Jay, ho pensato, anche se non ero affatto dispiaciuta.

Danny e l'altro soccorritore hanno portato Violet fuori dalla camera da letto, giù per le scale e fuori dalla casa. Li ho seguiti sul retro dell'ambulanza, con Violet stesa supina, il viso pallido.

Una volta fissata la barella, il secondo soccorritore ha chiuso le porte, poi è salito al volante.

Danny ha attaccato una flebo al braccio di Violet. «Liquidi e antidolorifici» mi ha detto. Violet ha chiuso gli occhi, affaticata. Il suo respiro diventava sempre più lieve. Non riuscivo a capire se stesse recitando o meno.

Cinque minuti dopo, durante il viaggio, Danny ha alzato lo sguardo verso di me. «Ha perso troppo sangue» ha detto, scuotendo la testa.

Il suo viso era così serio, così preoccupato, che per un attimo quasi gli ho creduto. Poi ha battuto sul separé di plastica verso la cabina del conducente. «Cambiamo strada» ha detto. «Andiamo all'obitorio.»

La nostra sirena si è spenta bruscamente e l'ambulanza ha rallentato. Nel tragitto, Danny ha chiamato la polizia. Una chiamata breve, ma quando ha riattaccato, mi ha detto che volevano che andassi alla centrale per rilasciare una dichiarazione ufficiale. Qualcuno sarebbe venuto a prendermi all'obitorio.

Quando finalmente l'ambulanza ha rallentato e si è fermata, Danny ha tirato un lenzuolo bianco sul volto di Violet.

Sono rimasta nel parcheggio mentre Danny la portava dentro, sentendomi come se fossi in un sogno.

Pochi minuti dopo, è uscito con una barella vuota. Il medico legale dell'obitorio era completamente sbronzo, come al solito, con una bottiglia di gin mezza vuota sulla scrivania, e aveva prestato a malapena attenzione a Danny mentre firmava il modulo di accettazione. Gli aveva fatto cenno di andare sul retro, dove Danny aveva fatto scendere Violet dalla barella, per poi nasconderla in un ripostiglio e venirla a prendere alla fine del suo turno. La morfina che le aveva somministrato in ambulanza sarebbe bastata fino ad allora.

Mentre il medico legale beveva un altro goccetto nel suo ufficio, con gli occhi vitrei e la testa ciondolante, Danny portava il fascicolo di Violet nel deposito dei corpi sul retro dell'obitorio. Le celle frigorifere occupate avevano fascicoli simili attaccati agli sportelli in cartelline di plastica. Quel giorno c'erano tre corpi segnati per la cremazione; ce n'erano sempre molti, specialmente ad agosto, durante il picco del caldo, con le folle di turisti che avevano esagerato con l'alcol e sopravvalutato le loro abilità di nuotatori, incuranti dei loro corpi abbronzati e delle loro vite.

Lì, Danny aveva estratto uno dei fascicoli e al suo posto aveva infilato quello di Violet. Quando il corpo sarebbe stato cremato, nessuno avrebbe saputo che non era lei. Se i poliziotti – o chiunque altro – fossero venuti a cercarla chiedendo un'autopsia, il medico legale non avrebbe avuto nulla da mostrare. Non sarebbe stato il primo errore, intenzionale o meno, né la prima volta che qualcuno voleva far sembrare le cose diverse da com'erano realmente. In un'altra città, in un altro dipartimento di polizia, ci sarebbe stata un'indagine, ma qui i poliziotti non avrebbero insistito sulla questione. Il medico legale era uno di loro; prima veniva chiusa la faccenda, meglio era per tutti.

Niente di tutto questo avrebbe funzionato altrove, ma su questa piccola isola, le cose funzionavano a modo loro. Violet lo sapeva quando ci ha portato qui; era proprio questo il motivo per cui lo ha fatto.

Danny ha aspettato con me fino all'arrivo della macchina della polizia nel parcheggio. Ho viaggiato in silenzio fino alla centrale, dove ho ripetuto la stessa storia che avevo raccontato ai poliziotti a casa. Mi hanno ringraziata, poi mi hanno portata da Harper. Mi ha buttato le braccia attorno al collo e l'ho stretta forte.

«Dove è la mamma?» mi ha chiesto, staccandosi per guardarmi.

«Saremo solo noi per un po'» le ho detto. L'ho abbracciata di nuovo, poi le ho sussurrato nell'orecchio: «Non preoccuparti, la vedrai presto». Poi le ho dato una confezione gigante di M&M's.

Un agente ci ha portato in un hotel nelle vicinanze; la casa al mare era una scena del crimine.

Quando Harper si è addormentata nel letto accanto al mio, ho chiamato Laura, la mia cliente della spa, quella che assomiglia a Dolly Parton.

L'avevo incontrata il giorno prima mentre cercavamo un vestito per Harper. Quando io e Harper eravamo in fila alla cassa, con Violet che ci aspettava lì vicino, avevo sentito il mio nome. «Sloane? Sei tu? Ciao, tesoro!»

Quando mi ero voltata, l'avevo guardata sorpresa. Non mi aspettavo di incontrare nessuno che conoscessi sull'isola, tantomeno non una cliente della spa.

Le ho detto che ero in visita con un'amica e la sua famiglia e le ho presentato Harper. Mi ha abbracciata, ho sentito il suo profumo forte nelle narici, poi mi ha dato il suo numero. «Chiamami» mi ha detto, sorridendo «se hai bisogno di qualcosa.»

L'ho chiamata solo due giorni dopo, ed è rimasta senza parole quando le ho raccontato l'accaduto. «È orribile» ha detto con il suo accento profondo del Texas.

Mi ha messa in contatto con il suo avvocato, dicendo che la sua parcella iniziale sarebbe stata più che sufficiente per coprire qualche telefonata. Nel giro di una settimana, ho ottenuto la custodia temporanea di Harper; due mesi dopo, la piena tutela.

Dieci giorni dopo la sparatoria, Danny ha portato la sua auto sul traghetto con Violet nascosta nei sedili posteriori, e l'ha riportata a casa, a New York, da me e Harper. La aspettavamo a braccia aperte.

Con l'aiuto dell'avvocato di Laura, tutto è stato trasferito a mio nome: la casa dei Lockhart e il denaro per il mantenimento di Harper.

Violet non esce quasi mai di casa. Non vogliamo correre il rischio che qualcuno la riconosca. Per questo, appena Jay accetterà il patteggiamento, prepareremo un furgone e partiremo per la California. Non per San Francisco, ma per un posto più soleggiato. Stiamo guardando delle case a San Diego, bungalow luminosi a pochi passi dalla spiaggia.

Lì potremo essere una vera famiglia, noi tre. Grazie alla nonna di Violet, avremo denaro più che sufficiente; nessuna di noi dovrà lavorare. Legalmente, condivideremo la mia identità, saremo entrambe Sloane Caraway, ma diremo a tutti che siamo sorelle. Ora mi faccio chiamare Caitlin, per rendere tutto più semplice.

Una volta sistemate, voglio convincere mia madre a venire a vivere con noi. Il caldo farà bene alle sue articolazioni. Ma non solo per questo. Lei ama Harper quanto me; viene con noi al parco il venerdì e la spinge sulle altalene. La coccola come farebbe una nonna, le pizzica le guance e le mette in tasca dei cioccolatini Hershey's Kisses quando pensa che nessuno la stia guardando.

La mia lista di bugie ora è più corta. Una: sono l'unica Sloane Caraway. Due: Violet Lockhart, la madre di Harper, è morta. Tre: non ho provato nulla quando stamattina ho visto Jay in cella.

Quest'ultima menzogna su Jay vorrei che fosse, invece, verità. Quando i nostri occhi si sono incrociati, il mio cuore ha saltato un battito, ho sentito una stretta allo stomaco. Questa è l'unica bugia che non rivelerò mai a Violet. La seppellirò così in profondità da soffocarla.

Perché ho trovato il mio lieto fine. Non quello che immaginavo quando ho incontrato Jay al parco, non quello che pensavo di volere, ma qualcosa di meglio.

Grazie a lui, ho trovato quello che ho cercato per tutta la vita. Una sorella. Anzi: una gemella.

Non per sangue, ma per scelta.

# Ringraziamenti

Grazie a Elisabeth Weed, per aver creduto in questo libro – e in me – sin dalla prima pagina, per aver preso per mano i miei sogni più folli e averli resi realtà. Il tuo intuito, i tuoi consigli e il tuo sostegno sono un regalo che non darò mai per scontato. Ti sarò per sempre riconoscente. Grazie a tutta la squadra del The Book Group per il sostegno e a DJ Kim, le cui mail in Posta in arrivo sono per me sempre una fonte di gioia.

A James Melia, la cui fine visione editoriale e mente brillante sono superate forse soltanto dal suo calore e dall'entusiasmo che mette nel suo ruolo. È stato un vero piacere lavorare insieme: mi avevi promesso che ci saremmo divertiti e hai avuto proprio ragione. Sono una persona fortunata!

Grazie all'intero team editoriale alla S&S che ha lavorato appassionatamente e instancabilmente per consegnare nelle mani dei lettori la versione migliore possibile di questo romanzo, e in particolare a Jennifer Bergstrom, Sally Marvin, Jessica Roth, Mackenzie Hickey, Aimee Bell, Wendy Sheanin, Liv Stratman, Caroline Pallotta, Alysha Bullock, Esther Paradelo, John Vairo e Matt Attanasio. Vi ringrazio per ogni minuto del vostro tempo.

Grazie a Michelle Weiner, agente eccezionale, che ha sostenuto questo libro sin dal primo minuto. Sono onorata di averti nella mia squadra.

A Jenny Meyer e Heidi Gall, grazie per aver condiviso questo manoscritto con il mondo. Avete fatto una vera magia.

A Liz Gazin, per l'amicizia che ha fatto da ispirazione per il libro. Hai un cuore d'oro; chiunque ti conosca ti adora. Sei la migliore cheerleader che si possa desiderare.

Alle donne McGibbon: la mia madrina Josie e le mie "sorelle" Amalia e Chloe, che hanno condiviso la mia gioia e il mio percorso, tutti i miei percorsi. Chloe, la mia migliore amica da sempre e per sempre, grazie di essere perennemente al mio fianco.

A Kelsey Cox e Marcie Haydon, che erano con me quando è arrivata la mail che ha dato inizio a questa avventura, che hanno fatto il tifo per me, che mi hanno festeggiato e riempito di complimenti. Siete le migliori.

A Shannon McClintock, per la sua riserva inesauribile di entusiasmo e incoraggiamento, per avermi sempre confortato e risposto al telefono tutte le volte che l'ho chiamata. Non sarei riuscita a farmi strada in questi ultimi anni senza di te.

A Jenna Newburn, che non ha mai smesso di incoraggiarmi, che è sempre stata al mio fianco in tutte le feste in maschera a cui ho partecipato e che mi ha insegnato, tanto tempo fa, che, se hai perso qualcosa, per prima cosa faresti meglio a controllare nelle tue tasche. Sei un raggio di sole. *Carpe diem*, amica mia meravigliosa.

A Martha Scurr, la mia compagna di lettura preferita, che mi ha sostenuto a ogni passo, che ha letto ogni documento Word che io le abbia mandato. Sono grata per la tua amicizia. E ricorda: se ce l'ho fatta io puoi farlo anche tu!

A Miranda Leggett e Rachel Rose, per la loro lettura attenta del mio manoscritto. La vostra approvazione mi ha fornito la spinta di cui avevo bisogno per dare alla luce questo mio bambino. Grazie per le vostre correzioni, per il vostro ingegno e per l'amicizia.

A Emma Pattee, Kate Fagan, Clare Leslie Hall, Christina Li e Sanam Mahloudj: è un onore poter esordire insieme a voi. La vostra amicizia è un tesoro inaspettato.

A Liane Moriarty, Katy Hays, Amy Tintera e Liv Constantine, grazie per la generosità con cui mi avete concesso il vostro tempo e il vostro sostegno, per aver aperto la strada a molti giovani e aspiranti scrittori, per il modo in cui incoraggiate coloro che hanno deciso di seguire le vostre orme.

Alle mie zie, zii e cugini, da una costa all'altra. La famiglia è tutto, voi siete tutto. Sono così fortunata ad appartenere a questo gruppo così divertente, gentile e pieno di calore. Un grazie molto speciale a mia zia Dina – che mi ha preso sul serio come scrittrice sin dal mio primissimo lavoro, che mi ha invitato al suo book club tantissimo tempo fa, la cui generosità non conosce limiti – e a zia Lori, che mi ha chiesto una copia di ogni singolo manoscritto io abbia scritto in vita mia, che è stata una mia fan ben prima che io potessi meritarmelo.

A Teresa Morrissey, Laura Rubenstein e Alexis Donaire, per un'amicizia ventennale che mi ha sostenuto, mi ha circondato di amore e risate e ha nutrito il mio spirito. Vi ringrazio per avermi detto e ripetuto che sono sempre stata una scrittrice perché ho sempre scritto; quel che è venuto in seguito è stato soltanto la ciliegina sulla torta. Siamo molto fortunate ad avere questo legame: insieme abbiamo superato – e supereremo – ogni sfida.

A Jim e Holly Stava, i miei amorevoli suoceri che mi

hanno accolto a braccia aperte sin dal primo giorno: grazie per aver sempre creduto in me.

A mio fratello. Una volta qualcuno mi ha chiesto se non avrei desiderato avere una sorella e io gli ho risposto di no, che avevo già Noah ed era più che abbastanza. Certo, se mi avessero chiesto se avessi invece preferito essere figlia unica, allora... No, scherzo, ovviamente. Ti voglio bene. Sei di ispirazione per me, il migliore fratello (o sorella) che potessi mai desiderare. Spero di riuscire a renderti fiero di me, almeno la metà di quanto io lo sono di te.

Ai miei genitori, siete la mia vittoria alla lotteria. Grazie per il vostro infinito amore e sostegno, per aver riempito la nostra casa di libri, per avermi spinto a credere che il mondo era alla mia portata, bastava solo che allungassi la mano a prenderlo. Mamma, sapevi di cosa avrebbe parlato questa storia prima che lo sapessi io, e non dovrei stupirmene, hai sempre avuto la capacità di guardare lontano, sei sempre stata il mio faro. Papà, condividere con te l'amore per i libri è uno straordinario regalo. La tua matita rossa – e il tuo spirito arguto – hanno affinato la mia scrittura, l'hanno migliorata. Hanno migliorato me, da sempre.

A Beckett e Margot, luci dei miei occhi, per aver aperto il mio cuore a un amore che non credevo possibile.

A Jensen, per il tuo sostegno e incoraggiamento, per non aver mai dubitato che ce l'avrei fatta, ma, soprattutto, per la bellissima vita che abbiamo costruito insieme. Grazie per tutto il tuo amore.

Finito di stampare nel mese di marzo 2025
su carta HOLMEN
con fibra vergine proveniente da foreste sostenibili holmen.com/paper
presso Grafica Veneta S.p.A.
Via Malcanton, 2 – Trebaseleghe (PD)
Printed in Italy

Certificato PEFC
Questo prodotto è realizzato con materia prima da foreste gestite in maniera sostenibile e da fonti controllate
PEFC
PEFC/18-31-226
www.pefc.it

GRAFICA VENETA
GV CARBON NEUTRAL

Questo libro è fabbricato da Grafica Veneta S.p.A.
con un processo di stampa e rilegatura certificato 100% carbon neutral
in accordo con PAS 2060 BSI